KB061705

조선총독부 1

대한제국의 바람과 구름

나남
nanam

류주현 (柳周鉉, 1921~1982)

호는 묵사 默史. 경기 여주에서 태어났다.
1939년 일본 동경으로 건너가 와세다대 문과에서 수학한 후 귀국,
1948년 단편 〈번요의 거리〉로 등단했다.
여러 잡지에서 편집을 맡았으며, 구준한 연재와 다작으로
한국 현대 문학사에 대하역사소설이라는 새로운 경지를 개척하였다.
작품으로는 〈남한산성〉, 〈장씨일가〉 등을 비롯한 중·단편소설 100여 편과
〈조선총독부〉, 〈대원군〉, 〈대한제국〉 등의 장편소설 30여 편을 남겼다.
아시아 자유문학상, 대한민국 문화예술상, 한국출판문화상 등을 수상했으며,
한국 소설가협회 창립 초대회장을 지냈고,
중앙대학교 예술대학 문예창작학과 교수로 후진양성에도 이바지했다.
1982년 타계하여 경기 여주에 묻혔다.

나남창작선 119

조선총독부 3-1
대한제국의 바람과 구름

2014년 8월 15일 발행
2017년 7월 5일 2쇄

지은이   柳周鉉
발행자   趙相浩
발행처   (주) 나남
주소   10881 경기도 파주시 회동길 193
전화   (031) 955-4601 (代)
FAX   (031) 955-4555
등록   제 1-71호 (1979. 5. 12)
홈페이지 http://www.nanam.net
전자우편 post@nanam.net

ISBN   978-89-300-0619-4
ISBN   978-89-300-0572-2 (세트)

책값은 뒤표지에 있습니다.

류주현 실록대하소설

조선총독부 1

대한제국의 바람과 구름

나남
nanam

가슴을 울리고 머리를 깨우칠 《조선총독부》

고승철 / 나남출판 주필 · 소설가

'위대한 역사소설은 사서史書를 뛰어넘는다!'

역사소설 애독자는 불후의 명작을 읽은 다음 울렁이는 가슴을 쓸어내리며 이런 감탄사를 내뱉으리라. 이 감탄사를 역사학자가 들으면 어떤 반응을 보일까. 아마 "진실을 추구하는 사실史實과 허황한 허구虛構일 뿐인 소설을 감히 비교하느냐!"며 얼굴을 붉히지 않으랴.

소설 애독자는 "기술자記述者의 입맛에 따라 왜곡되거나 부실한 사료로 얼키설키 짜깁기한 역사서에 비하면 작가의 상상력으로 빚어낸 역사무대가 시대상황을 더 정확하게, 감동적으로 전달하지 않겠느냐?"고 반문할 터!

노벨문학상 수상작가 알렉산드르 솔제니친1918~2008의 대표작 《수용소 군도》는 소련 관변학자의 어느 역사서보다도 인권이 처절하게 유린되는 소련의 진면목을 적나라하게 보여주었다. 도시 노동자의 처참한 삶을 빅토르 위고1802~85의 장편소설 《레 미제라블》이나 찰스 디킨스1812~70의 《올리버 트위스트》보다 진상에 가깝게 묘사한 역사서가 있는가. 쿠바 출신 소설가 알레호 카르펜티에르1904~80는 "역사는 객관적 사실에 집착함으로써 진실에 가까이 가기 어려운 경우가 많은 반면 오히려 역사소설이 내면세계의 진실을 파헤치는 데 유용할 수 있다"고 갈파한 바 있다.

러시아 혁명을 1919년 세계에 전한 언론인 겸 작가 존 리드1887~1920의 《세계를 뒤흔든 10일》도 소설로서의 역사, 역사로서의 소설이라 부를 수 있다. 서부 경남지역의 한말 농민운동이 어떻게 항일 민족운동으로 확산되는가를 잘 그린 박경리朴景利, 1926~2008의 대하 장편소설 《토지》도 이 범주의 중요한 수확일 수 있다.

묵사默史 류주현柳周鉉, 1921~82의 대하大河 역사소설 《조선총독부》는 일제 강점기에 한국인들이 겪은 신산辛酸한 삶, 심장이 뜨거운 독립투사의 치열한 투쟁, 친일파 인사들의 카멜레온 같은 변절 행태, 한국인들에 철권을 휘두르는 조선 총독의 횡포 등을 웬만한 역사서보다 훨씬 정확하게, 실감나게 그려놓았다.

이 작품은 월간 〈신동아〉의 복간호인 1964년 9월호의 '간판' 작품으로 연재되기 시작했다. 1931년 11월에 창간된 종합교양잡지 〈신동아〉는 '손기정 선수 일장기 말소 사건' 직후인 1936년 9월 조선총독부에 의해 강제로 폐간되었다가 28년 만에 부활되었다. 당시 동아일보 편집국장이었던 역사학자 천관우千寬宇, 1925~91는 〈신동아〉 주간主幹을 겸임했는데 소설가 류주현이 '역사에 길이 남을 역사소설'을 완성할 것을 기대하면서 《조선총독부》 집필을 권유했다고 한다. 당대 최고의 삽화가 김세종金世鍾 화백의 삽화도 소설내용을 살아 꿈틀거리는 선線

으로 실감나게 묘사해 숱한 독자들의 눈길을 사로잡았다.

이 소설은 〈신동아〉 1967년 6월호까지 34회 연재됐다. 200자 원고지로 매회 160매였으니 모두 5,300매 분량이다. 잡지 연재가 끝날 무렵 5권짜리로 나온 이 책은 내용이 보완돼 원고 분량이 7,000매로 늘어났다.

책이 나온 직후 폭발적인 인기를 끌면서 주문물량을 대기 위해 여러 인쇄소에서 동시에 찍기도 했다. 독서인구가 적었던 당시에 5만 질이나 팔리는 베스트셀러 신화를 이루었다. 이 작품은 이어 라디오 낭독, TV드라마, 영화 등으로 재탄생하면서 가히 '조선총독부 붐'을 불러 일으켰다.

《조선총독부》 연재 당시에 잡지가 발매되면 일본에서도 일본 외무성이 일본어로 번역해 조야朝野 유력인사들에게 배포할 정도로 주목의 대상이 됐다. 한국에서 책으로 나온 직후 일본의 최대출판사인 고단샤 講談社가 일본어판을 출판했다.

'실록대하소설'이라는 새로운 장르를 창시한 것으로 평가받는 《조선총독부》는 〈신동아〉에 첫선을 보이자마자 독자들의 뜨거운 호응을 얻었다. 연재 당시의 시대 흐름과 맞았기 때문이다. 그때 한·일 국교정상화를 논의하는 회담이 진행되면서 한일문제가 지축을 뒤흔드는 최대 이슈였다.

1961년 '5·16' 군사 쿠데타로 집권한 박정희朴正熙는 군정을 마치고 1963년 12월 제5대 대통령에 취임하면서 경제개발에 필요한 자금을 마련하려 일본에 손을 내밀었다. 일제강점기에 대한 보상을 받기 위해서였다. 야당과 대학생들은 이를 민족정기를 좀먹는 매국행위라면서 거세게 저항했다.

1964년 3월 야당은 '대일굴욕외교반대 범국민투쟁위원회'를 결성해 전국적인 반대운동에 돌입했고 서울대생들은 한일회담의 중지를 요구하며 이케다 하야토池田勇人 일본총리와 매국노 이완용의 화형식을 거행한 뒤 가두시위를 벌였다. 시위는 6월 3일에 절정에 이르러 1만여 명의 학생, 시민들이 광화문 네거리에 모였고 정부는 서울 지역에 비상계엄령을 선포했다. 이는 '6·3 사태'라 명명됐고 시위 참가자들은 자신들을 '6·3 세대'라 부르며 자부심을 나타냈다. 이듬해인 1965년 한일협정은 조인되었고 한국정부는 일본정부로부터 8억 달러의 경제협력 자금을 지원받기로 합의됐다. 이런 소용돌이 속에 일제강점기를 집중 조명한 소설이 시사월간지에 연재됐으니 관심을 끌 수밖에 없었다.

《조선총독부》의 시대 배경은 대한제국 시절인 1900년부터 해방을 맞던 1945년까지 50년 가까운 격동기 한국의 현대사이다. 무대는 한반도는 물론 일본, 만주, 중국, 동남아까지 망라했다. 연인 사이인 주인공 청춘남녀 박충권과 윤정덕만 가공인물이고 나머지는 실존인물들을 실명 그대로 등장시켰다. 총 등장인물 1,700여 명, 주요 인물만도 100여 명인 대작大作이다. 고종황제, 김구, 안중근, 이토 히로부미, 윤봉길, 이광수, 최남선, 여운형, 이완용, 송병준, 김성수, 송진우, 현상윤 등 근현대사 인물들의 생생한 목소리를 담았다.

주인공 박충권은 열혈 독립투사로 안중근, 윤봉길을 연상시키는 청년이다. 그의 애인 윤정덕은 조선총독부 고관 집에 가정부로 일하면서 기밀을 빼내는 미모의 여성인데 작품 속에서는 실존인물 배정자와 함께 자주 등장한다.

작품을 집필한 동기와 과정에 대한 저자 류주현의 목소리를 그의 '자서'自序를 통해 들어보자.

인간이란 때로는 형편없이 당돌한 경우가 있다. 알피니스트를 보면 6척 미만의 체구로 태산泰山에 도전한다. 그것은 슬기보다 야심이며 천품의 재능이 아니라 정상을 향한 당돌한 도전이다. 나는 이 작품에서 작가가 아니라 알피니스트의 자세였다.

빈대를 잡기 위해서 절간에 불을 질렀다는 고사가 있다. 1919년 봄, 내 조부의 50칸 집은 원인 모를 화염에 휩싸였다. 나중에 화인火因이 밝혀졌다. 조부가 반일 항거의 과격파라고 해서 앙심을 품은 어느 일경日警이 집에다 석유를 뿌리고 불을 질렀다고 했다.

나는 그 2~3년 후에 태어나, 세 살 때에 실향 유랑민이 된 어머니의 등에 업혀 서울로 올라왔다. 성장한 나는 작가가 됐다. 도전할 산봉山峰을 찾다가 조선총독부라는 거대한 대상과 부딪쳤다.

붓을 들고 여러 번 망설였다. 한라산 산록에 서서 그 우람한 산세와 아득한 정상을 보는 것처럼 좌절감으로 현기증이 일었다. 그러나 나는 써야 한다고 스스로를 매질했다. 당돌한 도전이지만 한 작가로서 필생의 작업으로는 조선총독부만큼 우리에게 처절하고 또 경건한 '인간의 역사'가 달리 없음을 알고 있었기 때문이다.

따라서 이 작품은 그 수법이 조선총독부라는 거대한 주체를 대상으로 다큐멘터리의 형식을 수용함으로써 인물 개체보다는 그 집단과 행적에다 앵글을 잡고 실존 인물들을 실명 그대로 등장시키는 모험을 피하지 않았다.

작품의 의도는 처음부터 명확하다. 1900년 초, 대한제국 멸망의 전야로부터 시작해서 1945년 일본제국이 멸망하는 순간까지의 우리 시공에 군림했던 조선총독부와 일본인과, 그리고 한국인과 한민족에 관련된 동서양 여러 나라 여러 민족을 대상으로, 현대의 잔혹하고 슬픈 '인간의 역사'를 부릅뜬 눈으로 응시하고 파헤치고 형상화하는 것과 비장한 씨름을 했다.

《조선총독부》의 일본어판에 일본 작가 기무라 다케시木村毅는 서문에서 "이 소설에는 19세기의 러시아와 폴란드의 혁명가를 그린 소설을 방불케 하는 감명이 있다"면서, "인류공통의 인도주의와 정의감이 이 소설을 통해 일깨워졌기 때문인데 예술에 국경이 없다는 것은 바로 이를 두고 하는 말이다"고 밝혔다.

문학평론가 윤병노는 이 작품에 대해 "이제 새삼 회상하기조차 몸서리쳐지는 일제 식민통치의 반세기를 작가는 《조선총독부》에서 실감 있게 재현시켜 주었다"면서, "우리 최근세사의 일대 오욕이 될 일제 식민정책을 다시 한 번 이 시점에서 도마 위에 놓고 갈기갈기 찢어 헤쳐보자는 작가의 의도는 어김없이 적중했다"고 평가했다.

역사소설을 읽는 이유로 흔히 흥미, 감동, 역사공부 등 3요소를 꼽는다. 그런 점에서 《조선총독부》는 이들 요소를 모두 충분히 갖추었다. 역사학자 겸 문학평론가로 활동했던 홍사중은 작가 류주현과의 대담에서 "얼마나 흥미진진했던지 며칠 밤을 꼬박 새우며 통독했는데 이런 경험은 처음이었다"고 털어놓았다.

교육과학기술부 장관을 지낸 공학자 김도연 교수는 《조선총독부》에 대해 "내 인생 최초의 대하소설大河小說이었는데 한 달에 한 번씩 읽는데도 매회 너무도 흥미진진했던 기억이 지금은 오히려 신기하게 느껴진다. 무단통치武斷統治의 데라우치 총독, 조금은 부드러웠다는 사이토 총독 등 소설 속 수많은 인물이 여전히 기억이 난다. 심지어 그들의 얼굴 생김새까지 머릿속에 남아 있는 듯한 착각이 들기도 한다. 그러고 보니 중학 시절 방학숙제로 《조선총독부》에 대한 독후감을 작성해 냈다가 선생님에게 칭찬받은 기억도 난다"고 회고했다.

《조선총독부》는 역사서에는 기술되지 않은 인간내면을 파헤친 점이 특장이다. 겉으로 드러난 팩트만을 서술하고 해석하는 게 역사 기술記述의 한계인 반면 역사소설은 등장인물의 고뇌, 욕망 등 내면세계도 파헤쳐 역사를 입체적으로 그릴 수 있지 않은가.

1919년 3·1 운동 이후에 부임한 제2대 조선총독 사이토 마코토齋藤實는 '문화정치'를 펴며 한국인의 불만을 누그러뜨렸다. 《조선총독부》는 문화정치의 본질을 명쾌하게 분석했다. 사이토 총독의 내면세계에 들어가 그의 음험한 속셈을 파헤쳤다는 점에서 소설가 특유의 통찰력이 돋보인다. 언론·출판·집회의 자유를 허용하고 헌병경찰제를 폐지하는 등 부드러운 통치를 펼친 것은 한국인의 독립의지 싹을 고사시키는 매우 교묘한 술책이라는 것이다. 역사교과서에서 뚜렷이 지적되지 않은 관점이다.

조선에서 무소불위無所不爲의 권력을 누린 역대 총독은 다음과 같다.

제 1대 데라우치 마사다케 (寺內正毅, 1910. 10~1916. 10)

제 2대 하세가와 요시미치 (長谷川好道, 1916.10~1919.8)

제 3대 사이토 마코토 (齋藤實, 1919.8~1927.12)

제 4대 야마나시 한조 (山梨半造, 1927.12~1929.8)

제 5대 사이토 마코토 (齋藤實, 1929.8~1931.6)

제 6대 우가키 가즈시게 (宇垣一成, 1931.6~1936.8)

제 7대 미나미 지로 (南次郎, 1936.8~1942.5)

제 8대 고이소 구니아키 (小磯國昭, 1942.5~1944.7)

제 9대 아베 노부유키 (阿部信行, 1944.7~1945.9)

이들은 일본 천황의 친임親任에 의해 임명되므로 어느 누구의 간섭
을 받지 않고 조선을 통치했다. 조선총독은 형식적으로는 총독부 정무
에 대해 일본 총리대신을 통해 천황에게 보고하고 재가를 얻도록 돼
있으나 실제로는 총리대신과 위아래 차이가 거의 없었다. 굳이 권력
서열을 따진다면 총리대신에 버금가는 2인자라 할까. 조선총독 대부
분은 육군대장 출신이다. 3대, 5대 총독인 사이토만이 해군대장 출신
이다. 이들 가운데 데라우치, 사이토, 고이소는 조선총독을 마치고
총리대신으로 승진했다. 9대 총독 아베는 총리대신을 지낸 후 조선 총
독으로 부임했다.

조선총독이 한반도의 통치자임을 상징적으로 보여주는 것이 조선총
독부 건물이다. 초대 총독 데라우치는 경복궁 근정전 앞에다 거대한 총
독부 건물을 짓는 야심찬 계획을 짰다. 1916년 6월 25일 지진제地鎭祭
를 지내고 공사는 본격 시작됐다. '동양 최대의 청사'인 조선총독부 건

물은 10년간의 공사 끝에 1926년 완성됐다. 총독부 앞 시야를 가리는 광화문은 철거해 경복궁 한구석으로 옮겼다. 광화문 돌 축대에 아치형 기둥을 올리고 일본 전통식 료쿠몬綠門을 세웠다. 푸른 잎사귀와 나뭇가지로 장식된 료쿠몬 양쪽에는 커다란 일장기가 펄럭였다. 낙성식은 일본 시정始政 기념일인 10월 1일에 열렸다. 1926년 그날 아침 총독부 기관지인 《경성일보》는 다음과 같은 논설을 썼다.

오늘 시정 기념일을 기해 총독부 새 청사 낙성식이 거행된다. 실로 지난 1910년 두 나라 합병 이래 16년 만의 일이다. 시정 기념의 이날, 새 청사 낙성의 의미를 반도 민중이 다 같이 옷깃을 여미고 깊이 생각하지 않으면 안 될 것이다.

한국인에게 치욕의 상징이었던 조선총독부 건물은 1995년 광복 50주년을 맞아 철거되었다. 김영삼金泳三 대통령의 '역사 바로 세우기'의 일환으로 다이너마이트 폭발로 사라졌지만 모질게 식민 지배를 당한 한국인들의 트라우마는 대代를 이어 면면히 핏속에 이어지고 있다. 이런 트라우마는 오늘날 일본의 극우 세력이 준동함에 따라 되살아난다.

오늘날 한·일 관계는 다시 갈등 국면으로 치닫는다. 2002년 한·일 월드컵대회 공동개최 이후 일본에서의 한류 바람 덕분에 양국 관계가 한동안 부드러워지더니, 2차 대전 1급 전범인 기시 노부스케岸信介 전 총리의 외손자인 극우파 정치인 아베 신조安倍晋三 총리가 2012년 재집권하면서부터 삐거덕거린다.

"역사를 모르는 사람은 조상이 받았던 비참한 고통을 되풀이하는 벌을 받는다"라는 말이 있다. 역사의 교훈이 얼마나 소중한지 깨우치게 하는 경구警句이다.

한·일 문제의 슬기로운 해법을 찾기 위해서라도 한국인들은 일제 강점기의 역사를 참 모습대로 알아야 한다. 독도 및 종군위안부 문제가 불거질 때마다 머리에 띠를 두르고 반일 시위를 벌이는 것만이 능사가 아니다. 조선총독부가 한반도를 얼마나 처절하게 수탈하고 당시에 살아간 우리 조상들이 얼마나 참담한 일상을 살았는가를 제대로 확인하고, 바르게 깨달아야 한다. 이에 대해 무지하면 이 땅에 발을 딛고 살아가기에 부끄럽지 않겠는가.

류주현의 《조선총독부》를 김세종의 삽화와 함께 다시 살린 것은 세월이 흘렀어도 이 작품의 문학적·역사적 가치가 여전하다고 판단했기 때문이다. 오래된 원고를 새 편집체제로 탈바꿈하는 작업을 진행하면서 편집진은 때때로 항일독립운동에 참여하는 환상에 빠졌다. 그만큼 몰입했으며 사명감을 가졌다. 불후의 명작 《조선총독부》가 '국민 소설'의 반열에 올라 널리, 오래 읽히기를 소망한다. 가히 가슴을 울리고 머리를 깨우칠 거작巨作이다.

류주현 실록대하소설

조선총독부 1
대한제국의 바람과 구름

차 례

운명의 전야

여기는 관서關西 땅, 유서 깊은 선천역宣川驛.

대한大寒 추위를 몰고 오는 북극의 눈발이 이틀째 내리다가 문득 멎었다. 그러나 하늘은 우중충하게 찌푸린 채 착 가라앉아 있었다.

모두들 술렁거렸다. 밤새 내린 눈을 쓸고 또 쓸어 역 구내엔 지푸라기 하나 없는데도 역졸驛卒들은 싸리비를 들고 이리 뛰고 저리 달리고 했다. 역전 광장에는 군중이 모여 서서 웅성거렸다.

이따금 삭풍朔風보다도 날카로운 호각 소리가 고막을 찢을 듯이 요란했다. 붉은 테의 제모를 깊숙이 내려 쓴 역장은 초조한 낯빛을 감추지 못했다. 그는 군도자루를 쥐고 서 있는 군복 차림의 사나이한테 다가서서 뭔가 조심스럽게 속삭이기도 했다.

한 손에 군도를 쥔 사나이는 입을 한번 씰룩하고는 코 아랫수염을 만지작거렸다. 그는 이 고장의 치안 경비를 도맡고 있는 헌병대장. 그러나 코 아랫수염을 연방 쓸어대는 품으로 보아 그도 역시 초조한 모습이다. 일본군 헌병들의 날카로운 눈빛이 번쩍이는 사이에는 간혹 풀

기 없이 어깨를 늘어뜨린 한국정부의 지방 관원들의 모습도 보였다.

정주역定州驛을 떠났다는 전갈을 받은 지 어느덧 한 시간. 막중한 귀빈들을 태운 궁정宮廷열차가 지금 막 선천역 플랫폼으로 들어서기 직전이다.

때는 1909년 1월.

남서순행南西巡幸이라는 이름 아래 조선왕조 최후의 국왕인 순종純宗 황제를 비롯한 정부의 원로 대관 백여 명이 시쳇말로 민정시찰차 부산, 대구, 개성, 평양을 거쳐 선천, 의주로 거창한 여행을 떠났다.

그러나 이 여행은 민정시찰이라는 허울 좋은 순행巡幸이지만, 실은 기울어진 나라의 마지막 등불인 서른한 살의 청년국왕이 사랑하는 백성들에게 작별의 인사를 고하려는 서글픈 행차에 지나지 않았다.

왕위순王位順은 27대, 조선조 5백 년 동안 병란兵亂을 피하는 몽진蒙塵 이외에 지엄한 국왕의 거가車駕가 구중궁궐의 두터운 문을 나서서 이런 변경에까지 온 일이 달리 또 몇 번이나 있었던가.

국왕은 그처럼 지엄하고 궁문은 그만큼 두터웠다.

"폐하께서 이런 변경邊境엘 행차하시다니."

"따지고 보면 통곡할 일이지."

"상감께서야 무슨 죄 있나. 그놈들이 궁궐 밖으로 끌어낸 거지."

"아마 불쌍한 민초民草들한테 작별 인사를 하러 다니시는 심정일 거야."

"작별 인사라니?"

"그렇잖구. 나라가 어디 당신 나란가. 옥새는 이미 그놈들 호주머니에 들어갔는걸….".

"쉬이— 놈들이 들을라!"

"쉬잇!"

구내에는 들어가지도 못하고 납작한 선천 역사驛舍 밖에서 서성거리는 백성들은 찌뿌둥한 겨울 하늘을 쳐다보면서 수군거렸다.

군중 틈새를 비집고 들어서는 어깨가 딱 벌어진 사나이 하나.

그는 연방 어깨를 추스르며 배 아래 괴춤 속으로 손을 가져갔다.

이때 찬바람을 가르는 호각 소리가 다시 한 번 요란하게 울렸다. 그러자 앙칼진 기적이 명부冥府에서 찾아오는 사자使者의 호령 소리처럼 들려왔다.

특별 열차가 플랫폼으로 들어서는 모양이다.

"기오쓰케(차렷)!"

목청을 돋우었다기보다는 발악 같은 외침 소리. 헌병대장의 구령. 절그럭거리는 기병도騎兵刀 소리. 죽음 같은 정적.

드디어 미끄러지듯 열차가 와 닿는다. 이윽고 승강대에는 흰 구레나룻을 성성이 나부끼는 대례복 차림의 노인이 나타났다. 휘청거리는 다리를 위엄으로 지탱하면서 천천히 플랫폼으로 내려섰다.

그는 플랫폼에 숙연히 도열한 지방 관원들을 가볍게 일별하고 나서 서서히 걸음을 옮기기 시작한다. 영국제 실크해트를 왼손에 벗어든 노인은 연방 웃음꽃을 흘리느라고 안면 근육을 씰룩거리며 걷는다.

그는 이토 히로부미伊藤博文. 대일본제국의 공작公爵. 메이지유신明治維新의 일등공신. 일본역사상 초대의 내각 총리대신으로 4번이나 수상 자리에 앉았던 원로. 칠십기망七十旣望으로 정계 뒷자리에 도사리고 있다가 제 나라 영토보다 얼마 작지 않은 한반도를 집어삼키는 대업을 위해서 나이를 무릅쓰고 자청해 나온 야심에 찬 정략가.

아니 그는 삼천리강토 2천만 백성 위에 군림한 왕관 없는 제왕이다. 그러기에 그 직함은 통감統監에 불과하지만 궁정열차 안에 단아하게 앉아 있는 대한제국 황제에게 마음에 없는 읍揖을 한 번 하고는 순행의 주역을 자신이 도맡은 것처럼 통역관만을 거느리고 열차에서 내렸다.

"민심의 동향은 어떠한고?"

"넷! 각하의 탁월하신 지도력으로 모든 백성들이 황공하옵게도 천왕 폐하의 성지聖旨를 깨달아 가고 있습니다."

헌병대장의 대답.

"으음! 그것은 반가운 일이군! 치안상태도 양호한가?"

"미련한 도배들이 가끔 출몰하긴 합니다만 많은 백성들은 통감 각하의 시정施政에 감읍感泣 순응해 가고 있습니다."

그러자 이토는 뒤에 선 구니이다 통역을 힐끗 돌아다보며 뜻있는 눈짓을 했다.

"헌병대장! 내가 듣기로는 이 고장 선천은 배일사상排日思想의 중심지역이고 민심도 몹시 불온하다고 하던데? 더욱이 기독교가 성해서 다른 지역보다도 통감부統監府에 대한 반발의식이 강하다고 하더군. 그러기에 나는 궁정열차를 일부러 여기에 세우도록 했네. 무지한 사람들을 깨우쳐 줘야 하니까 말이야. 어떤가, 헌병대장! 나는 이 고장 사람들에게 연설을 해야겠어. 마침…."

"각하 그것만은 …."

"마침 치안상태가 양호하다고 하니…."

"아니올시다. 통감 각하! 아직도 어리석은 도배徒輩들이 없지도 않습니다. 각하의 귀하신 몸을 …."

"괜찮아, 괜찮아! 영웅은 본시 4면 벽壁안에서 죽지 않는 법이니. 어서 안내하게. 어리석은 자들은 알아듣도록 깨우쳐줘야 돼! 민중들은 어디 있는가?"

너무나 뜻밖에 당하는 일이라 헌병대장은 '각하, 각하!' 하며 당황망조唐慌罔措할 뿐인데, 통감 이토는 헌병대장의 만류를 제압하며 그대로 출입구를 향해서 걸음을 옮긴다.

선천역 앞뜰에는 2천여의 군중들이 모여 서 있었다.

황제의 순행소식을 듣고 이게 무슨 변괴인가 싶어 백리길 멀다 않고 달려온 노인들, 가엾은 우리 임금의 용안龍顏이라도 멀리서나마 우러러보려고 모여든 유생儒生들, 이 나라에 군림하는 일본의 일등공신 이토 통감이 어떤 위인인가 호기심에 가득 찬 순박한 농민들, 5백 년 사직社稷을 일본에게 자진 넘겨주다시피 한 5적 대신五賊大臣 이완용李完用 등의 두꺼운 낯짝이라도 보러 온 젊은이들, 역전 광장에 모여 선 군중의 표정은 실로 형형색색이었다.

응어리져서 술렁대는 이 군중 속 한가운데로 시퍼런 일본도를 뽑아든 헌병대장이 인파를 가르며 앞길을 터 나가는데, 이토 통감은 자못 인자스러운 척 만면에 미소를 띠우며 좌우 군중에게 눈인사하기에 바쁘다.

군중은 비실비실 뒷걸음질을 치며 술렁거리기 시작했다. 그것은 너무나 뜻밖의 일이었다. 본시 예정에도 없었던 일일뿐더러 이 나라를 지배하는 헌병 정치의 최고 우두머리가 별다른 호위도 없이 군중 속으로 성큼성큼 걸어 들어오니 모여 선 사람들은 우선 어안이 벙벙할 수밖에 없었다.

저마다 옆에 선 사람들을 쳐다보며 통감이라는 저 늙은이가 무슨 수작을 부리려는 건지 의아한 눈초리로 궁금증들을 달래볼 뿐이었다.

별로 높지도 않은 언덕에는 어느덧 가설 연단이 마련됐다.

변보變報를 듣고 헐레벌떡 달려온 마쓰이 경무국장이 심각한 표정으로 이토에게 무엇인가 귀띔했다. 그러자 이토는 빙긋 웃고는 고개를 설레설레 흔들었다. 가슴팍까지 내려온 흰 구레나룻이 때마침 불어오는 바람결을 타고 나부꼈다.

잠시 후 이토의 연설이 시작됐다. 군중은 서서히 원진圓陣을 치기 시작했다.

그는 먼저 동양의 정세를 자기 나름으로 풀어 나갔다. 지난 4천 년 동안, 한국사람들을 못살게 침노하고 귀중한 재화를 뺏어간 자들은 누구냐? 그것은 저 중국대륙의 오랑캐거나 한민족漢民族이었다는 것이다. 중국대륙의 그 폭군을 아름다운 이 강토에서 몰아낸 자는 누구냐? 그것은 메이지 천왕의 영명한 성의聖意를 받드는 충용스러운 일본군대였다는 것이다.

청나라 세력이 이 반도에서 소탕된 뒤 오랑캐를 대신해서 무서운 곰이 나타났는데 그것은 누구냐? 북쪽의 러시아라는 것이다. 이 러시아를 쫓아버린 것은 누구냐? 그것 역시 대일본제국이라는 것이다. 그러니만큼 대일본제국은 한국사람에게 은혜를 가져다 준 하늘 아래에 둘도 없는 형제 나라라는 것이다.

이토는 여기에서 목청을 낮추어 나직이 속삭이듯 고사故事를 들추기 시작했다. 백제와 일본과의 친화 연합을 중심으로 한일 양국이 역사적으로 형제지간이었다느니, 고려 군사가 원나라와 연합해서 일본 하카다博多를 침공했지만 일본사람들은 원나라는 미워할망정 고려 사람들에겐 별다른 악감정을 품어본 적이 없다느니 하며, 늙은이답지 않은 교언영색巧言令色을 늘어놓았다.

그러다가 자신의 언변으로 군중들의 귓맛이 솔깃해졌으리라고 짐작한 대목에서 그는 차츰 열을 올리기 시작했다.

"지금 저 열차 안에 계시는 황제 폐하를 모시고 나온 조선통감으로서 이런 말을 하기는 송구스럽고 불경스런 느낌이 없지 않소이다만, 조선왕조 역대의 비정秕政은 마침내 이 나라를 빈사상태로 몰아넣고 말았으니, 밖에서는 오랑캐 이리떼가 피에 굶주린 듯이 노려보고, 나라 안 정사는 적쇠적약積衰積弱해서 시달리며 고생만 하는 것은 오로지 여러분 같은 선량한 백성들뿐이외다. 그러면 이 도탄에 빠진 민생과 기울어가는 국운을 부축해 도와줄 힘이 있어야 하겠는데 그 힘을 여러분은 어디서 구해 오겠다는 말이오? 그 힘은 오로지 역사적으로 형제지간의 우의를 돈독히 해 온 대일본제국밖에 또 어디 있겠소! 보호조약을 맺어 불초 이 사람이 대한제국의 황제 폐하를 보필하기 위하여 통감을 자청하고 나온 연유도 바로 여기에 있소이다!"

이토는 연단을 한 번 주먹으로 탕 치면서 군중들을 휘둘러본다. 그러나 주먹 소리에는 메아리가 없었다. 살을 엘 듯 살벌한 바람이 연단을 덮어씌운 커버 자락을 펄럭펄럭 낚아챌 따름이다.

찌뿌둥한 하늘보다도 더 찌뿌둥한 표정의 마쓰이 경무국장은 불안한 분위기를 더 이상 참지 못하겠던 모양이다. 그는 이토에게로 다가가서 대강대강 끝낼 것을 종용했다. 그러나 이토는 마지막 피치를 올리려는 듯 두 손을 높이 쳐들고는 말을 계속한다.

"나는 선천이 어떤 고장인가를 잘 알고 있소. 아직도 세계의 대세와 나라의 운명이 어떻게 돌아가는지를 깨닫지 못한 어리석은 무리들이 우글거리는 배일사상의 소굴이란 소릴 들었소. 그러기에 나는 열차를 일부러 여기에 멎게 해서 여러분과 직접 만나려고 했소. 만나서 서로 담판해 보자는 것이오. 내가 지금까지 한 말에 불만이 있는 사람은 손을 들어 보시오. 나는 그런 반대의견을 기꺼이 들으려 하는 것이오. 그리고 그런 사람을 깨우쳐 주는 데 시간과 정력을 아끼지 않을 것이오. 할 말이 있으면 누구든지 서슴지 말고…."

그러나 그의 번드르르한 언변에도 불구하고 군중은 하나 둘씩 흩어지기 시작했다. 헌병대장은 흩어져 가는 군중을 부릅뜬 눈으로 노려보다가 황급히 이토에게로 달려가서 한쪽 팔을 부축해 연단을 내려오게 했다.

⚬⚬⚬

흩어져 돌아가는 군중 속에 두 청년이 있었다. 키가 훤칠하게 큰 사나이는 성경책을 들었고, 그보다 한 뼘 가까이 키가 작고 어깨가 딱 벌어진 사나이는 어느 타향에서 잠시 찾아온 나그네 행색이었다.

"우리 상감을 봉영奉迎하러 나왔다가 왜놈 첨지僉知한테 설교만 듣고

가는군!"

키 큰 사나이의 말에, "통감이 황제보다 더 높은걸!" 한 손을 저고리 속호주머니에 집어넣고 무엇인가 만지작거리면서 어깨로 바람을 가르는 듯 걸어가는 나그네 행색의 사나이가 말을 받았다.

"그렇긴 하지. 그런데 명근이! 그 이토란 자, 구변은 괜찮은 편이지?"

"일본을 뒤흔들고 동양 3국을 호령하는 놈이니까 그럴 만도 하잖은가. 그렇지만 변설로는 아무래도 그분만은 못해."

"그분?"

"거 있지 않아. 신민회新民會의 안창호安昌浩 말이야. 도산島山 선생. 정말 도산 선생의 변설이야말로 청산유수지. 들어볼 만하외다. 그분 변설 듣고 눈물 안 흘리는 사람 없고, 웃음 안 웃는 사람 없고, 주먹 불끈 안 쥐는 사람 없고, 입술 질끈 안 깨무는 사람 없다니까."

안명근安明根은 이렇게 말하면서 이토의 일행이 사라져가는 선천 역사를 매서운 눈빛으로 힐끗 돌아다보고는 어금니를 씹는다. 그리고는 키 큰 사나이를 보고 중얼댔다.

"아아 어서 봄이 와야 할 텐데!"

"아직 대한大寒추위가 남았네."

"대한 추위가 매워야 오는 봄이 따뜻한 법이던가?"

그들은 동구 밖 갈림길에 왔다.

안명근이 먼저 작별 인사를 했다.

"그럼 수고하게. 난 이 길로 정주定州로 내려갈 참이야."

"하룻밤 묵어서 가라니까. 명근이 자네가 왔다는 걸 알면 반가운 구면들이 구름같이 모여들 텐데."

"아냐, 난 갈 길이 급해. 더구나 눈이라도 많이 내려 길이 막히면 오도 가도 못하고 귀중한 시간을 허비하게 될 테니까. 안부나 전해 주게. 이 안명근이 아직 죽지 않았다고. 아마 1년에 한 번쯤은 이 선천엘 들를 거라고."

성급하게 말한 안명근은 뒤도 돌아보지 않고 성큼성큼 걸어가기 시작했다. 성경책을 옆에 낀 키다리 사나이는 멍청히 서서 사라져가는 안명근의 뒷모습을 언제까지나 바라보고 있었다. 안명근이란 사나이는 인적 드문 오솔길에 접어들자 옷매무새를 고쳐 잡았다.

그것을 멀리서 지켜보고 서 있던 키다리 청년이 혼자 중얼거렸다.

"차아식! 권총이라도 가졌다는 건가!"

눈이 또 내리려는가 보다. 하늘은 더욱 찌뿌둥하게 가라앉아 있었다.

한편, 궁정열차로 돌아온 이토는 그야말로 의기양양했다. 가슴을 활짝 펴고 여봐란 듯이 일행을 둘러보았다.

그의 그런 위엄은 임금을 모시고 있는 이완용, 송병준宋秉畯, 조중응趙重應 같은 한국정부의 각신閣臣들 앞에서 의식적으로 부려보는 허세가 분명했다.

이토는 국왕에게 연설을 마치고 돌아온 것을 아뢰고, 이내 저희 통감부의 고관들이 앉아 있는 객차로 돌아가 앉았다.

그는 옆에 있는 고야마 시의侍醫를 향해서 한마디 던졌다.

"고야마 군. 구급붕대는 준비하고 있었겠지?"

군중 가운데 불온한 청년이 있어 불의의 습격이라도 받으면 어떡하나 하고 불안했던 잠재의식을 드러낸 농담이었다. 고야마 시의는 애타게 졸이던 마음이 이제야 풀렸다는 듯이 지게 소쿠리만큼이나 큰 입을 떡 벌려서 뻐드렁니를 마구 드러내고 웃었다.

열차는 선천역을 떠나 다시 북으로, 북으로 미끄러져 가기 시작했다.

남서순행의 마지막 예정지인 의주義州로 가는 것이다.

압록강 굽이굽이 9백 리 물이 서해 바다로 합쳐드는 서북지방의 요충인 의주. 임진왜란 때, 도요토미 히데요시가 보낸 20만 대군에 몰려 서울을 벗어난 임금 선조宣祖가 서북으로 끝없는 먼 피난길을 떠난 끝에 무사히 몽진蒙塵했던 유서 깊은 고장. 팔도강산을 온통 짓밟은 왜병의 토족土足이 유독 이곳만은 넘나 보지 못한 비경秘境 같은 의주.

그러나 세월은 흘러 3백 년. 지금은 도요토미 히데요시나 가토 기요마사가 아닌 메이지의 문관 이토가 대한제국의 황제를 인질로 하다시피 반강제로 출궁시켜 순행이라는 허울 좋은 미명으로 궁정열차의 마지막 일정을 그 의주로 들이대는 것이었다.

열차가 선천 땅을 벗어나 의주 가까이로 들어설 무렵에는 황제는 황제대로, 이토는 이토대로, 이완용, 송병준은 그들대로, 저마다 착잡한 감회에 젖은 채 날씨 사나워져 가는 연변 풍경에다 시름없는 시선을 던졌다. 특히 황제의 안막眼膜에는 부왕父王인 고종황제의 실의와 분노가 엇갈린 그 착잡하던 모습이 확대되어 어른거렸는지도 모른다.

회상回想은 자연 3년 전 늦가을로 거슬러 올라간다.

1905년 11월. 간지干支는 을사乙巳.

고종황제 집정하의 광무光武 9년.

러·일 전쟁이 일본의 승리로 매듭지어진 해이다.

미국 포츠머스에서 열린 러·일 양국의 강화講和담판은 영토 할양割讓과 배상금 문제로 상당한 파란을 겪었으나 미국 대통령 루스벨트의 적극적인 거중조정居中調整으로 마침내 결실을 보게 되었다.

그 조약 내용을 대충 요약해 보자.

첫째, 대한제국에 대한 일본의 우월권을 인정한다.

둘째, 청국 정부의 승인을 전제로 해서 요동반도의 조차권租借權과 남만주 철도를 일본에 위양委讓한다.

셋째, 북위 50도 이남의 가라후토樺太島 = 사할린를 일본이 차지한다.

넷째, 연해주沿海州 연안의 어업권을 일본에 허여許與한다.

이러한 조약 내용이 일본국민에게 알려지자 그들 가운데는 피를 흘려 승리를 얻은 전승의 대가로서는 너무나 보잘 것 없다며 강화조약 대표 고무라小村壽太郎에게 마구 욕을 하고 심지어는 그를 암살하려는 살벌한 분위기로 돌변했다.

아마도 많은 일본인들이 그들의 승리가 완전무결한 것이며 러시아는 완전히 패배한 것으로 착각한 것 같다. 그러나 그렇지가 않았다. 비록 러시아의 발틱 함대는 일본해군에 의해서 전멸되었지만 러시아의 육군은 건재했다. 봉천奉天 대회전에서 일본군이 큰 승리를 거둔 것처럼 알려졌지만, 기실 크로포토킨 장군 휘하의 러시아 육군 40만은 별 다른 손실도 없이 하얼빈지구로 질서정연한 철수를 감행해서 앞으로 닥쳐올 하얼빈 지역 대회전大會戰에서 일본육군을 무찌를 준비에 여념이 없었음을 그들은 몰랐다. 더욱이 일본의 국력은 전쟁을 더 수행하기 어려운 막바지 한계점에 도달했음도 알지 못했다.

그러니까 승전 기분에만 도취한 일본국민들은 남만주나 가라후토樺太는 고사하고 시베리아 전체와 러시아 황제의 왕관까지라도 뺏어올 수 있다고 착각하고 있었다.

— 고무라 주타로는 할복 자살하라!

— 배신자 고무라를 교살絞殺하라!

도쿄 시내를 누비며 돌아가는 살기등등한 외침이 날마다 높아갔다.

사태가 그토록 험악해지자 정계 뒷자리에 도사리고 앉아 있던 원로 이토가 메이지 천왕에게 자기의 구상을 설명했다.

"폐하, 정치인들에게는 그들대로의 명분이 있사옵고, 국민들의 불만 역시 그들대로의 이유가 있사옵니다. 그 어느 쪽도 나무랄 수 없는 이치오니, 이제 어떤 돌파구를 찾지 못한다면 국정國政은 날로 소연해질 것이옵니다. 그러한즉 국민의 불만을 해소시켜 줄 적절한 방책을 강구해야 하리라고 생각하옵니다."

"지당한 말이오. 적절한 방책을 말해 보시오!"

이토는 잠시 감읍하는 기색을 보인 다음,

"대한제국을 폐하의 성지가 미치는 판도로 만드는 일인가 하옵니다. 다행히 포츠머스 강화조약에서 한반도에서의 일본의 우월권이 승인되

었은즉 그 우월권을 구체화하면 될까 하옵니다. 우선 한국 국왕의 지위
는 명목상 그대로 유지케 하고, 그곳을 통치하는 일본통감부를 설치하
여 보호정치를 펴보는 것도 하나의 방략이 될까 하옵니다."

천왕은 묵묵히 눈을 감고 있다가 결심한 듯 입을 열었다. 이른바 옥
성玉聲이다.

"이토 경의 충성과 특출한 지혜를 짐은 믿겠소."

이토의 할 말은 또 있었다. 그는 한층 용기를 내어 오랫동안 구상해
온 한국경략經略의 실천방안을 세세히 설명한 다음,

"폐하, 이 막중한 대업을 수행하려 신 이토는 황공하옵게 폐하의 성지
를 받들고 한국으로 가올까 하옵니다. 바라옵건대 이 늙은 이토에게 폐
하와 국가에 봉공할 수 있는 마지막 기회를 베풀어 주시옵소서."

그 자신이 한국병탄의 전권을 도맡을 것을 자청했다.

이토는 기어이 현해탄을 건너 서울에 입성했다. 11월 8일. 러·일
강화조약이 조인된 지 두 달밖에 안 될 무렵이었다.

서울에 들어선 이토는 먼저 경운궁慶運宮으로 고종황제를 찾아가서
내한來韓인사를 드렸다. 고종황제는 그의 내한 목적이 심상치 않음을
미리 통찰했으니 그의 인사를 받으면서도 표정은 시종 굳어 있었다.

어린 몸으로 군왕 자리에 오른 이래, 대원군의 섭정攝政을 거쳐 명성
황후와의 시달림을 겪으며 친히 국정을 보살피기 어언 30여 년. 그동
안 고종이 겪은 세상 풍진風塵은 문자 그대로 산 넘어 산, 강 건너 강의
연속이었다. 갑신정변, 동학민란, 청일 전쟁, 갑오경장, 강화도 조
약, 명성황후 시해, 아관 파천, 러일 전쟁, 독립협회의 활동과 친일 유

신회의 발호 등 굵직한 사건을 꼽는 데만도 열 손가락이 모자랐다.

이제 60을 바라보는 장년의 황제는 어지러이 돌아가는 세태와 인정의 기미를 파악하는 데 범상凡常을 초월한 경지에 있었다.

이토는 노회한 정치경세가政治經世家다. 고종황제의 그러한 인품과 재지才智를 모를 리 없었다. 그는 메이지 천왕이 고종황제에게 전하는 친서를 전달한 다음 수인사를 자못 정중하게 늘어놓았다.

고종은 고맙다는 답인사를 간단히 내리고는 이토에게 물었다.

"원로에 수고가 많소이다. 그리고 이번 전쟁에서 일본의 승전을 축하하오. 짐朕, 듣자니 이토 경이 무엇인가 선물을 가지고 오셨다는 풍문, 어디 그것을 나에게 보여주시구려!"

고종은 입가에 국왕다운 웃음을 띠고 이토를 쏘아보았다. 그러한 황제의 눈매는 이토의 머릿속뿐 아니라 가슴 안, 뱃속까지도 꿰뚫을 듯했다. 노련한 정치가 이토도 고종의 위엄 있는 눈총을 보자 묵묵히 머리를 조아리며 어찌할 바를 모르다가 슬며시 어전에서 물러나 그 길로 인천으로 내려갔다.

이토가 물러간 다음, 고종은 궁정을 거닐면서 하늘을 우러러보았다. 아직 눈발은 내리지 않았지만 앙상한 나뭇가지에 휘감기는 바람이 제법 차가웠다. 희뿌연 하늘에는 늦가을을 재촉하는 뭉게구름이 북악산 영마루를 넘고 있었다.

뒷짐을 지고 뜰 안을 서성거리던 고종은 천 갈래 수심愁心이 오고가는 침통한 심정으로 내전에 들면서 뒤따르는 시종무관장侍從武官長 민영환閔泳煥을 향해서 나직하게 말했다.

"저 이토란 자가 심상치 않구나. 그자는 스스로 동양의 비스마르크를 자처한다면서? 그 흉측한 자가 또 무슨 수작을 벌이려고 왔는지 짐은 몹시 궁금하다. 조정대신들이 잘들 처리할 줄은 알지만."

고종은 문득 발밑에 날아와 떨어지는 은행잎 하나를 주워 들고는 창연히 한숨을 쉬었다. 계절을 가리키는 낙엽이었다.

------❖------

그날, 인천으로 내려간 이토는 저들의 공사公使로 먼저부터 와 있던 하야시 곤스케林權助와 더불어 밤새 계책을 꾸몄다. 먼저 하야시 공사가 한국정부의 외부대신 박제순朴齊純과 교섭하여 한국의 외교권을 박탈해 버리는 이른바 한일 신조약안韓日新條約案을 흥정하도록 했다.

그리고 하야시와 하세가와長谷川好道 일본군 사령관이 한국정부의 대신들을 개별적으로 설득하여 이 한일 신조약에 동조하도록 각개격파 전술을 쓰기로 결정했다.

그래도 유유낙낙하지 않는 대신과 고종황제는 이토 자신이 맡는다. 작전 본부는 정동의 손탁孫鐸 호텔로 잡는다.

이러한 협박작전의 골자가 그날 밤 인천 숙소에서 숙의되었다.

손탁호텔의 주인 미스 손탁은 서울에 주재한 각국 외교단과 사교계의 한 떨기 명화名花였다. 미스 손탁이 있는 곳엔 귀족 신사가 언제나 따랐고 그녀가 가는 곳에 발랄한 웃음꽃이 피었다.

그녀는 본시 알자스로렌 태생이었다. 독일과 프랑스의 국경지대에 있어서 전쟁이 있을 적마다 독일 땅도 되고, 프랑스 땅도 되는 기구한 운명의 고장을 고향으로 가진 미스 손탁이, 아시아의 발칸이고 극동의 알자스로렌과도 같은 한국땅에 생애의 후반기를 발붙였다는 것은 야릇한 인연이다.

미스 손탁이 자기 동생의 남편인 웨베르 러시아 공사를 따라 서울에 온 것은 1885년, 서른두 살 때였다. 온화한 성정性情과 우아한 미모의 미스 손탁은 곧 명성황후의 눈에 들어 왕궁의 외인 접대계라는 직함을 위촉받았다. 미스 손탁이 소개하는 진기한 서양의 의복과 요리는 물론 음악, 미술에서부터 역사에 이르기까지 그 새로운 지식은 명성황후의 호기심을 채워 주는 데 부족함이 없었다.

마침내 그녀는 정동에 있는 왕궁 소유의 토지와 가옥을 하사받아서 정동구락부貞洞俱樂部라는 것을 만들어 놓고 조정에 드나드는 귀족 현관顯官이나 서양 유학을 하고 돌아온 구미파 청년 논객論客들의 사교장으로 제공했다. 서울의 서양 풍물은 모조리 정동구락부에서 흘러나온다는 말까지 나돌았다.

갑신정변 실패 후 미국에 망명하여 서양의사가 돼 귀국한 서재필徐載弼, 일본유학을 마치고 상해, 미국을 거쳐서 돌아온 신진 논객 윤치호尹致昊, 민 씨 문중의 수재로서 영국과 미국에 유학했던 민상호閔商鎬, 진령군眞靈君의 제사에 참예하여 명성황후의 총애를 독차지했던 이범진李範晋. 그리고 권세를 누리는 이완용李完用 등 쟁쟁한 명사들이 손탁구락부에 드나들었다

더욱이 손탁구락부는 청·일 전쟁을 전후해서는 러시아파와 프랑스파까지 합류해서 친일정권을 공격해대는 배일론排日論의 발상장소가 되기도 했다.

따라서 미스 손탁은 정객을 상대로 하는 비밀결사의 요화妖花로 변모

해 갔다. 그러나 미스 손탁은 마음씨 곱고 의義를 아는 아름다운 용모의 여성이었다. 숱한 정객과 외교관들 사이에 끼어서도 몸가짐에 흐트러짐이 없었고, 품성에 어긋나는 풍문이 없었다.

1902년 10월에는 새로 양관洋館을 지어서 손탁호텔이라 부르고, 미스 손탁 자신이 여주인이 됐다. 2층은 왕족 귀빈 외교관 정객들의 숙사를 마련했고, 아래층은 일반 손님들의 숙박 집회 식당으로 충당했다.

그러나 어찌하랴. 피할 수 없는 운명이었다. 러시아 공사의 처형妻兄이 경영하는 손탁호텔이 한국병탄倂呑의 전초부대인 하야시 일본공사 일행한테 침범을 당했으니 말이다. 호텔이라는 영업체의 운명인지도 모른다.

하야시 일행은 손탁호텔을 그들의 본거지로 하고 앉아서 우리 정부의 고관들과 빈번하게 어울렸다.

그달 11일 저녁이었다. 까만 우스티드 복지로 된 드레스를 걸친 미스 손탁은 거울 앞에 서서 머리채를 매만지고 있었다. 다갈색 머리 사이에 한두 올 희끗희끗한 흰 머리털이 불빛을 받아 한층 돋보이지만 여인의 얼굴은 어딘가 귀공녀다웠다.

누군가를 초조히 기다리는 듯, 가끔 문 밖으로 시선을 던지곤 했다. 미스 손탁은 서서히 창문께로 다가갔다. 마침 문 밖에 인력거 멎는 소리가 들려왔다. 미스 손탁은 황망히 현관으로 달려 나갔다.

인력거에서 내린 사람은 학부대신學部大臣 이완용이었다. 이완용은 미스 손탁을 보자 겸연쩍은 듯이 물었다.

"일본공사의 숙소는 2층 몇 호실이지요?"

미스 손탁은 그 물음에는 대답도 않고,

"학부대신께서 잘 오셨습니다. 그러지 않아도 긴히 말씀드릴 일이
있었는데…."

앞장을 서서 미스 손탁이 안내한 곳은 일본공사의 거실이 아니라 자
신의 내실이었다. 이완용과 마주 앉은 그녀는 조용히 입을 열었다.

"대감, 여기 잠깐 앉으셔서 제 말씀을 귀담아 들으세요."

사뭇 위압하는 말투였다. 미스 손탁은 이번 이토가 내한한 목적이며,
하야시 일본공사의 술책을 그에게 세세히 일깨워 주고는 포츠머스 러일
강화조약에 얽힌 외교 흥정의 비화까지 귀띔해 주었다.

당초 일본 측이 내놓은 강화조약안 제2조에는

— 러시아는 일본국이 한반도에서 정치상 군사상 및 경제상의 탁절
  한 이익을 소유할 것을 승인하고 일본국이 한국에서 필요하다고 인
  정하는 지도 보호 및 감리의 조처를 취할 때 이를 간섭하지 않기를
  약속할 것.

으로 되어 있었으나 대한제국 황제의 주권을 침해하거나 이 나라의 주
권을 소멸시키는 조항에는 국제 조약상 러시아 단독으로는 조인할 수
없다고 러시아 대표가 완강히 반대했다는 것, 따라서 강화조약의 본문
에서는 이 나라의 주권主權 문제를 기입하지 않기로 작정하고 다만 일본
측 전권대사의 결의 표명을 회의록에 기입해 두는 것으로 그쳤다는 것,
그리고 그 회의록에는,

— 일본국 전권위원全權委員은 일본국이 장래 한국에 대해 취할 필요
  가 있다고 인정되는 조치가 한국의 주권을 침해할 경우에는 한국정부

와 합의 후에 집행할 것을 성명함.

이라고 기록되었으니 한국정부와 합의 없이는 일본도 마음대로 하기는 어려운 일임을 암시해 주었다.

세고世苦를 모르는, 그러나 상류사회에서 귀한 꽃처럼 곱게 늙는 미스 손탁은 이슬방울이 맺혀 더욱 파아래진 눈을 손수건으로 가리면서 마지막 애원인 듯 이완용에게 다시 지나간 일들을 일깨웠다.

"정말 세월은 빨라요. 제가 한국에 온 지 어느새 20년. 세상 인정도 많이 바뀌는군요. 대감! 대감이 우리 정동구락부를 드나드셨을 때 대감은 누구보다도 나라를 걱정하는 애국지사였죠. 서재필, 윤치호, 민상호 같은 훌륭한 분들과 함께 서구문명을 들여와서 한국도 어서 개화하고 특히 일본의 야망을 경계해야 된다고 기염을 토하셨지요? 그런데 이제 와서 어찌 대감께서⋯."

그녀는 뒷말을 차마 못하고 말았다.

그녀의 말에 의하면 외부대신 박제순이 벌써 다녀갔다는 것이다. 그는 하야시 공사로부터 이른바 '일한 신조약'의 초안문을 제시받고 몇 마디 주고받다가 우울한 표정으로 돌아가더라는 것이다.

이완용은 묵묵부답으로 자리에서 일어났다. 그는 하야시가 초조하게 기다리는 2층으로 올라갔다.

하야시 공사의 말은 손탁이 들려준 이야기를 반증했다. 물론 일국의 학부대신으로서 그러한 기미를 전혀 모르지는 않았다. 그러나 손탁의 정의情誼어린 귀뜀과 하야시의 협박에 가까운 말을 듣고 보니 그것은 이미 움직일 수 없는 현실로 실감되어 왔다.

그러나 이완용으로서는 다짐이 필요했다.

"하야시 공사! 강화조약 회의록에는 대한제국의 주권을 일본정부가 변경시킬 수 있다고 기록되어 있소?"

"한국정부의 동의를 얻어서 — 라는 단서가 있지요. 그러기에 이렇게 학부대신을 초치한 것이 아니겠소. 외부대신도 조금 전에 다녀갔소만 그분도 그리 반대는 않습디다!"

하야시 곤스케는 이렇게 말하면서 학부대신 이완용을 지그시 노려보고는 다시 말을 이었다.

"그러니 말이오. 그 강화조약 조문 때문에 지금 일본국내에서는 물 끓듯 하고 있소. 고무라는 불만에 가득 찬 국민들에게 맞아 죽을까 봐 쥐도 새도 모르게 귀국하자마자 피신했소. 대감 잘 들으시오. 일본국민의 폭발하는 불만을 달래주는 길은 이 '일한 신조약'밖엔 없소. 알아 들으시오? 그리고 우리가 귀국의 주권을 빼앗자는 것도 아니고 황제 폐하의 신분은 물론 대감들의 정부도 그대로 유지시키되, 단지 통감부를 설치해서 귀국의 피폐한 국정을 쇄신하도록 지도한다는 것뿐이오."

다시 이완용의 눈을 무섭게 노려보면서 하야시는 말을 맺었다.

"대감, 지금이야말로 대의를 위해서 소절小節을 희생시킬 결단의 시각이오. 알아서 처결하시기 바라오."

노골적인 협박이고, 그럴싸한 회유이고, 일종의 최후통첩이었다.

손탁호텔엔 이완용이 돌아간 다음에도 대신, 중신들이 뻔질나게 드나들었다. 호텔은 밤을 도와 켜져 있는 불빛 속에서 무서운 진통을 치렀다.

그러나 하야시의 각개격파 전술이 예상보다도 잘 들어맞지 않자, 인천 숙사에 도사리고 앉아서 보고에 일희일우一喜一憂하던 이토는 서슬 퍼런 일본헌병대의 삼엄한 경계를 받으면서 서울로 들이닥쳤다.

그는 먼저 손탁호텔로 한국정부의 전각료全閣僚를 초치하여 최후의 협박을 가했다. 참정대신參政大臣 한규설韓圭卨 이하 8명의 대신이 하야시 일본공사에게 톡톡히 욕을 보았다.

그리고 이내 이토는 덕수궁으로 들어가서 고종에게 그가 가지고 온 선물의 정체를 드러내 보였다. 이른바 한일 보호조약의 초안이다.

이토가 들이댄 초안을 단숨에 읽은 고종황제는 용상에서 벌떡 일어나면서 언성을 높였다.

"이토 경이 가지고 온 선물 보따리가 바로 이것이었구려! 내 미리 짐작 못한 바 아니었소! 그러나 이토 경, 잘 들으시오! 그리고 돌아가서 메이지 국왕에게 잘 전하시오! 짐, 이 나라를 위해 목숨을 내줄지언정 이런 조약은 들을 수 없노라고!"

누구 있어, 고종 앞에서 또 입을 놀리겠는가. 달리 또 할 말이 있을까. 고종은 분연히 용상에서 내려와 내전으로 들었다.

고종의 뒷모습을 바라보는 이토의 얼굴에도 일순 경련이 일었다. 동양의 비스마르크를 자처한다지만 그 순간엔 감히 그도 할 말이 없었다.

왕궁을 물러나온 이토는 손탁호텔로 다시 직행해서 하세가와 군사령관을 급히 불러들였다. 도마 위에 올려놓은 고기를 단숨에 칼질하는 비상수단을 강구하는 밀의密議가 시작됐다. 이토, 하야시, 하세가와가 둘러앉았다.

"국왕의 고집이 대단하니 최후수단을 강구해야겠소!"

이토의 말에,

"헌병들은 벌써부터 칼을 벼르고 있었소이다."

하세가와 군사령관이 대꾸했다.

"참정대신 한규설 이하 두셋을 제외하고는 모두 설복된 셈이외다."

하야시의 득의에 찬 보고가 있었고, 그들의 눈에 핏기가 어렸다. 야욕野慾이란 좀체로 체념되지 않는 것, 흐르는 물줄기처럼 줄기찬 것이다.

━━◆◆◆━━

날이 새어 11월 16일엔 아침부터 진눈깨비가 내렸다.

서울의 추위는 예로부터 진눈깨비가 몰고 오는 것, 서울의 진산鎭山들은 이 진눈깨비로 정기가 흐려졌고, 이 나라의 궁궐인 덕수궁의 나뭇가지엔 차가운 빙화氷花가 열렸다.

차비를 단단히 차린 이토는 하세가와 대장이 거느리는 일본헌병들을 앞뒤로 거느리고 또다시 궐내에 들어갔다. 보호조약 초안의 참뜻을 고종황제가 잘못 해석한 듯싶어 말하자면 성이聖耳를 깨우쳐 드리려고 예궐했다니 실로 기가 막혔다.

이토는 황제에게 동양 3국의 정세며 메이지유신 후의 일본의 융흥隆興이며 한반도에 대한 러시아의 야욕이 아직도 시퍼렇게 살아 있다는 점 등을 진강進講처럼 한바탕 늘어놓고는 다시 그다운 회유와 협박으로 보호조약안을 받아들여야 한다고 역설했다.

이토의 말이 계속되는 동안, 하세가와와 몇몇 헌병 졸개들은 지당한 말씀이라는 듯 감격하고 있는데 근엄한 표정으로 듣던 고종은 이토의 말이 끝나자마자 다음과 같은 한마디를 남겼다.

"그대가 일본국에 충성을 다하듯이 짐도 내 국토와 창생蒼生을 끝까지 지키겠소. 태조대왕께서 왕업을 일으키신 이 왕조, 5백 년 사직을 짐의 손으로 결딴낼 수는 없소!"

이토는 전날처럼 또 맥없이 물러 나왔다. 여전히 진눈깨비가 후줄거리는 길을 손탁호텔로 돌아가는 이토는 인력거 안에서 구레나룻을 쓸어내리며 혼자 중얼거렸다.

"운명의 날은 내일이다! 내일이다! 11월 17일, 내일이다!"

다시 날은 새어 11월 17일.

흥흥한 민심이었으나 서울 장안은 아직 고요한 새벽이었다. 어둠이 채 걷히지 않은 거리엔 갑자기 군화 소리가 어지러웠다. 일본헌병들이 거리로 쏟아져 나왔다. 그들은 장안의 큰 대문 집만을 찾아 요란하게 문을 두드리고 다녔다. 서울을 비롯한 경향京鄕 일부는 이미 일본헌병대가 치안권을 도맡은 지 오래다.

러시아의 스파이를 잡는다는 구실로 서울 일원의 경찰권을 빼앗은 일본군이었으므로 한국정부의 대신들을 궁중에 급히 부를 때도 일본헌병들이 사졸使卒노릇을 해 왔다. 그런데 이날의 사졸들은 특별한 용무로 날뛰었다.

"학부대신 각하, 오늘 궁중에서 어전회의御前會議가 있으시답니다. 급히 궐내에 듭시라는 전갈이옵니다."

실은 이토와 하야시가 꾸며낸 수작이었다. 이토는 고종의 굳은 뜻을 휘어 꺾기 위해서는 어전회의를 열게 하여 이미 저들에게 항복한 대신의 수효가 우세함을 이용해서 다수결로 밀어 버리자는 심산이었다.

어전회의에 참진한 대신들은 고종이 용상에 앉자 모두들 심상찮은 감회로 머리를 숙였다. 5백 년 사직의 명운命運을 결판내는 자리에서 누군들 황제의 얼굴을 정면으로 바라볼 수 있겠는가.

이윽고 고종이 운을 떼었다.

"경들은 머리를 들어 나를 똑바로 보오. 짐이 무슨 긴 말을 하겠소. 짐은 이 나라의 운명을 오로지 경들의 명찰明察에 맡기오. 5백 년 사직의 명운은 그대들에게 달려 있소."

이리하여 이토가 제시한 보호조약안을 조상俎上에 놓고 전후 5시간의 회의가 계속되었다. 그러나 신통한 결론이 나올 리 없었다.

그러자 어전회의의 결과만을 초조히 기다리던 이토가 하야시 공사와 하세가와 대장으로 하여금 수십 명의 일본헌병을 거느리게 하고 궐내로 들어가 어전회의에 직접 참석했다. 총칼을 든 일본헌병들이 이 나라의 어전회의장을 둘러싼 것이다.

이토는 득의에 차서 보호조약 초안을 스스로 조목조목 읽어 내렸다. 그러자 한쪽에서 버럭 고함 소리가 났다.

"안 될 말이오! 내 비록 목에 칼이 들어와도 절대로 안 되오!"

참정대신 한규설의 부르짖음이었다.

"헌병! 이 노인을 딴 방으로 모시도록 해!"

이토가 명령했다. 한말韓末의 비운을 걱정하던 노재상老宰相은 항거하다가 별실에 감금됐다.

"외부대신, 당신의 의견을 말씀하시오!"

이토가 외부대신 박제순에게 묻자, 이번엔 고종황제가 용상에서 벌떡 일어났다.

"정부에서 잘 협상해서 선처하도록 하라!"

차마 앉아서 더 못 보겠던 듯싶다.

이처럼, 죄인을 심문하듯 가부可否를 다짐하는 이토에게 끝내 자신의 소신을 굽히지 않는 이는 탁지부대신度支部大臣 민영기閔泳綺와 법부대신 이하영李夏榮뿐이었다.

"아하, 대감들도 저 참정대신처럼 욕을 봐야 알겠소?"

이토의 협박에 민영기, 이하영 두 대신은 거침없이 면박했다.

"나는 대한제국 황제 폐하의 신하이지 그대를 위한 대신은 아니외다!"

사태가 점점 험악해지자 학부대신 이완용이 참견을 했다.

"이토 각하! 학부대신 이완용의 의견으로는 이 조약문의 문구를 몇 자 고쳤으면 좋을까 생각하오."

이완용은 조약문 서문에 몇 자와, 대한제국 황실의 안녕과 존엄을 유지할 몇 자의 문구를 삽입하자고 제안했다. 그러자 이토의 낯빛이 금시에 누그러졌다.

"학부대신께서는 참으로 좋으신 말씀을 하셨소. 문구 수정은 뒤에 조용히 하기로 하고 우선 이 조약문의 기본만 받아 주면 되는 것이오!"

군부대신 이근택李根澤, 내부대신 이지용李址鎔, 외부대신 박제순朴齊純, 농상공부대신 권중현權重顯 등도 모두 이완용의 제의에 동조하면서 최후의 책임은 황제 폐하에게 있다는 둔사遁辭를 농하고 찬성 편에 손을 들었다.

좌중을 휘둘러본 이토는 엄숙하게 그러나 역시 멋대로 지껄였다.

"참정대신과 탁지부, 법부의 3대신이 반대하셨지만 찬성하는 대신이 다섯 분이므로 이 조약안은 한국정부에서 가결된 것으로 아오!"

그러자 하야시 공사가 이토의 말을 받아서,

"마에마 통역관을 외부外務部로 보내서 한국정부의 인장印章을 가져오도록 합시다. 대감들은 그동안 앉아 기다리시오!"

한 나라의 운명을 결판내는 문서에 찍힐 도장은 이렇게 저들이 달려가서 금고 열쇠를 멋대로 열고 빼앗아 왔다.

"자, 외부대신, 당신의 손으로 도장을 찍으시오!"

박제순의 손은 힘없이 떨릴 뿐이었다. 그러자 이토가 박제순의 떨리는 손을 낚아채 끌어다가 조약 문서에 도장을 찍어 버렸다.

탕, 탕탕 — 하야시 공사의 날인捺印이 마지막으로 끝나자, 이토는 수인사도 없이 자리를 떴다.

속칭 5조약으로 불리는 그 내용은 다음과 같다.

보호조약

일본정부와 한국정부는 양 제국을 결합하는 이해 공통의 주의를 공고히 하고자 한국부강의 실實을 인정할 수 있을 때에 이르기까지 차목적을 위하여 다음과 같은 조관條款을 약정함.

　제1조. 일본국 정부는 재동경 외부성을 경유하여 금후 한국의 외국에 대하는 관계 및 사무를 감리監理지휘할 것이오, 일본국의 외교대표자 및 영사는 외국에서의 한국의 신민 및 이익을 보호할 것임.

　제2조. 일본국 정부는 한국과 타국 간間에 현존하는 조약의 실행을 완수하는 임무에 당하고, 한국정부는 금후 일본정부의 중개를 경유

치 않고서 국제적 성질을 가진 어떠한 조약이나 약속도 하지 않기를 상약相約함.

제3조. 일본국 정부는 그 대표자로 하여금 한국 황제 폐하의 궐하에 1명의 통감을 치치置하되, 통감은 외교에 관한 사항을 관리하기 위하여 경성에 주재駐在하고 친히 한국 황제 폐하에게 내알內謁하는 권리를 유유有함. 일본국 정부는 또한 한국의 각 개항장 및 기타 일본정부가 필요하다고 인정하는 지역에 이사관理事官을 두는 권리를 가지되, 이사관은 통감의 지휘 아래 종래 재在한국 일본영사에 속하던 일체 직권을 집행하고 아울러 본 조약의 조관을 완전히 실행하기 위하여 필요로 하는 일체사무를 장악할 것임.

제4조. 일본국과 노국露國과의 사이에 현존하는 조약 및 약속은 본 협약에 저촉되지 않는 한 모두 다 그 효력이 계속하는 것임.

제5조. 일본국 정부는 한국황실의 안녕과 존엄을 유지하기를 보증함.

위의 증거로 하여 하명下名은 본국 정부에서 상당한 위임을 수受하여 본 조약에 기명조인記名調印함.

광무 9년 11월 9일
대한제국 외부대신 박제순
메이지 38년 11월 17일
일본제국 특명전권대사 하야시林權助

을사乙巳년 11월 17일, 자정이 넘도록 실랑이를 벌이던 '보호조약'은 마침내 3대신의 극력 반대와 5대신의 찬성으로 각의통과閣議通過라는 형식을 가장해서 궁내부대신 이재극李載克을 거쳐 고종황제의 칙재勅裁를 강요하기에 이르렀다.

후일 다음과 같은 꿈 이야기가 구전口傳해 온다.

어둠이었다. 바늘구멍만 한 데서 들어오는 빛도 없다. 발돋움해도, 손바닥 살이 터져 나가도록 벼랑을 더듬어도, 벼랑의 흙만 무너져 내릴 뿐 지친 몸은 함정 밑으로 떨어질 따름이었다. 멀리 아득하게 산새 소리가 들려온다. 그는 또 함정에서 벗어나려고 안간힘을 쓴다. 역시 헛수고였다. 함정의 사람은 지칠 대로 지쳐 버렸다. 냉기 흐르는 흙바닥에 주저앉아 멍청하니 머리 위만 쳐다본다. 열길 함정이 천길만길이나 아득해 보인다. 그때였다. 한 가닥의 빛이 함정 위로 유성流星처럼 흘렀다. 함정의 사람은 미친 듯이 소리쳤다.

"오오 빛, 오오 저 횃불!"

함정의 사람은 두 손을 휘저어 빛을 잡으려고 버둥댔다.

"오오 횃불, 횃불!"

그러자 옆에서 누군가 어깨를 흔들어댔다. 엄비嚴妃의 손길이었다.

그는 눈을 떴다. 꿈이었다. 황제 고종이 꿈을 꾸었다.

"수상한 꿈이로다. 횃불을 봤구려!"

침상에서 일어나 앉은 고종은 악몽에 시달려 몸에 흥건히 밴 땀을 삼팔주紬수건으로 닦아내면서 그렇게 혼잣말을 뇌까렸다.

그때 황제 앞에 신문 한 장이 바쳐졌다. 11월 20일자 〈황성신문〉이었다. 고종의 눈이 한 곳에 머물러 못 박혀 버렸다. 지사志士 장지연張志淵이 집필한 논설이 도도히 전개되고 있었다.

시일야是日夜 방성대곡放聲大哭

저번에 이등伊藤后侯가 한국에 왔을 때 어리석은 우리 백성들이 서로 말하기를 "后侯는 평소에 동양 3국의 정족안녕鼎足安寧을 주선한다고 자담하던 사람이므로 오늘날 그가 와서는 반드시 우리나라의 독립을 굳게 부식扶植할 방략을 권고하리라"하여 항港, 인천에서 경京, 서울에 이르기까지 관민 상하가 환영함을 불승하였더니, 천하사에는 측량키 어려운 일도 많구나. 천만 꿈 밖에 5조약이 어찌하여 제출되었는고. 이 조약은 비단 한국을 망하게 할 뿐 아니라 동양 3국의 분열을 빚어낼 조짐이라 하겠다. 그러면 이토 히로부미의 본래 주의主義가 과연 어디 있는가.

그는 비록 그렇다 하더라도 우리 대황제 폐하가 강경하신 성의로 거절함을 부기하셨은즉 그 조약이 성립되지 못한 것은 이토 히로부미 스스로가 알았을 것이어늘, 희噫 저 돈견豚犬만도 같지 못한 우리 정부의 대신이란 자들이 영리를 생각하고 으름장에 움찔해 머뭇거리고 벌벌 떨면서 매국賣國의 적이 되어 4천년 강토와 5백년 종사를 타인의 손에 봉헌하고 2천만 생령을 모두 타인의 노예노릇을 하게 만들었다.

개돼지만도 못한 외부 박제순 및 각 대신은 족히 심책할 것도 못되거니와 저 명색 참정대신총리이란 자는 정부의 수좌에 있음에도 불구하고 단지 '否'자로서 색책塞責하여 이름거리나 장만하려고 하였던가.

김청음金淸陰의 열서곡裂書哭, 문서를 찢으며 통곡도 불능하고, 정동계鄭桐溪의 도할복刀割腹, 칼로 배를 가름도 불능하고, 언연偓然히 저 세상에 생존하였으니 무슨 면목으로 우리 강경하신 황상 폐하를 다시 대하며 무슨 면목으로 2천만 동포를 다시 대하겠단 말인가.

아아 원통하고 아, 분하다! 우리 2천만 동포여 살았느냐? 죽었느냐? 단기檀紀이래 4천 년, 국민정신이 하룻밤 사이에 망하고 말았구나!

통재痛哉라, 동포여 동포여!

"오오 꿈에 본 횃불은 바로 이것이로다!"

고종은 〈황성신문〉을 엄비에게 넘겨주고는 창망한 심정을 달래가며 궁정 뜰 아래로 내려선다.

추색秋色짙은 11월, 햇빛 없는 바람이 살결에 차가웠다. 젖빛 안개가 걷혀 가는 남산의 푸른 송백松柏이 지척인 듯 눈앞에 들어왔다.

"저기 남산 왜장대倭將臺에 통감부統監府가 들어서겠지!"

고종의 얼굴이 보기 흉하도록 일그러졌다.

"내 만승萬乘의 제왕이더니 이제 내 위에 외적이 군림한단 말인가!"

⎯⎯◆◆⎯⎯

간단없이 흐르는 것, 시간이란 마음을 갖지 않는다. 슬픔이 하늘 땅 사이에 충만하거나, 기쁨이 있어 세상을 크게 웃기거나 말거나, 선혈鮮血이 흙과 풀뿌리를 물들이는 싸움이 벌어졌거나 말거나, 시간은 마음 없이 흐를 따름이다. 승자의 홍소哄笑도 패자의 슬픔도, 국토를 빼앗긴 어떤 민족의 처절한 통분도, 아랑곳하는 법 없이 시간은 촌각寸刻을 유예 않고 그저 흐를 뿐이다.

그날 이후 수삼일이 흘렀다. 불운의 황제 고종은 침전인 함녕전咸寧殿 깊숙이 들어앉아 외부와의 모든 접촉을 피하면서 명상에 잠겼다.

"은垠이 올해 몇 살이던고?"

"폐하도…. 열한 살 아니오니까."

황제 고종은 다시 침묵했고, 왕자 은垠=英親王을 옆에 앉힌 엄비는 소리 없이 한숨을 뽑았다. 해는 이미 졌는데 날씨는 지분거리고 있다.

"〈황성신문〉을 들이라 하구려!"

"일인이 정간停刊시켰다고 아뢰지 않았사옵니까. "

고종은 침통한 얼굴로 묵묵히 고개를 끄덕였고, 엄비는 불안한 동작으로 어린 왕자의 머리를 쓰다듬었다.

"이젠 내게 보여주는 신문도 없고 달갑게 맞이할 중신들도 없단 말이오?"

"영국사람 배설裵說이 경영하는 〈대한매일신보〉가 있사옵고, 방방곡곡에서 통곡하는 폐하의 백성들이 있사옵니다. "

"영환泳煥은 왜 아니 돌아오오?"

"18일의 변보를 듣고 향리에서 곧 돌아온 모양인데 아직 입궐하지 않고 있사옵니다. 들라 할까요?"

"버려두구려. "

시종무관장 민영환을 몹시 기다렸다. 고종이 가장 믿는 사람 중의 하나다.

"폐하!"

고종이 감고 있던 눈을 번쩍 떴다. 남달리 두 눈이 부리하게 맑은 엄비는 아까부터 주저하던 바깥소식을 입 밖에 냈다.

"폐하, 학부대신 이완용의 집이 불벼락을 맞았다 하옵고… 군부대신 이근택은 자객이 뒤를 쫓는 통에 제 집에도 못 들고 전전긍긍한다 하옵고… 많은 중신들이 이번 보호조약을 파기하시도록 폐하께 상소할 차비를 서두른다 하옵니다. "

그러자 고종은 버럭 역정을 냈다.

"보호조약? 그 말이 그처럼 수월하게 입 밖으로 나온단 말이오? 누가 누구를 보호한다는 조약이오!"

엄비는 고개를 숙였고 고종은 안면에 온통 경련을 일으켰다. 이때 상궁尙宮 김충연金忠淵이 황급히 달려와서 엄비에게 귓속말을 남기고 물러갔다. 엄비의 낯색이 단박 변해 버렸다.

"이토가 변을 당했다 하옵니다. 수원水原에 사냥 갔다가 변을 당했다 하옵니다."

"사냥? 사냥이라 ….."

"안양 근처에서 어느 농군農軍이 던진 돌에 맞았다 하는군요."

"죽지는 않았겠군!"

"크게 상하지는 않았사오나 앞일이 상서롭지 못할까 저어됩니다."

고종은 침상에서 두 다리를 뻗었다.

"상서롭지 못하다니 어떻게 상서롭지 못하오? 그 농군의 마음은 이 나라 온 백성의 마음 아니겠소? 저들이 무슨 짓을 할 수 있단 말이오? 계정桂庭은 아직 소식이 없나?"

고종은 잠시 전에 물은 말은 까맣게 잊은 듯이 또 민영환의 소식을 묻는다. 계정은 민영환의 아호다.

"곧 입궐하라 하였사옵니다."

엄비는 잠시 전에 들어왔던 상궁에게 미리 분부해 놓았다. 고종의 심회를 달래 줄 수 있는 이는 민영환밖에 없음을 익히 아는 까닭에 수소문해서 속히 입궐케 하라고 한 것이다.

"그가 보고 싶구려. 필시 무슨 일을 꾸미고 있지나 않을는지요. 그렇지 않고서야 어디….”

어찌 이처럼 소식이 없겠느냐는 뜻이었다.

———◆———

조선통감 이토 히로부미가 사냥길에서 봉변을 당했다는 비보飛報는 그날 저녁 무렵 장안에 파다하게 퍼졌다. 그러나 그 소식을 누구보다도 일찍 안 것은 손탁호텔에 두문불출 도사리고 있는 미모의 외국인 여자 미스 손탁이었다.

그도 그럴 것이 이토의 본거지는 아직도 손탁호텔이다. 그들이 돌아올 예정시간이 훨씬 넘도록 아무런 연락이 없어서 손탁은 자기 거실에서 나왔었다. 마침 이 나라에 주재하는 외국 공관장들이 대부분 아래층 홀에 모여 앉아 정보를 교환하며 이미 일본한테 외교권을 빼앗긴 대한제국에 계속 머물러야 할 것인가를 토론하고 있었다. 그 자리에 이토의 봉변 소식이 날아든 것이다.

손탁은 입가에 잔잔한 웃음을 흘리면서,

“지각없는 사람들이지, 지금 사냥하러 다닐 때에요? 꿩 한 마린들 저희 것이 아닌 걸!”

그런 말을 하고 나서,

“이제 시작되는군요….”

한국백성들의 반발이 이제야 시작되는 모양이라고 자기의 심경을 은연중에 누설했다.

“내 오늘 여러분한테 술 한 잔 내겠습니다. 실컷 마시세요.”

이날 밤 이토 일행이 돌아오지 않은 손탁호텔엔 밤늦게까지 불빛이
휘황했다.

사실 그렇다. 꿩 한 마리인들 저희 것은 없다. 그러나 이토는 하야시
공사와 더불어 수원 방면으로 사냥을 떠났었다. 아마도 대한제국을 요
리하고 이 백성을 사냥하려는 상징적 행동이었으리라.

돌아오던 기차 속에서 어느 이름 없는 이 땅의 농군이 던진 돌팔매 세
례를 받았던 것이다. 농군 김태근金台根은 돌멩이 하나로 그를 죽이지는
못했다. 그러나 그것이 한국인의 마음임을 충분히 알려준 셈이다.

11월 22일 저녁이었다.

"각하! 손탁호텔은 경비가 소홀합니다."

고야마小山 헌병대장이 흉흉한 장안의 민심을 이야기하면서 숙소를
바꾸도록 권했다. 그래서 이토 일행은 손탁호텔로 돌아가는 것을 포기
하고 하세가와 군사령관의 병영숙사로 들어갔다.

국상國喪이란 말이 있다. 다른 뜻으로 쓰이는 것이지만 나라를 잃은
것도 문자 그대로 국상이 아닐까.

장안의 상가商街는 일제히 문을 굳게 닫고 슬픔을 표시했다. 모든 학
교는 수업을 중지했고 만백성은 비분에 잠긴 채, 끓는 피가 소용돌이쳐
몸 둘 곳을 몰랐다.

낙향했던 선비들이 줄을 지어 한양길에 오르고, 5조약의 진부眞否를
가리려는 백성들의 초조해하는 소리가 삼천리강산을 들끓게 했다.

"5적五賊을 박살내라!"는 함성과 함께 강제로 체결된 이른바 보호조
약을 즉각 폐기하도록 황제에게 상소하는 피 끓는 함성이 서울을 향해
서 총진군을 개시했다.

"명성황후의 시해는 좀 과격한 장난이었던가 싶습니다."

일국의 국모國母를 살해한 만행을 '장난'이라고 표현하는 고야마 헌병대장의 정세보고는 다음과 같이 계속됐다.

"전참판前參判 민종식閔宗植은 3남 지방을 두루 돌아다니며 폭도를 규합한 바 있습니다. 지금은 충청도 정산을 근거지로 삼고 소위 의병義兵을 일으킬 기세입니다. 각하."

"각하! 영국인 배설裵說이란 자가 발행하는 〈대한매일신보〉는 논조가 몹시 선동적이고 적의에 차 있습니다. 무슨 짓을 해서든지 폐간하는 게 마땅하다고 봅니다."

고야마 헌병대장은 열심히 정세보고를 하고 있으나 이토는 연방 쑤셔오는 무릎 상처로 오만상을 찌푸릴 뿐이었다. 큰 상처는 아니다. 타고 있던 객차의 유리창을 뚫고 날아든 돌멩이에 무릎을 좀 상했을 뿐이다. 그러나 이토는 그 상처를 결코 가벼운 것으로는 생각지 않았다.

'불길한 예고구나!'

앞으로 겪어야 할 한민족의 반발, 그것의 전초만 같아 마음이 무거웠을지도 모른다.

통감 이토는 한참 동안 상념에 잠겨 있다가 별안간 긴장하면서 옆에 있는 하세가와 사령관을 향해 입을 열었다.

"그만한 소란이야 어찌 없겠소. 자기네 국권을 빼앗겨 원통해하는 무리들이 약간 항거하리라는 것쯤 이미 각오했던 바요. 통곡하는 자 실컷 통곡하도록 내버려두오! 며칠 안 가서 그 눈물이 마르고 말 것이오. 〈대한매일신보〉는 영국인의 발행이라니 내버려둘 수밖에 없지만 거기 종사하는 한국인 기자들을 모조리 매수하거나 위협해서 붓끝을 무디게 하시오. 물론 〈황성신문〉은 못 나오도록 두고두고 정간이고. 그리고 가장 중요한 것은 국왕을 철저히 감시하는 일이오. 이미 우리 편에 들어선 박제순, 이완용 등의 대신은 별일 없겠지만 이번 조약에 불만을 품은 대신이란 자들과 고종과의 접촉을 철저히 단속해야 되오. 궁궐 밖에서 벌어지는 사소한 난동이야 우리 병력으로 다스리면 되지만, 궁궐 안에서 조약 파기 따위의 선언이 국왕 명의로 나온다면 그것은 우리의 크나큰 수치가 아니겠소?"

이토는 잠시 말을 멈췄다가 이번에는 하야시 곤스케 공사에게 시선을 돌려 엄하게 지시했다.

"하야시 공사! 당신이 이제 할 일은 한국정부를 개조하는 것이야! 우선 그 한규설인가 하는 참정대신을 갈아치워야 해! 공사가 잘할 줄 아오만 우선 이런 구실을 붙일 수도 있겠지. 거, 17일 밤 어전회의 때 국왕 앞에서 한규설이 부린 오만불손하고 불경스러운 태도는 용납할 수 없다고 말야. 이런 때는 대한제국의 국법이라는 걸 끌어다가 옭아매는 것이 상책이지. 알겠나!"

말하는 이토는 지그시 한 눈을 감으며 자기의 지혜에 스스로 만족하고 감탄하는 눈치였다. 하야시 공사나 하세가와 사령관, 그리고 고야마 헌병대장은 백번 지당하고 희한한 계책에 감격했다는 듯 경의를 표하고 자리를 떴다.

며칠 후, 하야시 공사의 사주를 받은 이완용, 박제순 등 역족대신逆族大臣들은 참정대신 한규설을 기어코 그 자리에서 몰아냈다.

그리고 평리원平理院은 덩달아서 3년 유배형을 그에게 씌워 고종의 윤허를 받으려고 했다. 그러나 함녕전에 깊숙이 들어앉은 고종에게 한규설 유배형이 품신되었을 때 황제는 낯빛을 흐렸다.

비록 정부의 수장으로서 모든 대신들을 옳게 통어統御하지는 못했을 망정 저들의 총부리 앞에서 5조약안을 단연코 반대한 노재상에게 벌을 준다는 것은 너무나 가당찮았기 때문이다.

조칙詔勅이 내려졌다.

— 유배형을 즉시 보류하라!

이 무렵 고종은 내심 비장한 각오로써 은밀한 밀서密書를 마련하고 있었다.

함녕전 침전에 어둠이 짙어 시종 궁인들도 잠자리에 들었을 자정 무렵이다. 썰렁하게 불어대는 초겨울 찬바람에 나뭇가지 흔들리는 소리를 창밖으로 들으며 고종은 멀리 미국에 돌아가 있는 헐버트에게 저간의 민민悶悶한 심정을 적은 사신私信을 기탁하기로 했다.

'그는 비록 학자이지만 우리 역사의 증인이 될 충분한 자격이 있는 사람!'

이렇게 단정한 고종은

— 짐은 최근 총칼의 위협과 강요하에서 한·일 양국 간에 체결된 이른바 보호조약이 무효임을 선언한다. 짐은 이에 동의한 적이 없고 앞으로도 결코 동의하지 않을 것이다. 이 뜻을 미국 정부에 전달해 주기 바란다.

11월 26일자로 된 이런 뜻의 서한은 일본관헌들의 감시의 눈을 교묘하게 피해서 청국 지부 경유로 헐버트에게 전달되는 데 성공했다.

언어학자이고 역사학자로서 《한국사》, 《대동기년》大東紀年, 《한국견문기》 등을 저술한 미국인 헐버트는 〈대한매일신보〉를 창간한 영국인 배설과 그리고 웨베르 러시아 공사의 처형인 미스 손탁과 더불어 풍운風雲 드높은 대한제국 말년의 측면사 속에 크게 점 찍혀질 인물 중의 하나였다.

헐버트에게 보내는 밀서가 국제 외교 정치상 공식적으로 무슨 효능을 나타내리라고는 아무도 기대하지 않았다. 그리고 고종으로서는 그러한 밀서나마 비밀리에 탁송함으로써 후일을 기약하려는 가냘픈 저항으로 자위自慰해야 했다.

이 무렵 고종 앞으로는 전임 대관前任大官들이 피를 토해서 지필紙筆에 담은 듯한 상소문이 날마다 그 수를 모르게 답지했다.

의정부議政府 참찬參贊 이상설李相卨의 상소문.

종일품從一品 이유승李裕承의 통곡하는 글.

법부주사法部主事 안병찬安秉瓚이 보낸 호소.

원임原任 의정대신議政大臣 조병세趙秉世의 직언.

더욱이 충남 정산定山 향제에서 노구老軀를 무릅쓰고 병상에서 써 올린, 거유巨儒이자 전참판前參判이던 최익현崔益鉉의 글은 고종의 아픈 심장을 갈기갈기 찢어놓는 듯 격렬한 것이었다.

— 군위君位가 아직 사라지지 않고 민족이 아직 멸하지 않고 각국의 사신이 아직 철귀撤歸하지 아니한 때에 소위 5조약은 폐하가 다행히도

인준하지 아니하셨사오니 그 조약은 역신배의 허약虛約에 불과한 것이온즉, 폐하께서 이제 박제순 이하 5역逆의 목을 베어 매국의 죄를 밝히시고 다시 외교의 관을 임명하시어 일본공사관에 조회, 그 허약을 파기하시고 또 각국 공사관에 의뢰하여 일본의 시강능약侍强凌弱하는 죄를 성토하셔야 될 줄 아옵니다. 그 길만이 폐하의 심지와 백성의 청원을 각국에 알리시고 분발 진작, 망亡을 전轉하여 존存을 얻고 사死를 회回하여 생生을 얻을 수 있으오리다.

이제 그러하지 못하옵고 활연히 외축畏縮할 뿐이면 나라는 망하는 도리밖에 없사옵고 이미 망하게 되었사오니, 무엇을 꺼리시며 못할 일이 어디 있으오리까. 설령 왜인倭人의 노怒를 사서 이보다 더 욕된 일이 있다 하더라도 폐하는 어찌 명국明國의 의종毅宗이 순국한 것을 모르시나이까(의종: 역도逆徒 때문에 나라가 망하자 자분하여 죽었음).

최익현의 이 격렬한 상소문은 더욱 열을 올리며 계속되고 있었다.

— 폐하는 저 제순배齊純輩의 역도들을 어떻게 처치하시렵니까. 을미정변明成皇后 참살사건의 역도도 물론 역도이지만 이번 박제순 등의 5역은 실로 그런 역도보다 더한 만고의 대역으로서 곧 저 5역은 임금을 시해하거나 어버이를 죽인 죄보다도 더 큰 죄상이오니 폐하께서 어찌 참고 그들을 버려두시렵니까. 이제 폐하께서 한번 영令만 내리시면 만민 불구대천不俱戴天의 원수인 5적을 사법관의 손을 빌리지 않고서도 쉽게 거리의 시체로 만들 것이옵니다.

폐하, 신은 폐하의 권우眷遇에 감격된 중에 아직 죽지 아니하고 병에 얽매어 있으므로 억지로 일어나서 폐하를 뵈오려 하오나 병마의 잔구殘軀로 일어서다가 다시 엎드려지므로 폐하를 뵈옵지도 못하고 오로지 북향사배北向四拜하고 눈물 비 오듯 흘리며 이 글월을 올리오니, 폐하께서는 한낱 수사垂死의 신臣이 넋 없이 지껄이는 말이라고 버리지 마시옵고 시급히 신이 상주上奏하는 뜻을 살피시와 매국 5적을 베어 없이 하시고, 5조의 허약을 폐기하셔서 수망垂亡의 이 나라를 길이 보존케 하시옵소서. 신, 익현은 통곡하며 비올 뿐이옵니다.

일찍이 청년국왕 고종이 대원군과 명성황후 사이의 골육상잔骨肉相殘이 치열했을 때 최익현이 올린 상소 한 장에 크게 힘입어 사친私親 대원군 거세去勢에 결정적 쐐기를 삼았던 일이며, 요로의 대신들이 최익현의 처벌을 강력히 주장했음에도 오히려 그를 두둔하여 호조참판을 제수除授했던 결사決事며, 마침내는 반대파의 극성이 너무나 창일漲溢해서 그를 벌주는 척하면서도 도리어 그의 신변을 보호해 주느라고 제주도로 유배 아닌 유배를 보냈던 일이 엊그제의 일처럼 선연히 머리에 떠올라, 그 피를 쏟는 듯한 상소문을 받아든 고종의 감회는 실로 비감悲感 그것이었다.

고종은 신음하듯 독백했다.

"가난한 집에 효자가 나고, 나라 망할 즈음에 충신 나온다 함은 이를 두고 말함일까. 오호라! 가엾은 최 충신! 이제… 이제는 …."

이때 누군가 측근이 함녕전 두터운 문을 황급히 두드린다.

"폐하! 대궐 앞뜰에 엎드린 원임原任중신들이 아직도 퇴거하지 아니하고 기어코 폐하를 뵙고자 하옵니다."

황제는 그 소리를 듣고 길게 한숨을 뿜었다.

"밤도 깊었는데 이제 내 무슨 말을 더 한단 말이냐. 이미 낮에 일러둔

대로 조용히 퇴거하라고 잘 타이르도록 하라. 짐 역시 심사가 어지럽노라고!"

"폐하, 그러하오나 전임참정前任參政 조병세趙秉世는 일흔여섯의 노구로 땅에 엎드려 한사코 5조약을 폐기하시는 성음聲音을 들어야만 물러나겠다고 하옵니다."

고종은 한탄하듯 혼자 뇌까린다.

"그 충정忠情, 짐 아노라. 심상훈, 민영환, 이근명 등도 역시 그 심경 같으리라. 일러라! 지금 밤도 깊었고, 그 막중한 일을 어찌 짐 혼자서 처결할 것인가고!"

그리고 고종의 목소리는 별안간 짜증 섞인 노기로 변해 버렸다.

"영환이 한 짓이렷다. 먼저 입궐은 않고!"

날이 새어 27일.

고종황제의 퇴궐명령을 받고도 죽기를 맹세한 조병세는 진눈깨비가 내려 질척거리는 뜰 안마당에 죽은 듯이 엎드린 채 일어서질 않았다.

그러자 일본헌병들이 와르르 몰려와서 고종의 어명을 빙자하고는 76세의 노신老臣 조병세를 대한문大漢門 밖으로 질질 끌어냈다. 밖으로 끌려 나온 조 노인은 거적을 깔고 그 위에 엎드린 채 통곡을 계속했다. 낮이 되자 장안의 백성들은 구름처럼 모여들어 노인의 통곡에 화합했다. 삽시간에 대한문 앞은 인산인해를 이루고 그 형세는 점차 광포狂暴해져 불시에 대궐 문을 부수고 노도怒濤처럼 궁성 안으로 밀려들 기세였다.

이윽고 일본관헌의 급보를 받은 고야마 헌병대장이 일단의 살기등등한 기마헌병騎馬憲兵을 몰고 대한문 앞에 들이닥쳤다. 조병세는 반항 끝에 그들이 몰고 온 마차에 실려 헌병대로 끌려갔다.

대한문 앞은 일본헌병들이 겹겹이 진을 쳐서 살기가 등등해졌다.

마침 전동典洞 거처에 돌아가 있던 계정桂庭 민영환은 이 소식을 듣고 치를 떨었다. 일본관헌이 칼을 뺐다고 해서 수수방관 물러설 수는 없는 일. 민영환은 안절부절못했다.

일찍이 세도 재상 민겸호閔謙鎬의 장남으로 태어나 부러울 것 없는 권문세도權門勢道 속에서 자라난 민영환.

그의 조부인 판서 민치구閔致久는 흥선대원군 이하응李昰應의 장인이니 영환은 고종황제의 내외종간이 된다. 고종의 생모인 여흥부대부인驪興府大夫人이 곧 영환의 고모님이다. 17살에 장원급제하여 문무겸비한 준재俊才로서 여러 관직에 있다가 아버지 민겸호가 임오군란 때 궐기한 군중들에게 참살을 당하니 그때 영환의 나이는 23살이었다.

그러나 갑신정변을 치른 다음 민 씨 일족이 재차 세력을 잡자 관운은 다시 트여 병조판서로, 궁내특진관宮內特進官으로, 또 1896년 34살 때는 특명전권공사로 미국, 영국, 네덜란드, 오스트리아, 독일을 거쳐 페테르부르크로 가서 러시아의 황제 니콜라이 2세의 대관식에까지 참례한 바 있다. 이는 주한 러시아 공사 웨베르의 이면책략이 주효한 것이기도 하지만 우리나라 역사상 처음으로 유럽에 파견된 외교사절로서 당시 이미 외교 지식과 영어에 능통한 윤치호尹致昊를 수석 수원隨員으로 대동했으며 양복을 가장 먼저 입은 사람이다.

척신세도戚臣勢道정치의 대표적 인물로서 그가 구미 각국을 견문하게

된 여행은 그로 하여금 구미 선진국의 새로운 사조와 문물에 크게 자극
받는 계기를 마련해 주었다.

그해, 1898년 11월, 이 나라의 개혁파인 독립협회獨立協會가 국정의
쇄신을 부르짖으며 만민공동회萬民共同會를 개최하여 고루한 수구파守
舊派 정객들을 매도해서 정국이 자못 어지러워졌을 때, 척신세도 민 씨
일문一門의 권속인 영환이 흔연히 독립협회의 주장을 공명 지지한 것은
그의 대단한 결단이었다. 그것은 권세 있는 척신戚臣들을 적으로 돌린
의로운 총명이며 용기였다. 그는 마침내 참정대신에 오르기까지 했다.

민영환은 실로 썩은 민 씨 족벌 속에서 특출하게 나타난 한 마리 고
고한 학鶴과 같을까. 고종은 그를 지극히 사랑했다.

민영환은 분연히 일어섰다. 비록 보호조약이 강제체결되던 17일에
는 전부인前夫人의 면례일緬禮日 = 이장로서 경기도 용인군 향제에 내려
가 있었으나 심상치 않은 변보를 듣고 그는 18일 저녁녘에 급거 상경했
다. 숨을 돌릴 사이도 없이 그는 조병세 원임참정을 수장으로 옹립하고
심상훈, 이근명 등 전임대신들과 함께 황제한테 달려가서 조약 폐기를
요청하기로 했던 것이다.

그러나 고종은 그들에게 퇴궐하라는 선언을 내렸고 조병세는 일본헌
병대에 개 끌리듯 끌려가 버렸다.

"심 대감, 어서 차비를 하시지요. 대한문은 비록 일본관헌이 지키고
있다지만 지금 그런 것을 괘념掛念할 때가 아닌 것 같소."

전동典洞 거처를 나와 심상훈을 찾아간 민영환이 또다시 임금께 계속
간언하기를 종용하는 말이다.

"동감이오. 어서 가 봅시다. 더욱이 조 대감이 왜놈들에게 끌려갔으

니 가만히 보고만 있어야겠소? 오늘은 결단을 내야 할 날이오. 무슨 수를 쓰던지 폐하를 뵈옵고 조약 파기의 성지를 듣기까지 버팁시다."

"민 대감의 의견에 동감이오. 그러나 역적무리들이 안에서 황제를 둘러싸고 밖에는 왜병들이 문을 지키니 될까? 민 대감, 주상을 뵐 수 있을까?"

"주상께서 어떤 결단을 내리시려 해도 그 뜻을 역적들이 온갖 수단을 다해서 막을 것이오. 그렇다고 앉아서 죽음을 기다릴 수도 없는 일. 비록 오늘 그 자리에서 폐하의 결단을 못 얻는 한이 있더라도 후일을 위한 매질이 될 것 아니겠소."

"옳은 말씀이오. 민 대감, 어서 나가 봅시다."

민영환과 심상훈은 다시 백여 명의 원임 관원을 인솔하고 대한문 앞에 이르러 꿇어앉았다. 그리고 통곡했다. 그 통곡 소리는 궐내에까지 진동했다.

수많은 시민들이 삽시간에 운집했다. 드디어 궐내로 들어가려는 군중과 그들을 제어하는 관졸들 사이에 실랑이가 벌어지고 궁궐 앞은 마침내 처절한 수라장으로 화했다. 이 소식은 꼬리를 물어 군중은 시시각각 늘어났다. 주먹을 휘둘러 대며 궁궐 담장을 뛰어넘어서라도 국왕을 만나 담판을 지어야 한다고 외치는 혈기 찬 청년들도 있었다. 양손에 돌멩이를 움켜쥐고 단박이라도 팔매질을 할 기세로 대한문 안을 노려보면서 민영환, 심상훈 등의 한마디 지시만을 기다리는 청년들도 있었다.

그러나 고종의 반응은 궁궐 밖으로 전해 나오지 않았다. 뿐인가. 하야시 공사가 박제순 등에게 압력을 가해서 시위 군중들을 잡아 가두도록 했다. 고종황제의 어명을 빙자하는 관졸들이 달려들어 민영환, 심상훈 등 수십 명을 평리원平理院: 지금의 고등법원으로 끌고 갔다.

민영환은 평리원에 가서도 뜻을 굽히지 않고 울부짖었다.

"나라가 망해 가는데 그대들은 누구의 백성인가. 나라 있어 제왕이 있고, 제왕이 있어 백성이 있는 법 아닌가. 이 민영환은 언감 국왕께 불경스런 일을 했다 해서 그것을 벌한다면 달게 받겠다. 그러나 국운이 명각命刻에 있는 지금 5조약 폐기 요청의 뜻은 죽어도 굽힐 수 없다! 이 뜻을 황제께 밝히 전하고 또 일인들에게도 전하라!"

평리원에 수감되어서도 뜻을 굽히지 않고 완강히 항거하는 민영환과 심상훈 등의 동정을 전해 들은 고종은 눈시울을 적시며 한탄했다.

— 그들의 말인즉 백번 지당하도다. 이 나라에 충신이면 어찌 안 그럴 수 있으리오. 그러나 현직의 조정대신이라는 자들이 그런 치욕을 감수한 이상, 기적이 없고서야 어찌 다른 방도가 있으랴. 청나라는 이미 맥 빠진 호랑이요, 러시아는 여지없는 패전국. 사위四圍를 둘러봐야 일본세력을 당장 꺾어 줄 맹방盟邦이 없으니 우선 먼 앞날을 기약해 둘 수밖에 없는가. 아아 민영환 같은, 심상훈 같은, 뼈대 있는 충신들이 오래오래 살아 있어야 하리라….

고종은 장탄식을 한 끝에 결연히 분부를 내렸다.

"평리원에 갇힌 민영환 등을 지체 말고 석방하여 조용히 집으로 돌려보내도록 하라! 지체 말고 방면放免하라!"

평리원에서 풀려나온 민영환은 전동典洞 이완식李完植의 집으로 돌아왔다.

일본관헌들은 무단히 그들을 석방했다 해서 법부대신을 추궁하려 했지만 고종의 명이라는 바람에 감히 그 이상 행패는 부리지 못했다.

———◆◆◆———

동짓달로 접어드는 장안의 밤은 어둡고 싸늘하고 길다.

자리에 누운 민영환은 잠이 오지 않았다. 세상에 태어나 45년. 황제 고종보다 아홉 살 아래다. 아직 한창 일할 나이, 그러나 나라가 망해 가고 있다.

민영환은 오래도록 잠들지 못하고 누워 있었다. 철이 들어 흐른 세월 20여 년, 기복 많았던 젊음이, 풍파가, 물결처럼 망막 속에서 출렁인다. 권세 좋은 문벌에서 태어나 호강하며 뛰놀던 어린 시절이며, 아버지 민겸호가 국정 쇄신을 부르짖는 군졸들에게 타살될 때의 그 충격, 그리고 서구문명에 눈을 떠서 자기 생生의 발판인 민 씨 족벌을 박차고 독립협회의 서재필, 이상재, 이승만, 윤치호 등 의욕에 불타는 그 눈빛에 홀린 나머지 마침내는 전신轉身해 버린 근년의 처신 등이 마치 파노라마처럼 머리에 떠올랐다.

그런데 이제 나라가 결딴나는 판국, 앞으로 어떻게 처신할 것인가를 생각하니 가슴이 미어졌다. 민영환은 조용히 일어나 앉았다. 밤을 꼬박 밝혔는가. 동창이 어슴푸레 밝아온다. 나라는 망해가는데도, 만백성은 울부짖는데도, 밤이 지나니 동창은 밝아온다.

백일태양白日太陽은 시속時俗을 가림 없이 또 떠오르는가. 낯을 들고 저 밝은 태양 아래 나설 수가 없을 것 같다.

그는 자리에서 벌떡 일어나 방문을 열고 집을 나섰다. 아직 인기척이 드문 이른 새벽, 그가 탄 인력거는 다급하게 구르고 있었다.

그는 수송동 본댁 대문을 두드렸다. 하인이 빗장을 열어 주는 문을 들어서니 부인 박 씨가 무거운 몸으로 대청마루에 나와 남편을 맞이했다. 민영환은 잠자코 안방으로 들어가 아직 개키지 않은 금침을 비집고 부인과 마주 앉았다.

박 씨 부인은 근심스럽게 남편을 쳐다본다.

"대감! 몸을 조심하셔야죠. 퍽 피로해 보여요."

그러나 민영환은 대꾸 대신 두 눈을 지그시 감았다. 만감萬感이 가슴 속에서 소용돌이를 치는 모양이다.

"대감, 어찌되는 일이오니까?"

부인의 물음에 눈을 감은 채 그는 대꾸했다.

"짐은 이미 기울었소!"

남편도 아내도 할 말을 잃고 잠시 멍청해졌다.

"오늘도 몹시 소란해지겠지요?"

한참 만에 박 씨 부인이 또 남편을 떠보려는 듯이 입을 열었다.

"오늘뿐이겠소, 어디. 날마다 달마다 소란하겠지. 우리가 다 죽든지 저희가 물러가든지 할 때까진 영원히 소란할 게 아니오!"

"부디 몸조심하세요."

"범식範植이란 놈이 올해 여덟 살인가?"

"당신도, 그앤 일곱 살 아니에요!"

민영환은 쓸쓸히 웃었다.

그는 아직 잠들어 있는 아들 범식의 머리를 조용히 쓰다듬어 주면서,

"얘가 자라면 큰일을 할 것 같소만 기다리기가 너무 지루하겠소!"

"자라는 아이야 금시 자라게 마련이지만, 대감 몸을 조심하셔야죠. 5남매의 아버지신데."

"내 5남매의 아이밖에 안 되오? 하하하."

그는 서글프게 한번 웃더니,

"당신도 몸조심해야지. 아이들을 잘 길러야 하니까."

민영환은 더 무슨 할 말이 있는 것 같았으나 말끝을 흐리고 박 씨 부인을 멀거니 바라보았다.

조반도 뜨는 둥 마는 둥 그는 또 집을 나섰다. 거리에는 충혈된 눈을 비비고 쏟아져 나온 수많은 시민들이 삼삼오오 모여 서서 술렁거리고 있었다. 그의 인력거는 또 급히 달렸다. 그는 교동校洞에 있는 생모生母 서徐 씨를 찾아 아침 문안을 드렸다.

"세상이 잘못되어 가는가 보지?"

노모도 바깥 물정을 근심하고 있었다.

"막중한 소임을 맡고 있는 몸, 매사에 조심해야 하네. 백성의 원성을 사지 말고!"

그 옛날 남편의 참변을 회상하고 서 씨는 눈이 단박 구지레해진다.

민영환은 소리 없이 오열嗚咽하고 그곳을 물러났다.

그날 밤 민영환은 전동 처소에서 홀로 시간을 보냈다. 그는 밤이 깊어지자 연상硯床 앞에 단정히 앉아 먹을 진하게 갈았다. 밤이 더욱 깊어 종각의 인경이 덩, 덩, 슬피 울기 시작하자 그는 서남간西南間을 향해 꿇어 엎드렸다.

"… 폐하!"

민영환은 이 한마디를 외치고 얼굴이 온통 눈물에 젖어 버렸다. 할 말이 무궁한 것 같지만 반면에 한마디도 없는 것도 같았다. 마음과 마음이 서로 통하면 구차스럽게 말이란 필요 없는 것. 민영환은 두 번, 세 번 '폐하'를 연호했다.

슬피 울던 인경 소리가 길게 여운을 남기며 그쳐 갔다. 민영환은 울음을 그치고 일어나 역시 서남간을 향해 무릎을 꿇고 정좌한 다음, 연상硯床 밑에서 준비했던 연장을 집어 들었다.

그의 손에선 회중소도懷中小刀의 푸른 칼날이 깜빡이는 촛불에 번쩍 빛났다. 그는 오른손에 칼을 들고 앞섶을 헤쳤다. 그는 입을 일一자로 굳게 다물고는 어금니를 지그시 누르면서 불빛에 푸른빛을 스스로 발산하는 칼끝을 정면으로 바라보았다.

'배는 실패하기 쉬우렷다. 목을!'

마음을 정한 그는 순간, 유예猶豫는 주저躊躇와 같은 것이라고 생각한다. 그리고 주저는 비겁과 다를 바 없다고 생각한다.

계정桂庭 민영환은 두 눈을 똑바로 뜨고 자기 목줄기 숨통에다 칼을 겨눴다. 그리고 지체 않고 힘껏 꽂았다. 순간 그는 두 눈을 꽉 감았으나 쭉 뻗히는 핏줄기가 선연히 보이는 것 같았다. 남은 용력을 다해서 목에 꽂힌 칼끝을 옆으로 비틀었다. 그리고 그는 앞으로 고꾸라졌다. 민영환은 의식이 있는 동안에 꼭 한마디 더 부르짖었다.

"폐하!"

그는 또 한마디만은 더 해야 했다. 그러나 이미 그의 혀는 말을 듣지 않았다. 대신 그의 뇌수의 마지막 작용은 다음과 같은 부르짖음을 또박또박 그의 가슴 속에다 새겨 갔다.

― 대한제국大韓帝國 만세.

그가 쓰러져 있는 연상硯床 위에서 그의 마지막 절규가 문장으로 남아서 구천九泉을 향해 외치고 있었다.

― 슬프다! 국치와 민욕民辱이 이에 이르렀으니 우리 국민은 장차 생존경쟁에서 모두 멸망하게 되었구나. 무릇 생生을 원하는 자는 반드시 사死하고 사를 기期하는 자는 반드시 생을 득하는 것을 어찌 제공諸公이 모르리오.

영환은 다만 한 번 죽음을 결행함으로써 황은皇恩에 보답하고 우리 2천만 동포에게 사죄하련다. 영환은 죽었다 하여도 죽은 것이 아니고 제군을 구천지하九泉之下에서 기필코 도울 것이다. 부디 우리 동포 형제는 더욱 분려奮勵를 배가하여 사기를 굳게 하고 학문에 힘쓰고 결심 육력結心戮力하여 우리의 자유 독립을 회복하면 사자死者도 마땅히 명명지중冥冥之中에서 희소喜笑하리라.

아 슬프도다! 그러나 실망하지 말지어다. 우리 2천만 동포에게 결고結告하노라!

이것은 그가 사랑하는 국민들에게 마지막 주고 가는 말이었다.

그러나 또 하나의 유서는 곧 공개되지 않았다. 까닭이 있었다. 이 소식을 전해 들은 이토가 한국정부의 박제순에게 그 유서를 공개하지 못하도록 엄하게 누른 탓이었다.

하지만 이런 경우엔 정동에 있는 손탁호텔의 외교관 구락부를 노크해 보면 된다. 거기선 벌써 그 유서의 내용이 파다하게 퍼져 있었다.

미스 손탁은 외교관 구락부 만좌滿座중에 수척해진 얼굴을 나타내고 민영환의 두 번째 유서의 이야기를 캐냈다.

그리고 전후해서 〈대한매일신보〉가 그것을 터뜨려 버렸다. 그것은 한국에 와 있는 각국 공사들에게 호소하는 비장한 글발이었다.

— 영환은 위국爲國에 선善을 다하지 못하여 국세國勢와 민계民計가 이에 이르렀으니, 한 번 죽어 황은皇恩에 보답하고 2천만 동포에게 사죄하노라. 사자死者는 말할 것 없거니와 이제 우리 2천만 동포는 장차 생존경쟁에서 모두 멸망될까 두렵다.

귀공사貴公使들은 어찌하여 일본의 행위를 보고만 있었던 것일까. 귀공사 각하들이 부디 천하의 공의公義를 존중하여 각기 돌아가 귀정부와 국민에게 알리어 우리 국민의 자유 독립을 돕는다면 영환, 비록 죽어도 명토冥土 속에서 마땅히 희소喜笑하고 감하感賀할 것이다.

오호라! 각하들은 우리 대한大韓을 경시하지 말고 우리 국민의 심心과 혈血을 오해치 말기 바란다.

민영환의 죽음은 순식간에 연쇄반응을 일으켰다. 의정대신이었던 조병세는 아편을 마시고 민영환의 뒤를 따랐다. 의정부참찬 이상설은 분함을 이기지 못해서 길가의 큰 돌에다 머리를 부딪고 실신했다.

전참판 홍만식洪萬植이, 학부주사學部主事 이상철李相哲, 이름 없는 졸병 윤두병尹斗炳과 김봉학金奉學이 역시 자결로써 항거하여 일본인 이토 히로부미의 간담에다 피를 뿌렸다.

학계의 원로이고 성균관成均館 제주祭主로서 한국유림儒林의 영수였던 송병선宋秉璿도 대전 석남촌石南村에서 북쪽을 향해 4번 질하고 조상의 무덤 앞에서 독을 마셔 자결했다는 치보馳報가 장안에 들어왔다.

강산이 온통 통곡이고 선혈이고 죽음의 소식뿐이었다.

황제 고종이 민영환을 비롯한 충의열사忠義烈士들의 순절殉節소식에 크게 심사를 어지럽히고 있다는 소식은 이토와 하야시 공사의 신경을 극도로 날카롭게 했다. 더욱이 고종이 민영환에게 정일품正一品, 보국숭록대부輔國崇祿大夫, 의정부의정대신議政府議政大臣을 증직贈職하고, 충정공忠正公이라는 시호諡號를 하사하는 한편, 민영환, 조병세, 홍만식, 송병선의 순국殉國4충사四忠士를 위해 국장國葬을 하명하려 한다는 소식에 하야시 공사는 안절부절못하고 허둥댔다.

하야시는 이토에게 호소했다.

"각하! 저들의 수작은 말이 안 됩니다. 보호조약을 반대하다가 자결한 놈들에게 상을 주는 격으로 국장國葬의 예를 갖춘다니 될 말이 아닙니다. 한국정부의 대신들을 불러 국장을 취소하도록 조처해야 되겠습니다. 각하, 그렇지 않습니까?"

"하야시 공사의 말에 일리는 있소. 그러나 남의 장사葬事일에까지 까다롭게 참섭할 필요가 있을까?"

이토는 하야시의 다음 대답을 기다리며 구레나룻을 슬슬 쓸어내렸다. 대정치가의 큰 도량을 부하에게 보이려는 속셈이었다.

그래도 하야시는 팔팔 뛰었다.

"아니올시다. 각하! 저 민영환 등을 평리원에 가둔 것을 즉일로 방면시킨 국왕의 처사가 매우 탐탁지 않았는데, 이젠 또 적도賊徒들에게 훈장을 주려하니 우리 대일본제국에 대한 노골적인 반항이 아니고 무엇이겠습니까. 국장을 취소하도록 시급히 조처해야 합니다."

그러자 이토는 서서히 자리에서 일어나 뒷짐을 지고 방안을 서성대면서 은근한 어조로 하야시 공사를 타이른다.

"하야시 군, 흐르는 강물에도 그것을 막아 보려는 돌덩이들이 있어 반발을 시도하는 법인데, 하물며 이번 보호조약으로 어찌 한국의 일부 사람들이 반항을 시도 않겠나? 그런 무리가 있으리란 건 이미 짐작했어야지. 안 그래? 그러나 그런 무리들이 말야, 도도히 흐르는 강물을 흙모래로 막을 수 있을까? 눈을 딱 감고 내버려 두는 편이 좋아. 내 언젠가 말한 듯한데, 울고 울다가 기진해서 모두 쓰러져 버릴 거라고. 이제는 우리들이 참섭할 일이 못돼. 저네들끼리 통곡하고, 쓰러지고, 자결하고, 장사지내고, 그러다가 시간이 흐르면 조용해질 것이야. 하야시 군. 내 뜻을 알겠나? 일은 내 예상한 대로 척척 들어맞아 가는데 뭐 신경을 쓸 필요 있어? 귀관은 저 하나부사 공사가 저지른 잘못을 명심하고 있을 테지?"

하나부사花房 공사의 전철을 밟지 말라는 이토의 말에 하야시 공사는 등골이 오싹하도록 송구스러워 했다. 그는 두 손을 마주 잡고 고개를 떨어뜨리며 과연 이토의 큰 정치가다운 선견先見과 그릇과 도량에 감격했다는 듯 멍청했다.

이토는 다시 하야시 공사에게 다짐을 한다.

"난 이제는 대임大任을 마쳤으니 귀국할 몸이야. 뒷일은 하세가와 대장에게 맡겼어. 귀관은 한국정부의 우리 편 대신들을 잘 감독해서 국왕이 엉뚱한 짓을 못하도록 철저히 단속만 하면 돼. 하세가와 대장에겐 일렀네. 경향京鄕에서 행여 일어날지도 모를 무장폭동이나 난동은 지체 없이 무력으로 진압하라고 말야. 조약을 반대하는 무리들은 민영환의 뒤를 따라 제풀에 죽어갈 게고. 청국인 반종례潘宗禮 같은 자는 머리가 좀 돌아버린 놈이지만, 모두들 그렇게 쓰러지겠지. 그리고 참 하야시 공사, 그 일진회一進會의 송병준宋秉畯인가 하는 사람 일본말도 썩 잘하고 이용해 볼 만하더군. 나 없는 동안이라도 잘 이용해 보게!"

며칠 후 이토는 위풍당당한 개선장군처럼 제 나라로 돌아갔다. 일본의 메이지 천왕은 그의 탁월한 정치적 노고와 성과를 치하했음이 분명하다. 천왕이 다시 이토를 초대 통감으로 임명해서 즉각 한국으로 보낸 것을 보면 그렇다.

———◆◆◆———

한국정부의 외부 청사外部廳舍에 '조선통감부'라는 간판을 내걸고 임시 통감 대리 하세가와에 의해서 통감부 개청식이 열린 것은 다음 해 1906년 2월 1일이었다.

이토는 뒤늦게 3월 2일에 부임했다. 고종황제에게 부임인사를 드리러 덕수궁 대한문을 들어서는 이토는 자못 만족스러운 거동이었다.

그는 저를 맞이하는 궁중 관리들에게 능글맞은 웃음을 헤프게 뿌려댔다. 그는 함녕전 주변에 서성대는 여관女官들에게 유독 날카로운 시선을 쏘았다. 그는 이 나라 정치의 총본산이 궁중이라는 것을 잘 알고 있다. 따라서 이 여관들의 콧김이 궁중 부중府中 모든 일에 크게 작용하는 것도 잘 안다.

"하나의 왕국을 손아귀에 넣으려면 그 나라의 왕을 잡아야 하고, 왕을 사로잡으려면 궁정을 장악해야 해. 궁정을 장악하려면 먼저 어디에 손을 대지?"

이토는 무엇보다도 이른바 궁정개혁宮廷改革에 온 신경을 썼다. 그는 통감부 참여관參與官 고미야를 궁내부宮內府 차관次官으로 겸임발령하고는 무슨 방법으로든지 궁정을 손아귀에 넣도록 은밀히 지시했다.

어느 날 이토는 고미야를 불러서 귀띔했다.

"고미야 군. 궁중의 상궁들을 잘 구슬려야 하네. 그들이 대신보다도 더 국왕과 가깝다는 걸 알아야 해. 언젠가 배정자裵貞子를 이용해서 크게 재미를 보았듯이 상궁들을 슬슬 달래고 매수해서 국왕의 속셈을 낱낱이 알아내야만 하네!"

여관들을 매수해서 고종의 가슴 속까지 뚫어보고 거기서 꾸며지는 모든 정세를 면밀히 파악하라는 것이다.

배정자. 수수께끼 같은 여인. 대한제국 말년에 혜성처럼 등장해서 궁중에 잠입, 고종의 총애를 받았는가 하면 그것을 기화로 친일 개화파뿐만 아니라 일본외교관에게 온갖 정보를 제공한 정계 막후의 수수께끼 같은 여인.

배정자는 심지어 이토의 양녀養女임을 자처하면서 타고난 미모로 사교계를 주름잡았다. 고종황제의 블라디보스토크海蔘威 몽진蒙塵이 미연에 좌절된 것도 배정자의 밀고 때문이라는 설說이 있다. 그 배정자를 이토는 못내 잊지 못하는 모양이다.

궁중 개혁을 단행한 통감 이토는 이 나라의 외교권을 박탈하고, 울릉도와 백두산의 삼림 벌채권이며, 전국의 철도부설권이며, 해양어업권이며, 광산채굴권이며, 우편 통신 항해의 모든 권익을 모조리 강탈해버렸다.

시정施政의 개선을 지도함에 그친다는 감언이설甘言利說이 이렇게 빨리 손바닥 뒤집듯 강도질 노략질로 돌변했으니 어찌 전국 각지에서 항거의 불길이 오르지 않겠는가.

"황제께서 마패유척馬牌鍮尺을 내리셨소."

"더 참을 수 없으니 결단을 내리신 거지."

"충청도에는 민종식閔宗植 대장 밑에 수천 명의 의병이 뭉쳤답니다."

"곧 서울로 쳐들어 올 기세라더군."

"우리도 가만히 있을 수만은 없지 않은가베."

충청도 곳곳에서, 강원도 원주에서, 평안도 어디메서, 전라도 순창에서 일제히 민요民擾가 일어났다.

훈련원訓練院의 한국군대도 심상치 않은 기미로 동요하기 시작했다. 그중에서도 시위侍衛 제1연대 제1대 대장 박승환朴昇煥은 저녁마다 부하 장졸들을 모아 놓고 주연을 베풀어 주기酒氣를 빙자해서는 일본통감부의 행패에 욕지거리를 퍼부어 부하들에게 은근히 항일抗日사상을 고취했다. 언제 일어날지 모르는 판국이다.

일본군 사령관 하세가와 대장은 통감 이토를 찾아갔다.

"통감 각하! 면목이 없소이다. 여기저기서 의병義兵이라는 폭도들이 벌떼처럼 일어나니 특별수단을 강구하셔야 하겠습니다."

"군사령관은 무슨 묘안이라도 가지고 있소?"

이토가 불쾌한 낯으로 반문한다.

"각하. 지금의 정세를 감안하건대 흐트러진 물줄기를 잡느니보다는 맨 위의 수문水門을 틀어막아야 합니다."

"맨 위의 수문이라니?"

하세가와는 호기 있게 대답한다.

"이걸 보십시오. 국왕이 궁중에 드나드는 잡배들 손을 거쳐 밀칙密勅을 내리고 마패유척을 보낸 증거가 있습니다. 곳곳의 불평분자들에게 반일폭거反日暴擧를 일으키라는 것이죠. 이것이 바로 손희일, 윤나병들에게 내린 밀서인데 조선국왕의 친필입니다. 다행히 우리 헌병들이 압수해 버렸으니 차제에…."

이토는 회심의 미소를 머금었다.

"알겠소. 근거가 잡혔으니 이젠 때가 왔소 그려."

이토는 벌떡 자리에서 일어나서는 고미야 궁내부 차관과 마루야마 경무부 고문을 전화로 불러냈다.

"고미야 군, 내 곧 입궐해서 국왕을 만나겠네. 급히 모든 수속을 갖추도록 해!"

"마루야마 군. 자네는 지체 말고 경비대를 소집하도록 하란 말야. 경운궁에 있는 한국경비대를 모조리 몰아내고 우리 헌병 경비대로 완전 대치하는 게 자네 임무야! 또 있네! 국왕을 경운궁 깊숙이 가둬 버리고 쥐도 새도 드나들지 못하도록 하란 말야. 알겠나! 알았음 즉각 행동!"

그러나 마루야마 경무부 고문이 약간의 난색을 비쳤다.

"각하, 그러려면 한국정부와 법적 절차를 밟아야 하지 않겠습니까?"

이토는 버럭 소리를 지른다.

"그건 염려 마라! 내 국왕을 만나 묵허默許를 받아낼 테니까. 자네는 궁내부 대신에게 내 뜻을 알리기만 하고 오늘밤 안으로 경비대를 우리 측 인원으로 갈아치우면 되는 거야!"

이리하여 이토는 노기등등한 기세로 입궐했고, 다음날 새벽 5시를

기해서 대한제국의 존엄한 궁정은 일본경비대 총칼에 완전히 점거되고
말았다. 뿐인가.

그날 황제 고종은 함녕전에 유폐되었다.

광무 10년1906 7월 2일. 황제의 나이는 쉰다섯이었다.

음력 3월이라도 북국의 날씨는 아직 쌀쌀했다.

멀리 장백산맥의 연봉은 아직 흰 눈에 덮여 은빛으로 빛나고 낮은 언
덕과 북향 골짜기에 쌓인 눈이 완전히 녹으려면 봄의 걸음이 너무나 느
린 3월이었다.

그러나 두만강 얼음판이 녹아 흘러 봄소식이 완연한 음력 3월이면 이
강물을 건너 북으로 몰려드는 이사 행렬이 줄짓게 마련이다. 북간도北
間島로 가는 파리한 걸음들이다.

이 행렬 속에 역시 유랑객 차림의 수상한 세 사나이가 괴나리봇짐을
지고 두만강을 건넜다. 그들은 북간도에 들어서자 그곳에 모여 사는 한
국농민들을 위해서 서둘러 학원을 차렸다. 서전의숙瑞甸義塾이라는 나
무판자 간판을 내걸고 이 세 사나이가 교편을 잡았다.

건물이라야 임시변통으로 토막을 쌓아 올린 초라한 몰골이지만 가르
치는 내용이며 그들의 말씨며 범상치 않다는 소문이 파다하게 퍼졌다.
학생들은 날마다 늘어났다. 인근에서 돌밭을 갈아 새 농토를 일구느라
고 진종일 시달린 농군들도 저녁이 되면 낯선 스승을 찾아 호롱불 밑에
모여들었다.

그러던 어느 날 교사 가운데 한 사람이 건넛마을에 갔다 돌아와서는 심각한 낯빛으로 또 한 사나이에게 귓속말을 했다.

"나왔소! 입국 허가가 나왔소이다. 지체 마시고 떠나도록 하시죠. 하루가 급하니 내일 새벽에 블라디보스토크로. 뒷일은 소생에게 맡겨 두시고."

한 사나이가 그 말을 받는다.

"여呂선생, 수고 많았소. 우리들이 떠나간 다음 선생께서도 속히 서울로 돌아가 우리가 무사히 월경越境했다고 폐하께 아뢰어 주십시오."

"장도에 무사하시길 축원합니다. 부디 대임大任을 완수하십시오."

세 사나이들은 눈물이 글썽해서 잠시 말이 없었다. 이윽고 그들은 농주農酒 한 사발씩을 앞에 놓고 석별의 정을 나누었다.

다음날 새벽, 두 사나이는 정든 학생들에게 헤어지는 인사조차 전하지 못한 채 황망히 동북으로 길을 떠났다.

혼자 남은 사나이도 하루 사이를 두고 두만강으로 도로 건너 남행南行 길에 올랐다. 며칠 후 함녕전의 고종황제 앞으로 한 장의 밀보密報가 은밀히 전해졌다.

― 밀사들은 무사히 러시아령에 입국하였습니다.

신臣 여조현呂祖鉉

1907년 여름. 네덜란드의 헤이그海牙에서 제 2회 만국평화회의가 열리게 되었다. 이 소식을 전해 들은 고종황제는 4월 20일 전참찬 이상설李相卨과 전 평리원 검사 이준李儁을 궁중에 불러들여 막중한 소임을 맡겼다.

"이번이 마지막 거사일 것 같소. 모쪼록 이 나라 운명의 회생을 위해 진력하시오. 여기 칙서가 있소. 그리고 러시아 황제에게 보내는 친서도 마련하였소. 길이 멀고 소식 또한 아득할 것이나 성패는 하늘에 맡기겠소. 자, 이것은 노자 6만 냥이오."

고종의 얼굴에는 비장한 감회가 역연히 떠올랐다.

며칠 후 이상설과 이준은 여조현을 길 안내역으로 하여 우선 북간도로 건너가 머물다 거기에서 러시아 입경의 허가를 얻는 데 성공한 것이다. 여조현은 서울로 돌아와 고종에게 결과를 아뢰고, 이상설과 이준은 블라디보스토크를 거쳐 시베리아 철도를 타고 멀리 러시아 수도 페테르부르크를 경유하여 그해 6월 29일 헤이그에 도착했다.

그들은 페테르부르크에서 전 러시아 공사 이범진李範晋을 만나 예복을 빌려 입고 니콜라이 2세를 알현하여 한국 황제가 보내는 친서를 내놓고 협조를 부탁했다. 니콜라이 2세는 쾌히 저들의 만국회의 대표 네리토프에게 '이들에게 우호적 편의를 봐주라'는 내용의 친필 서장書狀을 적어 주는 호의를 베풀었다.

정식 대표 3인 중의 하나로 이위종李瑋鍾은 이곳 페테르부르크에서 합류되었다. 그는 주 러시아 공사 이범진의 아들이며 그곳 공사관의 참사관이었다.

그들은 먼저 러시아 대표인 네리토프 백작을 찾아갔다.

"각하! 여기 귀국 황제께서 보내 주신 친서가 있습니다. 잘 살피셔서 우리를 도와주십시오."

자기 나라 황제가 보낸 서장을 읽고 난 네리토프 백작은 잠시 고개를 갸우뚱하다가 입을 열었다.

"우리 황제의 성지聖旨이니 내 힘닿는 대로 애써 보리다. 그런데 한국 황제의 뜻하는 바는 무엇입니까? 무슨 친서라도 가지고 오셨나요?"

밀사 3인은 고종황제의 옥새玉璽가 뚜렷이 찍힌 신임장을 내보였다.

— 한국 황제는 관계관에게 이른다. 한국이 일찍이 국교를 맺은 바 있는 모든 국가들은 한국의 독립을 인정하는 이상, 우리는 어떠한 목적에 의해서라도 소집되는 모든 국제회의에 대표를 보낼 권리가 있다. 그리고 일본은 무력으로써 우리나라를 강취한 1905년 11월 18일의 조약을 명목으로 모든 국제적인 평등을 위협하고 또 위반함으로써 우리들이 우호적인 열강과 직접 통교하는 권리를 박탈한 바 있다.

우리는 일본 측의 그와 같은 일방적인 행동을 무시하고 차제에 품2위品二位 참찬 이상설, 전 평리원 검사 이준, 전 주 러시아 공사관 참사관 이위종을 헤이그海牙의 국제평화회의에 특명전권대사로 임명하여 일본이 우리 권리를 침해하고 또 현재 우리나라를 위협하고 있는 위험한 사실을 모든 국가 대표들에게 확실히 알리고, 또 우리 국가의 독립 존재의 사실로서 향유하는 당연한 권한으로 직접적인 국제 외교관계를 여러 열강과 다시 수립하고자 함을 목적으로 삼는 바이다.

상기上記한 3명은 가장 유능하고 또 충실한 사람들로 알려져 있음을 감안하여 우리나라의 이익을 위해서는 충실히 봉사할 것을 확신하고 헤이그의 국제평화회의에 우리의 전권대사로서 임명하는 바이다.

광무 11년 4월 20일

대한제국 대황제

신임장을 읽고 난 네리토프 백작은 긴장했던 표정을 누그러뜨리며 밀사密使들의 손을 차례로 잡았다.

"수만 리 먼 길, 고생이 많았겠습니다. 일본세력을 한반도에서 몰아내야 한다는 데는 우리 러시아 정부도 국책으로 굳어져 있고, 나 개인도 열렬히 그러기를 소망하고 있습니다. 그러나 …."

이준이 말을 받는다.

"각하의 의견이 그러시다면 일은 거의 성취되는 것이 아니겠습니까?"

그러나 백작은 말했다.

"아니지요. 여기 모인 각국 대표들이 한국 황제의 신임장을 국제법상으로 용납할까가 문제입니다. 더욱이 영국, 미국, 프랑스 같은 나라가 일본한테 우호적인즉, 일본대표의 방해공작이 필연코 있을 것이 퍽염려됩니다."

네리토프 백작의 곤혹스러운 표정에 밀사들의 가슴은 철렁 내려앉았다. 검은 먹장구름이 갑자기 내려 덮이는 답답한 심정이었다.

그러나 밀사들은 입을 모아서 네리토프의 협조를 간청했고 용기를 내서 다시 간청했다.

"저희들도 백방으로 활약하겠습니다. 오늘부터 각국 대표들을 찾아가서 개별적으로 설득공작을 펴볼 작정입니다. 각국 기자단에도 호소해 보겠습니다. 만나야 할 사람은 누구라도 만나 보겠습니다. 그래도 뜻대로 안 되면, 그때는 …."

밀사들은 비장한 각오로 분연히 일어섰다.

대한제국의 서울.

자정이 지난 깊은 밤이었다. 숙직실을 남기고는 통감부의 불빛도 꺼졌다.

통감 이토는 연회에서 돌아와 얼근히 취한 기분으로 막 잠자리에 들려던 참이었다. 오늘 저녁의 연회는 유난히 즐거운 자리였다.

을사조약 이후 참정대신 한규설을 몰아내고 박제순 내각을 조직하여 통감부의 지도 정치를 1년 남짓 펴보았지만, 때로는 걸맞지 않는 차질이 있어서 이토는 속으로 탐탁찮게 생각하고 있었다.

그러던 중 정부 고관에 대한 습격사건이 빈번히 일어나서 민심이 극도로 흉흉한 것을 기화로 통감 이토는 친일파들 사이에 이간질을 붙여서 박제순 내각 타도打倒 기운을 조작하였다. 다행히도 박용구, 송병준 등이 이끄는 일진회가 친일의 깃발을 휘두르며 현 정부의 타도를 외치게 됐으니 이토는 때를 놓칠세라 정부 개조에 발 벗고 나섰다.

5월 22일이었다. 이완용 내각을 꾸며 놓은 이토는 자기의 귀염을 받는 친일역한親日逆漢 송병준에게 농상공부 대신이라는 묵직한 감투를 선사했다.

그로부터 거의 한 달, 그동안 이완용 신내각을 꼭두각시 놀리듯 하느라고 눈코 뜰 새 없었던 통감부의 고관들은 마침 저들의 경무총장 집에 경사가 있어서 통감 이하 요로의 고관들이 한자리에 모이자 자연 '이완용 친일내각 탄생 축하연'으로 변모되고 만 것이었다.

이날 밤 얼근히 취해 숙소로 돌아온 이토의 기분은 봄비 맞은 버들가

지처럼 흔쾌하게 늘어졌다.

마침 그 무렵이었다. 구두 발자국 소리가 문 밖에서 요란하더니 통감부의 한 숙직 관리가 문을 노크했다.

"각하! 도쿄 외무성에서 긴급전보가 왔습니다."

"뭣이? 외무성? 전보? 밤이 늦었잖은가! 내일 아침에 보지!"

이토는 흥이 깨진 모양으로 대답에는 짜증이 섞였다.

"아니올시다. 각하! 매우 중대한 안건이올시다."

중대한 안건이란 말에 이토는 눈을 번쩍 떴다. 그러면서도 이토는 여전히 짜증을 부렸다.

"도대체 뭐길래 이 밤중에 법석을 떠는가!"

그러나 전보를 읽고 난 이토는 온몸에 경련을 일으키듯이 와들와들 떨었다.

"으음! 밀사라? 조선국왕이? 내 눈을 용케도 속였구나! 으흠 날 속였어! 사령관을 불러라! 총무장관을 불러라! 경무국장도 부르고 궁내부 차관도 불러라! 속히!"

하세가와 군사령관, 쓰루바라 총무장관, 마쓰이 경무국장, 고미야 궁내부 차관 등이 지체 없이 그의 방으로 달려왔다. 그들의 심야회의는 새벽까지 계속되었다.

다음날 아침, 살기등등한 이토는 경운궁으로 고종황제를 만나러 들어갔다. 마침 예방 차 서울을 찾아왔던 일본의 연습함대 사령관 도요카 豊岡 중장과 그의 예하 장교들까지를 대동하고서 궐내에 참진했다.

"폐하 문안드립니다."

고종의 안광이 번쩍 빛났다.

"안녕하셨소?"

고종황제는 태연한 기색이다. 그러자 이토는 흥분으로 손을 벌벌 떨면서 문제의 전보를 고종 앞에 내밀었다.

"폐하, 이것은 일본외무성에서 온 전문입니다. 헤이그에 있는 우리 쓰즈키都築 공사가 조회하여 오기를 폐하께서 밀사를 만국평화회의에 파견하신 일이 있으시냐는 내용입니다."

황제 고종의 온유하던 얼굴이 일순 굳어졌다. 안광이 또 다시 번쩍 빛났다. 그러나 묵묵부답이다.

"폐하, 이것은 뚜렷한 대일본제국에 대한 도전입니다. 이 이토 히로부미가 70 평생 이토록 큰 모욕을 당해 보긴 처음입니다."

고종은 의연한 자세로 입을 열었다.

"모욕이라니, 우선 진정하시오!"

"대한제국 황제 폐하! 밀사를 해외에 파견하는 따위의 그런 음험한 수법을 쓰시느니 차라리 대일본제국을 향해 선전포고宣戰布告를 하십시오."

"통감, 무엄하게 그게 무슨 소린지 짐은 모르겠소."

"폐하, 그러시다면 밀사를 파견하지 않으셨다는 뜻으로 해석해도 무방하겠습니까?"

황제 고종은 몹시 괴로운 표정으로 천장을 물끄러미 쳐다보다가 이윽고 무거운 입을 열었다.

"그 일은 짐이 잘 모르오!"

이토는 더 길게 말 않고 자리에서 일어섰다.

고종이 모르는 일이라고 언질을 주었으니 우선 그것을 미끼로 앞일을 서둘러 처리하면 되는 것이라고 생각했을까.

수륙 만 리 헤이그와의 송신수단은 저네들 일인만이 장악하고 있었다. 그러니 이토가 내민 그 전보는 청천벽력이었고 그렇다고 이제 밀사들에게 무슨 새로운 지령을 띄워 보낼 방도가 황제에게 있는 것도 아니었다.

이토의 통보는 곧 헤이그에 있는 일본대표에게 전달됐다.

일본의 쓰즈키 공사는 즉시 암약을 개시했다. 본국에 조회한 결과 대한제국의 황제가 만국평화회의에 자기네 대표를 정식으로 파견한 일이 없다는 회보回報를 받았노라고 주장했다. 그는 한일 양국 간의 1905년 조약은 국제법상으로도 합법적이라는 이론을 내세워 한국대표의 참석을 봉쇄해 버렸다. 결국은 미국인 헐버트의 후원과 알선斡旋도 헛수고로 그쳐버렸다.

그러나 만국기자협회에서 한 이위종의 〈한국을 위한 호소〉A plea for Korea 연설과 이준의 분사憤死는 그곳에 모인 많은 국가 대표들을 크게 감동시켰다.

───•••───

이토의 노여움은 시간이 흘러도 좀체 가시지 않았다. 가실 필요도 없었을지 모른다.

경운궁을 물러나온 이토는 그날부터 만 이틀을 꼬박 뜬눈으로 새웠다. 고종의 대답인즉, 밀사 파견을 겉으로는 부인하지만 그것은 엄연한 사실이다. 따라서 통감으로서의 체면은 말이 아니었다. 더욱이 대일본제국의 일등공신을 자처하고 매사에 빈틈이 없으면서도 비스마르크 같은 큰 그릇이어서 고종황제까지도 완전히 사로잡았다고 자부해 온 이토로서는 자존심에 받은 상처가 너무나 컸다.

그러니만큼 이토는 이 밀사사건을 계기로 큰 정치적 모사謀事를 자기 손으로 꾸며 놓아야만 분풀이가 될 것 같았다. 이토쯤 되는 인물이라면 모사의 윤곽을 잡아내는 데 많은 시간이 필요치 않았다. 그는 도쿄의 하야시 외무대신에게 자기가 계획한 밀계密計를 통보했다.

그리고는 어느 날 송병준을 그의 숙사로 남몰래 불렀다.

"통감 각하! 이번 밀사사건으로 심려가 많으시겠습니다."

"알아주시니 고맙소!"

이토는 술상을 차려 오라 해서 송병준과 마주 앉았다.

"송 대감! 내 대감을 안 지 오래지 않소만 대감의 인품하며 정력적인 역량에 크게 탄복했소이다…. 그런데 송 대감! 이번 개각에서 대감에게 농상공 대신 자리를 드린 것도 내 그동안 생각한 바가 있었기 때문이외다."

이토는 술잔을 송병준에게 권하면서 말을 계속한다.

"마침내 내각 개조도 끝나고 민심도 어지간히 수습된 듯하기에 올 가을에는 민정시찰도 할 겸해서 황제 폐하를 모시고 부산에서 평양, 선천, 의주까지 한바탕 순행巡幸이라도 해 보려 했었습니다. 그런데 조선 국왕이 그런 일을 저지르셨구려!"

"황제께선 너무 파란 많은 풍상을 겪어 오신 까닭에 자칫…."

송병준은 말끝을 흐렸다.

"송 대감! 그러나 국왕은 이 나라를 위해서 사사건건 일만 저지르시

86

는구려. 허허, 그건 그렇고 일진회의 세력은 잘 불어나는가요?"

"각하의 절대적인 후원이니 당세黨勢는 날로 팽창해 가옵죠."

"반가운 일이외다. 그런데 송 대감! 내 오늘 대감을 초치한 것은 긴
요하게 의논할 일이 있기로….."

이토는 송병준의 표정을 쏘는 듯한 눈총으로 살핀다.

"각하, 대충 짐작은 됩니다만."

"허어, 그래요? 송 대감!"

이토는 무릎을 당겨 송병준의 빈 잔에 또 술을 가득 따랐다.

"내 한국에 건너와서 두 인물을 알게 됐지. 첫째는 이완용 총리요,
다음은 송 대감 당신이외다. 그런데 두 분 성격이 대조적이거든. 이완
용 대감은 대세를 살피는 기략機略이 뛰어나고 송 대감은 여론을 환기
시켜 대세를 몰고 나가는 담력이 있단 말이외다."

"허어, 각하! 과찬을."

"아니 내 말엔 털끝만 한 과장도 없소이다. 그런데 송 대감! 지금 내
가 구상하는 일을 대감께서 맡아줘야 하겠소이다. 이번 일엔 이완용 씨
는 뒷자리에 앉혀두고…."

그들의 밀담은 밤이 이슥하도록 계속되었다. 고종을 황제의 자리에
서 몰아내자는 일대 정치음모인 것이다.

"이번 일로 이 이토가 한 정치가로서의 클라이맥스를 장식하게 되는
지 모르오. 이 일을 마치면 남서순행이나 한 다음 본국으로 돌아갈까
합니다. 건강이 허락하면 북만주 여행을 해서 러시아와 만주 문제를 결
말짓고도 싶소만."

이토는 회심의 미소를 머금으며 술잔을 들었다.

이토의 숙소를 다녀 나온 송병준은 다음날부터 고종의 양위讓位를 실현시키느라고 날뛰기 시작했다.

그는 이완용을 충동질하여 어전회의御前會議를 열도록 했다. 1907년 7월 17일이다. 장마철이어서 그날도 온종일 비가 내렸다.

중화전中和殿 용상에 앉은 고종의 얼굴은 지난 며칠간 완연히 수척해져 있었다. 그러나 고종은 의식적으로 화기和氣를 풍기려고 애쓰는 것 같았다. 어전회의 자리엔 한동안 무거운 침묵이 흘렀다.

농상공 대신 송병준이 먼저 입을 열었다.

"황공하오나 신臣이 먼저 외람된 말씀을 드릴까 하옵니다."

참정 이완용, 내부 임선준, 탁지부 고영희, 법부 조중응, 군부 이병무, 학부 이재곤 등의 각 대신들은 묵묵히 송병준의 다음 말을 기다린다.

"폐하, 일이 이같이 악화되었사오니 폐하께서는 지체 마시고 몸소 뒤처리를 하셔야 옳을 줄로 아옵니다."

고종의 음성이 높아졌다.

"그래 농상공 대신은 짐더러 어찌 하라는 말이오?"

"황공한 말씀이오나 폐하께서 친히 일본국 도쿄로 건너가시어 일본 천왕과 화해를 하셔야만 일이 잘 수습될 줄로 아옵니다."

고종은 진노했다.

"뭣이라고? 짐이 일본국왕 앞에 가서 무릎을 꿇으란 말인가? 그대가 감히 신하로서 짐에게 할 수 있는 소린가. 짐에게 인조대왕의 수모를 흉내 내라는 말인가. 어허 괘씸하도다!"

고종뿐만 아니라 이완용을 제외한 다른 중신들도 송병준의 너무나 발칙하고 당돌한 말에 깜짝 놀랐다. 그러나 송병준은 누구 앞에서도 자기 소신을 굽히지 않고 마구 내뱉는 기질. 그는 다시 혀를 놀렸다.

"폐하 궁궐 밖은 민심이 흉흉하옵니다."

"그래, 그게 짐의 탓인가?"

"폐하, 일본이 정식적으로 우리 대한제국을 향해서 선전포고한다는 소리가 있는가 하면 하세가와 대장은 도쿄 정부의 한마디 명령만을 기다리고 있다는 소문도 있사옵니다. 그러하온즉 폐하께서 사랑하는 2천만 동포와 폐하의 성체聖體를 위해서 하루 속히….."

"하루 속히?"

고종은 버럭 화를 내고 용상에서 일어났다.

"송병준이 이렇듯 충신인 줄 알았던들 좀더 일찍이 중용했을 것을, 짐 매우 후회스럽소!"

어전회의는 결말 없이 끝날 수밖에 없었다.

장맛비가 억수같이 퍼붓고 있었다.

이완용과 송병준은 인력거를 급히 몰고 통감부로 갔다.

"통감 각하! 황제의 성미가 너무나 곧으셔서 오늘 회의는 중도에 산회되었습니다."

이토가 그 말을 받는다.

"내 미리 짐작했었소. 마침 도쿄로부터 하야시 외무대신이 서울에 오게 되어 있소. 그러니 내일 또다시 어전회의를 열도록 하시오. 길은 오직 하나뿐이오. 두 대감이 잘 알아서 하시구려."

이토는 내뱉듯이 말했다. 날이 새어 7월 18일. 경운궁 중화전中和殿에서는 다시 어전회의가 열렸다. 송병준은 여전히 오만불손하게 앞장을 썼다. 고종에게 모든 책임을 돌려버리려는 수작들이었다.

일본의 하야시 외무대신이 무슨 시한폭탄을 가지고 왔는지 모르니 황제께선 지체 말고 결단을 내리라는 것이다. 지엄한 자리에서 내려앉으라는 강요였다.

황제 고종은 노기마저 잃고 눈을 감았다. 충신들은 다 가고 왜적에 빌붙은 역적들만으로 조정이 찼으니 이제는 기대볼 만한 기둥조차 없었다. 고종의 감긴 눈은 영겁永劫의 명목瞑目처럼 뜨이지를 않았다. 매국 중신들은 기다리고 있다. 황제의 명백한 답변을 기다린다. 모두들 기다리는 시간이 흘렀다.

"중의에 따를까 하오. 하지만 원로 중신들의 의견도 들어봐야 하지 않겠소!"

고종은 침통한 한마디를 남겼다.

1907년광무 11년 7월 19일. 대한제국의 황제 고종은 눈물이 흘러, 흘러 다음과 같은 글발을 차마 읽지 못했다.

— 오호라, 짐이 열조列朝의 비기조基를 사수嗣守한 지 금유今有 40재四十載에 누경다사屢經多事하고 치불첨기治不添忌라 …."

이렇게 시작되는 조칙詔勅은 "이에 군국의 대사大事를 황태자로 하여금 대리케 하노라"로 맺어져 있다.

이날 남산 왜장대에는 여섯 문門의 일군日軍 야포가 경운궁을 향해 포문을 겨누고서 황제 고종의 결심을 재촉하고 있었다.

비바람이 거센 7월이었다.

"하늘도 슬퍼 비를 내리신다. 억수같이 퍼붓는구나!"

만백성은 줄기찬 빗발을 바라보며 통분의 한숨을 뿜어댔다.

2천만의 한숨은 바람이 되어 비바람이 유난히도 거센 7월이었다.

그러나 울분이 누리에 충만했을 때, 그래서 거리가 소란할 때, 그래서 나라 안이 어지러울 때, 그래서 음모가 진행될 때, 때마침 쏟아지는 빗발을 바라보며 안도의 한숨을 쉬는 무리는 떳떳치 못한 권력자들뿐이다.

빗발 속을 쌍두마차 한 대가 달리고 있었다.

하세가와 사령관이 마차 속에서 거드름을 피우며 회심의 미소를 짓고 있었다. 통감 이토의 숙소에서 나온 그는 죽음의 거리처럼 침묵한 상가를 내다보며 홀로 뇌까렸다.

"이렇게 비바람이 심하다면야!"

또 언제 불벼락을 맞을지 모를 이완용, 송병준의 집도 한숨을 돌릴게 아닌가.

모두들, 불온한 무리들은 꼼짝없이 집구석에 처박혀 있을 게 아닌가. 고종의 양위讓位를 반대하는 대한자강회大韓自强會도, 동우회, 국민교육회, 대한구락부, 기독청년회 등 이른바 저들의 애국단체 청년들도 이런 비바람 속에서야 불순한 의기意氣가 어찌 맥인들 쓰겠는가.

"허, 그 소란한 가두연설들, 어디 나와 떠들어 보라지!"

치안의 총책임을 진 사령관으로서 무엇보다도 두통거리였던 거리의 인파와 그리고 난동들이, 이 비바람으로 인해서 당분간은 쇠진해질 것을 생각하니 여간 다행스런 일이 아니다.

"허허, 우리에겐 항상 천우天佑가 따르렷다!"

그는 사뭇 흐뭇하기만 해서 두 손으로 제 얼굴을 문댔다. 좀 피로한가. 그러나 하세가와가 흘리는 회심의 미소 속에서는 또 다른 음흉한 계책이 여물어가고 있었다.

그의 마차는 남산 왜장대를 향해서 줄기차게 빗발을 헤치고 달렸다. 일군日軍제 12여단장과 그의 막료幕僚들이 사령관을 맞이한다. 그는 곧 참모회의를 열도록 했다.

막사에 들어선 하세가와는 휘하 장교들을 뜻있는 웃음으로 휘둘러보고는 엄숙히 입을 열었다.

"어어 또! 제관한테 긴밀히 할 얘기가 …. 우리는 이제까지 우리가 대일본제국의 군인이었다는 것을 깜빡 잊었던 것 같소! 그런데 말이야, 이제야 본관은 제관들과 더불어 군인의 본령을 발휘할 기회를 찾았소. 돌이켜보면, 이 한반도에 우리가 들어선 지도 벌써 여러 해가 되오만, 그동안의 주역은 … 이토 후작을 비롯한 문관 정치가들이 도맡아왔었소. 하기야 제관 및 충용忠勇한 우리 황국 장병들이 뒤에 버티고 있었기에 그들 문관 정치가들이 모든 일을 그처럼 순조롭게 치러낸 것이지만 …."

하세가와는 또 잠시 말을 끊어 막하 장교들의 낯빛을 은근히 살피고는 음성을 한껏 낮춘다.

"현명한 제관들이니 이미 짐작했을 줄 믿소만 이 대한 정부의 군부대신 이병무와도 내약된 일이오. 뭣인가 알겠소? 통쾌한 일이오. 내일 8

월 1일. 아침을 기해서 저들 한국군대를 모조리 무장해제시키고 해산해 버리는 거요. 어때? 이번이야말로 제관들이 대일본제국의 군인으로서 본령을 발휘할 때가 아니겠소!"

그는 득의에 찬 얼굴로 좌중을 훑어본다. 그러자 막료 중의 하나가 차려 자세로 일어섰다. 질문이 있다는 것이다.

"사령관 각하! 대한제국 군대를 무장해제시킨다 하셨는데, 그럼 그들과 전투를 벌여서 당당히 항복받는 것입니까? 아니면 어떤 계책을 써서 무기를 뺏는 정도입니까? 그 방법을 명시해 주십시오."

육군대장 하세가와는 망설이는 기색도 없이, 흡사 애송이 소년을 타이르듯 웃음을 머금고 대답한다.

"무인이 무인의 총칼을 뺏는 것은 무인으로서 가슴 아픈 일일까? 일본의 사무라이 정신에 비춰볼 때 말이야. 허나 적진에서 적에 대한 동정은 역시 우리 군인정신이 못돼. 사령관으로서 내가 구체적인 작전까지 지시하란 말인가? 자! 그럼 축배는 다음에 들기로 하고 어서 여단장을 중심으로 작전계획을 세우도록 하시오!"

하세가와는 냉랭하게 명령을 내린 다음 막사 문을 나가다가 자기에게 질문을 던졌던 청년 장교에게 뜻있는 시선을 쏘아 붙이고는 빗발 속에 대기하고 있는 마차 안으로 사라져갔다.

그의 마차는 또 어딘가를 향해서 비오는 한성의 거리를 누볐다.

7월의 마지막 날도 장마로 끝났다. 8월 1일도 억수로 퍼붓는 빗속에서 동이 텄다. 그러나 고달픈 이 나라의 역사는 그 비바람 속에서도 껍질을 깨고 다시없는 오욕汚辱을 부화孵化했다.

낙산駱山 등허리가 채 밝기도 전에 대한제국의 시위혼성여단장侍衛混成旅團長 양성환梁性煥한테는 긴급지시가 내려졌다.

— 여단장 이하 시위 여단장과 각 대대장 그리고 기병·포병 대장 등 모든 지휘관은 일본군 사령관 각하의 관저로 지체 말고 급히 참집參集하라.

군부대신 이병무의 명령이었다. 어쨌든 명령은 명령이다. 심상치 않은 기미를 감지하면서도 한국군 지휘관들은 명령대로 하세가와의 관저로 출두했다.

군부대신 이병무가 하세가와 옆에 파리한 몰골로 붙어 서서는 출두한 지휘관들을 직접 점검했다.

"제1연대 제1대 대장은?"

대답이 없다.

"제1대 대장 박승환朴昇煥 참령參領은 어째 안 나왔나?"

누군가가 굵직한 목소리로 대답한다.

"박 참령은 몸이 불편해서 소관小官이 대리로 출두했습니다."

"대리? 대리라? 하여간 좋소!"

이병무는 짜증 섞인 소리를 한마디 내뱉고는 앞일이 더 다급하다는 듯 하세가와 사령관을 힐끗 바라보고는 손에 들고 있던 종이 뭉치를 주섬주섬 펴들었다.

그는 기계적으로 또 하나의 슬픈 서장을 읽어 내려간다.

— 짐이 생각건대 국사 다난한 때를 당하여 공연한 낭비를 절약해서 이를 후생지업厚生之業에 응용함이 오늘의 급무인 줄로 아노라. 그러나 오늘날의 우리 군대는 용병傭兵으로 조직되었으니 이로써 나라를 온전히 지키기에는 아직 미흡한 상태인즉, 짐은 이에 군제軍制를 쇄신하고 사관양성士官養成에 힘을 기울여서 훗날 징병법을 마련하여 굳건한 병력을 갖추고저 황실 시위皇室侍衛에 필요한 자들만 남기고는 여타 군대는 잠정적으로 해산케 하노라. 짐은 여러 장졸들의 그동안의 노고를 생각해서 특히 계급에 따라 은금恩金을 나누어주리니 그대들 장교와 하사관 병졸들은 모름지기 짐의 뜻을 받들어 잘 처신토록 하라.

왕위에 오른 지 반삭半朔도 안 되는 순종황제의 조칙이라는 것이 결국 군대해산을 뜻하는 것임을 알아차린 대한제국 시위侍衛隊의 지휘관들은 청천벽력 같은 변보變報 앞에서 굳어진 얼굴을 서로 마주보며 술렁대기 시작했다.

그러나 군부대신 이병무는 한결 목청을 돋우어 다음 글줄을 읽어 나갔다.

— 군대해산 시 인심이 동요치 않도록 각별히 조심하여 예방할 것이며 이 조칙을 거역하고 난동하는 자에 대한 진압의 임무를 통감이토 히로부미에게 의뢰하노라.

조칙을 다 읽고 이병무가 단상에서 비켜서려고 하는데, 박승환 참령을 대리해서 출두했다는 젊은 중대장이 오른손 주먹을 번쩍 쳐들고는 이병무를 불러 세웠다.

"군부대신 각하! 시위대를 해산한다는 황제 폐하의 조칙은 알 수 있겠습니다마는, 난동하는 자에 대한 진압의 책임을 하필이면 일본통감에게 위임한다 하니 그게 어떤 법문法文에 따른 조치입니까?"

그 순간, 서릿발처럼 차가운 긴장이 만장에 흘렀다. 군부대신이라는 이병무는 뜻밖에 당하는 부하 장교로부터의 면박에 갑자기 대답할 말을 찾지 못하고 초조한 기색으로 입만 씰룩거렸다.

그러나 하세가와 일군 사령관이 이병무를 옆으로 젖혀 밀며, 한 발자국 앞으로 나와 위하威嚇적 언사로 이 긴장한 장면을 수습하려 했다.

"호오, 그것도 있을 법한 질문이다. 그런데 제1대대 중대장은 저번 7월 24일의 신조약을 아직 모르는가? 그 신조약 제1조를 내가 가르쳐줄까? 한국정부는 시정개선施政改善에 관하여 일본통감의 지도를 받을 것이 명문화되어 있어. 그것은 국가 대 국가의 신성한 협약이지. 그러니 제관들은 공연히 경거망동하지 말고 한국 황제 폐하의 거룩하신 조칙의 뜻을 받들어 각기 본대本隊로 돌아가서 부하장병들을 10시 정각까지 훈련원으로 인솔하도록 하라. 그 요령은 각 부대에 배치된 일본군 교관의 지시를 따르면 된다. 다시 말하면 — 훈련원에서 도수훈련徒手訓練을 거행할 터이니 군기軍器는 하나도 휴대케 하지 말고 집합시키라. 명심하라! 이것은 대일본제국과 대한제국이 완전 합의를 본 정책적인 명령을 대일본제국의 육군대장 하세가와 고토가 대신 전갈하는 것이다!"

하세가와의 고압적인 훈시가 끝나자 군부대신 이병무는 억지로 위엄을 가다듬고는 양성환 여단장에게 지체 말고 본대本隊로 돌아가도록 명령했다.

군대의 명맥은 상명하복上命下服으로 이어지는 법. 그러나 아무리 지엄한 상명이긴 하지만 한 나라의 군대가 총질 한 번 없이 가지고 있는

96

총기를 버리고 외적 앞에서 스스로의 손으로 어깨의 휘장을 떼라는 명령이고 보니 실로 복장을 치며 통곡할 노릇이었다.

그러나 여기는 하세가와 사령관의 관저, 독기 서린 눈매를 부라리는 일본경비대가 사위를 겹겹이 둘러싸고 있는 삼엄한 형세. 경거輕擧는 묘혈墓穴과 다름이 없었다.

각급 대장들은 어깨를 늘어뜨리고 관저를 물러나왔다.

———◆◆◆———

박승환, 그는 서울 반촌班村사람, 시위대 참령參領. 제1연대 제1대 대장. 5척을 조금 넘는 짤막한 체구에 입심 좋고 배짱 세기로 이름난 천성의 무골武骨.

일찍이 일본공사 미우라 고로三浦梧樓가 무엄하게도 이 나라 궁궐을 범하여 명성황후에게 석유불을 끼얹어 시해한 을미사변에 큰 충격을 받은 박승환이 국모의 원수를 갚기로 맹세하고 군문에 뛰어든 것은 꽃나이 스물이었다.

그동안 황해도 장사라는 김창수金昌洙＝백범 김구의 치하포 사건(황해도 안악安岳 치하포 나루터에서 일본 육군중위 쓰치다를 국모 시해범인 왜적 미우라 고로인 줄 오인하고 김구가 맨주먹으로 때려죽여 설원雪冤한 사건, 이로 인해 김구는 살인죄로 수감되어 사형선고를 받았으나 극적으로 탈옥했다)으로 그의 울분이 얼마간 풀리긴 했지만 날로 우심해 가는 왜인들의 행패에 그의 혈기와 강개는 불기둥처럼 이글거리고 있었다.

고종 양위讓位때만 해도 참령 박승환은 분을 참지 못하여 궁중으로 군졸을 몰고 들어가 친위 쿠데타를 일으키려다 뜻을 굽혔다. 혹시나 황제 고종에게 불행한 재앙을 가져오지나 않을까 염려해서였다.

그런데 이제 군대해산 명령이라니 군부대신의 명령은 곧 국왕의 명령이긴 하지만, 새로운 순종 황제가 이미 제 나라 임금 구실을 못하는 판국이고 보면 그 조칙이라는 것도 실로 통감 이토의 의사가 아니고 뭣이란 말인가. 중대장으로부터 자초지종을 보고받은 박 참령은 두 눈을 스르르 감고 잠시 생각에 잠겼다. 억수로 쏟아지던 비바람이 일시 멎은 병영 뜰에는 오늘에 닥쳐온 비운을 아직 깨닫지 못한 순진하고 우직한 병졸들이 서성이고 있었다.

박승환은 나직한 목소리로 중대장에게 물었다.

"그래 하세가와의 말인즉, 대대의 장병들에겐 도수훈련을 한다고 속이고 알몸으로 훈련원에까지 인솔해 오라는 것이지?"

"그렇습니다. 대대장님."

"흥, 떳떳치 못한 자식이로군! 저도 군인이면 우리 시위대와 정면으로 일전을 겨뤄볼 일이 아닌가. 교활하기로는 통감도 사령관도 매일반이구나! 하긴 다 같은 왜놈이니까!"

박승환은 자리에서 벌떡 일어나 중대장 가까이로 다가서서 그의 어깨에다 손을 얹는다.

"그렇지만 황제 폐하의 조칙이라니 별 수 없다. 군인이 어명을 거역한다는 건 역모나 시역弑逆과 다를 바 없으니까. 중대장! 자네가 나를 대리해서 부대를 지휘하도록 하게. 나는 달리 해야 할 일이 있어 훈련원엔 나가지 않을 작정이야. 부탁하네."

"대대장님, 대대장님이 하시는 일을 거들게 해 주십시오!"

"아니야. 자네는 자네가 할 일이 있어. 사람은 저마다 응분의 소임이 있으니까. 어쨌든 나라 앞일이 난감일세. 군대까지 해산이라! 그러면 누가 이 나라를 지킨다?"

박승환은 창연하게 얼굴을 일그러뜨리며 돌아섰다.

그 얼굴은 그대로 통곡이었다. 그의 손은 허리에 찬 단총短銃=권총을 만졌다. 손이 경련을 일으켰다. 굵은 눈물방울이 뺨으로 주르르 흘렀다. 그는 뒤도 돌아보지 않고 다급한 걸음으로 막사 문을 걸어 나갔다.

동대문 안 훈련원에서는 연거푸 전화가 걸려왔다. 제1연대 제1대대의 도착이 매우 늦다는 독촉이었다.

7월 19일. 황제 양위 때 소요를 일으켰던 부대들도 별일 없이 훈련원에 집합했는데 서소문 대대는 어째서 이렇게 굼벵이 걸음이냐는 군부대신 이병무의 힐책이다. 전화통에서 들려오는 소리로 보아 옆에는 일본군 사령관이 신경질적인 잔소리를 하고 있는 모양이었다.

시위연대 제1대대 장병들은 영문도 모르고 제1중대장의 지휘에 따라 총 한 자루, 대검帶劍 하나 없이 집합하여 서소문 병영을 줄줄이 나서는 길이었다.

"대대장님이 웬일이여?"

"글쎄 몸이 불편하시다더니 자리에 누우셨나?"

"아따 이 사람아. 대대장님의 딱 바라진 체격에 병 귀신이 범접할 수 있다냐?"

"그럼 심사가 불편하신가 보군!"

"마음 상하기야 어디 대대장님뿐이던가. 하늘도 허구한 날 통곡인데…."

영문을 나서는 병졸들이 속셈 없이 주고받는 말이었다.

바로 그때다. ― 탕! 타탕!

총소리가 뒤에서 울려왔다. 순간 대열이 꿈틀했고, 후반부가 흐트러지며 술렁거렸다. 그리고 모모한 장병들이 병영 안으로 후당탕거리며 달려가기 시작했다.

대대장 박승환의 숙실宿室은 피로 물들어 있었다. 그는 적을 쏠 총으로 자신을 쏘았다. 자신을 쏘는 것으로 부하들에게 명령을 내린 것이다.

"대대장 박승환 참령께서 자결하셨습니다."

이리하여 불길은 댕겨졌다. 기름에 번져 붙은 거센 불길이었다. 병영을 나서던 6백의 장졸들은 그 누구의 명령도 없었건만 쑤셔진 벌집에서 튀어나온 벌떼처럼 병사兵舍로 달려왔다.

그들은 모두 총을 잡았다. 일인 교관 몇 놈이 먼저 제물이 되었다. 무기고武器庫가 부서졌다. 장졸들은 한 아름씩 탄환을 안고 나오면서 부르짖었다. 우리는 쏠 것이다. 서소문 병영 담을 끼고 총질이 시작됐다. 일군은 어디에 있는가. 그러나 일군은 아둔하지가 않았다.

그렇게 되리라고 미리 짐작이라도 했을까. 제1대대 병영이 갑자기 소란해지자 남대문 성벽을 끼고 매복했던 일본군이 일제히 사격을 가해왔다. 그 음흉한 복면을 마침내 벗은 것이다.

불은 붙었다. 마지막 꺼져가는 나라의 불심지 같은 박승환 대대의 항쟁소식은 바람을 탔다. 시위 제2연대 제2대대 장병들도 이 항쟁대열에 합세했다. 총지휘는 부위副尉 남상덕南相悳이 맡았다. 항쟁부대는 1천여 명으로 불어났다. 서소문과 남대문 일대의 시민들도 팔을 걷어

붙이고 몽둥이와 돌멩이로 무장한 채 이 처절한 싸움판에 뛰어들었다.

한양성漢陽城, 태조의 왕업이 이루어진 이래 5백여 년, 서울에서는 처음 보는 총포의 시가전이 벌어진 셈이다.

왜군 지휘관 가지하라梶原 대위가 거꾸러졌다. 그는 러일 전쟁 때 만주 벌판에서 육탄전으로 용맹을 떨쳤다는 사람 잡는 괴물. 그가 쓰러졌다. 훈련원에 도사리고 있던 일군 사령관 하세가와의 입술이 부르르 떨렸다. 서울에 포진한 전일본군에게 전투명령이 내려졌다. 그의 부하들은 수가 많고 군기軍器가 우수하고 훈련이 잘 돼 있다.

슬프다. 이 나라 군대의 명분이, 충용忠勇이 그것을 꺾지 못했다. 서소문 일대의 항쟁 부대는 일본군에게 포위되었다.

대관隊官 권기홍權基泓이 피를 쏟고 전사했다. 부족한 탄약은 더욱 빨리 소모되는 법이다. 전투가 벌어진 거리의 민가는 담이 무너지고 기둥이 불타고 아우성이 치솟고 했다.

마침내 남상덕이 적탄에 맞았다. 그의 부릅뜬 두 눈은 죽음과는 상관없었다. 죽었는데도 그의 눈은 감겨지지 않았다. 손은 탄환이 다한 빈 단총을 끝내 놓지 않았다. 스물일곱이었다.

참위參尉 이충순李忠淳도 전사했다. 그는 달려온 어머니의 만류마저 뿌리치고 일군 진지에 단신 뛰어들어 육탄전을 벌이다가 전사했다.

무수한 시민들이 죽어갔다. 여자들도 할 일이 있었다. 연지동蓮池洞의 나이 어린 여중女中학생들은 아군 부상병이 들끓는 제중원濟衆院에 모여들어 눈물겨운 간호로 밤을 새웠다.

해가 지고 뜨고, 또 다시 져서 8월 3일. 총소리는 애끓는 통곡 소리로 바뀌면서 서서히 멎어 갔다.

경운궁 돌담에도 탄환 자국이 벌집같이 나 있었다. 돌담을 쏘았을까. 함녕전을 노렸는가. 정동 손탁호텔도 일군에게 미움을 받았던 모양이다. 유탄이 수없이 벽에 박혀 있었다. 함녕전의 주인공은 고종이다. 총탄을 보냈을지 모른다. 손탁호텔은 일개 호텔이 아닌가. 그곳의 여주인공미스 손탁도 일군은 미웠던 모양이다.

격전 이틀째.

일군 피해, 가지하라 대위 이하 사살된 자 1백여 명, 부상자의 수는 알 길이 없다. 의병義兵의 전사자 1백여 명에 부상 4백여 명. 나머지 5백여 명은 탄환이 다할 때까지 항전을 계속하다가 저들에게 잡히는 신세가 되었다.

통감 이토는 하세가와 사령관의 전황보고서를 앞에 놓고 몹시 심사가 뒤틀렸다. 그러나 그는 너털웃음을 웃었다.

"허허, 하세가와 사령관, 우리 일군의 희생자가 백여 명이나 된다니 이건 너무 비싼 대가를 치른 것 같구려!"

"각하 면목이 없습니다. 워낙 발악이 극성스러워서….."

하세가와는 총질을 하지 않고도 한국군대를 해산시킬 수 있으리라고 장담했었다. 이토에게 민망스러운 생각이 없잖아 있었다.

이토는 심각해졌다.

"사령관! 서울은 피를 흘리고나마 일을 치렀지만, 글쎄, 지방의 진위대鎭衛隊는 별 말썽 없이 무장해제가 되겠소?"

"전력을 다해 말썽 없이 되도록 노력해 보겠습니다. 시골의 군졸들은 수도의 시위대보다는 어수룩할 것이니 큰 말썽은 없을까 합니다만."

이토는 고개를 옆으로 저었다.

"아니오. 그건 사령관이 모르는 소리요. 군사의 무예로는 시위대보다 떨어질지 몰라도 원래 시골 놈은 기골 좋고 강직한 게 특성 아니겠소? 내 짐작으로는 진위대가 오히려 끈덕진 항거를 해올지도 모르겠소. 그리고 지방은 산하와 자연이 무기이고, 요새고, 저항이 아니겠소. 서울의 반란군이야 우리 군사가 쉽게 진압할 수 있겠지만, 지방의 반군들이 험준한 산악으로 기어들어 토비土匪가 되는 날에는 이만저만한 두통거리가 아닐 것이오."

그러나 하세가와도 그에게 맞섰다.

"각하! 토비는 어디까지나 토비입니다. 토비란 시간이 가면 저절로 스러지게 마련입니다. 망한 나라의 토비가 기승을 부린들 어쩌겠습니까? 알아서 처리할 것이니 염려 마십시오."

그러나 이토는 역시 고개를 옆으로 저었다.

"아아니, 내 의도는 피를 보지 않는 데 있는 것이오. 지금 세계에는 귀찮은 여론이라는 게 있소. 폐하의 성지聖旨도 그렇고, 우리는 총칼로 피를 흘리며 이 나라를 점령한 게 아닌 것을 명심하시오. 하하하, 하세가와 사령관은 무부武夫라 놔서…."

하세가와는 송구했다.

바깥이 갑자기 소란해졌다. 구슬픈 애곡哀哭 소리가 도도히 지동地動처럼 들려온다.

"무슨 소리요?"

"상렬喪列인가 싶습니다."

"누가 죽었소?"

그들은 이완용이, 송병준이, 이병무가 죽었다는 소리를 듣지 못한 이상 아무도 죽지 않은 것으로 아는 모양이다.

잠시 후, 헌병대장이 다급한 걸음으로 나타나 거리의 동정을 세세히 보고했다. 김명철金命哲, 기인홍奇仁洪, 김창기金昌基, 이원선李元善 등 벼슬도 이름도 없는 한낱 시민들이 앞장을 서서 푼푼이 모은 돈으로 전몰한 시위대 장병들을 장사 지내는 애통한 상렬이 지금 막 통감부 앞을 지나가는 것이라 했다.

"사령관! 들어 보시오. 저것은 단순한 호곡號哭 소리가 아닐 거요. 저 소리가 이 나라 방방곡곡에 메아리쳐서 의병들이 거기에 화합하면 나의 한국경략은 크게 금이 가지나 않을는지. 이제 정치적인 일은 끝났으니 하세가와 사령관의 소임이 한층 무거워졌구려!"

이토의 이 말엔 무엇인가 암시가 크다.

그는 하세가와에게 또 일렀다.

"앞으로 몇 년간은 이 한반도에 총소리가 요란할 거요. 사령관이 잘 처리할 줄 아오만, 폭도를 여러 곳으로 분산 고립시켜서 자연 소멸케 함이 상책일 것 같소. 그러나 북쪽 국경지대는 철저히 다스려야 할 것이오. 러시아, 만주와 인접한 함경도 회령 같은 곳에 군을 주둔시키도록 하시오. 북간도에도 일본군을 진주시키는 게 여러 모로 의의가 크다. 앞으로 북쪽지방이 더 뒤숭숭해질 것 같소. 북변北邊사람이란 어느 나라고 거센 기질을 가진 거니까 만약 이 이토나 하세가와 사령관이 저들에게 저격을 받는 일이 있다면, 그 범인은 아마도 북쪽 놈이리라. 핫핫하, 농담이지만."

이토는 자기 혼자 너무 지껄인 것이 어색한지 흰 구레나룻을 흔들며 요란하게 웃어댔다.

그의 말은 옳았다. 지방 진위대는 순순히 무장을 풀지 않았다.

원주 진위대대는 민긍호閔肯鎬의 지휘 아래 항일 의병대의 주류로서 기치를 높이 올렸다. 강화 진위대도 그러했다.

이강년李康秊, 허위許蔿, 이인영李寅榮, 김태원金泰元, 이범윤李範允, 이진용李鎭龍, 신돌석申乭石이, 수백 혹은 수천 의병義兵의 장將으로 제각기 기치를 드높이 세웠다. 의사義士 안중근도 일어섰다.

이 의병들의 기치는 두만강 기슭으로 하얼빈 역두驛頭로, 장백산맥長白山脈의 청산리靑山里 골짜기로, 상해上海로, 중경重慶으로, 그리고 일도日都 도쿄로 연면히 이어져, 나라는 망했으되 민족은 시퍼렇게 살아 있다는 역력한 횃불이 되어 타오른 것이다.

정치가로서 조선통감 이토는 이름난 그대로 노련한 경략가였다.

한국의 군대해산이 순조롭게 되지 못하고 의병들이 전국 각지에서 일어나 국내 치안이 소란스러워지자 그 진압책임을 하세가와 사령관에게 슬쩍 밀어버린 이토는, 의병의 소란 따위는 아랑곳도 없다는 듯이 초연한 자리에서 단수 높은 정치적 포석을 쉬지 않고 놓았다.

그는 퇴위한 고종을 태황제太皇帝로 모시게 했다. 그는 경운궁慶運宮을 덕수궁德壽宮이라 고쳐 부르도록 했다. 그는 부호符號를 승녕承寧으로 하고는 고종이 가장 아끼고 귀여워하는 만년의 왕자 은垠을 황태자로 책봉케 하는 데 성공했다. 실의失意 낙백落魄한 고종의 심사를 달래 보기 위한 술책이었다.

그는 또 융희황제隆熙皇帝 순종純宗을 허수아비나 다름없이 만들고자 창덕궁昌德宮으로 모시게 하고, 각 부마다 일본인 차관次官을 붙여 이 나라 국정國政을 마음대로 쥐고 펴는 데도 낙자落字 없이 성공했다.

그는 그해 가을 일본황태자훗날의 大正天皇를 끌어내어 인천을 경유해서 한성부漢城府를 내방토록 하여 경운궁에서 호화로운 연회를 베풀게 함으로써 두 나라 황실의 정의를 두텁게 하느라고 의기양양했다.

일본황태자의 내한에는 커다란 정치적 트릭이 있었다. 이토만이 알고 있는 트릭이었다. 그러나 이완용은 이토의 가슴 속 깊이 숨겨진 정치적 위계僞計를 알 까닭이 없었다. 그는 대한제국 역사상 가장 기쁘고 경사스러운 일이라고 떠들고 감격하고 했다.

일본황태자가 돌아간 지 한 달도 안 돼서 이토의 위계는 서서히 그 정체를 드러냈다. 먼저 제주도에 유배된 박영효를 풀어내서는 은근히 자기의 모사謀事에 앞장서 줄 것을 강권했다. 그러나 박영효는 안 될 말이라고 단연코 거부했다.

그는 대상을 바꿨다. 방법도 바꿨다. 노골적인 수법을 쓰기로 했다. 송병준, 이윤용에게 수작을 걸었다. 이의異議가 있을 위인들이 아니었다. 태황제 고종에게 단도직입으로 진언케 했다.

"폐하! 세자를 일도日都 도쿄로 유학시켜 개화된 문물을 견학케 함이 좋을 줄로 아뢰옵니다."

고종은 즉석에서 진노했다.

"안 될 소리! 내 지금 모든 것을 잃고 마음 붙일 곳이라곤 세자뿐인데, 그마저 내 곁에서 빼앗아 가려는 수작들인고?"

그러나 대세는 또 고종의 뜻과는 달리 기울어져 가고 있었다.

현 황제 순종의 내락을 이미 받았다는 이토와 부일附日 역신배逆臣輩의 위하威嚇 앞에서 고종은 며칠을 버티다가 기어이 주저앉고 말았다.

세자 은垠, 나이는 어려 겨우 열한 살.

동궁東宮으로서 학식 높은 유신儒臣과 영국인 조리 여사의 진강進講을 받아 가며 영특하고 슬기롭게 수학원修學院에서 자라던 이 나라의 어린 황태자는 눈물을 흘려야 했다. 기울어 가는 국운의 상징인 듯 제 나라 제 동포와, 인자하고 따뜻한 어버이 품마저 떠나 외적의 수도로 볼모 유학을 떠나는 세자 은은 비운悲運의 상징이었다.

1907년 12월 5일. 바람 찬 제물포항을 떠나는 기선 한 척이 있었다. 만주환滿洲丸이라고 선복船腹에 쓰여 있었다.

갑판에 나선 대례복 차림의 백발노인은 스스로 일컬어 태자대사太子大師, 물론 이토 히로부미였다. 그는 만면 주름살에다 웃음의 이랑을 지으며 한 손에 든 실크해트를 높이 쳐들어 환송 인파에게 흔들어 보였다. 그의 왼손에는 한국보병참위韓國步兵參尉 군복에 국화대수장菊花大授章을 묵직하게 걸어 늘인 소년 은의 손이 놓칠세라 꼭 쥐어져 있었다.

태자소사太子小師 이완용이 그 옆에 섰고, 동경대부東京大父 고의경高義敬, 시종무관장侍從武官長 조동윤趙東潤, 수원隨員 송병준, 이윤용 등이 무슨 장도에라도 오르는 양 연신 벙글거리고 서 있었다.

바닷길은 험난했다. 봄을 기다려, 바닷물이 잔 다음에라도 떠날 수 있었다. 그러나 이토의 탐욕과 고집과 성급한 공명심이 겨울 뱃길을 재촉했다.

그것은 헤이그 특사파견으로 고종황제에게 뒤통수를 얻어맞은 이토의 분풀이였다. 그것은 또한 고종을 왕위에서 밀어내고, 허수아비로 순종을 내세운 다음 이 나라의 군대까지 해산시켜 버린 그의 한국경략에서 얻은 새롭고 살아 있는 노획물을 이 해가 다 가기 전에 자기 천왕에게, 그리고 일본국민들에게 보여야 했기 때문이었다.

슬픈 왕세자 이은李垠은 1907년에 얻은 이토의 가장 큰 노획물이었다.

그러나 이토는 사려 깊은 정치가였다. 노획물의 값어치는 그것을 맞이하는 환영 인파에 따라서 값지기도 하고 헐해지기도 하는 법이라는 데에 생각이 미쳤다.

그는 미리 사람을 보내어 한국왕세자를 맞는 도쿄 신바시新橋역에 소홀함이 없도록 손을 썼다. 일본의 황태자를 비롯해서 황족, 원로, 대관, 조야의 명사와 그 귀부인들, 실로 2천여 명이 신바시 역에 모여들어 한국왕세자 은을 환영하도록 했다.

신바시 역에 내린 이토는 문자 그대로 개선장군이었다. 공명功名을 더할 길 없는 노정치가로서도 일찍이 그날처럼 융숭하고 열렬한 환영을 받아 본 적은 없었다. 그는 감격했다.

"아아, 모두들 이 이토를 환영하는 것이렷다!"

출영인파出迎人波 가운데는 저 존귀하고 어린 몸의 왕세자가 어버이 슬하를 떠나 먼 바닷길 타국으로 끌려오다시피 한, 그 신변을 동정하여 여성으로서 뜨거운 눈물을 흘린 한두 귀부인이라도 있었을까.

이토가 얼마나 득의에 차 있었던가는 그의 이 무렵의 자작시로도 엿볼 수가 있다.

韓帝托孤宸意深 新盟豈負別時心
鷄林自有竝州感 歸路悠悠動我襟
(한제고종가 어린 세자를 나에게 맡기신 그 뜻이 깊으니/ 새로운 맹
약으로 떠날 때의 그 마음 어찌 저버릴 건가/ 조선은 스스로 내 고향
만 같아/ 돌아가는 길의 심금을 설레게 하는구나.)

왕세자 은이 시바 이궁芝 離宮에 잠시 머무는 동안 일왕日王 메이지와
왕후가 이곳을 방문한 일이 있었다.

메이지 일왕은 이 속방屬邦의 나이 어린 왕세자를 보고 첫눈에 정이
들었다. 5백 년을 이어 내린 왕통의 기품이 완연히 흐르는 귀공자 은垠
의 초롱초롱한 눈매며, 콧날이며, 입가에 서리는 기품 있는 웃음기며,
왕기王氣는 왕기가 알아보는 것일까.

그는 은垠의 포동포동 귀여운 볼을 쓸어 주면서 모든 일에 불편이 없
게 하도록 시종들에게 엄한 분부를 내렸다. 일본궁내성은 천왕의 특별
지시에 따라 도리시카鳥偃坂에 있는 사사키 후작저侯爵邸를 은의 유학
중 어전御殿으로 쓰게 마련했다. 사사키 후작의 저택을 매수해서 내부
수리를 끝마치고 세자를 이궁移宮시키려 했을 때였다.

그 뜻을 전해 들은 메이지 일왕은 이마를 찌푸렸다.

"비록 집수리는 다 되었다 하더라도 사람이 살아 봐야 그 집이 좋고
나쁜 것을 알 수 있을 터! 먼저 시험 삼아 누구든 며칠 그 집에 들어 본
후에, 이상이 없음을 확인한 다음에 왕세자가 들도록 하라!"

궁내비서관 구리하라가 그 수리한 집에 사흘 동안 유숙해 본 다음 비
로소 왕세자 은이 입궁했다.

일왕 메이지는 은銀을 대할 때마다 어쩔 수 없는 정을 느꼈다. 그것은 왕세자 은이 스스로 지닌 귀여움이었다. 자주 선물도 잊지 않았다. 일왕의 그러한 처사는 일본궁내성 관리들의 뒷공론거리가 되어 끝내는 이토의 비위마저 건드렸다.

이토는 천왕에게 진언했다.

"폐하, 아뢰옵기 황공하오나 한국왕세자에 대한 폐하의 성지聖旨에는 좀 지나치신 점이 있는 줄로 아옵니다. 신의 생각으로는 지금 한창 배움길에 있는 어린이에게 교육상의 지장이 있을까 염려되옵니다. 바라옵건대 그 넓으신 성은을 얼마간 거두시옵소서. 황공하옵니다."

그러나 일왕은 웃었다.

"이토 경, 그대의 충정 알 만하오. 그러나 그도 황실의 후예가 아니겠소. 그 어린 몸에 정이 아쉬울 거야. 짐이 알아서 할 터이니 경은 이 일에는 참여하지 마오!"

이토가 흐릿한 낯빛으로 물러간 다음 일왕은 혼자 중얼거렸다.

"이토는 훌륭한 정치가지만 역시 비정한 사람이던가. 황가의 정의情誼를 어리고 외로운 속방 왕족에게 베푸는 것은 좀더 심오한 정치인 것을! 팔굉일우八紘一宇를 왜 모르는가!"

━━◆━━

태자대사라는 이토는 왕세자 은을 도쿄에 남겨둔 채 다시 서울로 돌아왔다. 그는 아직 통감이었다. 그의 짐 보따리 속에는 시계며 보석, 반지며 진주 목걸이 등이 두둑이 들어 있었다. 이 시계, 반지, 목걸이

들은 이토가 통감으로서 남은 임기를 순조롭게 치러내는 데 없어서는 아니 될 긴요한 보물들이었다.

고종을 밀어내고, 실권 없는 신왕新王을 앉혀 놓고, 영특한 세자를 외지로 뽑아내니 이제는 왕부王府도 이토의 손아귀에 완전히 든 듯이 보였지만, 그러나 그는 역시 불안했다. 궁중에는 아직도 뿌리 깊은 세력이 무시 못할 가지를 늘이고 있는 줄을 그는 알고 있었다. 상궁, 여관女官들의 세력에 그는 착안하고 있었다.

이토는 알고 있었다. 그 상궁, 여관들을 손아귀에 넣어야 비로소 궁중을 완전히 장악한다는 것을 알고 있었다. 여자는 보석으로 매수하는 것. 그는 매수작전을 써보기로 했다. 그래서 그네들에겐 사뭇 신기해할 시계가 필요했다. 값진 보석반지가 있어야 했다. 희귀한 진주 목걸이 같은, 여성이 본성적으로 탐을 내는 귀금속 패물이 있어야만 했다. 1908년은 이토의 여관 매수공작으로부터 새해의 막이 올랐다.

그러나 의병義兵들은 전국 방방곡곡에서 들끓어댔다. 하세가와 사령관은 본국에서 2개 연대 병력을 더 끌어내다가 의병을 진압하기에 허둥거렸다.

지사志士 장지연張志淵은 블라디보스토크에서 〈해조신문〉海潮新聞을 창간하여 항일의 붓끝을 더욱 날카롭게 휘둘렀다.

미국 샌프란시스코의 오클랜드 역두驛頭에서는 친일 미국인 스티븐스가 총에 맞아 죽었다. 교포 장인환張仁煥, 전명운田明雲이 저격한 것이다.

동양척식회사東洋拓植會社가 설치돼서 이 나라 농토에 대한 무자비한 수탈이 시작되었다.

사립학교령이 마련되어 이종호, 윤치호, 안창호 등이 배재학당, 대성중학, 협성학교 등을 설립했다. 뒤이어 이승훈李昇薰이 오산학교를 이룩했다. 신학문의 터전이 닦여 가는 시작이었다.

의장義將 민긍호閔肯鎬가 순사殉死하고, 의장 허위, 이강년李康秊, 김석하, 이명하, 최봉래가 차례로 붙들려 죽임을 당하는데 이완용은 10만 원의 논공상금論功賞金을 일본한테서 받았고, 송병준은 충정공 민영환의 유산 7백 석을 빼앗아 제 것으로 만들었다.

융희 2년도 저물어갔다. 겨울, 일본군 사령관 하세가와가 물러나고 오쿠보大久保가 새로 부임한 다음, 통감 이토는 그의 오랜 숙원이던 남서순행을 단행하기에 이른 것이다.

———

선천역을 떠난 궁정열차가 의주역을 지척에 두게 되자 이토 히로부미는 새삼스러운 감회가 솟아났다.

그는 임진란壬辰亂의 사화史話를 알고 있었다. 더욱이 의주는 이 나라 서북단의 요충 도시. 가토 기요마사加藤淸正나 고니시 유키나가小西行長 같은 왜장들도 발을 붙여 보지 못한 거센 역사적 비도秘都에 이 나라의 황제를 등에 업고 홀연히 나타난 그로서 어찌 감흥이 없었으랴.

그는 수원隨員인 곤토 시로스케에게 지묵紙墨을 가져오라 해서 즉흥시를 한 수 읊어서는 순종황제에게 갖다 보이라고 했다.

翠華破曉出宸宮 冒此寒威勞聖躬
若使蒼生洽恩露 人間到處不春風
(임금께서 전례 없이 궁궐을 납시어/ 설한풍 무릅쓰고 여행길에 오
르셨으니/ 이 나라 창생 한결같이 그 은총을 입어/ 가는 곳마다 춘
풍 아닌 곳 없어라)

이 시를 받아 보고 가장 감격한 사람은 역시 송병준이었다. 신바람이
난 그는 순종황제 앞에서 이토의 시를 풀이하기에 여념이 없었다.

의주에 도착한 순행열차의 일행은 압록강이 내려다보이는 통군정統
軍亭에 올라섰다. 황제 순종은 아무 말이 없었다. 감회마저 느끼지 못
하는 눈치였다. 오직 송병준이 홀로 말이 헤펐다.

이토는 또다시 흥겨웠다. 지묵을 가져오자 그는 잠시 눈을 감았다가
붓을 놀렸다.

統軍亭下望悠悠 鴨綠江流分二州
大戰兩回埋萬骨 夕陽欲沒不勝愁
(통군정 아래를 유유히 바라보니/ 압록강 물이 두 나라를 나누었구
나/ 일청, 일로 전쟁에 만골이 묻혔으니/ 지는 해도 슬픔을 못 이겨
어서 지려 하는구나)

이토의 연설벽은 여기서도 또 터지려고 했다. 그러나 마루야마 경무
총장이 극력 만류했다.

통군정에 불어오는 압록강 강바람은 차갑기 칼날이었다. 황제를 비
롯한 그 밖의 수행원들은 어서 귀로에 오르기를 바라고 있었다. 그런데

이토는 무슨 생각에 젖었는지 멀리 북쪽 강 건너만 바라보며 표정이 화석처럼 굳어진 채 서 있었다.

"각하! 바람이 차갑습니다. 내려가시지요!"

"저기가 만주 벌판이렷다!"

이토는 딴전을 피우며 스틱을 쳐들어 북쪽을 가리켰다.

"그렇습니다. 각하! 이제는 시간도 늦었습니다. 어서!"

마루야마 경무총장이 또 재촉을 했다.

"나를 가만히 내버려두게나, 여기 만주 벌판 앞에 서니 내딛고 선 자리가 너무나 좁구만. 내 이제 반도에서의 일이 끝나면 저 땅에 가서도 해야 할 일이 많으렷다. 만주! 북만주! 허허 몸이 늙어 한이로다!"

때마침 황제는 자리에서 일어섰다.

"이토 통감! 돌아가도록 해 보시지!"

───◆───

남서순행에서 돌아온 통감 이토는 열병에 걸린 사람처럼 안절부절못했다. 그는 뭣엔가 몹시 쫓기고 몰리는 사람 같았다. 통감부의 직무까지도 부통감인 소네 아라스케에게 맡기고 하루 종일 숙소에 들어앉아 깊은 명상에 잠기는 날이 며칠씩 계속되기도 하였다.

함경북도 경흥군 일대에 안某누구라는 자가 의병을 이끌고 쳐들어왔다는 불쾌한 소식을 전해 들은 다음날, 그는 일왕에게 갑자기 본국으로 돌아갈 것을 허락해 달라는 전보를 쳤다.

1909년 9월. 이토는 그 연연한 통감의 직책을 미련 없이 소네에게 넘겨주고는 급급히 서울을 떠나 일본으로 돌아가게 되었다.

그날 밤, 이토는 소네 신통감新統監과 오쿠보 사령관이 은밀히 마련한 저들만의 송별연에 참석했다.

"김연홍金蓮紅이라 하옵니다."

사뿐사뿐 앞으로 다가와 절하는 기녀妓女를 이토는 흐뭇하게 바라보고 있었다.

"무라타 요코라고 부릅니다."

이토가 또 감탄했다.

"성춘희成春姬이옵니다."

이토가 껄껄거리고 웃었다.

"허허어, 아깝게도 아래 한 글자가 잘못된 게 아닌가? 옛날엔 성춘향이가 열녀였다면서?"

모두들 까르르 웃었다. 쓰루바라 총무장관, 고미야 궁내차관, 마루야마 경무총장, 마쓰이 경무국장도 껄껄거리고 웃었다.

그러나 다음 순간 이토는 정색을 하면서 옆에 앉은 쓰루바라 총무장관에게 힐책을 했다.

"왜 조선기생들을 이런 자리에 불렀는가? 우리끼리 할 얘기도 있을 것을."

쓰루바라가 대답했다.

"그렇지만 각하 안심하십시오. 송병준 씨에게 특히 부탁해서 뽑아들인 명기니까요."

오쿠보가 그 말을 슬쩍 받았다.

"각하, 오랫동안 반도에서 고초가 많으셨으니 오늘밤은 이 땅의 이름 있는 기생들이 따라 드리는 술도 좀 드셔야 합니다."

남산 중턱에 순일본식으로 새로 지어진 요정이었다. 송욱정松旭亭. 48조 큰 방은 밤이 깊어갈수록 질탕하게 흥겨웠다.

"배정자裵貞子만은 부를 걸 그랬어!"

얼근히 취기가 돌기 시작한 이토가 말했을 때 쓰루바라는 재빨리 대답했다.

"각하! 그렇잖아도 연락했습니다만 아직 소식이 없습니다."

이토는 술이 더 오르기 전에 그 연설벽이 충동질을 쳤다. 그는 고개를 끄덕이며, 그러나 비교적 간단히 한마디 했다.

"고맙소! 여러분 고맙소. 이제 나는 한반도에서 물러나오. 내가 한반도에서 무슨 일을 하고자 했으며, 무슨 일을 했으며, 내 종당의 목표가 무엇인가를 여러분은 잘 알 것이오. 내 나이 이제 70이구려. 그러나 내 할 일은 이제부터요. 단 무대가 좀 바뀔 뿐, 이 이토는 어느 변방에 있든지 여러분의 임무수행을 면밀히 보고 있겠소. 여러분이 한반도에 상륙한 것은 남쪽에서부터란 말이야. 나나 여러분은 남쪽에서 온 이상 언제나 서 있는 방향이 북쪽을 향해서 의연해야 할 것이야. 우리는 제자리걸음을 해서는 안 되오. 안 되지. 제자리걸음은 안 된단 말이야. 자아, 대일본제국 앞날의 영광을 축복합시다."

이토가 높이 쳐든 술잔을 따라 충혈된 수많은 눈들이 번쩍번쩍 빛났다. 이토는 먼저 일어서면서 마지막 한마디를 남겼다.

"허허, 이제 현해탄을 사이에 두고 제국은 하나야! 대일본제국 하나야! 건투들 하시오. 오늘밤을 즐기시오!"

그는 옆에 있는 기생에게 손을 내밀었다.

"계집아! 네 이름이 뭣이랬던고?"

"기생이옵니다."

"호오, 기생! 나를 좀 부축해 줘야지. 사람이 늙으면 젊은 여자의 체온이 아쉽단 말야! 하하, 체온뿐야. 젊은 여인의 체온은 늙음을 막는다면서?"

"각하! 기생은 체온이 없는 한낱 노리개일 뿐입니다."

이날 밤, 특히 뽑혀서 얼근히 취한 늙은 이토의 시중을 든 기생은 누구였을까? 성춘희이다. 성춘희는 그날 밤 이토라는 거인의 밤시중을 들면서 한두 번 아니게 엉뚱한 환상에 사로잡혔다.

'이 늙은이를 총기가 아니고 폭력도 아니고 약물도 아닌 내 체온만으로 호흡이 꽉 막히게 해서 싸늘한 시신을 만들어 버릴 수는 없을까.'

마치 논개의 아류 같긴 하지만 그럴 수는 없을까 하고 궁리하면서 밤새 오히려 노염老炎의 시달림을 받았다.

———◆———

눈보라의 항구에도 봄은 찾아오기 마련인가. 얼음이 풀리는 해조음海潮音을 따라서 몇 척의 기선이 항구 밖으로 미끄러져 나가는 블라디보스토크의 4월. 이 시베리아의 동남 끝 항구에는 형세가 기울어 가는 제나라를 등지고 두만강 얼음장을 건너온 청년들이 득실거렸다.

돌을 주워다 흙벽으로 바람을 막은 초라한 집 한 채. 그곳 토방土房에 수염이 꺼실거리고 머리가 덥수룩한 사나이들이 잔뜩 긴장하고 있었다.

"손가락을 자릅시다. "

"왼쪽 약손가락을 자릅시다. "

벌떡벌떡 일어들 섰다. 장한壯漢들, 혈기가 넘쳤으나 객기가 아니었다. 장지칼이 탁자 위에 탁 꽂혔다. 일순 모두들 긴장했다.

"피는 목숨, 피로써 맹세함은 목숨을 걸고 맹세하는 것이오!"

"동지들! 그만하면 우리의 뜻이 한데 뭉친 것 같소. 자아, 우리 모두 굳게 서약합시다. 다함께 왼쪽 약손가락으로 혈서를 씁시다. "

누구 하나 주저하는 기색이 없었다. 탁자 위에 꽂혔던 장지칼이 쑥 뽑혔다. 그들은 다투어 가며 스스로의 손가락 끝을 거침없이 잘랐다. 맑고 진한 붉은 핏방울이 펼쳐놓은 백지 위에 뚝뚝 떨어졌다. 한 자 한 자 글자가 되어 갔다.

— 우리 함께 온 힘을 다해서 대한의 독립을 다시 찾기로 맹세하노라. 비록 머리 위에 뇌화雷火가 떨어져 목숨이 불타 죽는 한이 있어도 이 맹세는 저버리지 않으리라. 여기 함께 맹세하노라. 안중근安重根

우덕순禹德淳이 그 뒤를 이어 손가락 글씨를 썼다. 또 다른 사나이도 다른 사나이도 썼다. 피로 썼다.

이들은 의병을 조직했다. 모여든 장정이 수백이었다. 안중근이 참모 중장參謀中將이 되었다. 그가 이끄는 의병들이 두만강을 건너서 쳐들어온 것은 얼었던 강물이 활짝 풀린 6월이었다.

"동지들! 이토란 자가 본국으로 돌아간다고 합니다. 침략의 원흉 이토가 돌아가기 전에 서울까지 쳐들어갑시다. 그자를 곱게 돌려보낼 수 있갔소!"

5척 4촌의 강한强悍한 체구인 의병 참모중장 안중근의 출진명령이었다. 그들은 경흥으로 번개처럼 쳐들어 와 일본헌병대며 경비대 초소들을 닥치는 대로 결딴내고는 길주吉州까지 이르렀다.

그러나 길주 싸움에서 형세가 불리해서 더 나가질 못했다. 미더운 동지 우덕순은 일본군의 포로가 되었다.

안중근은 눈물을 머금고 다시 두만강을 건너 블라디보스토크로 철귀撤歸했다. 그는 얼마 동안 실의에 차 있었다. 여름도 다 가는 8월 하순이었다. 안중근이 머물고 있는 집 대문을 흔드는 사나이가 있었다. 그는 우덕순, 일군에게 체포되어 7년 징역을 선고받은 우덕순이 감옥문을 부수고 탈옥하는 데 성공하여 그의 가장 미더운 스승이요 동지인 안중근을 다시 찾아온 것이었다.

"어허! 우 동지! 어허, 우 동지! 죽지 않았구먼! 죽지 않았어….

안중근은 우덕순의 두터운 손을 덥석 잡았다.

"안 선생! 안 선생이 살아 계시는데 소생이 어찌 먼저 죽겠소이까."

"고맙소, 어허, 우 동지. 하늘이 우 동지를 도운 거외다. 아니 이 안중근을 도운 거외다. 대한제국을 도운 거외다."

그들은 감격의 눈물을 흘리며 몸과 몸을 부둥켜안았다.

잠시 후, 안중근이 입을 열었다.

"우 동지, 좋은 소식이 있습니다. 천재일우千載一遇의 기회외다. 나혼자서 이 일을 어떻게 할까 망설이는데 정말 잘 됐소이다."

"좋은 소식이라니 그게 뭣입니까?"

우덕순의 큰 눈이 번쩍 빛났다.

"이토란 자가 만주에 온대요."

"이토가? 만주에?"

"그렇소. 여기 신문을 보니 이토가 하얼빈에 가서 러시아 재무대신과 만난다는 거야. 만주를 요리해 먹을 흥정을 할 모양 아닙니까."

"으흠…."

"우 동지, 우리의 일거리가 생겼구려. 그자를 해치우는 거죠. 나는 혼자서라도 떠나려던 참이외다. 마침 우 동지가 왔으니 백만의 우군友軍을 얻은 게 아니겠소! 우 동지 고생이 막심했을 텐데 나와 함께 또 떠날 수 있을까?"

안중근은 우덕순의 대답을 기다리며 그의 입을 뚫어지게 바라보았다.

"안 선생, 무슨 말씀을! 선생께서 가시는 길이라면 이 우덕순은…."

안중근은 우덕순의 손을 꽉 잡았다. 옥고에 시달리고 먼 길 헤쳐 오느라고 거칠 대로 거칠어진 우덕순의 손이었다.

더 지체할 겨를이 없다. 그들은 간도를 거쳐 하얼빈으로 급행했다. 본참本站에서 원산 태생이라는 유동하劉東夏를 동지로 얻었다. 다시 강원도 사람 조도선이 끼었다.

그들은 이토가 타고 올 특별 열차를 채가구蔡家溝에서 기다렸다. 하얼빈 남쪽의 한역寒驛이다. 그러나 이토의 일정이 소상치 않은 데다가 자금도 떨어졌다.

유동하를 하얼빈으로 보내서 그곳의 동포들로부터 자금을 얻어 오도록 했다. 그런데 유동하는 빈 손으로 돌아왔다. 우덕순이 다시 나섰다. 하얼빈으로 떠났던 우덕순이 숨이 턱에까지 차서 돌아왔다.

"안 선생, 희소식이 있습니다. 이토가 내일, 내일 아침 하얼빈에 도착한다 합니다!"

"내일 아침! 어허, 내일 아침? 누굴 찾아오는 거야. 이 안중근, 응칠(應七: 안중근의 아명兒名. 그의 몸에 7개의 흑점黑點이 있다 해서 선친안태훈이 지어준 이름임.)이의 육혈포를 찾아오는 거지!"

그들은 분연히 일어나 거리로 나섰다. 그들이 나간 자리에는 한 장의 마분지가 아무렇게나 구겨져 있었다. 거기에는 의사 안중근이 후려 쓴 작별가作別歌가 그들의 뜻과 기개를 말해 주고 있었다.

丈夫處世兮 蓄志當奇
時造英雄兮 英雄時造
雄視天下兮 何日成業
東風吹寒兮 搖東漢水
憤慨一往兮 吾必反爾
惟我同胞兮 速恢大業
萬歲萬歲兮 大韓獨立
(장부의 처세는 뜻을 모아 일에 당함이니 때가 영웅을 만들고 영웅이 때를 만든다. 돌아가는 세상 바라보건대 어느 때고 우리의 소망은 이룩되리. 내 고장에서 불어오는 매운바람은 아마도 한강수를 뒤흔들었으리. 격분한 이 마음으로 반드시 너희를 꺾고 우리 동포를 도와 대업을 하루 빨리 성취하리라. 만세 만세 대한독립 만세.)

1909년 10월 26일 오전 9시.

대일본제국의 추밀원 의장 이토 히로부미 공작을 태운 특별열차가 요란한 기적을 울리며 하얼빈 역으로 들어섰다.

플랫폼에는 러시아 재상財相 코코호체프, 하얼빈 주재 각국 외교관들, 러시아군軍 의장대, 환영군중 1천여 명이 진을 치고 있었다.

가벼운 반동을 남기고 열차가 멎자 수십 명의 일인 고관들이 승강대를 내려섰다. 삽시간에 환영객들은 앞으로 밀어닥쳐 일인 고관들을 둘러싸 버렸다. 누가 누군지 얼굴을 분간할 수가 없어졌다.

러시아군 의장대 뒤에, 군중들 속에 허름한 양복 차림의 한 사나이가 주머니 속에서 구겨진 신문지 한 장을 꺼내 봤다. 이토의 사진이 실린 신문지가 분명했다. 순간, 사나이는 군중들의 물결을 날쌔게 비집고 앞줄로 선뜻 나섰다.

안중근이었다. 오른손에는 브라우닝 6연발 단총이 쥐어져 있었다.

코코호체프 재무상과 각국 외교관에게 이토가 의례적인 의사를 나누고 막 의장대 앞으로 걸음을 옮기는 찰나가 포착되었다.

순간 북만주의 차가운 공기를 찢는 매서운 금속성 총소리가 역구驛構의 공간을 울렸다.

─탕! …탕 타탕!

백발 노안白髮老顔의 풍채 좋은 귀빈이 푹 쓰러졌다. 틀림없는 이토였다. 어떤 뜻으로든 동양의 거물인 그가 맥없이 차가운 플랫폼에 터덜썩 곤드라졌다. 총소리는 계속해서 울렸다. 또 쓰러진다. 키가 작은 신사들만 쓰러진다. 일본영사 가와가미와 만철滿鐵이사였다. 또 누가 쓰러졌는가. 궁내대신 비서관 모리森였다.

이때 브라우닝 권총 여섯 발을 모두 난사한 안중근이 생지옥으로 변한 수라장修羅場 속으로 뛰어들면서 두 팔을 번쩍 들었다. 하늘로 번쩍 들고는 목청이 찢어졌다.

"대한 만세, 대한제국 만만세!"

역사의 한 페이지는 하얼빈 역두에서 갈가리 찢어졌고, 또다시 새로운 한 페이지가 기록되는 순간이었다.

탐욕으로 가득 찬 이토의 역사가, 정체를 드러내지 않은 하얼빈 음모의 역사가 치욕의 장章으로만 엮어져 가던 구한국 말년의 역사가, 갈기갈기 찢어지면서 대한 남아는 한결같이 용기를 갖고 투쟁하라고 새로이 기록되었다.

의사 안중근에 대한 재판은 주권을 잃어버린 가련한 조국의 한 상징이었다. 러시아 정부는 안중근을 일본관헌에게 인도했다. 이미 그해 여름 한국의 사법권은 일본통감부에 넘겨져 버렸으니 안중근 의사義士는 엄연한 대한사람이면서도 일본법원에서 재판을 받아야 한다는 것이었다.

여순旅順감옥으로 끌려간 안중근은 일본 관동법원 법정에 섰다. 재판장은 마나베 판사라 했던가.

안중근의 재판을 둘러싸고 두 개의 기이한 현상이 벌어졌다.

여순과 미주美洲의 한국동포들은 안 의사를 구명하고자 모금운동에 나섰다. 변호사를 대기 위함이었다. 영국인 변호사 덕레스가 자진해서 변호를 맡고 나섰다. 러시아에서 스페인에서도 변호사가 달려왔다.

서울에선 어떠했는가? 이완용, 송병준 등 친일배는 사색死色의 얼굴이 되어 어찌할 바를 몰랐다. 그러면서 그들 역신배에겐 저들의 공을 다툴 경쟁판이 벌어진 셈이기도 했다.

이완용은 순종황제에게 통감부로 친히 나아가서 조위弔慰를 표하라고 강요했다. 각의에서는 민족의 원수 이토에게 문충공文忠公이라는 시호諡號를 주도록 뚝딱 결의해 버렸다.

송병준, 이용구 등 일진회에서는 사죄 특사謝罪特使를 일본에 보내야 한다고 수선을 떨었다. 이완용, 윤덕영尹德榮, 조민희趙民熙, 유길준兪吉濬 등이 대련大連으로 쫓아가고, 민병석閔丙奭, 박제빈朴齊斌, 김윤식金允植 등은 일본으로 건너갔다. 이학재李學宰는 이토의 송덕비를 세우자 했고, 민영우閔泳雨는 이토의 동상을 세우자고 떠들었다.

가난한 나라에서 백성은 굶주림에 지쳐 쓰러지는데 이토의 부제전비賻祭奠費로 3만 원이 나갔다. 그 유족에게는 따로 10만 원을 보냈다.

이러한 판국이니 안 의사義士의 가계에선 기를 크게 펼 수도 없었다. 그러나 정근定根, 공근恭根 두 아들과 함께 여순 옥사旅順獄舍로 큰아들을 찾아간 어머니는, 차마 아들의 얼굴을 볼 수가 없어 정근을 시켜 조용히 중근에게 전하는 말을 일렀다.

— 내 가르친 바를 네가 어기지 않고 장한 일을 하였으니 이 어미 기쁘기 한량없다. 내 훗날 네 아버지를 만나거든 일러주리라. 중근이 네가 훌륭했노라고.

주위 사람들의 손수건은 자꾸자꾸 젖어 갔다.

해는 바뀌어 1910년 춘삼월. 서해의 바람결이 한결 누그러진 26일, 의사 안중근은 여순항이 내려다보이는 나직한 언덕에서 원한은 남았으되 보람스런 일생을 마쳤다. 아까운 나이 서른둘이었다.

1 — 일본놈의,

2 — 이토가,

3 — 삼천리금수강산을,

4 — 사방으로 돌아보고,

5 — 오적을 매수하여 대한을 먹으니,

6 — 육혈포로,

7 — 7발을 쏘아,

8 — 팔도강산을 다시 찾으니,

9 — 구사일생 남은 왜놈,

10 — 십만 리 밖으로 달아나더라.

구전되는 민요와 함께 그의 유언이 오늘까지, 아니 영원히 전해진다.

— 나 죽어도 일본인이 관리하는 땅에 묻히길 원치 않으니 하얼빈 땅에 묻어 내 뜻을 만인에게 전해 다오. 그러다가 조국이 독립되거든 내 뼈를 조국 땅에 옮겨 묻어다오!

형 중근의 큰 뜻을 이은 안정근, 안공근도 그의 종제從弟 안명근도 모두 하나같이 구국의 횃불을 들고 황량한 벌판으로 나섰다.

━━━◆━━━

봄 여름 가을 뒤엔 어김없이 찾아드는 제일 강산의 사절후四節候건만, 기유년己酉年＝1909년의 겨울은 유난히도 따뜻했다.

새 학문을 닦아 개명한 나라를 어서 만들어야 한다고 학구열에 불탄 젊은이들은 '학도學徒야' 노래를 힘차게 부르며 교실에서 운동장에서 춤지 않은 겨울을 다행스레 여겼다.

의병義兵들의 활동도 그 해의 여름과 봄 못지않게 활발히 움직였다.

그러나 천시지맥天時地脈을 오랜 경험으로 익히 아는 뜻있는 고로古老들은 겨울 같지 않게 따뜻하기만 한 이상기후에 심상치 않은 주름살을 지었다.

"겨울이 춥지 않으면 새해의 세운이 상서롭지 못할걸. 가뭄이 들려는가, 호열자콜레라가 창궐할까. 무슨 재앙이 닥쳐올 모양인데!"

농군들도 혀를 차며 조심 어린 눈길로 하늘을 쳐다봤다. 지상 만물이 조용한 칩복蟄伏으로 들어가는 12월인데도 서울 장안은 가을처럼 술렁거렸다. 그러나 서울이 술렁대는 것은 따뜻한 날씨 탓만은 아니었다.

이른바 '백만의 민의民意'라는 것이 등장해서 지각없는 망동을 부렸기 때문이다. 일진회 회장 이용구는 어중이떠중이 주먹구구로 셈한 '백만의 회원을 대표해서'라는 그럴듯한 전제 아래 '한국을 일본제국에 합병해 주십사' 하는 상주문과 청원장과 성명서를 내놓았다.

대한제국 황제 순종에게 바치는 상주요, 총리대신 이완용과 일본통감 소네에게 애걸하는 청원이요, 2천만 국민에게 고하는 성명이었다.

이것은 이미 지난 달, 일본 도쿄에서 송병준을 필두로 서창보徐彰輔, 이학재李學宰, 최정규崔晶圭 등과 함께 작성한 합방선언서에 기초를 둔 것이었고, 일왕 메이지와 수상 가쓰라 등이 주재한 어전회의의 결정과도 기맥을 상통시킨 기막힌 지껄임이었다.

큰 고기가 뛰면 망둥이 잡어雜魚도 함께 뛰는 격으로 일진회의 외곽 단체인 '대한상무협회'니, '국민창성회'니, '신사협의소'니 하는 급조잡

126

당急造雜黨들도 덩달아 춤을 추며 소란을 떨었다.

제 2대 통감 소네 아라스케는 통감부 깊숙한 소파에 묻힌 채 회심의 미소를 감추지 않았다.

"오호, 일이 참 묘하게 돌아가는군! 그런데 도쿄 정부에서는 어째서 확실한 훈령을 안 보낼까?"

소네는 혼자 중얼거렸다. 불안한 생각이 그의 머리를 스쳤다. 이런 중대한 사건이 현지에서 벌어지고 있는데 본국 정부에서는 이렇다 할 훈령을 보내오지 않으니, 현지의 책임자로서 착잡한 의혹과 망설임이 일지 않을 수 없었다.

그러나 일본정부에서는 좀더 고차원적인 정략을 꾸미고 있었다. 그 정략을 수행하기에는 아무래도 소네 통감의 역량이 미덥지 않았다. 더욱이 그는 심장병으로 고통 받는 몸, 가쓰라 일본수상은 저들의 한국 병탄계획을 미덥지 않은 소네에게 알리지 않고 이를 실행할 수 있는 강력한 후임자를 물색하고 있었다.

다음날인가, 심약한 소네를 꿈질하게 만드는 하나의 사건이 벌어졌다. 일진회의 합방론을 정면으로 반대하고 대한제국의 독립을 수호하기 위해서는 일진회의 괴수들과 이완용 친일내각을 쳐부숴야 한다는 혈기 찬 군중들의 일대 연설회가 서대문 원각사圓覺社 극장에서 열렸다.

4천여 명의 군중들이 구름같이 모여들었다.

— 일진회를 때려 부수자!

— 이용구 일당을 처단하라!

— 매국 내각은 국민에게 사죄하고 썩 물러가라!

피맺힌 노호怒號 소리는 원각사를 진동시키고, 독립문을 뒤흔들고,

서울 장안의 거리와 골목을 누비며 흘러갔다.

통감 소네의 건강에도 결정적인 일격을 가했다. 일진회장 이용구는 하룻밤에 잠자리를 3번씩이나 옮겨야 했고, 일진회의 사무실에는 탈퇴자의 성명서가 무더기로 날아들었다.

총리대신 이완용은 평양 출신 이재명李在明의 칼을 맞아 명동 성당 앞에서 고꾸라졌다. 그러나 그는 악인은 악운惡運도 타고 난다는 속담처럼 목숨만은 건진 채 온양 온천으로 줄행랑을 쳤다.

일본에 유학중인 한국학생 7백여 명도 고원훈高元勳, 이풍재李豊載 등을 대표로 뽑아서 본국으로 내보내 성토聲討대열에 나서게 했다.

드디어 소네 통감은 기진맥진해져서 본국으로 돌아가 병원 신세를 지고 말았다.

보람이 있었다고 할까, 기유년己酉年의 겨울이었다. 남산의 송백松柏도, 인왕산의 바윗돌도, 삼각산 영마루에 휘감기는 뜬구름도, 한결 생기에 차 겨울을 이겨냈다.

어수선한 해가 바뀌었다. 관악산 등허리에 봄 아지랑이가 아슴아슴 피어오르자 낙산 양지 바른 언덕에는 예대로의 진달래가 초동樵童들의 걸음을 멈춰 세웠다.

봄이 왔다. 그러나 이 나라의 진정 화창한 봄은 찾아오는 것일까.

———◆———

하늘을 우러러 천기지맥天氣地脈을 걱정하던 고로古老들의 이마는 아직도 펴질 날이 멀었다.

1910년 5월 30일. 와병 중이던 2대 통감 소네 아라스케를 해임한 일본정부는 육군대신 데라우치 마사타케를 새로운 통감으로 임명했다. 그는 일본군부에서 '뱀'으로 통하는 장주파長州派의 육군대장, 그 지모가 구렁이 같고, 그 처세가 살모사 같고, 그의 비정非情이 독사 같다는 데서 이르는 중평이었다.

일본육군의 원로인 야마가다 아리도모의 양자 야마가다 이사부로를 부통감으로 발탁한 데라우치는 발령을 받고도 별로 서두르지 않았다. 그는 도쿄에 도사린 채 달포가 넘도록 현지로 부임할 생각을 안 했다.

그러나 한국의 정정政情이 날로 소연해지니까 가쓰라 수상은 그를 불러 조급한 심정을 은근히 토로했다.

"데라우치 대장! 조선통감의 자리가 빈 지 벌써 반년이 넘었소이다. 현지의 정세가 매우 어지러운 듯하잖소?…"

어서 한국으로 부임해 달라는 수상의 요청이었다.

"퍽 심려가 되시는 모양인데 죄송하외다. 그렇지만 빈손으로야 어떻게 떠나겠습니까?"

데라우치는 능청을 부렸다.

"빈손이라니? 무슨 뜻입니까? 내 도움이 필요하다면 도와드리리다."

"수상 각하, 그런 뜻이 아닙니다. 이 데라우치가 부임하는 이상엔 길게 잡아서 한 달 동안에 그 대임을 뚝딱 해치워야 하지 않겠습니까. 그러자면 여기에 앉아서 만반의 준비를 해놓아야죠."

"오호, 그럼 준비라는 게 잘 돼가오?"

"여부가 있겠습니까. 일은 잘 돼갑니다. 내일 아카시 중장을 이리로 오도록 지시했습니다. 이토 공작께서 정지整地공작은 거의 해놓고 가셨지만 한 가지 해결 못한 일이 있었죠. 한국정부의 경찰권警察權을 아직 그대로 두고 있었어요. 이놈만 뺏으면 저들은 알몸뚱이가 되는 것이 아니겠습니까. 내일 아카시 헌병대장을 불러서 그로 하여금 그 일을 집행하도록 지시하고 나는 서서히 부임할까 합니다."

"허허, 과연 명안名案이시구려. 피를 흘리지 않고 적의 칼을 뺏은 다음 항복을 받자는 병법兵法인 것 같은데, 과연 데라우치 대장다운 술법이외다!"

"하하하, 하여간 수상께선 마음을 놓으십시오. 내 한 달을 넘기지 않을 테니."

수상 가쓰라와 통감 데라우치는 너털웃음을 터뜨렸다.

데라우치는 아카시 헌병대장에게 명령해서 한국의 경찰권을 장악하도록 했다. 모든 언론과 집회의 자유를 단속하도록 했다. 안창호安昌浩, 이갑李甲, 유동열柳東悅, 이동휘李東輝 등 애국단체의 지도자들을 잡아 가두도록 했다. 그리고 헌병 2천여 명을 더 내보내도록 했다.

이러한 조처들을 도쿄에 앉아서 다 해치운 다음 3대 통감 데라우치는 일본 육군대장의 정복을 입고 발령을 받은 지 50여 일 만에 일본을 유유히 떠나 서울에 부임했다. 7월 23일.

그는 부임하는 즉시로 양도작전兩刀作戰의 첫 테이프를 끊었다. 통감부와 접촉이 잦은 남석하南錫夏를 내세워 한국의 애국지사들을 회유해보는 것이었다. 개성 감옥에 수감된 안창호를 비롯해서 이갑, 유동열, 이동휘 등을 석방하고는 은근히 수작을 붙였다.

'이완용 내각은 인심을 잃었고, 지방의 의병들은 아직도 소란을 피우고 있으니 안창호를 중심으로 해서 새 내각을 조직해 보라'는 것이다.

말을 갈아타겠다는 것이었다.

도산島山 안창호는 단연코 한마디로 거절했다. 부귀영화가 아무리 좋다 한들 괴뢰정부의 수상자리를 탐낼 도산이 아닌 줄을 그들은 몰랐다. 데라우치 통감은 보기 좋게 창피를 당했다.

"뭣이? 총리대신을 주겠대도 거절한다고? 그놈들 좀더 아픈 맛을 봐야겠구나! 데라우치의 본때를 한번 보여줘야겠단 말이야!"

안창호와 그의 동지들은 다시 감옥으로 끌려갔다.

그는 먼저 시종원경侍從院卿 윤덕영을 불렀다. 황제 순종과 태황제 고종을 묶어 놓기엔 윤덕영의 이용가치가 안성맞춤으로 점 찍혀진 것이었다. 그는 황후 윤비의 백부伯父였다. 다음에는 이완용와 조중응을 불렀다. 한국정부를 손아귀에 넣으려면 이들을 먼저 틀어잡아야 하기 때문이었다.

경무총장 아카시 중장은 창덕궁을 직접 답사하고는 모든 궁문의 열쇠를 제 손에 집어넣었다. 지엄한 국새國璽와 어새御璽도 구니이다 쇼타로國分象太郎, 곤도 시로스케權藤四郎介, 두 일인 관리의 감시하에 들어갔다.

더 지체할 구실이 없었다. 아니 데라우치 통감은 무엇엔가 몰리는 사람 같았다. 그가 부임한 건 7월 23일. 달과 해는 어김없이 뜨고 지니 그의 눈앞에는 가쓰라 수상의 얼굴이 어른거렸다.

"내 한 달을 더 지체하지 않으리다. 염려 마시고 한 달만!"

그 한 달이 다 돼 간다. 저들 말대로 구렁이의, 살모사의, 독사의 혀를 닮은 데라우치 통감은 안절부절못했다.

마침내 8월 18일, 데라우치 통감의 독촉을 받은 이완용은 나라를 팔아먹는 의제議題를 가지고 각의를 열었다.

학부대신 이용식李容植의 강경한 반대도 우물딱 삼켜 버리고 대한제국의 내각회의는 데라우치 통감이 내놓은 합방안을 말 몇 마디로 뚝딱 통과시켜 버렸다. 남은 것은 하나의 형식뿐이었다. 나라는 을사조약으로 이미 뺏긴 것이니까. 막중한 안건은 지엄한 자리에서 속절없이 슬쩍 해 버리면 그만인, 그런 판국의 어전회의였다.

창덕궁昌德宮 대조전大造殿 홍복헌에 납신 조선왕조 27대 순종제는 목석인 양 용상에 앉았다가 감정 없는 어조로 조용히 외웠다.

"경들이 모두 가可하다면 짐도 역시 이의 없노라. 합방을 단행하라!"

치욕의 날이었다. 1910년 8월 22일.

조인하는 이완용의 눈에 건성으로 사물거리는 조약문의 한두 줄―

그 치욕의 문구들을 보자.

제1조 한국 황제 폐하는 한국전부全部에 관한 일체의 통치권統治權을 완전 또는 영구히 일본국 황제 폐하에게 양여讓與함.

제2조 일본국 황제 폐하는 전조前條에 게재한 양여를 수락하고 또 전연 한국을 일본제국에 병합함을 승낙함.

… 중략 …

제5조 일본국 황제 폐하는 훈공勳功 있는 한인韓人으로서 특히 표창에 적당하다고 인정된 자에 대하여 영작榮爵을 주고 또 은급恩給을 줌.

이 조약은 일주일 동안을 비밀함에서 잠재운 다음 드디어 융희 4년, 서기 1910년 8월 29일에 반포되고 말았다.

허허, 다 허사가 됐단 말인가. 단군 이래 연면連綿 몇천 년인가. 조선조는 몇백 년을 이었는가. 이제 외인 총독 치하에서 살아야 하는가. 그 많은 백성이 그렇게 울부짖고, 그 많은 의인義人들이 그토록 아까운 목숨을 바쳤는데, 하늘은 저렇게 푸르고 산하는 저렇게 아름다운데, 이제 이 나라는 망했다는 것인가.

조선총독부朝鮮總督府.

일인 총독이 저들을 위해서 한민韓民을 다스리고, 저들을 위해서 이 강토를 개발하고, 저들을 위해서 '조선놈들'은 살 테면 살아보라는 조선총독부.

조선총독부! 어디 이제부터 네 행적을 보자!

탐욕으로 시작되었다

1910년 이후 6년 동안은, 제 1대 총독 데라우치 마사타케의 그 독선적인 무단武斷 정책이 이 땅을 휩쓸던 6년 동안은, 삼천리의 표피表皮가 온통 침묵했다. 도둑을 맞은 자, 직후에는 허망해서 넋을 잃고 침묵하는 것일까?

날씨는 쾌청, 하늘은 드높고 푸르렀다.

10월, 아침 바람은 쌀랑했고 거리는 주검처럼 마냥 고요했다.

아침이 이르지 않은데 상가는 왜 문들을 열지 않았는가. 거리가 왜 저리 한산한가. 가을 날씨 쾌청한데 행락꾼도 없는가. 저자꾼도 없단 말인가.

한성漢城은 조선의 수부首府, 수부다운 아침의 소음이 있어야 하지 않겠는가. 살아 움직이는 조선의 심장, 약동躍動하는 맥박을 느낄 수 있어야 하지 않겠느냐. 아침답게 생동하는 그 무엇이 있어야 하지 않겠느냐.

'모두들 숨들을 죽이고 어쩌겠다는 것이냐!'

항거의 뜻이라면, 좋다.

'이 사나이의 힘을 보여주리라!'

스스로의 운명殞命들을 호곡하는 것이라면, 또한 좋다.

장송곡葬送曲은 이미 종장終章마저 끝났다. 오늘이 무슨 날이냐. 너희 길이길이 잊지 않고, 나 또한, 우리 또한, 두고두고 오늘을 명심할 오늘이 무슨 날이냐.

1910년 10월 1일.

남산 중턱을 향해 쌍두마차 한 대가 치달리고 있었다. 새로 칠한 새까만 옻칠이 아침 햇살에 반사되어 번쩍번쩍 빛나는 호화로운 마차 한 대가 달려가고 있었다. 앞뒤에는 기마 헌병들이 호위하고 앞길에는 총총히 늘어선 일헌日憲들의 경비가 삼엄하다.

북향한 남산 중턱에는 새로 단장한 잿빛 2층 목조건물이 서울의 장안을 내려다보며 해묵은 송백松柏 속에 싸여 있었다. 그곳으로 이르는 길은 잘 닦여져 있었다. 그곳으로 가는 마차는 약간 허덕였지만 경쾌하게 달렸다.

첫 등청登廳. 제1대 조선 총독, 일본 육군대장 데라우치 마사타케寺內正毅가 새로 간판을 건 조선총독부 청사에 첫 등청을 했다. 광장에는 조선총독부의 일본인 관리들 전원이 숙연히 정렬한 채 그를 맞이했다.

새로 간판을 건 조선총독부였다. 시무식이 있어야 했다.

내빈석은 없다. 특명을 내려 없이 하라고 했다. 부르자면 이 씨 왕조의 마지막 각료들을 초치해야 하겠는데 안 올 사람이 많다. 오는 사람들은 서먹할 것이다. 아예 그런 번거로운 치레는 없는 것만 못하다. 오붓하게 간단히 시무식을 끝내야 한다. 데라우치 총독은 특명을 내렸던 것이다.

육군대장 정장을 하고 수많은 훈장을 가슴에 번쩍이며 데라우치 마사타케는 단상에 올라섰다. 그는 먼저 거울같이 맑은 조선의 하늘을 쳐다보았다. 그리고 장안을 내려다보았다. 천천히 입을 열었다.

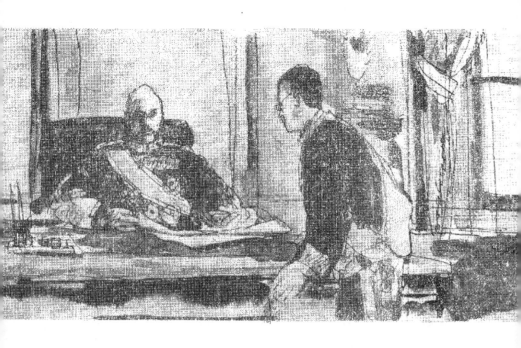

"지금 이 감격된 순간을 귀관들과 함께하는 것을 무상의 영광으로 생각한다. 오늘부터, 황공하옵게도 금상今上 천왕 폐하의 일시동인一視同人의 황은皇恩을 욕浴하게 된 조선을, 조선민족을, 황공한 성지聖旨를 받들어 이끌고 보살펴 주게 된 우리는, 촌시寸時라도 폐하의 적자赤子인 동시에 대일본제국의 충성스러운 관리라는 점을 잊어서는 안 된다.

이 땅, 이 판도는 오늘부터 대한제국이 아니라 조선이라고 부른다. 한성은 경성이다. 한민족韓民族은 명실상부한 대일본제국의 신민臣民이다. 그러나 귀관들이 특히 명심해야 할 점은 저네들은 조선보다 대한제국에 아직 미련이 남아 있고, 경성보다 한성에 연연하고, 대일본제국의 신민이 되는 것보다 한민족이기를 원하는 우매한 자들이 대부분이라는 사실이다. 허나, 그 점에 대해서 귀관들은 지나치게 근심 안 해도 좋다. 귀관들은 오로지 나 데라우치를 믿고 나 데라우치의 지시대로 최선을 다해서 봉공하면 된다. 우리의 할 일은 요원하다. 그러나 길은 환히 트여 있다. 선두에는 내가 있다. 귀관들은 이 영광스러운 노정에 오르는 이 순간을 다시없는 보람으로 생각하라."

데라우치의 훈시 요지였다.

그는 훈시를 끝내자 이내 연단을 내려와 청사 안으로 사라져갔다.

총독실總督室. 그것은 2층 한가운데에 자리하고 있었다. 부속실과 비서실을 사이에 두고 정무총감실政務摠監室과 나란히 마련되어 있었다. 도어라는 것은 스스로 열지 않아도 열리는 것, 비서관이 재빠르게 도어를 열어준다.

그는 화려한 의자에 무거운 몸을 털썩 주저앉혔다. 순간, 육중한 나무 의자가 삐딱하면서 한쪽으로 기우는 바람에 하마터면 위신 없게도 나둥그러질 뻔했다. 비서관이 허둥대며 달려와 그를 부축하려 했다.
조선 총독 데라우치는 버럭 역정을 내면서 소리 질렀다.

"의자가 왜 이렇게 불안한가?"

그러나 총독이 앉을 만한 고급의자가 기우뚱거려야 할 이유가 없다.
너무 육중스럽게 앉은 까닭임에 틀림이 없다.

"의자에는 아무런 이상도 없습니다. 각하."

"그럼 내게 이상이 있단 말인가! 좋아, 나가 있게. 혼자 좀 있고 싶
으니."

실상 크게 변한 것은 없다. 통감부가 조선총독부가 됐고, 통감실이
총독실로 바뀌었을 뿐이다.

창밖에는 은행잎이 아름답게 물들어 있었다. 은행잎과 푸른 하늘
과… 조선의 가을을 비로소 발견하는 것 같아 그는 잠시 멍청하다가 어
떤 착란에 사로잡혔다.

의자에 앉다가 나둥그러질 뻔한 일이 처음이 아닌 것 같다. 꼭 같은
경우를 당한 것 같다. 그는 두 눈을 지그시 감는다.

'간밤엔 잠을 제대로 못 이루었겠다!'

눈이 부시게 휘황한 보개寶蓋 아래 오산일월五山日月을 그린 병장屛障
이 현란하게 둘러쳐진 보좌寶座. 위엄을 가다듬고 그 보좌 위에 앉았
다. 사위를 돌아봐야 오직 적요寂寥뿐, 귀하다는 것은 외로움인지도 몰
라, 두 눈을 지그시 감았다가 다시 떴던가.

확 트인 정문 밖으로 쌍봉운문雙鳳雲紋을 양각陽刻한 석계石階가 눈 안으로 들어오고 그 아래로는 정1품에서 종9품에 이르는 석주石柱가 두 줄기로 멀다. 거기 문무백관들이 머리를 조아리고 숙연히 줄지어 서 있었다.

교의交椅에 두 팔을 처뜨려보니 명실공히 한 나라의 제왕. 억조창생億兆蒼生을 다스리는 제왕으로서의 위엄과 경륜과 바다 같은 자애를 함께 풍겨야만 하는데 어딘가 걸맞지 않는 틈새가 있는지 답답하게 좀처럼 입이 열리질 않았다.

머리를 조아린 문무백관들은 아주 굳어 버린 화석인 양 미동도 않고 왕좌에서 떨어질 분부만을 기다리는 그런 형국이었다. 무거운 침묵이 흐르는 시간 위에 겹겹이 쌓이고, 근정전勤政殿은 흡사 낙엽처럼 고요했다. 참다못해 헛기침을 했것다. 그리고는 자세를 가다듬으려고 무거운 몸을 추스르려는데 갑자기 와지끈 소리와 함께 교의의 한쪽 다리가 부러지는가 싶은 찰나에 몸이 마룻바닥으로 나뒹그러지고 말았었지.

줄줄이 국궁鞠躬하고 있던 문무백관들이 무엄하게도 일제히 웃음보를 터뜨렸것다. 간밤의 꿈이었다.

조선 총독 데라우치 대장이 경복궁 근정전 옥좌에 앉아서 삼천리강산에 새 왕조의 기틀을 마련해서 거드름을 피우는 꿈을 꾸다가 잠자리를 뒤채는 바람에 침대에서 떨어져 싸늘한 마룻바닥에 나뒹그러진 것이었다.

'허허, 간밤의 꿈이었구나!'

꿈이란 잠재의식의 발현이라고 한다. 제1대 조선 총독 육군대장 데라우치가 경복궁 근정전의 보좌寶座 위에 앉았다가 나뒹그러진 간밤의 꿈은 전연 허무맹랑하고 무연無緣한 꿈은 아닐는지 모른다.

비록 보좌에 앉았다가 나둥그러지는 추태는 보였을망정 문무백관의 국궁을 받고 억조창생을 다스리는 어좌御座에 올라가 앉았다는 것은 그가 조선 총독이란 직함을 어떻게 생각하며, 한국경략은 어떤 배짱으로 수행해 나갈지를 말해 주는 잠재심리의 상징일지 모른다.

━━━◆━━━

조선 총독이란 그 직함은 비록 새로 지배하게 된 속령을 다스리는 지방백地方伯에 지나지 않지만 본국 정부의 육군대신 자리를 아직 겸임하는 데라우치 총독의 생각으로는 본국의 영토 크기와도 거의 비길 만한 판도版圖에 어엿이 군림하는 왕자였다. 오만과 자부심이 한껏 가슴에 부풀고 있었던 게 사실이다.

간밤의 꿈도, 그의 가슴에 그려진 조선경략의 방법도, 모두가 이러한 오만과 자부심에서 비롯된 것이다. 그러므로 데라우치는 한국을 집어삼키는 큰일을 직접 치르고 제 1대 총독으로 임명된 다음날부터 도쿄의 가쓰라 정부에 대해서 콧대를 세우고 반발하는 태도를 취했다.

본국 정부에 대한 데라우치의 불만과 반발은 이 나라의 마지막 국왕인 순종제純宗帝를 이왕李王으로 책봉한다는 〈메이지 천왕의 조서〉를 가진 칙사가 서울을 향해 도쿄를 떠났다는 소식을 들은 그날부터 시작됐다. 왜성대(처음에는 왜장대로 부르다가 통감부가 총독부로 개칭되면서 왜성대로 되었다.) 총독실에서 그 소식을 전해 들은 데라우치가 거리낌 없이 분노를 터뜨렸다.

그는 부총독 야마가다 이사부로를 자기 방에 불러 놓고는 화풀이를 시작했다.

"야마가다 군! 이게 될 법도 한 일이오? 도쿄에 있는 놈들은 모두 정신이 돌아버린 모양이야."

"각하! 무슨 말씀이신지?"

"이 전보를 보시오. 가쓰라 수상이 하는 짓이란 이 꼴이라니까."

야마가다 이사부로는 의아한 표정으로 데라우치가 내미는 전보를 훑어보았다.

"이나바 시종侍從을 천왕 폐하의 칙사로 보낸다는 것이군요?"

"그러니 말야. 적어도 대일본제국의 본주本州만큼이나 큰 조선을 합방한 이 역사적인 경사에, 더욱이 5백 년 왕통을 이어온 이 나라 황제를 금상 천왕 폐하의 옷자락 밑으로 감싸 버리는 이 막중한 행사에 한낱 시종 나부랭이를 칙사로 내보낸다니 이건 너무하는 거지 뭐야!"

"이나바 시종이라면 궁내성에서도 그리 대단한 인물은 못됩지요."

"적어도 이만한 행사라면 황족 가운데서 한 분을 칙사로 내보낸다든가, 아니면 가쓰라 수상 자신이 나온다든가 해야 할 텐데 어디 이름도 듣지 못한 시종을 칙사랍시고 보낸다니 이거 데라우치가 모욕당하는 것 같아 견딜 수가 없구나!"

"각하의 말씀이 지당하옵니다."

야마가다가 동감이라는 듯 맞장구를 쳐주자 데라우치의 화풀이는 더욱 절정에 이르렀다.

"아무튼 결정된 일이니 별수는 없소만, 앞으로 단단히 정신을 차려야겠소. 부총독! 이제 두고 보시오. 내 도쿄의 소인배들과 단단히 한

판 벌일 테니까. 당신도 정신을 차려야 하오. 앞으로 총독 발령이 정식으로 나면 가쓰라 따위는 안중에도 안 두고 일을 해나갈 테니까. 총독과 그리고 정무총감이 될 당신이 손을 잡고 나간다면 뭐 두려울 게 있겠소. 조선 총독으로 말하자면 이 조선반도의 왕이란 말이야. 그렇지 않소? 하하하. "

데라우치는 호쾌하게 웃었다. 그러나 그 웃음에는 일말의 고독감이 스며 있었다. 한껏 가슴을 펴고 위엄을 부린 다음에 뒤따르는 허전한 공허空虛. 더욱이 자기 위에 더 사람이 없음을 자각했을 때 사람은 어쩔 수 없는 고독을 느끼는 법.

그뿐인가. 이나바 시종이 메이지 천왕의 칙사로서 서울에 도착했을 때도 데라우치와 야마가다는 다만 기계적인 영접절차만을 시늉했을 뿐이었다. 흔히 칙사라면 천왕을 대리하므로 그를 맞이하는 사람은 겉치레로나마 천왕을 대하듯이 공손해야 한다.

그러나 여기는 바다 건너 조선땅. 따라서 그날에 있었던 이왕 책봉식 李王冊封式은 멋없이 끝나고 말았다.

창덕궁 인정전仁政殿에 마련된 식장에는 순종황제와 이나바 칙사가 탁자를 사이에 두고 마주 섰다. 순종 쪽에는 궁내대신 민병석, 시종원경 윤덕영, 시종무관장 이병무와 고미야 궁내차관이 대례복 차림으로 늘어섰고 일왕 쪽에는 데라우치, 아카시 경무총장 등이 위엄을 갖춘 정장차림으로 배석했었다.

순종도 칙사도 말이 없었다. 이날을 있게 한 실력자인 데라우치도 얼음처럼 차가운 표정으로 목석같이 서 있을 뿐이었다.

이나바 칙사는 저들 일본황실의 국화문장菊花紋章이 새겨진 큼직한 함函을 순종에게 바쳤다. 순종은 아무 말 없이 힘없는 손길로 그 함을 받아 놓았다. 예식은 그것으로 끝났다.

순종인들 무슨 할 말이 있었으랴.

— 짐, 천양무궁天壤無窮의 비기丕基를 넓히고 국가 비상의 예수禮數를 갖추고자 전前대한제국 황제를 왕으로 책하여 창덕궁 이왕李王이라 부르며….

라는 메이지 천왕의 조서가 그 함에 들어 있었던 것이다.

비정非情의 글이었다. 순종의 어깨에서 대한제국의 황제라는 이름이 떨어지고 저들 변방의 한낱 허울뿐인 왕으로 격하된 날이었다.

그러나 데라우치로서는 보람스런 날이었다. 그런데도 그는 별로 홍겨워하지 않았다. 이미 그런 의식 따위는 한낱 절차에 지나지 않을 뿐, 그의 머리를 사로잡는 것은 본국 정부가 하잘 것 없는 시종 따위를 칙사로 내보내서 자기가 이룩해 놓은 막중한 공적을 대수롭지 않은 일인 것처럼 문질러 격하시켰다는 데 대한 분한 마음과, 삼천리 반도의 새 왕자로서의 초조한 마음만이 이글거릴 뿐이었다.

'그러나 오늘은 그런 저런 일 다 잊자. 오늘은 조선총독부의 시무일, 나는 조선 총독이다.'

데라우치는 흐뭇한 기분으로 되돌아갔다. 비록 구중궁궐의 위엄은 없고, 청룡 무늬의 보개寶盖가 없고, 오산일월五山日月의 병장이 없고, 금빛 교의의 보좌 또한 아니라 하더라도, 조선 총독 데라우치 마사타케는 조선반도에 군림하는 왕자가 아닌가.

허리띠처럼 휘돌아 흐르는 한강을 남쪽으로, 인왕산, 삼각산, 낙산으로 이어 닿는 연봉連峰줄기를 병풍처럼 두른 10만 호, 장안을 내려다보는 곳. 눈을 씻으면 5백 년 왕업의 사양궁斜陽宮 같은 덕수궁, 경복궁, 창덕궁이 발 아래로 굽어보이는 여기 남산 왜성대에 터전을 닦아 이름하여 조선총독부.

시무식을 마치고 집무실로 돌아온 데라우치는 남아男兒 일대의 대업이 이제야 성취된 듯 호연한 마음이 절로 들지 않을 수 없었다.

이때 고다마 비서과장이 만면에 웃음을 흘리면서 총독실에 들어왔다.

"각하, 축하드리옵니다."

"역사적인 시무일이니까."

데라우치는 오만하게 인사를 받았다.

"각하, 그런 뜻이 아니오라 오늘부터 각하께서 승작陞爵되셨습니다."

"승작이라니, 도쿄에서 무슨 소식이라도 왔나?"

"그렇습니다. 자작에서 백작으로 승작하셨습니다. 오늘부터 데라우치 백작이십니다."

"백작이라, 그건 고마운 일이군!"

그는 고다마 비서과장이 가지고 온 정부관보政府官報를 받아들고는 그것을 확인하려고 훑어보았다. 그러나 다음 순간 데라우치의 이맛살이 점점 굵직한 이랑을 파 가기 시작했다.

"흐음, 잘들 하는군. 가쓰라 수상은 후작에서 공작으로, 고무라 외상은 백작에서 후작이고. 와타나베 궁내상은 또 자작이라! 아니 이게 어떻게 된 일이야. 이 사람들, 조선합방은 누가 했는데 영예는 자기들만 차지하자는 건가. 이건 본국 안에 들어앉아서 관세關稅를 받아먹자는 수작이지 뭐야. 가쓰라가 하는 짓이란 매양 이렇거든!"

데라우치는 벌떡 자리에서 일어나며 관보를 팽개쳤다. 그의 분노는 이유가 있었다.

한국을 집어삼키는 큰일이 끝나자 일본정부의 고관대작들은 물론 온 국민들은 경축 일색으로 기뻐 어쩔 줄을 몰랐다. 이제야말로 대일본제국이 2천 5백 년 동안 좁은 섬나라에 갇혀 지내다가 끝없이 넓고 무진장 보고寶庫가 기다리는 대륙으로 뻗어나갈 큼직한 발판을 차지했으니 말이다. 이러한 경사를 맞이한 정부로서는 논공행상論功行賞이 없을 수 없는 것은 백번 인정하고도 남는다.

그런데 그 논공행상이 데라우치에게는 몹시 못마땅하게 된 것이다. 가쓰라 수상 이하 정부의 대신들이 승작되었는가 하면 외무성과 궁내성의 크고 작은 관리들이 모두 두터운 은상恩賞을 입은 데 비해서 실제로 공을 세운 조선총독부 현지 관리들을 보면 데라우치 총독을 자작에서 백작으로 승작시켰을 뿐 아카시, 고미야, 구라도미, 아라이, 이시쓰카 등에게는 겨우 훈장 하나씩을 달아주는 정도로 그쳤으니 불평이 없을 수 없었다.

"허어, 말이 안 되지. 재주는 곰이 넘고 돈은 엉뚱한 놈이 먹는다는 속담이 있지만 이거야말로 그 꼴이 아니고 뭐야!"

총독은 야마가다 정무총감 이하 그의 심복부하들을 볼 낯이 없어서 더욱 분개하는 척 고래고래 고함을 질렀다.

"내 간밤의 꿈이 해괴망측하더라니! 어, 그러나 귀관들은 나를 믿으면 돼. 귀관들에게는 내가 논공행상을 톡톡히 할 테야."

그로부터 6년. 그가 이 나라의 총독으로 군림하는 동안의 그 철저한 무단통치 정책은 실로 그런 오만과 치기稚氣로부터 비롯된 것이었다.

남산 기슭 용산동龍山洞 언덕에 자리 잡은 총독 관저는 연일 자정이 넘도록 불빛이 휘황했다. 정무총감 이하 각 부의 장관들이 데라우치를 중심으로 모여 앉아 생으로 잡은 큰 고기를 도마 위에 올려놓고 칼 놀리기에 여념이 없었다.

여기에 모여드는 면면들은 대강 다음과 같았다. 데라우치와 야마가다를 비롯해서 관방비서과장 고다마, 관방인사과장 구니이다, 총무국장 아리요시, 내무국장 우사미, 재무국장 아라이荒井賢太郞, 식산국장 殖産局長 기우치木內重四郞, 법무국장 구라토미倉富勇三郞, 학무국장 세키야關屋貞三郞 그리고 한국주차駐箚 헌병사령관을 겸한 경무국장 아카시 등이었다(처음에는 국장을 장관 또는 총장이라 칭했었다).

그중에서도 특히 데라우치 총독의 신임을 두터이 받는 자는 아카시 경무국장과 고다마 비서과장이었다.

아카시는 육군중장으로서 헌병사령관을 겸한 사나이였다. 그 위세는 하늘 무서운 줄 모르게 떵떵거렸고, 특히 합방조약을 체결할 즈음에는 이 나라의 경찰권을 자기 손아귀에 앗아넣고는 자신이 창덕궁 경내를 샅샅이 정찰해서 비밀헌병들을 요소에 배치하여 합방조약을 체결하던 그날로 이 나라 왕궁을 장악했던 사람이다.

한편 고다마는 본국 정부에서는 한낱 사무관 과장급에 지나지 않았지만 데라우치 총독의 사위라는 인연으로 해서 당당하게 관방비서과장이라는 요직에다 계란 노른자위 같은 회계과장의 포지션을 차지하고 총독의 귀여움을 독차지한 행운아였다.

따라서 아카시 경무국장이 총독의 오른팔이라고 한다면 고다마 비서
과장은 그의 왼팔인 셈이었다. 더욱이 고다마 비서과장은 장인의 위세
를 등에 업고 그의 아름다운 사와코澤子 부인을 측면 정치의 간판으로 내
세워 일인 관리들 사이에서도 '고다마 총리대신'이란 소리를 들을 정도로
권세를 마음대로 휘둘렀다. 그런 만큼 총독 정치의 주요한 정책들은 자
주 있었던 이들 3명의 심야회의에서 그 골자가 마련되었다.

　　"각하, 이 조선을 다스리는 데 먼저 착수할 일은 왕실과 백성들을 격
리시켜서 존왕尊王의식을 점차 희미하게 만드는 일이라고 생각합니다."

　　"경무국장의 말은 정곡을 찌르고 있다. 구체적으로?"

　　데라우치 총독이 아카시 경무국장을 빤히 쳐다보며 구체적인 안을
재촉한다.

　　"각하, 소관의 생각으로는 덕수궁의 이태왕李太王=고종이나 창덕궁의
이왕李王=순종, 그리고 근친인 이강李堈, 이희李熹공 등에게 아쉬움이
없도록 세비를 지출해서 그들의 생활을 즐겁게 해 주는 것이 상책일까
합니다."

　　"얼마간의 세비쯤이야 지출해 마땅하지만 너무 후하게 대접할 필요
가 있을까. 이미 폐왕이 돼버린 그들인데?"

　　"아니올시다, 각하! 그들은 우리가 사로잡은 고급포로가 아니겠습
니까. 더욱이 이태왕은 정력이 아직 정정하고 머리 쓰는 기략이 범상하
지 않으므로 생활에 조금이라도 불편함이 있으면 무슨 음모를 또 꾸밀
는지 모르죠. 각하께선 벌써 잊으셨던가요. 저 이토 공작 같은 지략智
略의 천재도 헤이그 밀사 사건으로 해서 이태왕에게 뒤통수를 얻어맞은
일을 말입니다. 각하, 그들에겐 풍족한 세비를 지출해서 여생을 유복

하게 지내도록 구슬려야 합니다."

"말하자면 동물원의 사슴처럼 세상일을 까맣게 잊고 멋없이 뛰어놀도록 만들자는 겐가?"

"각하, 바로 그렇습니다."

데라우치와 아카시 국장은 의기가 통해서 유쾌히 웃었다.

옆에 있던 고다마 비서과장이 그들의 이야기를 또 거들었다.

"아카시 국장님 의견에 저도 동감입니다. 세비를 후하게 대줄 뿐만 아니라 여인정치女人政治를 은근히 펴보는 것도 상책이 아닐까요. 이를테면 소관의 처가 외람되오나 사교술이 능한 편이므로 궁중에 자주 드나들게 하면서 그들 왕가의 귀인들과 친히 사귀어 그들의 마음을 사로잡도록 한다든지…."

"그것 참 묘안이구나. 말하자면 미인계美人計를 쓴다는 거지? 좋아, 좋아, 핫핫하."

총독 데라우치는 흡족한 기분이었다.

이러한 그들의 심야회의는 새벽에 이르도록 계속되는 일이 많았다.

그날 이후, 덕수궁의 이태왕과 창덕궁의 이왕에게는 해마다 세비로 150만 원씩을 대주도록 하고, 이강, 이희의 공가公家에는 84만 원에 해당되는 은사공채恩賜公債를 교부하도록 했다. 그러면서도 세비의 사용에 대해서는 일체 간섭하지 않도록 했다.

그러나 매사에 용의주도하고 의심이 많은 총독 데라우치가 왕가王家 내정內政에 전연 간섭치 않고 방임해 둘 리는 없었다. 직함도 바뀐 이왕 직장관李王職長官 민병석閔丙奭을 사로잡아 놓고는 계수計數에 밝은 고미야라는 일인 차관으로 하여금 왕궁의 크고 작은 일들을 모두 관장하도록 만들어 놓았다. 겉으로는 총독이나 경무국장이 아무런 간섭도 하지 않는 척 보이지만 실은 손바닥 안의 손금 보듯이 왕궁에서 벌어지는 일들을 감시하고 있었다. 흡사 가둬 놓은 포로들이었다.

그래 일인 관리들은 덕수궁과 창덕궁을 가리켜서 유리어항 속의 금붕어라고 했다. 동물원 우리 안의 사슴이라고도 했다.

만일 어느 제3국인이 있어 일본총독의 탄압정책을 힐난한다면 이 어항 속의 금붕어들을, 아니면 동물원 안의 평화스런 이왕가李王家의 모습을 언제든지 보여줄 용의를 갖추고 있었다.

데라우치 총독이 아카시 경무국장, 고다마 비서과장과 함께 심야회의를 한 다음날에는 반드시 희한한 시책이 총독명령으로 하달되게 마련이다. 그는 우선 총독부 모든 관리들의 제복을 개정하도록 했다.

이토 히로부미가 통감으로 있으면서 마련한 관리들의 복장은 은빛 줄무늬를 둘러친 제복에다 역시 은빛으로 도금한 칼을 차도록 되어 있었는데 데라우치 총독은 그 은빛을 누런 황금빛으로 바꾸었다. 은보다는 금이 몇 곱절 값지듯이 황금빛 테를 두른 모자에 황금빛 줄무늬를 늘어뜨린 제복에, 차고 있는 칼마저 황금빛으로 겉칠을 하면 그 위엄이 돋보일 수밖에 없었다.

더욱 가관은 일반 행정관청의 관리뿐만 아니라 심지어 소학교 교사들까지도 그런 제복에 긴 칼을 차고서 교단에 서도록 한 그의 명령이었다. 그야말로 군국주의軍國主義 일색이었다. 50평생을 군복으로 감싸온 데라우치 대장의 통치는 외관부터 철두철미한 무단武斷이었다.

그는 어느 날 야마가다 정무총감을 불러 희한한 지시를 내렸다.

"정무총감! 내 간밤에 좋은 착상을 얻었는데 들어보겠소? 요즘 본국에서 내지인들이 많이 조선으로 건너오는데 그들한테 이 신개지新開地 조선에 대해서 특이한 인상을 줘야만 정신을 차릴 것 같소. 먼저…."

데라우치 총독은 자신의 착상이 너무나 희한하다고 지레 자부해서인지 팔짱을 오므려 끼고는 득의가 만만했다.

"길을 걷는 제도를 개정하자는 거요. 본시 군인들은 우측통행을 하고 일반 사람들은 좌측통행을 하도록 되어 있소. 우리 본국에서도 역시 그러하고. 그런데 이게 돼먹질 않았단 말야. 일반인은 좌측으로 가고 군인은 우측으로 걷기 때문에 그들은 길을 가다가도 부딪치는 사고가 많을 것 같소. 그러니 우리 조선에서만은 일반인도 우측통행을 하면 군인도 민간인도 혼연일체가 되어 일사불란, 나는 뭣이든 일사불란이 좋단 말이야. 어떻소? 정무총감의 의견은?"

야마가다 정무총감은 어이가 없는 모양이었다. 멍멍히 앉았다가 그래도 이 서릿발 같은 총독의 비위를 거스르면 험악한 소리가 튀어나올 것이 뻔한 일이라서 즉석에서 동조해야 했다.

데라우치 총독은 생래生來의 군인이다. 그러나 정무총감 야마가다는 문관 출신으로 본국 정부에서 농림대신까지 역임한 전력이 있다. 따라서 데라우치와 야마가다는 사물을 판단하는 안목이 판이했다. 그런 만큼 지위의 상하관계뿐만 아니라 무관과 문관의 생래적 성격 때문에 자칫 갈등이 표면화하기도 했다.

그들이 총독정치를 펴나가면서 지체 없이 착수한 도로확장 사업만 해도 그렇다. 데라우치 총독의 고집은 논리에 어긋나지 않았다.

"길은 인체로 말하자면 동맥이오. 길은 어디나 훤하게 터 놔야 해! 그런데 훤하다는 게 뭐요? 넓이의 문제야. 도로의 폭을 얼마쯤으로 하느냐가 문제요. 그 기준은 간단하오. 내 생각으로는 두 대의 포차砲車가 서로 엇갈려 지나칠 수 있는 그만한 폭으로 넓히면 될 것 같소. 조선경략은 이 데라우치의 육군대장이란 견장肩章으로 하는 것이야. 그러므로 도로의 폭도 군사적 안목으로 측정돼야 한단 말이지. 두 대의 대포가 교차해 지나갈 수 있는 그 이하도 안 되고 그 이상도 필요 없는 그런 도로를 만들도록 하시오!"

모든 일을 군사적 관점에서 측정하는 데라우치 총독에 대해서 야마가다 정무총감은 늘 비위가 역했다. 그래 야마가다는 가끔 데라우치의 비위를 건드리는 의견을 제출하기도 했다.

그러면 총독은 화를 벌컥 내고는 허리에 찬 유난히 긴 일본도를 절그럭거리며 실내를 성급하게 서성거리길 잘했다. 그가 총독실에서 가만히 의자에 앉아 있질 않고 방 안을 왔다갔다 서성이는 것은 곧 기분이 좋지 않다는 표시였다. 총독부의 관리들은 총독부 시무식이 끝난 며칠 후부터 누구나 그의 그런 습성을 알아냈다.

그러나 정무총감만은 예외로 짓궂었다. 그는 총독이 화를 내도 물러나가질 않고 응접실 의자에 깊숙이 몸을 파묻힌 채 그 고집불통의 사나이를 설득해 보려고 노력할 때가 흔히 있었다.

"각하! 도로정책도 그렇고, 우측통행도 그렇고, 너무나 군인냄새가 나는 것 같습니다. 더구나 본국에서는 의회정치가 어느 정도 틀이 잡혔고 언론기관도 몹시 극성스러워졌습니다. 만약 우리 총독부의 그러한 시책이 알려진다면 신문들의 비난이 빗발치지 않겠습니까?"

정무총감은 무엇보다도 신문의 공격을 두려워했다. 그러나 총독은 신문이란 말만 들어도 비위가 뒤틀리는 무골이었다.

"신문? 그까짓 종이쪽의 시비가 그렇게도 두렵소? 난 본시부터 신문을 좋아하지 않아. 본시 신문이란 문약한 작자들이 세치 혓바닥을 까불거리면서 정부시책을 헐뜯어대는 무대요. 도대체 신문이란 백해무익하단 말야. 어디, 신문쟁이들 마음대로 지껄여 보라지. 그렇지만 그따위 신문은 시모노세키下關에서 바다 밖으로 나오지 못하게 하면 될 게 아닌가. 여기가 누구의 땅이라고. 이 조선땅은 육군대장 데라우치의 판도라는 것을 알아야 해! 당신이 할 일은 까불어대는 신문쟁이들의 입을 콱 틀어막는 거요. 그래도 나도는 신문지는 일본말 모르는 조선놈들에게 휴지나 하라고 나누어 줘 버리구려."

정무총감이 고개를 떨어뜨리고 총독실에서 물러나가면 예외 없이 뒤이어 아카시 경무국장과 고다마 비서과장이 등장하게 마련이었다. 데라우치 총독의 무단정책에 척척 비위를 맞춰 주는 충복들이다.

"야마가다 정무총감은 너무 문약文弱해서 큰일이야. 내 그를 그렇게 안 봤는데. 이제까지는 별 수 없이 육군의 대원로인 야마가다 아리도모 씨를 생각해서 그를 그대로 봐주지만…. 경무국장! 당신은 신문을 어떻게 생각하나? 신문이 우리 총독부 정책 수행에 유익한 것인가, 아니면 방해물인가?"

데라우치의 심정을 꿰뚫어 알고 있는 아카시의 대답은 물으나 마나다.

"신문이란 백해무익한 것입죠."

"그래 백해무익이야. 신문들을 모조리 족쳐 버려야겠어. 방법을 잘 연구해 보오. 경무국장과 비서관장이 힘을 모으면 좋은 지혜가 나올걸!"

데라우치 총독의 언론 질식화 정책은 아카시 경무국장과 고다마 비서과장 겸 회계과장을 통해서 마구 칼날을 번뜩이기 시작했다.

당시 서울에는 일인들의 신문이 적지 않게 있었다. 한인들의 신문은 철저히 단속되었지만 새로 열린 천지에서 문필을 휘두르며 의기를 돋우는 일인 언론 문장가들의 활동은 파촉한중巴蜀漢中과도 같았다. 그들은 한인신문들이 탄압받는 것과는 정반대로 제 세상을 만난 듯이 고답적인 논리를 전개하고 때로는 총독 정책을 비판하고 가다가는 정치, 외교 운영의 기밀까지 폭로하는 등 가위 언론왕국 같은 위세였다.

음모의 계절

데라우치 총독은 결심이 곧 실천인 사나이다. 드디어 언론계에 대해서 철퇴가 내려지기 시작했다.

일본인 경영의 신문 〈대한일보〉가 먼저 매수되었다. 그 다음에는 〈조선일일신문〉이, 또 다음에는 〈동경일보〉가 총독부의 직할로 넘어갔다. 〈경성신보〉도 예외일 수 없었다. 적당한 금액으로 소유권을 사버린 총독부는 그들 신문을 모두 폐간해 버렸다. 노골적인 탄압이 아니라 돈으로 신문사를 사서 자진해서 폐간하는 고등술책을 썼다.

다만 어용지로서 〈경성일보〉와 우리말 신문인 〈매일신보〉만을 남겨 총독부의 시책을 선전하는 대변지로 명맥을 유지토록 만들었다.

서울의 신문들은 이렇게 간단히 해치웠다 해도 일본 본국에서 발행되는 신문들에게는 속수무책이었다.

당시 오사카에서 발행되던 〈아사히朝日신문〉과 〈마이니치每日신문〉은 발행부수에서도 일본 전국을 압도하는 큰 신문이었을 뿐만 아니라 데라우치 조선 총독에 대한 논조는 극히 비판적이었다. 그리고 그런 비판은 일본정계에 결정적인 영향력을 주었다. 따라서 서울에서 벌어지는 정치적인 실랑이 사사건건은 본국에 전해지고 〈오사카 아사히〉大阪朝日와 〈오사카 마이니치〉大阪毎日는 날마다 조선 총독을 까부수는 기사를 대서특필했다.

데라우치와 아카시는 큰 골치를 앓았다. 서울의 신문들은 모두 숨통을 끊어놓았지만, 아무리 기고만장한 조선의 왕자, 데라우치라 해도 본국에서 발행되는 신문에까지 위세가 미칠 리는 없었다.

그래서 생각해낸 것이 신문 압수정책이다. 일본 시모노세키를 떠나 관부연락선 이키마루壹岐丸에 실려 오는 〈아사히〉, 〈마이니치〉 두 신문은 숫제 부산항에서 압수해 버리는 방법이다. 압수된 신문은 쥐도 새도 모르게 불살라 버린다. 본국의 비판이나 여론 따위는 안 보고 안 들으면 뱃속 편하다는 게 데라우치의 방침이었다.

그럴 무렵의 어느 날, 남산 조선총독부의 정문을 들어선 젊은 사나이가 거만한 걸음걸이로 현관 수부受付에 접근했다. 그는 감때사납게 생긴 수위에게 서슴지 않고 말했다.

"데라우치 총독께서 만나자고 해서 올라가는 길이오!"

젊은이는 수위 따위의 반응은 아랑곳도 하지 않고 넓은 계단을 밟기 시작했다. 그는 2층 복도 요소요소에 자리 잡고 있는 수위들을 훑어보며 혼잣말로 중얼댔다.

"과연 복마전伏魔殿이로군!"

노크도 없이 총독실로 들어선 그는 비서관에게 말했다.

"데라우치 총독을 면회하러 왔소."

젊었지만 오만한 말투였다. 비서관은 불쾌한 낯빛으로 응대했다.

"어디서 오셨소?"

"내지內地=일본에서 왔소!"

"무슨 용건이십니까?"

"용건은 데라우치 총독에게 말하겠소. 나 신문기자요."

"신문기자는 못 들어갑니다. 각하의 엄한 명령입니다."

"뭐라구요? 총독 면회를 본국의 신문기자가 못한다고? 내 그 명령을 철회시키려고 왔으니 들어가야겠소!"

아직 스무 살을 많이 넘지 못한 정한精悍한 청년이었다. 그는 비서관의 제지를 뿌리치고 총독실의 도어를 밀어붙였다. 총독 데라우치는 의외의 침입자를 맞이해서 잠시 놀라는 기색이었으나 서서히 위엄을 가다듬으며 청년을 면대했다.

"아사히朝日신문의 나카노中野기자입니다."

"오호, 기자 도령이시군. 내게 용건이라도? 우선 앉게나!"

나카노라는 청년이 응접세트에 앉자 데라우치 총독은 시가에다 불을 붙이면서,

"나 좀 바빠서 기자하고 문답할 시간이 없군. 그래 내지에서 왔단 말인가? 먼 길에 수고했군."

"각하의 언론정책이 특히 궁금해서 왔습니다."

"특히 궁금한 게 언론정책이라? 하하, 그런 일쯤이야 고다마 비서과장한테 물을 걸 그랬소."

"각하의 신문 압수정책은 어떤 법률에 근거를 둔 겁니까?"

"여보게, 나카노 군이라고 했는가? 자네는 법률 전공은 아니겠지? 법률이란 상황에 따라서 운영돼야 하네. 뿐인가, 조선의 법률은 조선

총독이 제정할 수 있네. 대일본제국의 이익을 위해서 말야."

"하지만 본국에서 발행되는 신문을 임의로 압수할 수야 없잖습니까?"

"어허, 그런 일이 있었던가? 금시초문인 걸."

"각하의 밀령密令이란 말을 들었습니다."

"아카시 경무국장의 소관이군. 아마 그럴 만한 이유가 있었을 걸세. 내 알아봐서 선처하도록 하지."

그러나 청년기자는 물러서지 않았다. 데라우치 총독은 능청을 부리고 언성을 높였다.

"자넨 나한테 항의할 셈인가?"

"각하! 총독각하의 조선통치에는 지나친 폭주暴走가 많은 것 같습니다. 적어도 일본은 입헌군주국인데, 헌법에 보장된 기본적 자유만은 허용해야 되지 않겠습니까?"

"자네는 여기가 도쿄인 줄 아나? 여기는 조선이야. 조선은 우리가 힘으로 점령한 땅이야. 그리고 나는 총독이야. 언론의 자유, 결사 집회의 자유를 떠들어 대는 모양인데 그것이 소원이라면 지체 말고 썩 본국으로 돌아가도록 하게나. 스스로 물러가지 않는다면 조선 총독의 힘으로 보내 주도록 하지. 이상 문답무용問答無用일세."

그러나 데라우치 총독은 좀 꺼림칙한 듯 한마디 덧붙였다.

"자넨 내지에서 왔다니까 조선 총독의 권한을 모르는군 그래. 내 해설해 줄까? 조선 총독은 육해군을 통솔하고서 조선방비에 임하며 제반 정무政務는 내각 총리대신만을 거쳐 직접 폐하께 주상하여 재가 받을 권한을 가졌으며, 또 법률을 요하는 사항은 총독의 명령이나 제령制令으로 규정할 수 있게 돼 있네. 알았나? 알았으면 물러가게!"

데라우치 총독은 자리에서 벌떡 일어나 붉은 주단이 깔린 마루 위를 성난 짐승처럼 서성대기 시작했다.

청년기자는 인사도 없이 물러나갔다. 몹시 불쾌한 모양이었다.

그는 나카노 세이코中野正剛, 새로 부임해 온 〈아사히 신문〉의 서울 특파원. 문호文豪 미야케 유키네三宅雪嶺의 사위로서 훗날 일본정계에 큰 회오리바람을 일으킨 사나이였다.

━━━━◆◆◆━━━━

총독 정치가 시작되자 일본 본토에서는 온갖 잡배雜輩들이 다투어 조선행을 서둘렀다. 저들 나라에서 설움받던 그들은 입신양명立身揚名의 만만한 터전으로, 또한 축재蓄財와 야망의 발판으로 조선이라는 점령지역을 택했다.

그들은 남부여대男負女戴 빈 주먹으로 현해탄을 건너서 부산항에 계속 상륙했다. 그들은 마치 금맥을 더듬는 노다지꾼들처럼 조선땅에 발을 들여 놓기만 하면 큰 행운이 덥석 안겨올 것으로만 꿈꾸면서 현해탄의 거센 물결을 건너왔다.

그러나 와보니 형세가 판이한 데에 놀라야 했다. 먼저 그들은 조선사람들의 싸늘한 눈길에 가슴이 섬뜩했다. 어리석게도 그들은 일본정부가 선전해댔듯이 무력으로 이 땅을 강점한 것이 아니라 한국의 황실을 비롯한 모든 국민들이 자진해서 일본에의 합방을 청원했던 줄 알았는데, 조선인의 본의가 그런 것이 아니었음을 현지에 와서야 그들 눈초리로 알아차렸다.

도처에서 의병義兵이 일어나 일본인들의 사무소를 습격하는가 하면 여기저기에서 폭탄사건이 빈발했다. 섣불리 시골길이라도 나섰다간 호랑이에게 물려가는 어린애들 모양 일인들은 쥐도 새도 모르게 이 의병들의 제물이 되기가 일쑤였다.

그것만이 아니었다. 조선인들의 차가운 시선이야 그렇다 치더라도 총독부 관리들의 태도 역시 생판 예상 밖이었던 것이다.

데라우치 총독은 일본국민들의 조선땅 대량이민을 극력반대했다. 그는 일인 이민들을 철저히 단속하고 탄압하는 정책을 강행했다. 얼핏 보아서 이것은 납득이 가지 않는 데라우치의 해괴한 처사였다. 그러나 그의 가슴 속에는 특유의 계책이 숨겨져 있었다. 그는 이 조선반도를 일본제국의 연장이라고 단순히 생각하기 싫어했다. 그는 조선땅은 어디까지나 조선으로서, 조선 총독 데라우치 마사타케의 왕국을 건설하는 데 있었다.

그는 저 대영제국이 인도印度를 다스리는 식민정책을 어리석은 짓이라고 비웃어댔다. 총독을 보내놓고 장사치들을 많이 뒤따르게 해서 풍부한 자원을 싼 값으로 실어 내다가는 다시 가공한 상품을 그 인도인에게 팔아넘겨 막대한 이익을 내는 영국의 인도 정책. 정치적으로 지배하고 경제적으로 수탈하기만 하면 그만이라는 것이 그들의 식민정책이다. 따라서 영국은 어디까지나 영국, 인도는 백 년 천 년이 가도 인도일 수밖에 없다는 것이 인도 총독의 생각이었다.

그러나 조선 총독 데라우치는 그렇게 생각하지 않았다. 그는 조선을 철저하게 다스리자고 다짐했다. 마치 새 왕조를 창업하는 것처럼 총독이라는 막중한 자리를 이용해서 그의 헌병 관졸들로 하여금 조선의 모든 동맥과 신경을 지배해서 이 한국의 강토와 국민들을 일본식으로 일신해 버리자는 것이었다.

총독 정치 36년의 동화정책은 실로 데라우치 마사타케의 군왕의식君王意識과 집요하고 악착스런 집념에서 터를 닦았다.

데라우치 총독은 그러한 동화정책을 수행하는 데 일본 본토인의 조선 이민은 귀찮고 방해가 되리라는 점을 미리 짐작했다. 그는 총독부 관리들로부터 이 이민정책에 대한 반발을 적지 않게 받았다. 더욱이 이토 히로부미가 통감으로 있을 때부터 눌러앉아 있는 관리들은 이토의 포부가 그런 것이 아니었다고 하면서 총독에게 번의翻意할 것을 촉구했다.

이토 히로부미는 조선땅에서 한국인과 일본인의 인구비례를 10 대 1이 되도록 하자고 주장했다. 적어도 150만의 일본인을 조선땅에 이민시켜 생활의 터전을 닦아야 한다는 것이 이토의 포부이고 정책이었다. 그런데 데라우치 총독은 이토의 그런 정책을 뒤엎어 버렸다. 데라우치는 나아가서 조선에 거주하는 일인들의 자치회自治會마저 해산시켜 버렸다. 그는 총독부 관리로 등용할 자와 동양척식회사에서 일할 직원들만을 후대했을 뿐, 일반 이민들은 노골적으로 박해하기를 서슴지 않았다.

이민봉쇄뿐만 아니라 그는 회사통제령을 제정해서 본국 재벌들의 조선진출을 당분간 억제했다. 신문을 탄압한 경우와 마찬가지로 재벌들을 봉쇄해야 편리하다고 생각했다. 재벌들의 진출을 그대로 허용한다면 머지않아 대자본가들의 재력과 횡포 앞에 총독부 관리들이 농락당하고 데라우치 자신의 총독자리도 크게 위협 당하리라는 점을 익히 내다봤기 때문이다.

마침내는 일본의 언론계가 집중공격하기 시작했다. 국회에서까지도 데라우치의 총독부 정책을 비판하는 소리가 물 끓듯 했다.

"데라우치를 즉시 소환하라!"

데라우치는 이왕李王을 대신해서 조선의 군왕을 꿈꾸고 있다!"

"일본국민의 이익을 가로막는 매국노 데라우치를 타도하라!"

가위 사면초가四面楚歌의 형국이었다.

그러나 데라우치는 장주벌(長州閥 = 일본 야마구치山口지방 출신의 군벌) 출신의 유력한 무골武骨. 그의 세력은 아직도 일본정계의 실권자들과 기맥을 대고 있었고 동화정책을 지지하는 메이지 천왕의 신임이 또한 두터운 터였다.

— 조선사람은 철저히 두들겨 눌러야 한다.

— 조선사람을 군대식으로 훈련시켜 일사불란하게 통제해야 한다.

— 그러자면 조선통치에 내지식內地式의 융통성 있는 민주방식을 사용해선 안 된다. 그러므로 일본 본토인은 당분간 조선땅에 나오지 말아야 한다. 조선인을 내 무단武斷으로 다스려 메이지 천왕의 성은을 눈물로써 고맙게 여기게 만든 다음에, 조선을 완전히 동화시킨 다음에 일본 본토와 조선의 자유로운 유통을 터놓아야 한다.

데라우치 총독은 고집을 굽히지 않고 내세웠다. 별수 없이 그의 헌병 무단정치는 날로 박차를 가하게 됐다. 그는 자주 아카시 경무국장의 어깨를 두드려 주며 자기의 무단정치를 강력히 집행할 자는 아카시밖에 없음을 강조했다.

어느 사이엔 일인 헌병들에게는 즉결재판권卽決裁判權까지 부여됐다. 웬만한 범죄는 재판에 회부할 필요도 없이 일선의 헌병들이 적당한 형벌을 가해도 무방하다는 해괴망측한 법이었다. 그러니 지방관서에서 헌병들의 권세란 하늘 무서운 줄을 모르게 되었다.

헌병의 횡포와 권세가 얼마나 심하고 높았던지 총독부의 일인 행정 관리들조차 그것을 비꼬아서 '총독정치는 차단정치此段政治'라고 입들을 비쭉거렸다.

'차단정치'란 총독에게 올라오는 지방 관청의 보고서가 면面, 군郡, 도道를 경유해서 본부에 들어오기 마련이었지만 그것은 겉치레에 지나지 않았고, 실은 지방의 헌병대장으로부터 도道 경무부장헌병대장에게, 거기에서 다시 아카시 경무국장헌병사령관을 거쳐 총독에게 들어가는 보고서만이 효력을 나타내도록 되어 있었는데, 그 헌병들의 보고서라는 것이 하나의 형식으로서 '차단급보고후야'此段及報告候也라는 말을 반드시 쓰도록 되어 있어 그것을 비꼬아대는 말이었다.

총독 데라우치는 하급관료의 진언이나 일반 민간인의 진정 따위는 거들떠보지도 않고 오직 헌병들의 보고나 진언에만 귀를 솔깃하는 독재 무단정치를 강행했다.

＊＊＊

강산은 부풀어 삼천 리, 백성의 수효 1천 5백만. 그러나 조선 총독 데라우치의 횡포를 막을 조선인은 한 사람도 없다. 그의 무단을 저지할 힘은 조선 천지에 없었다.

그가 조선에 군림한 지 두 달이 지났다. 총독부의 일거리도 어느 정도 기틀이 잡힌 듯한 그해 12월 초였다. 데라우치 총독은 고미야 궁내

162

차관을 앞세우고 대한문을 들어가 태왕 고종을 찾았다. 명색은 문안인사라지만 총독정치 2개월의 업적도 늘어놓을 겸 태왕의 건강과 심사를 은근히 타진해 보기 위함에서였다.

"태왕 전하의 성수무강을 심축하옵니다."

'전하'라는 대목에 한결 힘을 주는 그런 말투였다.

고종은 못 들은 체 그의 문안을 묵살했다. 옆에 시좌했던 엄비嚴妃가 고종의 괴로운 심사를 감싸 안은 듯이 입을 열었다.

"폐하께선 요즈음 꿈이 잦으시다 합니다."

"그러시다면 전하께서 기력이 편치 않으시기라도 하옵니까?"

"폐하께선 날마다 왕세자를 꿈에 보신다 하는군요."

엄비는 고종을 끝내 폐하라고 부르며 데라우치에게 응대했다.

데라우치는 폐하라는 말이 몹시 귀에 거슬렸다. 이미 이나바 칙사에 의해 순종은 이왕李王으로, 고종은 이태왕李太王으로 책봉되었으니, 폐하란 메이지 천왕에게만 붙일 일이고, 이왕과 이태왕은 어디까지나 전하가 아닌가.

데라우치 총독은 이맛살을 찌푸렸다. 그러나 그것은 궁내에서만은 묵인해 두는 편이 상책일 듯싶었던 모양이다. 그는 화제를 왕세자에게로 옮겼다.

"전하께선 너무 심려하시지 않는 게 좋을 줄로 아옵니다. 왕세자께서는 아무 부족함이 없이 훌륭한 교육을 받고 계시온데 앞으로 늠름한 모습이 된 다음 상봉하실 그날을 기다리는 즐거움이 클 줄로 아옵니다."

그 인사는 매우 공손했으나 말뜻은 우회적이며, 능청이었다.

그러자 엄비는 그런 소리를 기다린 것처럼 데라우치 총독에게 화살을 던졌다.

"내 아들 왕세자가 학업에 전념하고 건강도 매우 좋다 하시지만 어째서 한 번쯤 귀국시키지 않는가요? 태자대사인 이토 통감이 왕세자를 유학시킬 때 언약한 바가 있었답니다. 1년에 한 번씩은 반드시 귀국시켜 어버이 얼굴을 보게 하겠노라고. 총독께선 그 언약을 모르고 계시나요? 혈육의 정이란 누구나 같은 법이 아니겠소. 총독께서도 입장을 바꾸어 생각해 보십시오. 사람을 속여도 분수가 있지. 폐하께서 밤마다 꿈에 보시는 왕세자인데…."

차마 뒷말을 잇지 못하고 엄비는 입술을 깨물었다. 이 말을 듣고 있던 총독은 화가 머리끝까지 치미는 모양이었다. 그는 엄비를 노려보았다. 그리고는 다시 마음을 가라앉혀,

"그것은 비전하妃殿下의 오해인 듯합니다. 왕세자를 귀국시키지 않는 것은 막중한 학업에 지장이 있을까 해서입니다. 훗날 학업을 마치면 지체 없이 돌아오실 것인즉 오해는 풀어주시기 바랍니다."

비록 왕비일망정 하나의 아녀자와 입씨름하기는 싫다는 능청이었다. 그러나 엄비는 총독의 능청이 더 참기 어려워 용서 없는 면박을 퍼부었다.

"총독께서 들어보시오. 그 학교에는 방학도 없다 합디까. 어느 나라의 학교든지 여름과 겨울에는 방학이 있는 법, 다른 학생들은 방학이 되면 누구나 제 부모 슬하로 돌아가겠지요? 그런데 우리 왕세자만은 방학도 없이 공부를 시키나요? 총독께서도 자녀를 키우신 몸, 사람의 정리로 봐서도, 인류으로 봐서도 이건 너무하지 않아요?"

철鐵의 심장을 가진 무단武斷의 총독인들 이 말에는 대꾸할 말이 있을 턱이 없었다. 공기가 험악해지자 고종이 부드러운 말로 거들어 겨우 좌중을 수습했다.

한껏 무안을 당한 총독은 찌뿌둥한 얼굴로 덕수궁을 물러나왔다. 총독실에 돌아온 그는 공연히 부하직원들에게 화풀이를 해댔다.

그때 경무국장이 긴장한 얼굴로 들어섰다. 총독은 그를 보자 울화통을 터뜨리고야 말았다.

"덕수궁의 버릇을 단단히 고쳐놔야 되겠다. 이미 폐위가 된 그네들이 아직도 오만불손한 제왕帝王의식에 젖어 있다!"

그러자 경무국장이 회심의 미소를 지으며 총독에게 바싹 다가섰다.

"각하, 때가 무르익어 가는가 봅니다. 헌병대에 들어온 정보에 의하면 덕수궁에서 어떤 밀서를 국외로 날렸다 합니다. 손탁이라고 정동에서 호텔을 경영하던 여자가 러시아로 떠나가는 모양인데 경성을 떠날 때 태왕의 밀서를 품에 끼고 갈 것이라 합니다."

"호오 그 어쭙잖은 양녀洋女말인가? 정보치곤 대단한 정보군! 그런데 무슨 확증이라도 있는가?"

경무국장은 약간 난처해진 표정으로,

"각하, 그런데 말씀입니다. 아직 확증이 잡히질 않습니다. 그런즉 그 손탁의 밀서 문제는 때가 올 때까지 당분간 덮어둘 수밖에 없습니다. 시간을 기다려야 합니다."

"덮어두다니?"

"각하, 그것 말고 또 한 가지 일이 있습니다."

"뭐야? 그건."

잠시 실망했던 총독은 금시 흥미가 동하는 모양이었다.

"각하! 저 이토 공公을 암살한 안중근이란 놈이 있지 않습니까. 그자의 사촌동생 되는 놈으로 안명근安明根이란 자가 있는데 지금 황해도에 산답니다. 황해도 평안도라면 불온사상을 가진 놈들이 득실거리는 소굴입니다. 그런데 안명근의 소행이 매우 수상하다는 정보입니다. 현지 헌병들이 철저한 감시하고 있습니다만 필시 큰 덩굴이 걸려올 것 같습니다. 이태왕에 대해서 직접 탄압을 가하기는 어려우니 우선 전국 각처의 반일분자反日分子들을 모조리 이태왕과 함께 옭아매서 일망타진하는 방법의 구실이 생길 것 같습니다. 덕수궁에게 좋은 본보기가 되지 않겠습니까? 일석이조가 될지도 모르구요."

"그래? 희한한 생각이구나! 늑대들을 모두 포살捕殺하면 호랑이의 간 담도 서늘해진다는 것인가? 알아서 잘 처리하게나!"

데라우치 총독은 잠깐 생각에 잠기는 듯하더니,

"이봐! 정치는 음모라지?"

불쑥 엉뚱한 소리를 꺼낸다.

아카시는 즉석에서 그 말을 받아 넘긴다.

"음모는 찬스를 포착해얍죠."

"찬스는 언젠가?"

"기밀사항이 새기 전입니다."

"기밀사항이란 거사의 완벽한 계획이겠지?"

"보고드릴 단계에 있습니다."

"단 실패할 짓은 처음부터 하지 않는 게 좋아."

데라우치 총독은 흐뭇한 미소를 머금으면서 의자를 빙그르르 돌렸다.

그의 배면背面 벽에는 10만분의 1의 큼직한 조선반도 지도가 걸려 있었다. 총독과 경무국장은 그 지도 앞으로 다가갔다.

총독실 유리창을 흔들며 가는 12월의 바람은 차갑다.

겨울은 자칫 음모의 계절. 그 겨울이 조선총독부의 무서운 음모와 함께 서서히 여물어가고 있었다.

우리 조선사람끼리

　세월이 좋으면 사시절 중에 겨울처럼 사람들의 몸과 마음을 살찌게 하는 계절도 없다. 세월이 좋으면 조선의 멋은 겨울에 있다. 칩거하여 인간끼리 안온하게 한가롭게 따스한 정을 나누고 세월을 즐길 수 있는 계절이, 봄 여름 가을이 아니라 겨울인 것이다.

　특히 겨울의 밤이 그렇다. 창문을 열어 주라. '명월明月과 백설白雪이 만건곤滿乾坤할제', 달빛과 백설을 밟고 찾아 준 사람의 두 손 덥석 잡아 들여 화롯불 가운데 하고 정회情懷를, 정화情話를, 정담情譚을 나눠 보라. 지난 이야기, 미래의 꿈을 되새겨 보라.

　따끈거리는 온돌에 두 손바닥을 깔고 식욕을 돋우어 보라. 쌉쌀한 도토리묵의 미각이 있다. 메밀묵도 또한 좋다. 화로 재를 탕 튕기는 군밤의 내음은 일품이 아니던가. 어석! 하고 깨무는 동치미 무의 맛은 이 땅의 멋이다. 설한풍雪寒風이 잉잉 울고 방바닥에 삿자리가 뜨겁거든 황금빛 놋그릇에 치렁치렁한 냉면을 한 입 듬뿍 물어보라.

　겨울밤은 사람들의 몸과 마음을 살찌게 한다. 세월이 좋다면 말이다. 그러나 1910년의 겨울은 춥고 술렁거리고 떨리기만 했다. 조선은 국토만이 아니라 겨울의 멋까지 일본인들에게 빼앗겼던 것이다.

"정치는 음모라지?"

"음모는 찬스를 포착해얍죠."

총독과 경무국장의 이 무서운 대화의 열매가 그해 12월 밤을 도와 여물어 가고 있었다.

1만 호 장안을 발아래 굽어보면서 남산 중턱에 우뚝 선 조선총독부 청사는 그해 동지 추위가 서서히 다가오자 형언할 수 없는 뒤숭숭한 공기에 휩싸여 버렸다.

그러나 낮과 밤은 달랐다. 낮의 뒤숭숭하고 음침한 공기와는 달리 저녁이 되어 거개의 관리들이 퇴청하고 나면 이 청사 한 모퉁이가 아연 화기를 띠기 시작한다. 그리고 청사 위에 마련된 총독 관저에는 자정이 넘도록 전등불이 휘황할 때가 잦았다.

특히 총독부 청사 바로 맞은편에 있는 시커먼 목조건물 2층에서는 전화 소리가 그칠 사이 없었다. 지방 헌병대와의 장거리 전화여서 목청을 돋운 날카로운 음성들이 새벽녘까지 끊이질 않는다.

장거리 전화는 황해도와 평안도에 나가 있는 헌병대장과 주고받는 것이었다. 사나운 음성은 생긴 모습과 같다. 정말 험상궂게 생긴 사나이가 전화통에 매달려 있었다. 한쪽 눈꼬리로부터 광대뼈 위를 스쳐서 귀 아래까지 주욱 그어진 칼자국 상처를 훈장처럼 자랑스러워하는 그는 경무총감실의 고등과장 구나도모國友尚謙였다.

그는 며칠 밤을 새웠는지 뱀딸기처럼 시뻘겋게 충혈된 두 눈알을 부라리면서, 그러나 피로한 기색도 없이 지방 헌병대장과의 비밀연락을

끝내는 즉시로 경무국장실의 문을 두드리기 일쑤였다.

동짓날을 며칠 앞둔 12월 10일께였다. 경무국장실에서는 무르익어 가는 일대 음모에 마지막 손질을 하는 밀의密議가 한창이었다.

총독도 거기에 나타났다. 그는 자기의 관저보다는 경무국장실에서 밀의를 진행하는 것이 훗날에 있을지도 모르는 말썽에서 발뺌하기가 좋으리라 싶은 저의가 없잖아 있었다. 총독이 임석하자 구니도모 고등과장은 그 험상궂은 얼굴의 근육을 마구 씰룩거리면서 저들 밀의의 윤곽을 보고하기 시작한다. 경무국장이 고등과장의 보고에 보충설명을 덧붙인다.

총독은 그들의 보고를 듣자, 시가에 불을 댕겨 입에 물었다. 그리고는 뒷벽에 걸린 축척 10만분의 1 조선지도를 묵묵히 바라봤다. 그의 시선은 개성에서 사리원으로, 다시 평양을 거쳐 선천宣川, 신의주로 올라가는 경의선 언저리에서 유난히 맴돌고 있었다. 그리고 그는 다시 구니도모 고등과장이 마련해 온 현지상황 보고서를 훑어본 다음 육중하게 입을 열었다.

"그래, 자네들의 보고를 요약하면 어떤 결론이 나오는가. 나의 서북지방 순시를 중지하는 게 좋다는 말이냐?"

구니도모가 허리를 굽실한다.

"각하! 각하의 여행을 아주 보류하자는 뜻이 아니옵고…. 소관의 의견으로는 서북 순시의 일정을 너무 길게 잡을 것이 아니라 그저 형식적으로 압록강 철교 개통식에만 참석하셨다가 곧 귀경하시도록 함이 좋을 것 같습니다."

"구니도모 군! 자네의 말은 도무지 요령부득이군 그래. 자네 말대로

라면 황해도 평안도 일대에는 불온분자들이 들끓고 있지만 그래도 내가 가야 한단 말이지? 그들에 대한 대비책은 제시 않고 나더러 그런 모험여행을 해 보라는 것 아닌가?"

"그런 뜻이 아니라 ….."

"아니라? 이봐! 차라리 서북 순시를 중지하든지, 아니면 내일이라도 당장 그 불온한 놈들을 일망타진해서 이 총독의 본때를 보여줘야 할 게 아니냐! 뭐? 위험하긴 하지만 압록강 철교에만 슬쩍 다녀오라?"

총독은 테이블 위에 펼쳐진 서류를 구니도모 고등과장 앞으로 홱 밀어 던지면서 버럭 화를 냈다. 그로서는 당연히 화를 낼 만한 일이다.

12월 27일은 신의주에서 만주 땅 안동으로 압록강을 걸쳐 건너는 동양 최대의 철교가 개통하는 날이다. 삼천리 조선반도를 아주 삼켜 버린 이 역사의 해를 넘기기 전에 강을 건너 북쪽 광활한 대륙으로 뻗어 나가는 압록강 철교를 준공하였으니 개통식에 어찌 총독이 직접 참석하지 않을 수 있을까. 그는 이 개통식에 모여들 모든 귀빈 내객 가운데서도 가장 고귀하고 위세 높은 주빈이다.

그런데 신의주까지 가는 경의선 연변 일대의 치안상태가 심상치 않다는 부하들의 넉살 좋은 보고는 그의 기분을 몹시 상하게 했다. 총독이 발끈 화를 내는 바람에 아카시 경무국장과 구니도모 고등과장은 몹시 송구스러운 듯 고개를 수그렸다. 그러나 그것은 형식적인 제스처에 지나지 않을 뿐, 고개를 수그리는 순간 그들은 힐끗 옆눈질을 하며 입가에 야릇한 웃음마저 띠는 것이었다. 아카시는 자기의 직속부하인 구니도모 과장이 총독의 힐책을 받는 것을 보고 직책상 가만히 있을 수만도 없었던지 자기의 속마음을 비친다.

"각하의 말씀이 지당하십니다. 그러나 저희들은 저희들대로 달리 생각하는 바가 있습니다."

아카시 경무국장은 총독의 호기심이 동하는 것을 눈치 채고는 은근한 목소리로 속셈을 털어놓는다.

"이 구니도모 고등과장은 대일본제국의 헌병장교 가운데서도 지모가 뛰어나고, 책략을 과감하게 실천하기로는 엄지손가락에 꼽히는 인재라 함은 각하께서도 익히 아시지 않습니까. 여태껏 구니도모 과장이 꾸민 일 치고 실패한 일이라곤 하나도 없었다고 기억합니다."

"그건 나도 인정하고 있어. 그래서 어쨌다는 건가?"

총독은 구니도모에게 힐끗 곁눈질을 했다.

"각하, 이 계획서를 살펴보시기 바랍니다. 실은 만일의 경우를 생각해서 각하께서는 깊이 개입함이 없이 저희들 책임하에 일을 실천해 보려고 했던 것입니다만 …."

아카시 경무국장은 구니도모 과장이 들고 있던 또 하나의 서류를 넌지시 총독 앞에 내놓으며 히쭉 웃는다. 서류 겉봉에는 '절대극비'라는 주서朱書가 붙어 있었다.

총독이 비밀문서를 들여다보는 동안 아카시는 구니도모에게 은근히 귓속말을 했다. 그러자 그가 슬그머니 밖으로 물러나간다.

밤은 조용히 깊어갔다. 그러나 바람 소리는 점점 사나워지고 있었다.

총독부 청사 뜰에는 백 년도 더 되는 느티나무 한 그루가 서 있다. 우람한 그 거목巨木은 괴괴한 장안의 정적을 혼자 지켜보는 듯 이따금 우수수 몸을 떨었다.

밤을 지새우는 청사의 주변은 언제나 삼엄해서 보호헌병의 구둣발

소리가 끊일 사이 없이 바람결을 탔다.

그날 밤, 총독은 구니도모 과장이 두 달을 두고 작성했다는 비밀문서를 읽고서는 표정이 착잡해졌다. 이 계획이 제대로 들어맞는다면 자기의 무단정치가 탄탄대로를 치달릴 수 있겠지만, 실패로 돌아간다면 국내외의 여론은 물론, 정치가로서의 생명까지도 위태로워진다는 위구危懼에서다. 뿐인가. 그의 정치적 야망은 조선 총독에서 그치지 않는다. 그는 대일본제국의 총리대신을 꿈꾸고 있었다. 그런데 만약 섣부른 장난에 마각馬脚이 드러난다면 마냥 창피하지 않느냐 말이다.

그러나 무골武骨 데라우치 총독은 결연히 입을 열었다.

"경무국장! 우선 당신 플랜에는 감복했소. 그러나 모든 일이 이 플랜대로 척척 맞아 들어갈까?"

"각하, 그러하기에 제1안과 제2안을 마련한 것 아니겠습니까. 만약 제1안이 제대로 성취되지 않는다면, 사건을 그 이상 확대시키지 않고 적당히 얼버무린 다음 제2안을 단행하는 것입니다. 각하, 이 아카시와 고등과장 구니도모의 수완을 일단 믿어주셔도 좋습니다."

데라우치 총독은 고개를 끄덕이며 잠시 생각을 굴리더니,

"알겠소. 나는 모른 척하면 된단 말이지? 그러나 일이 시끄러워져서 만부득이 할 때에는 내가 책임을 진다?"

그는 시가에 불을 다시 댕겼다.

"각하께는 누가 미치지 않을 줄로 압니다. 당초에는 이 계획안조차 각하께 자세히 알려 드리질 않고 은근한 암시만 드리려던 것입니다."

"허허 그래? 알겠소. 그럼 우리 미리 축배나 들까! 하하하."

데라우치는 실로 오랜만에 호쾌한 웃음을 터뜨렸다. 몇 년을 두고 같

이 일해 온 경무국장도 좀처럼 들어보지 못한 그런 웃음이었다.

마침 그때 도어가 열리더니 구니도모 과장이 긴장한 얼굴로 불쑥 들어선다. 그의 광대뼈 위에 있는 칼자국이 유난히 실룩거렸다.

그는 경무국장에게 귓속말로 뭣인가 보고했다. 아카시는 순간 얼굴의 핏기가 싹 가셨다.

"각하, 최후의 단斷을 내려야 되겠습니다. 방금 황해도 재령 헌병대의 긴급보고인즉 안명근이란 자가 수상한 행동을 개시했답니다."

데라우치는 입에 물고 있던 시가를 쑥 뽑았다.

"안명근이가? 그자는 이토 공을 암살한 안중근의 동생이라 했지?"

"그러하옵니다. 그리고 그자는 우리들 계획 제 1안의 주동이 되는 대상인물이올시다. 각하께서 양해만 해 주신다면."

"양해라니? 이미 경무국장에게 일임한다고 했잖아! 나는 이쯤에서 물러가겠소. 그런데 한 가지만 일러두지. 이 세상 무슨 일이든 일단 착수하면 무리가 있더라도 철저히 밀고 나가야 하는 거야. 더욱이 그 일이 책략이거나 모사일수록 과감히 밀어대야지. 애로가 있다고 해서 도중에 망설이거나 뒤를 돌아보면 일은 구멍이 나고 마침내는 결딴나는 법이야. 여봐요. 자네들 뒤에는 조선 총독, 아니 대일본제국의 육군대신이 버티고 있어. 자, 나는 돌아갈까."

이날 밤, 아카시 국장과 고등과장 구니도모는 단 둘이 축배를 들었다. 그들은 알맞게 데워진 정종 술잔을 맞대고는, 날이 새면 삼천리강토에 회오리바람을 불러일으킬 일대 음모에다 마지막 손질을 하기에 여념이 없었다.

황해도 서북부는 경무국 고등과(고등과: 사상 정치범을 다루던 경무국의 한 부서. 항일 독립운동자를 색출하여 처결하는 일을 전담하던 곳)에 걸려 있는 조선지도 속에서도 제1급으로 눈독을 들이는 사찰지구査察地區로서, 붉은 선이 그어져 있었다.

을사조약 이후 한일합방에 이르기까지는 강원, 경기 이남지구에 주로 의병이 들끓어 통감 이토와 그리고 소네, 데라우치의 골치를 앓게 했지만, 그들은 일본 본국에서 2개 사단 병력을 몰고 나와 무력으로 진압하기에 성공, 드디어 그들의 계획대로 병탄倂呑이 이루어졌다.

그러나 이미 기독교와 천주교 세력이 깊숙이 뿌리내린 서북지방은 새 학문을 일으키려는 문화적 선각자들이 다투어 학교를 세우고, 아울러 산업의 진흥으로 스스로의 실력을 배양해야겠다는 기풍이 팽배할 뿐만 아니라, 이 지방은 압록강과 두만강을 건너면 만주 시베리아로 이어 닿는 지리적 조건으로 해서 항일 독립투사들의 출몰이 잦으니만큼 그들로서는 잠시라도 경계의 눈을 소홀히 할 수 없는 지극히 불안한 지역이었다.

그중에서도 특히 평안북도의 선천, 정주 지방과 평안남도의 평양과, 황해도의 구월산 기슭, 재령강 유역인 신천, 안악, 재령 등을 소위 3대 불온지구로 손꼽고 있었다. 이 세 지역에는 저마다 불온의 씨를 잉태한 핵이 있었다. 신천의 신성학교, 정주의 오산학교가 그것이고, 평양의 대성학교가 또한 불온한 핵의 원점이었다.

따라서 경무국의 구니도모 과장의 눈독이 제일 먼저 정착한 곳이 그중에서도 황해도 서북지구였던 것은 당연한 일이다.

그곳은 첫째로, 메이지유신의 대원훈大元勳이고 조선병탄의 주동인 이토를 하얼빈 역 앞에서 거꾸러뜨린 안중근이 자란 곳일 뿐만 아니라 그의 수많은 일족이 사는 고장이 바로 황해도 신천新川이다.

둘째로, 명성황후를 시해한 원수를 갚노라고, 일본 헌병장교를 치하포 나루에서 주먹으로 때려죽인 김구金九가 안악지방을 중심으로 패기에 가득 찬 젊은이들과 교육사업에 분망하고 있다는 사실을 간과할 수 없었고, 또 이 지역이 서북지방의 3대 불온지구 가운데서도 서울과 가장 가깝다는 데서 무슨 방법으로든지 손을 써놓아야 하겠다는 그들의 결론이었다.

이렇게 해서 총독정치의 본색을 드러내는 무단정치의 피 묻은 손이 서서히 황해도 서북지구로 뻗치어 나갔다.

어느 날, 나무리 백릿벌載寧平野에 아직 해가 뜨지 않은 어둑어둑한 새벽길을 가는 두 나그네가 있었다.

"한 선생, 나는 초행길이 돼서 갑갑하구만요. 해가 높이 뜨기 전에 닿을 수 있갔시까?"

"염려 마시라우요. 저 재 하나만 넘어 돌믄 수박재가 되지요. 안악의 입구니께. 원 선생 댁에 미처 못 닿으믄 수박재의 김용제 선생 댁에 먼저 들러도 괜찮지 않겠시까?"

"아무튼 날래 갑시다."

그들은 더욱 발길을 재촉한다. 한 사나이의 말대로 재를 넘으니까 걷혀가는 새벽안개 속에 우뚝 솟아난 산마루가 눈앞에 다가섰다.

"안 선생, 저기 저 산이 보이지요? 저게 바로 양산대楊山臺랍니다. 부잣골 안악의 진산鎭山이죠. 그래서 옛날에는 이 고장을 양산楊山이라 불렀다는 거외다. 양산학교는 저 산에서 이름을 따온 거구요."

"양산학교 이름은 많이 들었지만 진짜 양산대는 처음 봅니다. 산은 별로 높진 않지만서도 저 희끄무레한 바위판이 특색이구만요."

"저게 치마바위라는 거지요. 치마폭처럼 널찍하게 퍼져 흘렀다 해서."

"어허, 그래요? 겉치만가요, 속치만가요?"

"하, 안 선생도, 겉치마 속치마 농담하실 땝니까?"

"이젠 날도 어지간히 트였으니 일부러 농담 수작이라도 해야 좋갔시다. 허허 안 그렇소?"

"하하, 하긴 그렇기도 하구만요. 뭐니 뭐니 해도 여인네 속치마 벗기는 맛이야 싫지 않지요. 하하하."

새벽 공간에다 공허한 웃음을 남기면서 두 나그네는 남산 기슭을 예돌고 수박재 다리를 건너 안악 땅으로 들어섰다. 나그네 안 선생은 안명근, 동행자는 그를 안내하는 천주교도 한순직韓淳稷이었다.

이윽고 그들이 들어선 집은 역시 안악의 천주교도이고 부유한 지주인 원행섭元行燮의 사랑채였다.

안명근은 오래간만에 피로한 여장旅裝을 안심하고 풀었다.

"잘 오셨습니다. 안 선생."

주인 원행섭은 안명근을 너무나도 잘 아는 사람이다.

지난 8월 순종황제가 데라우치 대장의 총칼 위협에 못 이겨 5백 년 왕업, 4천 년 독립 역사에 종지부를 찍고 나라를 내던지는 합병조약에 굴복한 이래, 안명근이 늘 폭약과 같은 분통을 터뜨릴 곳이 없어서 황평지대黃平地帶를 두루 방황한다는 사실을 익히 알고 있었다.

그가 안중근의 사촌동생임을 아는 일본 헌병들의 감시의 눈은 너무나 날카롭게 뒤를 쫓았다. 그래서 그는 신천 두라면 청계리 마을에서 평범한 천주교 신도로 가장하고 나날을 보내기란 지극히 어려웠다. 설사 그것이 가능했다 치자. 그렇다고 그가 이름 없는 산기슭 고요한 마을에 파묻혀 평생을 평범하게 허송할 사람은 결코 아니었다.

그는 생각하기를, 국내에서의 비밀결사나 육영育英사업 정도로는 바위에 머리를 부딪치는 정도의 항거라 싶어, 차라리 감시의 눈이 삼엄한 국내를 벗어나 북간도쯤에다 무관학교武官學校를 설립해서 독립군獨立軍 간부들을 양성하고 항일 전사를 모집 훈련해서 뒷날을 기약함이 자기의 할 일이라고 단정했다.

그는 먼저 뜻 맞는 동지들을 규합하고, 무관학교를 설립할 군자금을 마련하기로 결심한 끝에 황해도 일대의 그럴 만한 인사들을 두루 찾아나선 길이다. 그가 찾아든 당시의 안악은 황해도의 교육과 문화운동은 물론, 민족 독립운동의 중심지로서 작은 평양平壤이라 할 정도로 주목되는 고장이었다.

단군신화의 유적이 아직도 전해지는 아흔아홉 봉우리의 구월산 연봉이 북동쪽으로 휘어들어 양산대로 이어진 아늑한 고장. 동남으로는 평퍼짐한 비탈이 비옥한 밭을 이루어 10리쯤 흘러내리다간 우리나라 제2의 넓고 기름진 나무릿벌로 탁 트였으니, 뜨는 해를 아득한 지평선 위로 바라보게 되는 안악安岳 땅이다.

안악은 재령강 젖줄기를 휘어잡고서 수많은 천석만석千石萬石꾼들이 고래등 같은 기와집을 즐비하게 지어 놓고 나는 새도 떨어뜨릴 세도를 부리는가 하면, 한편으로는 문화민족운동의 불씨에다 바람을 불어넣기에 재력을 아끼지 않는, 말하자면 총독부가 주목하는 특급 불온 지대의 하나이다.

이미 1906년에는 평양사람 최광옥崔光玉이 이곳으로 와서 김용제, 최명식, 송종호, 정명재, 차승용, 임택권, 양성진 등과 함께 민지民智계발, 산업진흥, 그리고 특히 농공업의 장려와 발전을 목적으로 하는 면학회勉學會를 조직한 곳도 안악이었다.

김구가 책임자로 있던 양산소학교에는 하기夏期사범강습소師範講習所가 설치되어 교원 양성을 목적으로 하는 여름마다의 강습이 최광옥, 김용제, 최명식, 김낙영, 김두화를 비롯해서 당시 겨우 열일곱 살의 춘원 이광수를 강사로 맞이했을 무렵, 전국 각지에서 모여든 청강생이 7백을 헤아렸다.

1909년에는 일본 메이지학원에서 유학을 마치고 돌아온 김홍량金鴻亮의 발의로 양산소학교 자리에 중학교를 설치하고 교육문화운동의 진폭을 넓혀 놓으니 황해도 일대의 뜻있는 청소년들은 구름처럼 이곳으로 모여들었다. 부유한 고장에 정치문화운동의 지도급 명사들이 모여들었으니, 그것을 전해 들은 전국의 피 끓는 젊은이들은 이곳을 동경했다. 따라서 일본 관헌들의 매서운 눈초리가 여기를 날카롭게 노린 것은 당연하다.

이러한 요要경계지구로 요시찰인 안명근이 뛰어든 것이다.

안명근은 안악에 머무는 동안 이 고장의 대표적 부호이고 일본 도쿄

에서 갓 돌아온 20대의 청년 지사 김홍량을 만나서 행동을 같이 해 주
기를 청했다.

"김 동지! 우리가 국내에서 아무리 발버둥 쳐야 우물 안 싸움이 아니
갔소? 차라리 무대를 저 넓고 자유로운 만주 벌판으로 옮겨서 힘을 기
르도록 합시다."

"안 동지 말씀에 이의가 있을 수 없습니다. 그런데 내가 여기서 할 일
이 너무나 많군요. 만주에서 할 일은 따로 나대로 추진 중인 바가 있습
니다만 지금 당장은 안악을 비우고 떠날 수가 없소이다."

안명근은 다소 실망하면서 반문한다.

"안악을 못 비우시다니 무슨 대단한 미련이라도 있나요?"

"안 동지, 오해는 마십시오. 지금 안악은 황해도 교육문화운동의 중
심지가 되어 있소. 오늘도 내일도 수많은 젊은이들이 무엇인가 배우려
고, 무엇인가 얻어 보려고 이 산골 같은 고장으로 찾아드는데, 그들을
맞아들일 사람이 없다면 실망이 얼마나 크겠습니까. 그러니까 앞으로
당분간은 여기서 버텨야 하겠습니다."

안명근은 그의 의견에 수긍하지 않을 수 없었다.

"알았소. 역시 김구金九 동지의 의견도 마찬가지겠군요."

"김구 선생도 그렇게 생각하실 겁니다."

"고맙수다. 나도 중근 형님 못잖게 보람 있는 일을 하다 보람 있게 죽
을 작정이외다."

두 사나이는 손을 서로 지그시 마주 잡는다.

"의사義士의 가문에서 의사가 나오는 법. 부디 몸조심 하시고 뜻하신
포부가 보람 있게 성취되시길 빕니다."

"김 동지 고맙소이다. 김구 동지를 비롯해서 이 고장 여러분에게도 앞일에 큰 성공이 기다리고 있을 거외다."

25세의 훤칠한 키에 총기 어린 큰 눈을 번쩍이는 김홍량은 자기 집 대문 밖까지 나와서 진객 안명근을 배웅했다. 때마침, 연등사燃燈寺 쪽에서 불어오는 늦가을의 찬바람이 겨울을 재촉하듯 가랑잎을 흩날렸다. 안명근은 옷깃을 세우고 혹시 미행자라도 있나 싶어 뒤를 흘금흘금 돌아보며 양산학교 울타리를 끼고 다시 원행섭의 사랑채로 돌아왔다.

그런데 원 씨네 사랑방에는 낯선 젊은이들이 서너 명이나 앉아 있다가 벌떡 일어난다. 안명근은 불현듯 허리춤에 숨긴 권총으로 손이 갔다. 혹시 일본 헌병대의 밀정密偵들이 냄새를 맡고 대기한 것이 아닌가 해서였다.

그러나 안명근의 긴장한 표정을 재빨리 읽은 원행섭이 문턱으로 썩 나서면서 그를 맞이했다.

"안 동지, 이분들은 모두 이 고장의 애국청년들이니 안심하십시오. 자 인사들 하시지. 여러분, 안명근 동지를 소개합니다."

고봉수高奉守, 박형병朴衡秉, 한정교韓貞教는 모두 일어서서 인사를 하며 손을 잡았다. 진한 피가 뜨거운 체온을 타고 흐르는 악수였다.

안명근은 이렇게 안악의 지사들을 만나 서로의 회포를 풀고 포부를 나눈 다음, 그 길로 재령을 향해 떠났다. 대원면大遠面을 지나 신환포 나루에 이르러 사방을 둘러본 안명근은 새삼스럽게 감개가 치솟는 눈치였다.

동과 남으로 가이없이 펼쳐진 나무리 백릿벌. 아직 타작이 끝나지 않은 모양으로 누우런 볏단들이 기름진 평야에 무더기로 쌓여 있었다.

눈을 서쪽으로 돌리면 구월산九月山 아사봉. 늦가을 해가 붉은 피를 토하는 듯 병풍처럼 길게 펼쳐진 구월산 연봉 뒤를 후광처럼 물들이고 있었다. 남쪽으로 가물거리는 지평선 저편에 보이는 점점은 장수산長壽山일까.

안명근은 눈을 돌려 동행인 한순직을 본다.

"한 선생, 이 기름진 평야도 머지않아 왜놈들이 몽땅 차지해 버릴 거외다. 이 고장 부호들이 동양척식회사의 악착스런 수탈 앞에 얼마나 버티어낼는지 모르겠고. 다행히 안악 재령의 부호들은 지각이 있고 개명한 분들이라서 만만치는 않았지만, 그러나 한 선생, 저 구월산만은 변함이 없을 거외다. 언젠가는 저 아흔아홉 봉우리에서 아흔아홉의 장사가 솟아나 왜놈들을 모조리 때려눕히지 않았소, 하하하."

"하하하, 안 선생도, 동화 같은 꿈을."

한순직도 자못 감개에 서린 듯, 그러나 너털웃음을 터뜨렸다.

그들은 그 길로 재령 선원학교善元學校로 도인권都寅權을 찾았다. 역시 뜻을 나누기 위해서였다.

안명근은 이렇게 쉬지 않고 황해도 서북부의 지사들을 찾아다니며 무관학교 설립의 동지를 구하였고, 돈 많은 부호들에게는 자금 후원을 간청했다. 신천의 이원식李元植은 쾌히 6천 원을 내놓았다. 송화松禾 반정동洋亭洞의 신석효는 3천 원을 내놓으며 적은 돈이나마 유용한 일에 써달라고 오히려 간청했다.

안명근은 다시 신천 발산鉢山의 갑부 민 씨 집을 찾아갔다. 인근에 이름난 거부 민 씨는 안명근이 들어서는 것을 보고 겁부터 먼저 냈다. 그는 안명근이 안중근의 동생이라는 사실을 잘 알고 있었다. 그러한 위험

인물이 자기 집 대문에 들어선다는 것은 마치 불붙은 화약이 집 안으로 굴러들어오는 거나 같은 것이다. 겁에 질리지 않을 수 없었다. 어색한 대화가 시작됐다.

"나 안명근이외다."

"잘 알고 있습니다. 그런데 어떻게 내 집엘?"

"요긴하게 부탁드릴 말씀이 있어서."

"하아, 짐작이 갑니다. 그런데 올해는 농사가 워낙 흉년이 들어서."

"댁의 재산형편을 대강 짐작하고 있수다. 제 요량으로는 한 1만 원쯤 선뜻 내놓으시리라고 믿고 왔구만요."

"1만 원이라니, 허, 만 원이라니. 단돈 천 원도 내놓을 형편이 못됩니다."

"민 선생, 나 개인이 쓰자는 돈이 아니외다. 나라를 건지자는 거룩한 군자금軍資金이외다. 나라를 건지자는 ….."

"글쎄 뜻은 알지만 돈이 없습니다. 안 선생, 협박을 하시는군요. 그렇다면 나도 따로 생각이 있소."

"생각이 있다니 무슨 뜻이외까. 혼자 잘 먹고 잘 살겠다는 생각인가요? 나라가 이 모양 이 지경이구, 백성들은 왜놈의 노예가 되어가는데도 당신 혼자만 빈들빈들 잘 살겠다는 생각이오?"

안명근은 슬그머니 권총을 빼어 들었다. 시커먼 총구가 민가의 가슴팍에 겨눠졌다. 총은 무서운 것이다.

"아, 안 선생, 안명근 선생, 한 번만 살려 주십시오. 정말로 형편이 궁색해… 안 선생 우리 조선사람끼리 안 선생! 한 번만 ….."

집주인 민 씨는 사색이 돼서 두 손을 번쩍 들고 부들부들 떨었다.

순간 안명근의 머리를 번개처럼 스치는 생각이 있었다. '우리 조선사람끼리'라는 민가의 처절한 애원이 가슴을 찌른 것이다. 안명근은 빼어든 권총을 힘없이 거둬들였다.

"그렇소. 우리 조선사람끼리 이럴 수는 없수다. 총알 한 알이라도 왜놈들을 거꾸러뜨리는 데 써야 하지 않갔소. 그렇지만 당신도 너무한 것 같소. 며칠 후 다시 올 테니 그동안 생각을 돌려보도록 하시오!"

안명근은 자리를 박차고 일어섰다. 허나, 그것은 천려일실千慮一失이었다. 의지의 덩어리 안명근도 '우리 조선사람끼리'라는 민가의 말에는 맥이 탁 풀린 것이지만 그러나 그것은 실로 천려일실이었다.

죽음을 모면한 민가는 안명근이 돌아가자 이내 대문을 박차고 허겁지겁 집을 뛰쳐나와 곧장 재령 헌병대로 달려갔다.

민가의 밀고密告, 헌병대장의 서울 경무국으로의 긴급보고, 구니도모 고등과장의 회심의 미소, 이렇게 해서 12월의 음모는 마침내 막을 올렸다.

안악의 지사들

조선에서 가장 추위가 심한 곳은 중강진中江鎭, 중강진은 압록강의
중류에 속한다. 겨울도 12월 하순이 되면 그 일대의 추위란 빙점하 25
도를 오르내린다.

강압과 음모로 시종하는 정치의 계절풍이 한창 맹위를 떨치고, 또
자연의 계절마저 꽁꽁 얼어붙은 1910년도 며칠 남지 않은 그 무렵, 조
선총독부의 고급관리들은 너나없이 눈이 충혈돼 있었다. 마침 통감부
이래 서둘러 온 압록강 철교의 개통식이 1910년 12월 27일로 예정돼
있었다.

구니도모 고등과장은 총무국장과 밀모 끝에 철교 개통식에 즈음해서
데라우치 총독이 서북지방의 순시를 대대적으로 벌일 것이라는 소문을
퍼뜨렸다. 황해도와 평안남도, 그리고 평안북도의 도지사와 헌병대장
에게는 총독의 지방순시가 대대적이고 철저할 것인즉 만반의 준비를
갖추도록 지령을 내렸다. 그리고 특히 평양에서는 며칠쯤 묵을지도 모
르니까 이름 높은 명기名妓들을 대령시켜 총독을 즐겁게 해줄 수 있도

록, 큰 잔치 준비를 철저히 해놓으라고 지시했다.

현지의 관리들로서는 아연 긴장했다. 처음으로 겪는 큰 행사라서 필요 이상의 부산을 떨었고, 심지어는 총독의 행순行順이, 묵을 숙소가, 홍미로운 풍문이 되어 퍼져 나갔다. 사람들은 호기심과 홍분으로 뒤얽혀 총독이란 자의 얼굴이라도 한번 보려고 며칠 전부터 술렁거렸다. 총독을 맞이하기 위한 지방관서의 준비는 12월 중순이 되자 절정에 이르렀다.

그러나 중앙에서는 구니도모의 음흉한 웃음이 서북지방의 그런 소란을 조용히 지켜보고 있었다.

"이 잡듯 한다는 말이 있겠다. 이를 잡는 거야, 이를. 속내의에 들끓는 이를 잡으려면 햇볕 따사로운 곳에 내의를 벗어두는 게 상책이거든. 이라는 놈이 모두 겉으로 기어 나오지. 그때 일망타진하는 거지."

총독의 서북 순시란 루머에 지나지 않았다. 구니도모가 꾸며놓은 총독의 여행계획이란 12월 26일 서울을 출발해서 다음날 압록강 철교 개통식에 잠깐 얼굴을 비쳤다가 다음날인 28일에 서울로 돌아오는 것에 지나지 않았다. 서북지방의 대대적인 순시란 새빨간 거짓선전이었다.

중요한 목적은 총독의 서북여행을 미끼로 해서 그 지방에 득실거리는 항일운동가들을 잡아내는 데 있었다. 그 제 1목표가 황해도 서북지구였다. 벌써 신천 민閔가의 밀고로 해서 안명근이란 인물이 뚜렷한 대상으로 사찰 선상에 떠올랐다.

민가에 대한 천려일실을 미처 깨닫지 못한 안명근은, 더욱이 자기 뒤에는 일본 헌병들과 그 밑에 붙어먹는 밀정들의 충혈된 눈길이 다섯 겹, 열 겹으로 둘러쳐진 줄을 모르는 안명근은, 평안도의 동지들을 만나 볼 겸, 무관학교를 설립할 북간도 현지도 답사할 겸, 사리원에서 경의선 기차에 몸을 싣고 일로 북으로 향하던 중이었다.

그는 정말 몰랐다. 열차가 대동강 철교를 건너 평양역 플랫폼에 들어설 무렵에도 안명근은 몰랐다. 포위한 밀정들이 차츰 정체를 나타내는데도 그는 미처 몰랐다. 열차에서 내려 개찰구의 좁은 통로를 나서려는 찰나, 그는 비로소 아차! 했다. 그러나 그의 손에는 이미 쇠고랑이 덜컥 채워진 뒤였다.

안명근은 즉각 서울로 압송되어 경복궁 앞에 자리 잡은 제 2헌병대에 수감됐다. 사흘이 넘도록 그에게는 밥 한술, 물 한 모금이 공급되지 않았다. 우지마宇島라는 악명 높은 경부警部가 취조를 맡고, 이례적으로 구니도모 고등과장이 직접 옆에 붙어 앉았다.

"경의선을 타고 어디로 가던 길인가?"

"어디라고 목적한 덴 없다. 그저 발 가는 대로 떠돌았을 뿐이다."

"목적도 목적지도 없이 기차를 탔단 말인가?"

"굳이 말하라면 내가 체포된 평양역 개찰구가 목적지였다."

"권총을 가지고 있었는데 그건 어디 쓸 작정이었나?"

"호신용으로 지녔을 뿐이다."

"권총도 너의 여행처럼 목적이 있었을 것이다. 뭣인가?"

"내가 권총을 지닌 목적이나 당신들이 권총을 찬 목적이나 별로 다른 게 없다. 당신들도 호신용이고 나도 그렇다."

"가장 절친한 동지는 누구냐?"

"2천만 우리 동포가 모두 나의 동지다."

"그중에서 한두 명을 든다면 누구냐?"

"여순 감옥에서 사형당한 안중근 형님이다."

"안중근은 이토 공작을 암살했는데 그대는 누구를 암살하려 했는가?"

"형님이 이토를 해치웠으니 나는 죽일 만한 대상을 놓쳐 버렸다."

"이토 공작은 가셨어도 그의 후계자가 있지 않은가. 너는 데라우치 총독을 암살하려 한 게 아닌가?"

"나는 천주교 신자다. 특정 인물을 죽일 생각은 해 본 적이 없다."

취조관 우지마와 안명근이 주고받는 말은 신문과 진술이 아니라 짓궂은 말씨름들이었다. 구니도모 과장은 묵묵히, 그러나 입가에 웃음을 띠고 안명근을 뚫어지게 바라보기만 할 뿐이었다. 그는 안명근의 사람됨을 저울질해 보는 눈치였다.

첫날의 신문은 그것으로 끝났다. 안명근은 다시 유치장 속에 헌 걸레쪽처럼 처박혀진 채 며칠을 보냈다. 그해, 동지도 지나고 한 해가 또 저물어 가는 27일께였다.

안명근은 다시 취조관 앞에 끌려 나왔다. 그는 며칠 전보다 훨씬 더 기력이 쇠진했고, 더부룩한 수염이 한 치 가까이나 자라서 며칠 전의 모습을 찾을 길이 없었다. 다만 형형한 눈빛만이 예전 그대로였다. 그는 그날 두 눈이 검은 수건으로 가려진 채 마차에 실려 어디론가 이송됐다. 비탈길을 오르는 듯, 마차를 인도하는 헌병이 말 엉덩이에 채찍질을 성급히 해대는 폼으로 보아 남산 총독부 청사로 가는 길임을 쉽게 짐작할 수 있었다.

솔가지를 흔들며 지나가는 눈보라 소리가 한결 가깝게 들려왔을 때 그는 마차에서 내려졌다. 총독부 청사 앞에 자리 잡은 제1헌병대였다.

눈을 가린 검은 수건이 풀렸을 때, 그의 앞에는 금테 안경을 쓰고 육군중장의 위엄을 갖춘 아카시 경무국장이 앉아 있었다. 그 옆에는 첫 취조 때 만난 구니도모 고등과장이 서 있었다.

'새끼, 볼수록 감때사납구나. 꼭 살인귀殺人鬼처럼.'

안명근은 구니도모를 보자 속으로 뇌까렸다.

경무국장이 직접 수작을 걸어왔다.

"네가 안명근인가? 안중근의 사촌동생이라면서? 그동안 편안히 쉬었을 테니 이제부터 본격적으로 얘기 좀 시작해 볼까. 마침 총독각하께서도 신의주 여행에서 무사히 돌아오셨으니 이젠 네 계획도 수포로 돌아갔다. 자아, 내가 너한테 무슨 대답을 바라는가를 너 같은 인물이면 능히 짐작하고 있을 테니 순순히 자백하면 어떠냐!"

경무국장은 처음부터 위협조였다. 안명근은 껄껄 웃었다.

"나는 조선사람이다. 조선의 독립을 위해 일해 보고 싶다. 조선사람이 조선의 독립을 원하는 게 죄가 되느냐? 일본이 조선을 뺏은 것은 정의正義고?"

"묻는 말에만 대답하라! 너는 총독각하를 암살할 음모를 꾸몄지?"

"나는 천주교인이다. 어느 누구를 죽일 생각을 한 일이 없다."

"그러면 신천 발산의 민 씨 집에는 왜 갔었나? 군자금을 내라고 권총으로 협박했다면서?"

"나는 북간도로 이주할 생각을 했을 뿐이다. 거기에 갈라믄 돈이 얼마간 필요했을 뿐이다."

"호오, 그것만은 자백하는군. 북간도로 가려 했다는 것 말이다. 누구와 함께 가려고 했나?"

"나는 어려서부터 친구를 사귈 줄 모른다."

"음, 너는 끝내 나에게 존댓말을 쓰지 않는구나!"

"서로 그럴 만한 처지가 아니잖은가 ….."

경무국장은 벌떡 일어나면서 구둣발을 구르며 고함을 쳤다. 그리고는 신경질적으로 금테 안경을 벗어서 테이블에 동댕이쳤다.

"구니도모 과장! 이자를 죽지 않을 정도로만 다루게! 제 입으로 다 자백할 때까지 말야!"

그는 두 눈이 시뻘겋게 충혈된 채 씨근벌떡거리다가 훌쩍 문 밖으로 나가버렸다.

매일 모진 고문과 형언할 수 없는 악형惡刑이 안명근에게 가해졌다. 그는 수없이 실신을 했으면서도 동지들의 이름을 팔지 않았다.

그러나 천주교 신자로서 친분이 두터운 한순직이 잡혀 올라오면서부터 사건은 의외의 방향으로 확대되어 갔다. 당초에는 안명근이 선천 역에서 총독을 암살하려다가 체포되었노라 세상에 공포하더니 나중에는 안명근이 한순직의 안내를 받고 안악을 두루 돌았다는 것을 구실로 삼아 안악 일대의 이름 있는 부호와 지도급 유지들을 모조리 체포해 갔다.

김구가 잡혀 왔다. 김용제, 최명식, 김홍량, 한필호가 묶여 왔다. 원행섭의 사랑방에 우연히 모였던 고봉수, 박형병, 한정교가 연루자로 체포됐다.

경무국에서는 이들을 안명근의 총독 암살계획과 한 데 묶으려고 했다. 그러나 그럴 만한 단서와 증거가 잡히지 않으므로 이번에는 만주로 가기 위해 선량한 자산가들에게 군자금을 빙자한 금품을 강요하고 심지어는 강도질까지를 저질렀다는 것으로 사안事案을 변경해서 강도 및 강도미수죄로 재판에 회부했다.

이러한 죄목을 뒤집어씌우려 그들은 안악우편국 습격사건이라는 것을 조작하기에 서슴지 않았다. 만석 천석꾼인 대지주들과 그의 후예들이 군자금을 마련하기 위해 한낱 우편국을 습격하려 했다는 숙맥菽麥 같은 연극이었다.

일본 헌병대가 세계에 자랑하는 악랄한 고문 취조는 특히 김구, 김용제, 김홍량, 한필호에게 우심尤甚하게 가해져서, 한필호는 유치장 마룻바닥에서 숨을 거두고 말았다.

안명근의 수상쩍은 거동을 미끼삼아 조작 확대시킨 이른바 안악사건은 1911년 8월에야 매듭을 지었다. 그동안 북에선 의주로부터 남으론 연안延安 백천白川에 이르기까지 그들 손에 체포된 지도적 인사들의 수효가 160명을 넘었다.

반 년 가까이나 걸렸다. 모진 고문과 허위조작으로 만들어진 조서에 의해서 재판이 열렸다. 안명근, 김구, 김용제, 김홍량을 비롯한 수십 명의 황해도 저명인사들이 오랏줄에 묶인 채 법정으로 끌려나왔다. 법원은 종로 네거리 서북 모퉁이에 있었다.

찌는 듯 무더운 8월의 재판정이었다. 방청석에는 이 억울한 부모형제 스승들의 재판광경을 두 눈으로 똑똑히 지켜보려고 황해도와 평안도에서 삼복더위를 무릅쓰고 걸어서 올라온 사람들로 전례 없이 붐볐다. 그중에는, 겨우 열세 살밖에 되지 않은 어린 소년 김선량金善亮도 초롱초롱한 눈망울을 굴리며, 피고석에 앉은 아버지 김용제를 지켜보는 애처로운 광경이 많은 사람들의 눈길을 끌었다.

그런가 하면 남의 눈에 얼굴이 띄지 않도록 변장한 친일거두와 중추원 참의들도 방청석 한구석에 드문드문 끼어 있었다. 그들은 자기네가 빌붙어 먹는 조선총독부의 무단정책이 과연 어떤 것인가를 새삼스럽게 확인하려 했을까. 아니면 강물처럼 흐르는 대세를 거역하고 함부로 날뛰는 이른바 항일지사들의 얼굴과 기맥을 살펴보려 했을까.

재판은 판에 박은 각본 그대로 진행됐다. 모진 고문으로 허위자백시킨 헌병대의 터무니없는 조서를 정면으로 뒤엎는 피고인들의 진술 따위에 재판장은 처음부터 눈썹 하나 까딱하지 않았다. 총독부의 사법제도가 아직 틀이 잡히지 못한 경황 속에서 변호인들의 변론은 제대로 힘을 쓰지 못했다. 안악, 신천, 재령 일대의 신망 있는 지식인들을 재판이라는 형식으로 모조리 감옥에 쓸어 넣기만 하면 저들의 음모는 성공하는 것이었다.

안명근에게는 종신징역이 내려졌다. 김구, 김홍량, 한순직, 배경진裵敬鎭, 이승길, 박만준朴萬俊에게는 15년 징역을, 도인권에겐 10년을, 김용제金庸濟, 최명식, 양성진, 김익윤은 7년, 최익형, 고봉수, 박형병, 한정교는 5년 징역형이 선고되었다. 행방을 감춘 원행섭은 궐석재판으로 15년형에 처해졌다. 그들에게 씌워진 죄목의 올가미는 '강도 및 강도미수죄'라는 가소롭고 터무니없는 것이었다.

서북지방 3대 불온지구 중의 하나인 황해도 서북부에 이처럼 맹랑한 철퇴가 내려지자 양산학교楊山學校도 저들에 의해서 폐쇄되고 말았다.

구월산 영마루엔 검은 구름이 짓눌려 덮였고, 나무리 백릿벌엔 농군들의 수심가愁心歌 소리만이 구슬프게 번져 나갔다.

소위 안악사건이 어이없는 종말을 고하자 당황한 것은 일본정부로부터 영작榮爵을 받은 매국 대신들과 중추원 요직에 빌붙어 앉은 부역배附逆輩들이었다. 그들은 데라우치 총독이 이렇게 재빨리 사나운 발톱을 드러내리라고는 미처 예측하지 못했다.

비록 일본정부로부터 한일합방에 공로가 있었다 해서 후작이니 백작이니 혹은 자작, 남작의 후한 대접을 받고 있을망정 세월이 가면, 그들의 이용가치가 시효를 잃는다면, 언제 또 총독으로부터 헌신짝 취급을 받을는지 모르니 그들은 불안에 떨었다. 초조해진 것은 항일 지사들이 아니라 이들 부일附日의 무리들이었다.

안악사건의 공판이 끝난 그달 그믐께였다. 합방 당시의 농상공부 대신이었던 조중응의 안방에는 그들 몇몇 사람이 모여 앉았다. 그들은 저마다 태연한 척 거드름을 피우거나 코 아랫수염을 점잖게 만지작거리긴 했으나 그것은 곧 그들의 마음을 드러내는 행위였다.

이완용과 박제순이 조중응의 안사랑에까지 찾아든 것이었다. 이완용은 여러 날을 벼르다가 조중응을 찾아왔다. 실상 을사조약 이후 한일합방에 이르기까지 한국조정을 쥐락펴락한 저들 친일 고관대작들은, 따지고 보면 이완용을 비롯한 노론파老論派 정객들이 대부분이었다. 다만 조중응만이 본디 속했던 그의 정파인 소론파小論派를 배신하고 친일정권의 높은 벼슬자리로 빌붙어 노론파 중심의 내각에 가담했다.

한일합방 이후 한국정부의 전직고관들에게 영작을 수여하면서도 소론파 사람들은 거의 제외되다시피 하고 노론파 사람들만이 영화를 누린 것은 단순한 우연일까? 우연이 아니다. 합방을 전후해서 전국에서 벌떼처럼 일어나는 항일운동의 주요 인물들을 보면 거개가 소론파에 속했던 사람들이었다. 따라서 이완용으로서는 이번의 안악사건을 계기로 해서 소론파 인물들을 무마시켜 일본의 총독정치에 순응시켜 볼 속셈이었다. 궁리 끝에 그는 친일 정객이면서도 소론파 출신인 조중응을 공작의 징검다리로 삼아볼까 해서 마침내 그를 찾은 것이다.

"조 대감, 세상이 몹시 시끄러워지는구려."

"총독의 하는 짓이 너무 노골적인 것 같소. 이 대감께서 중간에 나서서 너무 격한 일을 삼가도록 총독에게 충고해 보심이 어떠하오니까?"

"그렇지 않아도 생각이 있어서 사람을 가운데 놓았소이다."

"누굽니까 가운데 놓은 사람이?"

"배정자가 적격일 것 같습네다. 배정자는 궁중에는 무상출입할 뿐 아니라 태왕太王과도 범연한 사이가 아니고, 또 총독과도 친교가 두텁습니다. 궁중과 총독 관저를 오락가락하며 정탐도 하고 간언도 하도록 이미 나와 묵계가 되어 있습니다."

"허허, 그리고 보니 여걸女傑 배정자라면 능히 그만한 일은 해낼 인물이지요. 경무국의 고급 촉탁이라죠?"

"여걸이지요. 그 미모에, 그 교태에, 능란한 언변에, 녹아나지 않는 사람이 있습니까. 이용할 만하외다."

"허허, 이 대감이 혹시 배정자에게 혹하신 게 아닌가요?"

"하하하, 조 대감, 태왕 전하의 총애를 받는 것을 코에 걸고 다니는 여자라 봐서!"

이때 옆에서 이완용과 조중응의 주고받는 수작을 듣고만 있던 박제순이 심각한 표정으로 한마디 거든다.

"배정자를 내세우는 것은 좋겠소만, 우리 여기에서 총독의 속셈을 직접 들어보도록 하는 게 어떨까요?"

이완용이 솔깃한 기색을 보인다.

"총독을 여기로 모셔오도록 하자는 말입니까?"

"이 대감, 총독이 제 발로 우리를 찾아오기야 하겠소."

"그럼 우리가 찾아가야 하겠군요."

"그야 총독을 직접 만나 볼 필요까지는 없습네다. 경무국장을 만나 보면 되지 않겠소. 칼자루는 그자가 쥐고 있으니까. 내 요량으로는 이 대감이 친서를 보내서 이리로 부릅시다. 그에게 안악사건의 전말이며 앞으로의 계획 같은 것을 물어보면 모든 걸 환히 알 수 있지 않겠습니까."

"박 대감 말씀이 옳겠습니다. 그럼 내 편지를 쓰리다."

이완용은 지묵紙墨을 빌리라 하여 경무국장에게 보내는 친필 서한을 끄적거렸다. 밤이 이슥했을 때 경무국장은 구니도모 고등과장을 대동하고 조중응의 집으로 그들을 찾았다. 이완용, 박제순, 조중응 등은 그들을 정중히 맞이하여 상좌에 앉혔다.

경무국장은 이들이 왜 자기를 불렀는가를 짐작하고 그들한테 속 시원히 털어놓을 말까지 준비하고 온 모양이었다. 수인사가 끝나자 그는 자진해서 말했다.

"솔직하게 말씀드리자면 이번 안악사건은 서전序戰에 지나지 않습니다. 한번 시험 삼아 낚시를 던져봤어요. 처음엔 안명근만을 낚아 올리려 했더니 그 밑에 주렁주렁 크고 작은 고기들이 따라 오르더군요. 황해도의 불온분자들은 이번 사건으로 거의 쓸어 버렸습니다. 우리는 성공했습니다."

그는 좌중의 눈치를 한번 훑어본 다음 뜻 모를 미소를 흘렸다.

"다음에 던져질 연못은 평안도입니다. 벌써 일은 반쯤 시작된 셈입니다. 여기 계신 어른들께서는 혹시나 친척 중에서 그 그물에 걸려들지 않도록 타일러 주십시오. 물론 여러분께선 저희들 일에 적극 협력해 주시고 계시지만!"

경무국장은 야망과 자신에 가득 찬 협박조의 발언을 했다. 이완용, 박제순, 조중응은 자기네 자신이 협박당하는 듯한 착각에 사로잡혔다.

'벌써 제2의 작전이 시작되었다고? 친척들이나 잘 단속하라?'

음모, 의옥疑獄의 제2작전이 벌써 시작됐는데도 배정자는 어째서 아무런 내통이 없는가.

'이 밤으로 배정자를 만나 봐야 한다. 아무리 총독과 가깝기로서니 나를 배신하진 못할 걸. 하긴 영특한 계집이니까 자기대로 무슨 복안이 있어서 그러는지도 모르지만.'

이완용은 위엄을 가다듬고는 경무국장에게 결연히 한마디 했다.

"아카시 국장! 당신도 아시다시피 국내에선 나를 친일이니 매국이니 하고 욕이 대단해요. 허나, 낸들 내 나라를 망쳐놓기 위해서 일을 한 것은 아니오. 단지 방법이 다르고 견해에 차이가 있었을 뿐이외다. 아카시 국장! 총독께 이렇게 전해 주시겠소? 이완용이가 그러더라고, 너무 과격한 방법으로 백성을 덧들이지 말라고….."

이완용은 결연히 한마디를 하고는 자리에서 황망히 일어나 모자를 주워 들고 문 밖으로 나섰다.

캄캄한 밤. 남산 위 숲 속 사이로 명멸하는 총독부 청사의 전등 빛이 그의 망막에 어른거렸다.

　자전거 한 대가 어둠길을 더듬으며 거리를 누비고 있었다. 권총을 옆구리에 감춘 일헌日憲 하나가 페달을 무겁게 밟고 있었다. 훨씬 떨어져 인력거 한 대가 굴러가고 있었다. 고개를 발랑 젖힌 인력거꾼의 두 다리가 성큼성큼 메마른 땅을 주름잡고 있었다.

　훨씬 떨어진 곳에는 또 하나의 자전거가 그 인력거의 뒤를 따르고 있었다. 역시 경찰 역할을 겸한 헌병이었다. 결국 앞뒤에 일본 경찰의 호위를 거느리고 거리를 누비는 인력거였다. 주인공은 묻지 않아도 친일 거두의 한 사람임이 분명했다.

　북촌北村에서 내려온 인력거는 종로 인경전 앞을 지나 삼각동 쪽으로 꼬부라진다. 이완용의 밤출입이었다. 청계천 다리를 지나 배정자의 집 앞에 당도한 이완용은 대문을 두드리기 전에 잠시 망설였다. 아무리 세상이 바뀌었고 심정이 초조하기로서니 한낱 아녀자에 지나지 않는 배정자를 아무런 예고 전갈도 없이 찾는다는 것은 체신에 어긋나기 때문이었다. 더욱이 자기는 얼마 전까지만 해도 대한제국의 총리대신이 아니었던가. 될 말이 아닌 것이다.

　이완용은 잠시 망설이며 머뭇거리던 끝에 숫제 오늘은 그대로 돌아가 버릴까 해서 인력거의 머리를 뒤로 돌리도록 일렀다.

　그러나 순간, 이완용은 허공에 멀리 빛나는 불빛을 발견하고 멈칫 가슴에 오는 것이 있었다. 남산 총독부와 경무국 청사의 불빛이 싸늘한 비정非情을 품은 채 남녘 허공에 빛나고 있었다. 그 불빛은 하나의 큰 불덩어리가 되어 이완용 눈앞으로 몰려오는 듯싶었다. 그는 두 눈을 지그시 감았다. 그리고 인력거의 머리를 또다시 돌리도록 지시했다.

키가 훤칠한 인력거꾼이 대문을 조용히 두드렸을 때, 배정자는 출타 중으로 아직 돌아오지 않았다 했다. 그러나 그의 남편 현영운이 반색을 하며 그를 맞아 사랑으로 인도했다. 이완용을 맞이한 현영운은 한낱 통역관의 신분으로 배정자의 치맛바람에 휘말려 올라서 군부의 차관 자리에까지 승진했던 위인이다. 그러나 그는 요즘에 와서는 아내 배정자와의 사이가 어지간히 벌어졌다는 거리의 풍문도 있을 뿐만 아니라 총독부와의 거래도 뜸해졌다는 것이었다.

이완용은 그 현玄의 인도로 그의 집 사랑방에 좌정하면서 좀 겸연쩍은 어조로 입을 열었다.

"실은 부인을 좀 뵈려 했는데… 요즘 두문불출을 했더니 세상 돌아가는 형세에 어두워진 것 같아서…."

현영운과 마주 앉은 이완용은 이렇게 어색한 수인사를 마친 다음 널찍한 방 안을 심심찮게 채운 장식물에 시선을 돌렸다. 벽에 걸린 추사秋史의 예서체 족자를 제하고는 풍물 사진들이며, 탁자 위에 놓인 크고 작은 집물들이 다분히 이국적인 냄새를 풍기고 있었다. 그것은 이 집 주부의 취미와 경력을 말해 주는 것임에 틀림이 없었다.

배정자.

이 여자는 경상남도 김해군청의 낮은 세리였던 배지홍의 맏딸로 태어났다. 배지홍은 군수의 신용이 두터워 차츰 승진하여 마침내는 이방吏房의 수석자리에까지 올랐다. 그러나 대원군이 권세를 잃고 민 씨 족벌의 세상이 되자 그는 하루아침에 몰락했다.

아버지가 감옥에 들어가자 배정자는 어머니와 함께 정처 없는 유랑길에 올랐다. 정자의 나이 겨우 열두 살이라 했다. 마침내 그네들 모녀가 정착한 곳은 밀양 땅이었다. 부친의 오랜 친구 하나가 그곳에 살고 있었다. 그런데 타고난 미모와 열두 살 나이로서는 너무나 숙성한 배정자는 이내 그 고장 관졸이며 한량들 사이에서 화제의 인물이 되었다.

배정자는 드디어 기적妓籍에 오르고야 말았다. 그러나 정자는 기생이 되고 싶지 않았다. 부친은 비록 하옥되어 몰락해 버린 집안일망정 뭇 사내들의 주석酒席에 참섭하여 아양을 떨고 애교를 팔며 몸을 망친다는 기생이 자기의 팔자라곤 믿지 않았다.

어느 날 새벽 배정자는 모친이 잠든 사이에 집을 뛰쳐나갔다. 한 많고 파란이 중첩한 유전流轉의 길로 오른 것이다. 양산 통도사에 들어가 치렁치렁한 검은 머리를 싹둑 자르고 중이 되어 우담藕潭이라는 법명法名을 가졌던 배정자는 두 해를 넘기지 못하고 다시 절을 뛰쳐나왔다.

다다른 곳은 방랑인이 발길을 쉽게 멈추게 되는 부산이었다. 정자의 나이 열다섯이 되는 봄이라 했다. 여기에서 배정자라는 한 여인의 생애가 크게 물굽이를 뒤집는 계기가 마련됐다.

배정자가 몸을 기탁한 곳은 마쓰오라는 일인 무역상이었다. 열다섯이라기엔 너무나 여성으로서 무르익은 배정자를 보고 마쓰오는 야릇한 야망을 품었다. 한낱 아름다운 여자로서뿐만 아니라 어떤 큰 목적을 위해서 요긴한 구실을 할 수 있는 재질이 있다고 판단했다.

배정자는 마쓰오의 손에 이끌려 현해탄을 건너 일본으로 갔다.

내린 곳은 오사카大阪. 공교롭게도 한국정부의 고관으로서 일본의 철도시설을 시찰한다는 명목으로, 실은 망명지사 김옥균金玉均을 만나러 왔던 안경수의 눈에 들었다.

안경수는 배정자에게 일본어와 일본의 예의범절을 익히게 한 다음 도쿄로 데려가서 김옥균에게 그 몸을 의탁시켰다. 천하의 호걸 정객 김옥균 문하에, 천하의 여걸이 될 배정자가 들어갔다는 것은 어느 모로 보나 뜻 없는 우연은 아니었다.

일본 정계의 원로 이토 히로부미의 저택을 제 집 드나들 듯하며 동양의 풍운 정객風雲政客으로 이토와 어깨를 겨루던 김옥균은 어느 날 배정자를 이토에게 인사시켰다. 이토는 배정자를 본 순간 첫눈에 무릎을 쳤다는 것이다. 그 아름다운 용모며, 요기妖氣로운 몸매며, 밝고 솔직하고 사내 못지않은 대담한 성격이며, 유창하게 지껄이는 일본말이며, 일본 천지에서도 그만한 여성을 대해 본 일이 없었던 모양이다.

'허어, 일찍이 조선정벌 때 일본의 장군을 끌어안고, 강물에 빠졌다는 진주기생 논개의 이야기는 글로써 읽었으나, 배정자란 소녀야말로 논개의 화신이 아닐까. 그렇다면 좋다. 이 이토가 이 만만찮은 계집을 십이분 구슬려 보리라.'

이렇게 속으로 다짐한 이토는 배정자를 양녀養女로 삼았다.

배정자는 스물한 살이 되던 늦봄, 밀령密令을 띠고 현해탄 거센 물결을 건너 고국으로 돌아왔다. 오랜만에 대하는 고국산천의 봄은 한창 무르익은 배정자의 가슴을 한껏 설레게 했다.

'먼저 어머니를 찾아뵈어야지만….'

배정자는 흩어지려는 마음을 가다듬고는 서울로 곧장 올라왔다. 지닌 사명이 더 중하다고 생각했던가 싶다.

배정자는 한국정부의 탐리貪吏들에게 붙들려 자칫 욕을 볼 뻔했지만 능란한 화술로 남자를 여지없이 매혹시키고 마는 마력魔力을 발휘해서 교묘히 위난을 모면했다.

일약 여성 정객이 된 배정자의 활약은 바야흐로 본무대로 올라섰다.

고영근高永根이라는 정계의 흥행사와 손을 잡았다. 그래서 일본 공사관의 직원이 되었는가 하면 마침내는 고종황제의 눈에 들어 왕궁에까지 무상으로 출입하게 되었다.

고종은 이토의 양녀라는 배정자를 통해서 일본의 기밀을 탐지하는 데 도움이 되리라 하였고, 일본 공사 하야시는 그대로 배정자를 왕궁에 투입하여 한국정부의 동정을 알아내려 했던 것이다. 배정자의 무르익은 몸매와 능란한 수완과 청산유수 같은 언변은 양편을 모두 만족시키기에 부족함이 없었다. 말하자면 어느 쪽에서나 아쉬움이 없는 이중 여간첩女間諜이 된 셈이었다.

그처럼 고종황제와 이토의 총애를 한 몸에 지닌 배정자이고 보니 이완용으로서도 섣불리 그 여자를 건드리지 못하는 처지였다.

여름밤은 짧다. 보신각의 인경 소리가 은은히 울리고 있었다. 몇 시나 되었을까. 인력거 멎는 소리가 대문 밖에서 들려왔다.

이완용은 자세를 고쳐 앉았다. 배정자가 돌아왔다. 역시 아름다운 자태 그대로였다. 이제 30을 갓 넘은 이 여인의 매력은 한껏 원숙해 가는 중년의 문턱이었다. 배정자는 뜻밖의 고귀한 손님을 보고 놀랐으나 금시 피어 흐드러지는 화사한 웃음으로 인사를 했다.

"배정자의 허물 지극히 크옵니다. 누옥을 몸소 찾아 주신 고귀하신 어른을 오래 기다리게 했사오니…."

불의에 던져진 가벼운 농담이 밉지 않아 이완용은 그저 '허허허' 하고 웃을 뿐이었다.

"미상불 이 대감께서 한식경이나 기다리셨소."

남편 현영운이 민망한 듯 자기 아내에게 한마디 했다. 그러나 배정자는 남편의 말은 도통 묵살하면서 이완용에게 눈짓을 했다.

"대감, 안방으로 들어오시지요."

현영운은 할 말이 없었고 이완용은 주인 요청에 응해야 했다. 내실에 들자 이완용은 아늑하고 화사한 분위기에도 어리둥절했지만 호젓하게 마주 보는 배정자의 어글하고 요기로운 눈매에 심혼이 황홀했다.

황금빛 봉황이 날아드는 현란한 보료 위에 좌정한 이완용 앞에 배정자가 단아하게 무릎을 꿇으면서 새삼스럽게 공손한 인사치레를 했다.

"댁내 제절諸節이 두루 안녕하시온지요?"

이완용은 황급히 허리를 굽히지 않을 수 없었다.

"댁에도 다…."

"그런 변을 당하셨는데도 자주 문안조차 드리지 못해서 죄송합니다."

"허허, 별 말씀을. 의술이 좋아져서 그 후 아무런 탈도 없소이다."

종현 성당 앞에서 이재명의 칼을 맞은 것이 최근의 일이 아닌데 배정자는 왜 그런 새삼스런 인사를 하는지 몰라 이완용은 적잖이 겸연쩍었다.

배정자의 양장은 장안 사교계에서 이름이 높았다. 오늘은 밤출입에 야회복이 화려하니 다녀온 곳이 궁금하기도 했다.

"요즈음, 세상이 매우 소란스럽소만, 나돌지 않으니까 정세를 파악하기 힘드네요. 최근 데라우치 총독을 만나 보셨소?"

"네. 오늘도 잠시 만나긴 했습니다만."

배정자는 이완용의 의중을 짐작해 보려는지 말끝을 흐리고는,

"우리 집에 중국의 녹차가 괜찮은 것이 있사와요."

찻잔을 꺼내 놓으면서 우아한 몸짓으로 야회복 자락을 넘실거린다.

"이번 안악사건은 데라우치의 조작인 모양인데 앞으로도 그런 계책을 쓸 요량입디까?"

배정자는 즉석에서 대답한다.

"데라우치는 원체가 구렁이 같은 사람이라서 좀체 제 속셈을 털어놓지 않더군요."

"아카시 경무국장은 나한테 털어놓습디다. 조작이라고."

"그래요? 그 녀석이 털어놓았으면 그 뒤에 또 무슨 복선이 있을지도 모릅니다."

배정자의 말투는 좀 애매했으나 무엇인가 짐작이 있는 것 같아서 이완용은 고개를 끄덕였다.

"이번엔 혹시 서북지방에 눈독을 들이는 게 아니오?"

"신민회新民會를 노리고 있어요."

이완용은 크게 수긍한다.

"신민회라! 옳거니. 또 많은 사람들이 결딴나겠소이다, 그럼."

배정자는 화사한 손끝으로 묵직한 중국제 찻잔을 밀어 놓으면서, 사나이를 이글거리는 눈으로 지그시 쏘아본다.

"그 사람들, 흐르는 시류를 거역하다가 봉변을 당하기 쉬울 듯싶사옵니다. 애국도 때를 만나야 그 빛이 나는 것이 아니오니까."

이완용은 배정자의 눈총에 온몸의 맥이 싹 빠지는 것 같았다.

"허허, 옳소이다. 누군들 애국이야 안 하겠소만 시류에 따라 방법이

옳아야 하는 법이외다. 지금 동양 3국에서 일본의 세력을 꺾을 자는 없는 것을, 경솔하게 젊은 피를 흘리게 하는 무리들이 언필칭 애국자라고 발호합니다, 그려."

"대감께서야 달관하셨으니까 배정자도 뜻은 대감과 같았사온데 여자라서 해놓은 일이 없습니다."

"허허, 무슨 말씀. 내 부탁이 하나 있소이다."

"무슨 일이시온지?"

"배 여사가 데라우치를 잘 타이르시오. 일본은 이제 저들 하고 싶은 일은 다 해놓았으니 더 이상 소란을 피우지 말고 민심 안정책을 쓰라고 말이외다. 내 오늘 아카시 경무국장한테도 그런 말 했소만. 자꾸 뒷일이 시끄러우면 안 됩니다. 그 사람들의 무모한 짓을 우리의 힘으로 말려야 합니다."

그는 잠깐 말을 끊었다.

"나는 나 한 일에 후회 안 합니다. 허나, 저들이 내 기대와 신념을 배신한다면 나는 정말 역적이 되는 거외다. 내가 후일 사가史家들에게 나를 설명할 수 있다면, 제 힘으로 설 수 없는 불구자는 남에게라도 의지할 수밖에 없었다고 하겠습니다."

합병한 뒤에도 자꾸 시끄러운 일이 연발하면 이완용이 해놓은 짓이 별수 없이 매국賣國이 되어, 편안히 보내고 싶은 여생이 불안하다는 심회를 은근히 비춰보는 것 같다.

그녀는 조용히 말한다.

"아마도 서북지방은 무사하지 않을 듯싶습니다. 데라우치의 성격으로 미루어보아 제 비위에 거슬리는 화근은 모조리 뿌리를 뽑을 것 아니겠어요?"

"잘 보셨소. 이렇게 되면 손가락이 안으로 굽지, 바깥으로는 꺾이지 않는 법이오."

이완용도 야릇한 의분義憤을 느끼는 모양이었다.

"대감! 그런 시끄러운 화제는 접어두시지요."

갑자기 배정자가 색정적인 음색으로 그를 불렀다. 그녀의 눈은 완연히 윤기를 더해 갔다. 뭣인가 노리는 욕정欲情의 눈, 욕정은 남자고 여자고 눈으로 나타난다. 이완용은 여자의 그 눈이 무엇을 뜻하는가를 읽었다. 그러나 그는 입맛을 다시며 콧수염을 매만졌다.

"대감!"

배정자는 그를 불러놓고 할 말이 없는 모양이었다. 속으로 뇌까렸다.

'이완용! 너도 한 마리의 사내새끼가 아이가!'

그녀는 망설이지 않았다. 사나이를 와락 끌어당겨서 담싹 안았다. 전광석화電光石火와 같은 날쌘 동작이다. 이완용은 얼떨결에 입을, 얼굴을, 강점당하고 말았다. 강점당한 채 자의自意로는 어쩌지도 못하는 포로가 돼버렸다.

"대감, 배정자는 이런 여자예요!"

한참 만에 여자가 이런 말을 했다. 이완용은 또 얼결에 뇌었다.

"언제 보아도 아름답소!"

"그래요? 영광이네요."

"괜찮겠소?"

"그런 걸 물어볼 만큼 바보시던가요?"

여자란 일단 내치면 결코 후퇴라는 것을 모른다. 이완용은 꼼짝없이 당했다. 그리고 서서히 남자의 구실을 회복해 가고 있었다. 사위는 바닷속처럼 조용하고 촛불은 깜박거리지도 않았다.

이날 밤 두 사람은 갑자기 은밀한 사이가 되었으며 밤이 깊도록 이야기가 많았다.

"대감께서 제 집에 왕림하신 것을 평생의 영광으로 삼겠습니다."

배정자는 그런 인사를 했고,

"어허, 내 자주 찾아올는지도 모르오."

이완용은 이런 대꾸를 하면서 어색한 심방尋訪을 끝내고, 어둠 속에서 대기하고 있는 인력거에 몸을 숨겼다.

이완용이 배정자의 집을 직접 찾아간 것은 이날 이외는 전무후무했다. 그녀는 그를 전송하고 내실로 돌아오자 심정이 몹시 흐뭇했다.

'그가 나를 찾아왔다는 사실은 중대한 뜻을 갖는다.'

배정자의 머리에는 번개처럼 떠오르는 착상이 있었다. 그녀는 옷을 훌훌 벗었다. 자랑스러운 몸매를 보면서, 생각을 굴리면서, 잠옷으로 갈아입었다.

어디선가 때를 잊어먹은 수탉이 목청을 뽑아 꼭끼요오, 하고 헤식게 울어대고 있었다.

춤추는 횃불

"각하, 근래 이완용 자작은 몹시 초조한 심경에 사로잡힌 것 같사옵 니다."

어느 날 저녁 무렵 남산 조선총독부 총독실에 나타난 배정자가 데라 우치 총독에게 느닷없이 그런 말을 꺼냈다. 총독은 짙은 눈썹을 마치 꿈틀거리는 송충이처럼 위로 치키면서 반문했다.

"이완용 씨가? 왜?"

배정자는 총독의 민감한 반응을 보자 대수롭지 않은 듯이 말했다.

"이완용 자작께선 각하의 무단정책에 적잖이 놀란 것 같습니다."

총독은 그녀를 지그시 노려보면서 다시 반문했다.

"그렇다고 이완용이가 놀랄 이유는 없지 않은가?"

"이완용 자작께서는 민심이 소란해지면 자기한테 더욱 심한 지탄이 돌아올 것을 두려워하고 계신지 모릅니다."

"지탄쯤이야 맞아봤자 아프지도 가렵지도 않은 탄환일 텐데!"

"자작께선 몸소 저희 집엘 다 찾아오셨습니다."

"호오, 그래?"

"자작께선, 백성들을 너무 덧들이지 말아 달라고 저더러 각하께 충고를 드리라 합니다."

"충고? 하하하. 그래 사다코貞子가 지금 나한테 충고하는 거야?"

"어떻게 알아 들으셔도 좋습니다."

"왓핫핫하. 이완용이도 퍽 심약해진 게로군."

"자작께선 본시 굳은 신념을 가진 분은 아니니까요."

배정자는 여기서 잠깐 망설이다가 넌지시 한마디 건네어 본다.

"영특한 군왕은 신하한테 허리를 굽힐 때가 있습니다. 등을 두드려 주면서 충성을 칭찬해 주곤 합니다. 특히 이용가치가 있는 신하에겐…."

8월 중순이다. 저녁 무렵이지만 무더위는 궂은비처럼 땅 위에 내리고 있었다. 배정자는 빈손으로 할랑할랑 부채질 시늉을 하고 있었다.

총독은 육군대장의 정장을 흩뜨리지 않은 채 조선의 '여걸' 배정자의 아름다운 모습을 뚫어지도록 바라보다가 의자에서 벌떡 일어섰다.

"허긴 말이 났으니 우리 어느 날 모두 한자리에 모여 환담이나 해 볼까?"

배정자가 그 말에 지체 않고 대꾸했다.

"좋으신 착상. 내일이라도 그렇게 하시지요. 이완용 자작, 조중응 자작 두 분의 힘을 각하께선 잘 이용하셔야 합니다."

다음날 아침나절, 인사동 이완용 저邸에 연옥색 양장에다 연회색 파라솔을 든 배정자가 예고 없이 나타났다.

녹음이 안개인 양 깔려 있는 넓은 정원에는 흑산도黑山島의 자연석이 자연의 계곡보다 절묘하게 조화를 이루고 있었다. 정원 깊숙이 정오향正午向으로 자리 잡은 본동本棟 검은 기와에는 8월의 양광陽光이 한가롭

게 뒹굴고 있었다. 한양韓洋 절충식으로 된 응접실은 생각보다 협소했다. 검붉은 빛이 물속처럼 깊은 화류 탁자花柳卓子 위에는 눈보다 흰 옥잠화 세 송이가 청초하게 피어 있었다.

"어제 데라우치 총독을 만나 뵈었사와요."

배정자는 복삿빛 명주 손수건으로 코끝에 송알대는 땀방울을 꼭꼭 찍어낸 다음 입을 열었다.

"더운데 이 창문께로 앉으시지."

주인 이완용은 순백의 모시옷 차림이었다. 그러나 가슴에는 18금金 시곗줄이 U자 형으로 묵직하게 매달려 있었다. 그는 양쪽으로 갈라 붙인 콧수염을 손끝으로 비비적거렸다.

"그래, 무슨 얘기들이 좀 오고 갔소?"

"총독은 이 대감과 그동안 소원했던 것을 퍽 송구하게 여기더군요."

"그래요?"

"총독이 대감을 초치해서 탁견을 들어볼까 하는데 오늘밤 형편이 어떠신가 저더러 문안 겸 찾아뵈라 하더군요."

"그래요? 내야 아무 때고 상관없소만."

"이왕이면 대감께서 그를 초청하는 형식으로 하는 것이 좋지 않을까 생각합니다만. 아무래도 데라우치는 섬나라의 일개 무부武夫라 대감께서 한자리 베푸신다면 영광으로 알고 참석할 게 아니겠어요?"

"허허, 그래요? 배 여사의 의견이 그러시다면 내야 이의 없소만서도…."

"친필로 서장書狀을 하나 써 주시지요. 총독께 말이에요. 이 대감께서야 이 나라의 왕희지王羲之시니까 데라우치 같은 무골은 가보로 간직해야 할 것이옵니다."

그날 밤 명월관明月館은 귀빈들을 모시기 위해서 일체 시정 한량들은 출입이 거부되었다. 조선 총독 데라우치를 중심으로 해서 오른쪽엔 이완용, 왼쪽엔 조중응이 앉았다. 배정자는 아카시와 구니도모를 향해서 맞은편에 자리를 잡았다. 넓은 홀은 피했다. 사람 10여 명이 즐길 수 있는 정도의 특실은 보이지 않게 경비가 삼엄했다.

"바쁘신 틈을 내서서 이렇게 왕림해 주시니 매우 감사합니다. 진작 모시고 하룻밤 환담의 기회를 가져야 했을 일입니다만."

이완용이 총독에게 이런 인사를 하는 것을 먼 발치로 바라보면서 배정자는 구니도모 과장에게 말했다.

"오늘 저는 오래간만에 장안거리를 두루 다녀봤어요. 1년 전만 해도 그처럼 소란하던 거리가 참말로 쥐죽은 듯 조용하더군요. 총독 정치 1년에 모두 안정되어 가는 징조겠지요?"

총독이 이완용에게 술잔을 내밀면서 커다란 음성으로 오연傲然하게 말한다.

"하하아, 내가 먼저 여러분을 모시고 좋은 말씀을 많이 들었어야 했을 텐데. 아시다시피 그동안 너무나 분주해서."

총독은 왼켠에 앉아 있는 조중응에게 한마디 한다.

"그러잖아도 송덕문頌德文을 폐하메이지 천왕께 봉정해 주신 데 대해서 두 분의 힘이 컸으리라고 믿습니다만, 거 25만 명이나 정성 어린 날인들을 했으니 본국 정계에서도 대단한 화제가 되고 있소이다."

구니도모 과장은 배정자의 화사한 손끝을 바라보면서 혼자 고개를 자꾸 끄덕이고 있었다.

"정치란 것은 힘입니다. 힘의 정치를 못하는 나라일수록 시정市井은 혼란하게 마련이죠."

배정자는 상좌에다 곁눈질을 하기에 여념이 없었다.

총독이 여러 사람에게 들으라는 듯이 말했다.

"정치에는 객관적 정보가 대단히 중요한 거지요. 본국에서는 이 데라우치나 총독부의 관리들 발언보다 조선민중의 동정을 대단히 중요시합니다. 그런 의미에서 이번 송덕문에 25만 명의 조선민중이 직접 서명 날인했다는 사실은 황공하옵게도 폐하의 성려聖慮를 기쁘게 해드리고 나아가서 본국 정부로 하여금 이 데라우치의 정책에 크게 공명토록 하는 힘이 되리라고 믿습니다. 사실 본국 정계에는 이 데라우치를 시기하는 옹졸한 무리들도 없잖아 있으니까요. 핫핫하."

총독은 그 도토리형의 머리통을 흔들어대면서 호쾌하게 웃어 젖혔다. 아카시 경무국장은 배정자가 따라 준 술잔을 낼름 입에다 쏟아부은 다음 자기도 한마디 준론峻論이 없을 수 없다는 듯 배정자의 어글어글한 눈을 쏘아본다.

"조선총독부는 힘의 상징입니다. 불과 1년 동안에 농부는 농토에, 장사치는 저자에, 거리의 부랑배는 감옥에 모두 제자리를 찾아 줬지요. 경거망동하는 무리가 많으면 선량한 국민이 곯거든. 백성은 정치에 무관심하고 제 일에나 충실하면 되는 거요. 어느 나라고 안정되려면 소수의 실력자를 무조건 따라야 하오. 백성은 새끼에 묶인 돌멩이처럼 지도자가 이끄는 대로 이끌리는 게 당연해요."

배정자가 간단히 그의 말을 받는다.

"독재자의 사고방식은 경우에 따라 진리가 되는 거죠. 지금 조선에는 그런 힘 있는 독재자가 필요해요. 일단은 안정돼야 하니까요. 그런 의미에서 총독각하의 방침은 옳다고 봐요."

아카시는 배정자의 발언에 잠깐 의혹을 표시했으나 이내 대수롭지 않게 또 지껄인다.

"메이지유신은 힘의 혁명이었소. 메이지유신 직전의 일본 사회가 1년 전 조선의 사정과 흡사했소. 대가리에 털난 놈은 모두 정치를 논하고, 아가리깨나 놀리는 협잡배들은 모두 애국지사연愛國志士然했소. 그런 때 권력이 힘을 발동해서 하나의 전진적인 목표를 위해 엄격한 통어通御를 해야 하는 거요. 우리 일본은 그것을 멋지게 해낸 거요. 황공하옵게도 금상 천왕 폐하께서는 그런 힘의 상징이시오. 폐하의 어명을 받든 조선총독부는 조선을 다스릴 힘의 상징이고."

이때 상좌에서 조중응이 껄껄거리고 웃었다.

"미상불 일한병합 기념 송덕문은 이 자작 각하와 이 조중응이 아니었더라면 아무도 착안조차 못했을 거외다. 백성들이 총독정치에 감읍하고 있더라 하더라도 백성들로 하여금 의사표시를 할 수 있는 기회를 만들어주지 않으면 마치 벙어리와 눈치 씨름을 하는 것처럼 그저 답답하기만 한 노릇이 아니냐 말입니다. 하하하."

총독의 얼굴에는 술기운이 피어오르고 있었다.

"하하아, 그러잖아도 아카시 경무국장이 두 분의 공로를 대단히 치하하고 있습니다. 사실 우리가 여러분에게 기대하는 바도 그런 점이외다만. 그런데 나는 기념식 직전엔 본국엘 잠시 다녀올 예정이외다."

"그래요? 그럼 기념식에 각하가 참례 못하신단 말씀입니까?"

"아니요. 전날까진 귀임할 것입니다."

이때 이완용이 점잖게 한마디 꺼낸다.

"사실인즉 우리 2천만 조선민족의 운명은 총독각하의 두 어깨에 매달려 있습니다. 모두들 자부慈父로 믿고 있는 터에 저번 안악사건 같은 일이 터져서 식자 간에는 놀라움이 컸습니다."

총독의 눈썹이 약간 치켜졌다.

"그래요? 이 자작 각하께는 사전에 알려 드리라고 아카시 국장에게 일렀는데…. 하긴 나도 그런 사소한 지방사건 따위는 사전에 잘 모르고 지냅니다. 나중에 보고를 들으니 광범한 불온음모였더군요."

아카시 경무국장이 이완용을 돌아본다.

"사실 총독각하께도 사후에야 보고를 드렸습니다. 그런 사건의 적발은 저나 구니도모 과장의 전담사항이니까요."

구니도모는 빙그레 웃으면서 술잔을 들고 있었다.

배정자는 일어나서 먼저 총독에게 그리고 이완용, 조중응에게 술을 따랐다. 그리고 누구에게나 지목 없이 뇌까린다.

"이런 자리엔 장안의 명기 하나 둘쯤은 부르셔야지 기생 없이 술맛이 나나요?"

이완용은 총독을 돌아보며 정색을 한다.

"각하, 어떻습니까. 앞으론 중추원中樞院 같은 기관을 정비 강화해서 그런 큰 일이 있을 때는 서로 의논토록 하는 게?"

아카시가 그 말에 대답했다.

"마침 그런 안이 있어서 목하目下 예의銳意연구중입니다. 박두한 시정 1주년 기념식을 기해서 모종의 지방 불온음모가 또 진행되고 있다는 정보도 있고 해서 신중한 연구를 거듭하는 중이죠."

총독이 별안간 소리친다.

"자아, 그런 얘긴 이제 집어치우고 우리 오늘은 유쾌하게 들까! 자아, 기생들을 불러라. 장안의 명기들을 부르란 말이다!"

이완용에게 초청되어 온 좌석임을 그는 잠깐 잊은 것 같다. 그는 자기 쪽에서 그들을 부른 것으로 알고 주인노릇을 했다.

"구니도모 군! 너는 졸장부지만, 영웅호걸은 여자와 술을 동시에 즐긴다는 것쯤을 모르는가!"

재빨리 일어선 사람은 배정자였다.

———◆———

1911년 봄, 안명근, 김구, 김용제, 김홍량을 비롯한 해서 지방의 애국지사들이 총독부 경무총감부에 붙들려 올라와서 갖은 악형으로 고역을 치르며 저네들이 짜놓은 각본대로 자백이 강요될 무렵, 자작 이완용과 자작 조중응은 그들대로 희한한 착상을 하고는 서로 무릎을 치며 너털웃음을 터뜨렸던 것이다.

지난봄이었다. 우수雨水 경칩驚蟄도 지나 한강 마포나루에 고깃배가 드나들고 얼음이 풀린 강가 언덕에 봄 아지랑이가 피어오르는 이른 3월이었다.

하루는 이완용의 집에 낯익은 일인 관리 하나가 스틱을 휘저으며 찾아들었다. 조선총독부의 비서과장에 회계과장을 겸임하고 있는 고다마였다. 웬만한 친일 고관들이면 누구나 그 얼굴을 익히 아는 고다마는 총독의 사위일 뿐 아니라 조선총독부에서도 계란 노른자위 같은 알맹

216

이 포지션을 두 개나 차지한 인물이었다.

　그는 마침 일요일인데다가 봄 날씨가 하도 화창해서 자하문 밖으로 소풍을 나왔다가 돌아가는 길에 백작의 저택을 심방했노라고 했다.

　마침 이완용의 응접실에는 조중응이 와서 함께 바둑을 두고 있었다. 이완용은 이 뜻밖의 진객珍客인 고다마를 맞이하자,

　"허허, 고다마 과장이 어떻게 미리 전갈도 없이… 하여간 반갑소이다."

　고다마 과장은 정말 소풍객처럼 수수한 평복으로 갈아입은 몸이지만 그의 얼굴 표정에는 무슨 긴요한 용건이 간직되어 있음이 분명했다. 남의 표정을 읽어내는 데 거의 천재적인 센스를 가진 조중응이다. 그는 수인사가 끝나자 대뜸 입을 열었다.

　"고다마 과장, 세상이 퍽 소란한 것 같구만요."

　"자작께서 알아주시니 고맙소이다. 그렁저렁 총독정치가 시작된 지 반 년이 지났지만 아직 안정이 되지 못해 총독께서는 밤잠을 못 이루시는 날이 많은가 봅니다."

　"허허, 그것 안 될 말이오. 세월은 흐르는 것이어서 시정 1주년도 잠깐 사이에 돌아왔는데 총독께서 그렇게 심사가 괴로우시다면… 뭐 특별한 걱정거리라도 있습니까?"

　이완용이 말을 거들어 고다마 과장이 입을 열도록 은근히 곁든다.

　"총독각하께선 워낙 강직한 무골이신지라 겉으로 근심 걱정을 나타내시진 않지만 비서과장인 저로서는 그 마음속을 환하게 짐작할 수 있습죠. 총독께선 지금 안팎으로 크게 몰리고 있습니다. 안으로는 불온분자들이 계속해서 민심을 선동하는 데다가 밖에서는 총독의 정적政敵들이 도쿄를 중심으로 해서 갖은 모함을 하니 그분의 정치적 생명마저

흔들리고 있습니다."

"거 무슨 말씀을! 그렇지 않아도 이 조중응 자작과 함께 이렇게 모이면 늘 정국을 근심합니다요. 총독이 잘해 주셔야 할 텐데."

이완용은 조중응을 힐끗 곁눈질하고는 습성인 양 콧수염을 비비작거렸다.

"고마운 말씀입니다. 그렇잖아도 진작 찾아뵙고 말씀을 드리려 했는데. 이건 극히 비밀로 해둘 일입니다만, 만약 각하들께서 총독의 정치적 기반을 튼튼히 해 줄 어떤 계책을 강구하신다면 거기에 소요되는 자금은 이 고다마가 아낌없이 대드릴 용의가 있습죠…."

———◆———

이날 이완용과 조중응은 총독의 사위이며, 총독부 금고의 열쇠를 쥔 고다마의 언질을 받고 지체 없이 하나의 계책을 꾸몄다.

오는 8월 29일이면 한일합방 1주년이 되는 셈이다. 그날을 기해서 메이지 천왕에게 합방을 다시 칭송하고 총독정치 1년간의 업적을 찬양하는 송덕문을 '봉정'하면 어떨까. 조중응의 안이었다. 연판장을 돌려 수백만 조선백성들의 서명을 받도록 하자.

고다마가 다시 다짐했다. 소요되는 경비 일체는 총독부의 임시 기밀비臨時機密費에서 충분하게 대 준다.

이완용, 조중응을 중심으로 한 친일 대작들이 발기인이 되었다. 메이지 천왕에게 바치는 송덕문이 기초되어 서명운동이 벌어졌다.

당초부터 열렬한 호응이 있으리라고 낙관하지는 않았다. 허나 이 연판장에 서명하는 사람은 너무나 적었다. 6월이 되어도 연판장에는 겨우 2만~3만의 호응자밖에 없었다. 초조해진 것은 이완용, 조중응보다도 고다마였다. 그의 속셈으로는 한일합방을 열렬히 지원한 일진회의 회원만 해도 1백만 명이 넘었다는 것을 근거로 해서 약 2백만 명의 서명쯤 어렵지 않으리라 예상했는데, 일이 시작된 지 석 달이 되도록 겨우 2만~3만 명의 서명밖에 얻지 못했다는 데서 크게 실망했다.

그러던 중에 뜻밖의 일이 불쑥 일어났다. 이해 7월 초순께였다. 고종황제의 애비愛妃이고 세자 은垠의 생모인 엄비嚴妃가 덕수궁 함녕전에서 장티푸스로 갑자기 세상을 떠났다. 엄비의 죽음을 당한 황실과 총독부에서는 장례식의 격식을 가지고 잠시 설왕설래했다.

본시 엄비는 고종의 정비正妃가 아니었다. 전통적인 왕가의 예법을 따르자면 그 장의葬儀는 궁전에서 행하기가 어려웠다. 수백 년 내려오는 왕가의 예법을 그대로 지킨다면 장례식은 왕가의 격식을 못 갖추게 될 판이었다. 비운의 황제인 고종에게 아무리 충성을 다하는 유신遺臣, 유사儒士들도 왕가의 전통과 예법을 어기면서까지 엄비의 장례식을 높이도록 주장하지는 않았다.

이러한 기미를 재빨리 알아차린 고다마 비서과장이 총독에게 속삭였다. 비록 엄비는 왕비는 아니었을망정 이미 귀비貴妃로 대접을 받았고, 경선궁慶善宮이라는 존호尊號까지 주어져 정비正妃에 준했을 뿐만 아니라 세자의 친어머니이기도 하니, 장례식은 정비에 준해서 장중 엄숙하게 진행함이 여러모로 총독부 자체의 소득이 크리라는 것이었다.

총독의 내락을 얻은 고다마는 이 뜻을 곧바로 이왕직장관李王職長官 민병석 자작에게 전달하여 마침내 엄비의 장의식은 정비의 경우와 거의 다름없이 치르게 했다. 장례식에는 총독은 물론 일찍이 이토에게 이끌려 인질 유학人質遊學을 떠났던 어린 세자 은垠이 5년 만에 돌아와 망모의 빈전에 머리를 숙였고, 홍릉洪陵으로 이어 닿는 장례 행렬은 연연 10리를 굼실거렸다. 그리고 영패靈牌는 덕안궁德安宮에 봉안하여 극진히 받들도록 했다.

엄비의 죽음을 고종황제만의 슬픔으로 여기지 않고, 2천만 백성들만의 설움으로 방치하지 않고, 총독을 비롯한 모든 총독부 관리들과 나아가서는 메이지 천왕과 일본국까지도 진심으로 애통해하는 듯한 제스처를 써가며 장례식의 예의를 빈틈없이 갖췄으니 이 국장國葬행렬을 본 무지한 민중은 당연히 감격했다. 그 결과는 고다마가 예상했던 대로였다. 송덕문 연판장에 서명하는 사람이 부쩍 늘어났다. 7월 그믐으로 마감을 연장했던 연판장에는 25만의 도장과 지장이 찍혔다.

이완용, 조중응은 고다마의 요청에 따라 명주로 포장한 54권의 날인명부를 〈경성일보사〉 사장 대리인 정운복으로 하여금 지니고 일본으로 건너가게 해서 8월 17일에는 도쿄의 〈국민신문사〉를 찾아 '집주執奏봉정奉呈'의 수속을 의뢰하고 29일 한일합방 1주년 기념에는 메이지 천왕에게 바치도록 했던 것이다.

이러한 사명을 띠고 도쿄로 건너간 정운복으로부터 만사가 제대로 되어 간다는 소식이 〈경성일보사〉로 연락되었다. 신문사에서는 이 '반가운' 기별을 지체 없이 이완용의 집으로 통보해 준 것은 명월관 야회夜會가 있은 지 며칠 뒤의 일이다.

엄비의 장례식도 무사히 치르고 5년 만에 귀국시켰던 세자 은垠도 적당히 얼버무려 다시 도쿄로 돌려보낸 총독부에서는 8월에 접어들자 갑자기 활기를 띠고 부산스러워졌다.

앞으로 한 달, 8월 29일이면 그들이 이 땅을 집어삼킨 지 꼭 한 해를 셈하게 되는 합방 1주년 기념일이다. 그들은 이날을 뜻깊게 흥청거리며 어떻게 하면 총독정치 1년 동안의 업적을 자화자찬할 것인가로 신경을 썼다. 총독을 비롯해서 정무총감과 경무국장, 그리고 고다마 비서과장 겸 회계과장이 주로 이 연극의 주연급이 되었다. 자주 모였다. 거듭된 구수회의 결과는 몇 가지 중요한 계획을 짜내었고 그 계획은 지체없이 실천에 옮겨 갔다.

8월 중순 고다마 비서과장이 먼저 두툼한 트렁크를 들고 도쿄로 돌아가 데라우치 총독의 귀국보고를 순조롭게 하기 위한 사전공작에 발 벗고 나섰다.

데라우치 마사타케가 조선 총독으로 부임한 이래 일본 본국의 신문 논조들은 다분히 그의 정책에 비판적이었다. 비난의 소리는 일부 정객들이 데라우치를 쓰러뜨리려는 정치적 계산도 있었지만 한쪽으로는 조선을 합방함으로써 고혈을 실컷 빨아내어 당장 배를 불리려 하는데도, 총독의 조선제왕연朝鮮帝王然 하는 정책으로 말미암아 당장 허기가 메워지지 않는 데 대한 탐욕적인 분풀이가 지배적이었다.

다른 한편에서는 이른바 소수의 자유민주주의를 신봉하는 진보파 청년들이 일본의 조선합병은 조선 4천 년의 역사와 고유한 민속과, 독립된 언어와, 자랑할 만한 문화를 가진 이민족異民族이므로 좀체로 일본에 동화가 안 된다는 점을 들어 반대한 바 있으니만큼 데라우치 총독의 무단武斷은 더욱 될 말이 아니라는 비판이었다.

그 이해관계는 서로 다를망정 한일합방 1주년이 가까워짐에 따라서 일본의 신문들은 날마다 조선총독부 1년의 행적을 이러쿵저러쿵 까뒤집는 것으로 지면을 장식했다.

고다마의 사명은 먼저 이 신문 논조들을 저들에게 유리하도록 얼버무리는 데 있었다. 그것은 자기 장인이며 본국 정부의 육군대신 자리를 아직도 겸직한 총독의 정치적 기반을 튼튼히 만드는 중요한 의의를 내포한 일이다. 총독부의 임시 사건비 2백만 원을 마음대로 주무를 수 있는 그는 황금 공세로 신문 논조를 누그러뜨리는 공작에 서슴지 않았다.

특히 〈아사히신문〉朝日新聞의 경성 특파원인 나카노 세이코中野正剛의 신랄한 현지보도와 비판기사를 도쿄 본사의 편집국에서 슬쩍 묻어버리게 하는 데는 적잖은 돈이 들었다. 신문사 간부들을 매일 같이 요정으로 불러내 극진한 향응을 베푸는가 하면 나카노 기자의 장인인 미야케 유키네三宅雪嶺에게는 조선에서 가져간 진귀한 고려자기를 선물로 바쳐 간접적이나마 그 거추장스런 청년의 객기를 꺾으려고 했다.

8월 20일경, 데라우치 총독이 메이지 천왕에게 총독정치 1년간의 업적을 보고하러 도쿄로 귀국할 무렵에는 대부분의 일본신문들이 논조를 바꿔 그의 공적을 찬양하거나 아니면 비판의 소리를 잠시 멈추고 방관할 정도로 고다마의 사전공작은 열매를 거두었다.

총독이 메이지 천왕에게 바치는 선물 가운데서도 제일 값지고 실속 있는 것은 이완용, 조중응 등이 중심이 되어 만든 〈일한병합 기념 송덕문〉이었다. 현지에 나가 있는 일인 관리들이 제 아무리 자기의 치적을 늘어놓은들 그것은 한낱 자화자찬에 지나지 않을 뿐 그 치적을 표시하는 산 증거는 조선인 자신들이 합병을 칭송하고 그동안의 총독정치를 고맙게 여긴다는 감사문 서명장이 아닐 수 없었다.

〈국민신문사〉의 주선으로 시바다 척식국拓殖局 총재의 검열을 거쳐 와타나베渡邊 일본 궁내대신의 지시에 따라 메이지 천왕에게 바쳐진 송덕문은 데라우치 총독이 천왕의 뜻을 받들어 선정을 베푼 까닭에 팔도 강산의 2천만 적자赤子가 새 천지를 만나 아직껏 누려본 일 없는 행복을 맛보게 되었은즉 이는 오로지 천왕 폐하의 신성인자神聖仁慈에서 온 덕이라고 생각하며 그저 감사 감읍할 따름이라고 늘어놓고는, 이 뜻깊은 합방 기념일을 맞이하여 조선의 민중 2천만이 목청을 돋우어 헌송시獻頌詩를 낭송해 바친다고 하고는 이렇게 적었다.

장하셔라 천왕 폐하여 무궁하신 복으로 태어나셨어라
성신인 양 인덕하시오니 요순보다 뛰어나셨어라
일본과 조선을 다스리시어 동양에 찬연히 임하시는도다
법도가 한없이 깊고 넓으시어 그 은혜 비처럼 내리시는도다
하늘을 우러러 송수하오니 기쁨이 팔방에 고루 퍼지도다
공경하며 이 시절을 만나니 그 은덕 어찌 잊으오리까
충성은 해를 받드는 데 비기고, 정성은 묏부리인 양 굳사오니
이제 축사를 드리어 폐하께 절하고 바치나이다.
（猗歟天皇 誕膺無疆 聖神仁德 邁古虞唐
統治日鮮 赫臨東洋 規度弘遠 恩澤霈霑
瞻天頌壽 歡均八方 欽遇茲辰 於戲不忘

忠擬蓁日 誠切祝崗 載陳祝辭 拜獻天閣)

메이지 44년 8월 29일

누구를 위한 축제의 날이기에 하늘은 저렇게 맑은 아침일까.

집집마다 깃발이 나부끼고 구등球燈과 만막幔幕이 무심히 나풀거리는데 솔가지를 아낌없이 꺾어다가 만든 녹문綠門이 거리거리에 우뚝우뚝 서 있다. 그 초록의 문들을 지나 남산 기슭으로 모여드는 사람들은 얼굴 표정이 하늘처럼 맑고 웃음이 만발했다.

오늘이 무슨 날이기에, 누구의 명절이기에 저들 일부 무지한 조선백성들은 저렇게 기쁨과 감격으로 들떠 있는 것일까.

많은 점포들이 문을 굳게 닫고 침묵했다. 만나는 사람들은 표정을 잃은 채 남산 조선총독부를 바라보았다. 물밀 듯 남산 쪽으로 몰려가는 사람들의 물결은 마음 없는 물줄기가 아니련만 그저 흐르는 앞을 따라 뒤가 이어지고 있었다.

1911년 8월 29일.

남산에서는 일인들의 경성거류민단 주최로 한일합방 1주년 기념축제가 열렸다. 서울과 그 근교에 터전을 잡은 일본 거류민들은 너나없이 일장기를 흔들어대며 축제의 식전에 운집했다. 요란스러운 행사는 긴 여름 해가 인왕산 정상 위에 놓이는 저녁 무렵에 클라이맥스에 올랐다.

남산 위에서 폭죽이 터졌다. 인왕산, 낙산, 북악 위에서는 횃불이 춤을 췄다. 서울의 거리에는 등불의 줄기찬 강이 흘렀다. 〈경성일보〉와 〈매일신보〉사가 공동으로 주최한 축하 제등提燈행렬이 꿈틀거리기 시작한 것이다. 그 제등은 5만을 헤아렸다. 선두에는 두 신문사의 사기社旗가 섰고 합병 1주년을 축하한다는 크고 화려한 플래카드가 기세 좋게 너펄거리는 뒤를 따라 일본군 군악대가 호전적인 주악을 울려댔다. 거기 발을 맞추어 5만의 불빛 행렬이 장안거리를 누비며 이어 나갔다.

행렬은 조선군사령관 오쿠보 대장의 관저를 지나 남산에 있는 총독부 청사 앞을 거쳐 경무국장과 야마가다 정무총감의 관저 앞으로 흘러서 창덕궁 돈화문으로 뻗어 나갔다. 이따금 '반자이'萬歲 소리가 천지를 진동했고 만세 축하를 받은 총독부 고관들은 저들 집 앞에 나와 서서 입이 찢어질 듯한 웃음을 흘리며 두 손을 높이 들어 화답하고는 그들의 축하 떡인 '찹쌀 모찌'를 행렬 속으로 마구 뿌려댔다.

그럴 때마다 행렬은 여지없이 흐트러져 머리 위에 혹은 행길 위에 마구 쏟아지는 '모찌' 떡을 주우려고 수라장을 이루는 아이들로 해서 뒤챘다. 발길에 밟혔거나 쇠똥 말똥에 범벅이 됐거나 그 달콤한 팥 앙금이 들어 있는 떡은 거리의 아이들을 미치게 했다.

돈화문 앞에서는 윤덕영 자작과 고미야 이왕직 차관이 나와 답례했고 축하행렬이 덕수궁에 이르렀을 때에는 김춘희 남작이 대한문 밖에 나와 두 손을 높이 쳐들어 화답했다.

이 서울거리의 축하행렬은 러일 전쟁이 승리로 끝났을 때 일본 도쿄에서 벌어진 제등행렬보다도 더 화려하고 광란스러운 것이었다고 〈경성일보〉와 〈매일신보〉는 자랑스럽게 대서특필했다.

105인 사건의 연루자들

서울에서도 가장 양지바른 남산 일대가 왜 그들의 중심지가 됐는지는 모른다. 그곳 일대의 북향北向한 주택가는 총독부 고관들의 큼직큼직한 관사로 메워져 있었다.

경무국의 구니도모 나오가네 고등과장의 사택도 거기 있었다.

구니도모 과장은 그날, 시정 1주년의 축하행렬이 거리를 누비던 그날, 바로 그날 밤, 자기 집 응접실에서 서울의 밤풍경을 물끄러미 내려다보고 있었다. 그는 벌써 두 개째의 담배가 다 탄 것을 발견하자 불현듯 창가를 서성대기 시작했다. 그는 다시 새로운 담배에 불을 붙이다 말고 갑자기 얼굴에 뜻 모를 미소를 짓더니 우악한 걸음걸이로 전화 쪽으로 다가갔다.

그는 경무국장 아카시에게 전화를 걸었다. 이윽고 수화기에서 흘러나오는 아카시 국장의 목소리에는 주기酒氣가 풍겼다.

"나 아카시외다!"

구니도모 고등과장은 망설임 없이 단도직입으로 입을 열었다.

"각하! 그 일을 곧 착수해야겠습니다. 괜찮겠습니까?"

"하하하! 구니도모 군! 자네도 어지간히 성급허이! 오늘 같은 축제일에 나한테 그런 전화를 하다니!"

"각하! 죄송합니다. 허나 명령은 내려 주셔야겠습니다."

"명령이라니? 무슨 폭동이라도 일어났단 말인가? 그래 그걸 진압하겠다는 겐가!"

"각하! 오늘 저녁이 찬스입니다. 요 2, 3일 안이 좋은 기회입니다."

구니도모는 그가 방금 착상해낸 일정을 다급하게 늘어놓았다.

지금 조선 천지는 합병 1주년 기념축전으로 온통 들떠 있다는 것, 합병을 진심으로 환영하는 사람이든, 오늘을 치욕의 날로 여기는 사람이든, 좋든 나쁘든 누구나 지금은 신경을 축하행사에 쏟고 있다는 것, 그러니까 이런 들뜬 상황 속에서 신민회新民會를 중심으로 한 반일분자들을 일망타진하면 민중의 눈도 속일 수가 있고 따라서 인심을 소란하게 만들지 않고도 '거추장스러운 녀석들을 귀신도 모르게' 없앨 수 있지 않겠느냐는 것이다.

구니도모의 설명을 듣고 난 경무국장은 분명하게 한마디 했다.

"이 사람아, 그런 걸 왜 진작 생각 못했나?"

"각하! 알겠습니다."

구니도모는 수화기를 놓자 밤중임을 생각 않고 경무국으로 달려갔다.

세칭 105인 사건은 화약 줄에 불이 댕겨진 것이다.

———

고등경찰과장 구니도모 나오가네의 기밀서류 중에서 반일反日지하비밀단체로 직접 수사대상에 오르고 있는 3개의 중요한 단체가 있었다.

그 첫째는 안창호安昌浩, 양기탁梁起鐸, 이승훈李昇薰, 안태국安泰國 등이 중심이 되어 오랫동안 조선땅에 뿌리를 내려온, 국내의 반일지사들이 거의 망라되다시피 한 신민회新民會다.

다음은 한때 의병대장義兵大將으로 용맹을 떨친 유인석柳麟錫과 고종황제의 밀령을 받고 헤이그 밀사로 나갔던 이상설李相卨 등이 중심이 되어 만든 성명회聲鳴會.

셋째는 이시영李始榮, 이회영李會榮, 이철영李哲榮, 주진수朱鎭洙, 김창환金昌煥, 이상용李相龍 등이 조직한 경학사耕學社.

본거지들이 달라서 구니도모의 애를 태웠다. 성명회는 시베리아 블라디보스토크 근처에 본부를 두었고, 경학사는 남만주 요령성에 근거를 잡고 있으니 나는 새도 떨어뜨릴 위세를 가진 그로서도 그 두 단체에는 속수무책이었다.

뿐만 아니라 먼저 발등에 떨어진 불부터 꺼야 할 게 아닌가. 만사를 제쳐 놓고 저 신민회를 때려잡아야만 하는 것이다.

안악사건으로 이미 재미는 봤다. 그 수법대로 요시찰 위험인물을 마구 잡아들여 미리 짜놓은 각본대로 재판이라는 형식을 거쳐서 감옥에 처박아 넣으면 그만이다. 신민회에는 기독교 신자들이 많이 끼어 있는 모양이다. 명색만 정치단체인 신민회를 치면 대견한 부수입이 생긴다. 날로 퍼져가는 기독교 세력을 뿌리째 뽑아버리는 일석이조의 효과를 노릴 수가 있다.

'멋지게 한번 해볼 만하다!'

남아 일생에 한번 해볼 만한 일이라고 주먹을 불끈 쥐는 구니도모의 눈망울은 두꺼비 모양으로 튀어나왔다. 그날 밤, 그의 지급 비밀지령이 전국 각 도의 경찰부장에게 내려졌다. 지방 헌병대장들은 경찰부장의 지시에 따라 민첩하게 움직이라 했다.

신민회의 실제 지도자인 안창호를 잡을 수 없는 게 그들로서는 유감이었다. 안창호는 이미 중국 땅 칭다오靑島를 벗어나 만주 시베리아로 전전하고 있으니까. 그러나 수확은 컸다. 양기탁, 안태국, 이승훈, 임치정林蚩正, 유동열柳東說, 옥관빈玉觀彬, 차이석車利錫, 선우혁, 김일준, 선우훈을 비롯한 6백여 명의 지사들이 전국 각지에서 일제히 검거되었다. 체포된 지사들은 일본 헌병들의 삼엄한 경호를 받으며 속속 서울로 압송되었다. 제1헌병대와 제2헌병대 유치장이 넘쳐흘렀다.

연출자는 구니도모 고등과장이었다. 그는 일찍이 안악사건을 담당해서 악랄한 취조솜씨를 십분 발휘한 우지마 경시와 와타나베 통역관으로 하여금 조사케 했다. 잔인한 자에게는 남을 가장 잔인하게 고문하는 일은 공복空腹을 채우는 것보다도 더 생리적인 충족감을 준다.

그가 미리 짜 놓은 각본의 테마는 간단했다. 신민회를 중심으로 한 그들 6백여 명의 지식인들은 데라우치 총독을 선천역에서 암살하려 했다는 계획을 자백했다고 천하에 공표하는 일이다.

구니도모가 자랑으로 삼는 연출의 기법은 제정 러시아의 헌병들이 폴란드의 독립운동가들을 취조하며 다루던 세계적으로 이름 높은 고문방법의 모방이었다. 신민회 간부들은 날마다 취조실에 끌려 나와 몸서리쳐지는 고문을 당했다.

"데라우치 총독을 암살하려 했다는 경위를 솔직히 자백하라!"

"나는 모르는 일이오!"

매일 밤 이 두 가지의 대화가 되풀이됐다. 다음에는 뒤에 대기하고 있던 취조관들이 몽둥이로 후려갈겼다. 취조관은 대체로 두 녀석이 한 패가 되어 때렸다. 4개의 몽둥이가 콩깍지에 도리깨질을 하듯 번갈아 후려친다. 지사들은 견디다 못해 초죽음을 당한 채 정신을 잃고 만다. 그러면 개 끌듯 질질 끌어다가 다시 유치장 속에다 내팽개친다.

하룻밤을 자든지 며칠을 지나든지 다시 의식을 회복하면 지체 없이 또 끌어낸다.

"다른 사람들은 모두 총독 암살음모를 자백했는데 어째서 너만 부인하는가? 자아식아! 죽기 전에 불란 말이다. 불기만 하면 몸도 편하게 하고 징역도 안 시키고 경우에 따라서 출세도 시킨다 그 말이다!"

위협과 회유가 뒤섞인다.

"없는 사실을 어떻게 말하느냐!"

"있는 사실을 말하란 것이야, 자식아!"

"아무런 사실도 없다."

"총독각하를 암살하려 한 그 사실!"

"그건 너희가 꾸민 거짓이지 우리가 꾸민 사실은 아니다!"

"뭐가 어쨌다구? 이 새끼 건방지게! 아직 맛을 덜 봤구나!"

우지마 취조관의 노기 띤 목소리가 발악처럼 울려 나오면 대기하던 가미우치 경부보警部補와 헌병 두 사람이 왈칵 달려들어 제 2단계의 고문을 시작한다.

약관 19세의 소년이던 선우훈이 겪은 악형惡刑만 더듬어보아도 실로 몸서리가 쳐진다.

먼저 엄지손가락을 포승으로 결박한다. 그리고는 한편 팔을 앞으로 돌려 어깨 위로 치킨다. 다른 한쪽 팔은 잔등으로 돌려서 두 손이 등 뒤에서 서로 닿을 만큼 붙들어 맨다. 그 다음엔 공중 높이 들보에다 끈을 걸고 옭아맨 소년의 몸을 두레박 잡아당기는 식으로 끌어올린다. 소년의 결박된 몸은 한 길 가량이나 허공에 대롱대롱 떠 있게 마련이다.

두 취조관이 막대기를 마주 잡고는 소년의 옆구리에서 가슴까지의 갈비뼈를 죽죽 훑어댄다. 온몸이 자지러질 듯 쑤셔대는 동안 다른 취조관은 채찍으로 머리로부터 다리까지 쉴 새 없이 난타한다. 이러기를 약 20분가량 계속하면 누구나 기절하게 마련인데, 거기에다 날씨가 추우면 온몸은 동태凍太같이 탱탱 얼어 거의 감각을 잃어버린다.

이렇게 되면 취조관들은 의식이 남았는지 죽었는지를 알아보려고 벌겋게 달은 화젓가락으로 다리를 지지거나 담뱃불로 얼굴을 문질러 본다. 또 얼굴에 물을 뿌린 뒤 창호지로 두 겹 다섯 겹 누덕누덕 봉창을 해 본다. 그래서 숨 쉬는 기맥이 없으면 비로소 '아부나이, 아부나이' (위태롭다 위험하다) 하면서 줄을 늦추고 다시 채찍질을 하거나 가슴을 구둣발로 내질러본다.

감각이 되살아나 꿈틀하는 것을 보면, 겨우 안심이 된다는 듯 이번엔 또 코에다 물을 부어 두 주전자 가량이나 가슴으로 퍼 넣고는 몸을 이리저리 굴리면 터질 듯 막혔던 가슴이 갑자기 탁 열리면서 다시 숨을 쉬게 된다. 멎었던 호흡이 다시 시작되면,

"이 새끼, 죽은 척하고 능청부리지 말라. 최고 악질인데!"

다시 곤봉이나 쇠뭉치로 가리는 곳 없이 마구 팬다.

그런 고문을 받는 놈은 악질이고, 하는 놈은 정의正義라는 것이다. 고문하는 놈이 피로해서 담배라도 피워 물면 30~ 40분 혹은 한두 시간씩 혼수상태에 빠져 버린다.

겨우 깨어나면 우지마 경시가 과자와 물을 가지고 와서,

"이봐! 이 과자하고 물을 먹고 정신을 차려! 당신도 참 바보군. 모두 자백했는데 왜 혼자만 버티는 거야! 자아 먼저 물을 마시라고!"

물이 담긴 컵을 넌지시 내민다. 그러나 그 순간 옆에 섰던 가미우치 경부보가 "이런 나쁜 놈에게 물을 줘서 뭘 합니까!"하며 컵을 낚아챈다. 희롱인 것이다.

이상은 첫 단계다. 취조실에서 끌려 나가면 '비둘기장'이라는 형구실刑具室로 들어가게 된다. 비둘기장이란 사방 넓이와 천장 높이가 넉 자씩밖에 안 되는 콘크리트 바닥이다. 두 팔목을 결박해서 궤짝 같은 형구실에 들여 놓으면 설 수도 앉을 수도 물론 누울 수도 없는 엉거주춤한 자세가 된다. 그대로 이틀이든 사흘이든 견디어내야 한다. 혈관에 혈액순환이 거의 멎다시피 해서 온몸 마디마디가 저리다 못해 마비상태가 돼 버린다. 음식은 저녁녘에 개밥처럼 희끄무레한 국물 한 대접이 들어오는데 두 손이 결박되고 몸의 자유가 없는 좁은 형구실이니까 먹는 방법이 없다. 그래도 목숨은 모질어서 허리를 꾸부리고 입만을 국그릇에 갖다 대곤 개나 다름없이 훌훌 들여 마시다 보면 이것은 아무래도 사람의 몰골이 아니다.

그러나 그 정도는 아직 약과다. 5차, 6차의 고문이 가해져도 저들의 강요대로 자백을 않으면(자백할 것도 없지만),

"이 새끼 너는 아직 배때기가 불러서 말을 듣지 않는구나! 오늘부터 3일간 절식이다. 옷도 팬티 하나밖에 입지 못한다!"

벌거벗고 굶게 된다.

태극서관太極書館의 김근형金根瀅과 정주의 정희순鄭希淳 등 두 지사는 마침내 피를 토하고 고문 현장에서 숨져갔다. 팔이 떨어지거나 눈알이 빠지거나 손가락이 부러지거나 혹은 성기性器가 짓찧어져서 불구가 된 사람들은 부지기수였다.

그러나 가장 참기 어려운 악형은 정신적인 것이었다. 신민회의 동지들을 서로 이간시켜서 대질신문으로 괴롭히는 짓이다.

이미 제정신이 아닌 절망상태에서 저들이 마음대로 꾸며낸 내용을 건성으로 시인했거나 아니면 재판정에 나가 흑백을 가리면 된다는 생각에서, 그 못 견딜 악형만은 우선 면해 보려는 심사에서, 저들이 주워대는 대로 고개를 끄덕인 사람들을 미끼로 소위 대질신문을 한다는 것인데 한쪽에서 그것을 부인하면,

"네 동지가 모두 제 입으로 자백했는데 너만 어째서 끝까지 귀찮게 구느냐!"

하면서 그 동지가 보는 눈앞에서 전기 고문을 마구 해대는 것이었다.

그래도 끝내 굽히질 않으면 구렁이의 전진 같은 능청스러운 회유책을 쓰면서 달래보기도 한다.

"내가 일본을 위하는 거나, 그대가 조선을 위해 총독을 암살하려 한 것이나, 모두 민족적 입장에서 보면 떳떳한 일이오. 나 개인은 그대의 지조와 투지를 속으로 존경하오. 단지 총독 암살계획의 사실 유무만

가린다면 그것은 그것대로 불문에 부치기로 오늘 결정을 내렸소. 한 가지 조건은 우리 총독정치에 반대 않겠노라고 서약만 하면 당장 석방시켜 주라는 상부의 명령이오. 이거 내가 기밀에 속하는 얘기까지 다 털어놓았군, 당신 인격에 감복해서요!"

실로 어처구니없는 논법이며 어린애 장난 같은 수작들이었다.

구니도모 고등과장, 우지마 경시, 와타나베 통역관 등의 3인 트리오로 짜인 취조단은 몹시 초조했다. 용의자들이 자기들의 강요대로 순순히 자백하지 않고 부인으로 일관할 뿐 아니라, 죽음을 달라고 아우성을 치며 항거를 계속하는 바람에 몹시 초조해 있었다.

검거 선풍을 일으킨 지 어느덧 3개월이 지났으나 재판에 회부할 만한 피의자의 진술을 얻지 못하였으므로 그들은 며칠을 두고 궁리를 계속해야 했다. 마침내는 가장 마음이 약한 듯싶은 사람들을 슬슬 구슬려서 매수하기로 했다. 자백을 한 양 만들어 대질신문對質訊問이라는 연극을 꾸미기로 했다.

이 올가미에 가장 먼저 걸려든 사람이 선천에서 잡혀 온 29살의 김일준金一俊이었다. 되풀이되는 고문으로 몇 차례나 정신을 잃고 쓰러졌던 그를 어느 날 밤 구니도모가 직접 불러냈다. 취조실에는 우지마 경시와 와타나베 통역관이 배석했다.

그해 섣달 그믐께였다. 넉 달 동안을 고문과 취조로 지새우고 그 해가 저물어가는, 추위가 살을 에는 듯한 어느 날 밤이었다. 그날따라 구니

234

도모는 그 험상궂은 얼굴에 자비의 꽃을 피우면서 김일준과 대좌했다.

김일준은 창밖을 내다봤다. 함박눈이 펄펄 흩날리고 있었다. 고향 생각이 났다. 바람이 휘익 불어올 때마다 눈송이는 공간에서 부서져 흩날렸다. 그러나 솔가지에는 까치 한 마리가 짖어대고 있었다.

깍깍, 깍깍.

'길조일까?'

김일준은 저도 모르게 눈물을 주르르 흘렸다.

"편히 앉으시오!"

구니도모가 이례적인 친절을 베풀었다.

"거 이분한테 따끈한 차 한 잔 드리지!"

우지마 경시에게 지시하는 구니도모의 얼굴을 김일준은 넋 없이 바라봤다. 우지마 경시가 첫마디를 꺼냈다.

"여기 잡혀온 당신 동지들은 살아서 돌아가기가 어려울 것 같소!"

그는 담배를 권했다.

"벌써 죽은 사람만 해도 여러 명이 되고 수일 내에 사형집행을 당할 사람이 수십 명이나 되는데 얘기 못 들었소?"

그는 담배에 불까지 붙여주면서 또 말했다.

"그런데 김일준, 당신은 지금 잡혀 온 수백 명의 불온분자들 가운데서도 죄상이 제일 가벼운 편에 속하오."

그는 담배 연기를 후우 내뿜으면서,

"살아 나갈 요행이 만에 하나라도 있을 만한 사람은 아마 당신 김일준을 비롯해서 몇 명 안 되는 것으로 취조결과 판명됐소."

김일준의 변화하는 표정을 세세히 관찰하다가,

"당신은 요행수를 얻을 수도 있는데 어째서 끝까지 죄상을 자백하지 않는 거요? 참 며칠 전에 선천 헌병대에서 보고가 올라왔는데, 선천에서 잡혀온 사람들의 가족은 모두가 기지사경幾至死境에 빠져 노두路頭에서 방황한다는 거요. 특히 그 지방엔 눈이 한 길 이상이나 내리고 수십 년래에 처음으로 보는 추위를 당하고 있다는군. 아무 죄도 없는 가족들만은 불쌍하지."

마침 이때 김이 모락모락 오르는 장국밥 한 그릇이 배달돼 왔다.

이번에는 구니도모가 말했다.

"자, 김일준 씨! 시장할 텐데 요기나 좀 하시지! 죽어서 지사가 된들 무슨 소용이겠소! 살아서 범부凡夫가 되구려! 가장은 가족들도 생각해야지. 나도 처자식을 거느리고 있소만."

김일준은 주먹으로 눈물을 닦았다. 그는 요동하는 식욕을 억제 못하고 코앞에 들이댄 장국밥을 받아들었다.

그날부터 김일준은 특별대우를 받았다. 그들에게 특별대우를 받기 시작한 다음부터 다른 사람들에 대한 취조는 일사천리로 진척됐다. 걸핏하면 대질신문이라는 것으로 그가 등장했다. 그는 취조관의 사전지시에 따라 선천에서 총독을 암살하려는 음모계획에 '당신도 함께 가담했고, 행동도 같이 했지 않느냐'고 물고 늘어졌다. 그는 지시된 대사만 술술 기계처럼 외워 가면 됐다.

윤치호尹致昊를 잡아다가 조서를 꾸밀 때도 예외일 수는 없었다.

독립협회의 쟁쟁한 간부이고, 구한국舊韓國 정부의 고관까지 역임했을 뿐 아니라 안창호의 뒷받침으로 평양 대성학교 교장직에 재임하던 당대의 진보적 명사이고, 또 이름 있는 부호인 윤치호이고 보면, 일본

관헌들도 겉으로나마 소홀한 대접은 할 수 없었다.

그에게는 하루 세 끼의 사식私食을 허용했다. 특별히 조선인 간수를 배치했다. 이따금 가족면회도 시켰고 수의囚衣도 자주 갈아 주었다.

그러나 윤치호는 더욱 까다롭게 굴었다. 하루 세 끼마다 들어오는 사식에 일절 손을 대지 않았다. 값진 음식을 끼니마다 고스란히 돌려보냈다. 간혹 굶주린 수인들이 그 남겨 돌려보내는 사식을 나누어 먹자고 아쉬운 소리를 했다. 그러나 윤치호는 이를 단호히 거절했다.

"죄 없이 모두 고생들을 하면서 저들의 까닭 모를 호의를 덥석 집어 삼키는 어리석은 짓이야 해서 쓰겠소? 포식하고 저네들 취조실에 나가면 아직도 기운이 남았다고 더 가혹한 악형을 당할 것이오."

그래도 모진 허기를 참기 어려운 다른 독방의 지사들이 본능적인 군침을 흘리며, 창구 밖으로 되물려 나가는 윤치호의 사식에 손을 벌리자 그는 소리치며 역정을 냈다.

"우리는 저네들의 비인도적 대우를 그대로 감수해야 된단 말이오. 그리고 공판정에 나가거든 이 유치장 속에서 당한 갖은 악형을 우리들의 뼈만 남은 처참한 몰골로 증명해야 돼요. 사람의 정으로는 차마 참기 어려운 짓인 줄 알지만 동지들은 내 뜻을 이해하리라고 믿소!"

작달막한 키에, 꼬장한 체구에, 여윌 대로 여위어 눈만이 크게 빛을 발하는 윤치호는 카랑한 음성으로 호통치면서 유치장 마룻바닥에 정좌한 채 자세를 흐트러뜨리지 않았다.

실상 윤치호는 신민회의 회원은 아니다. 뜻이 달라서가 아니었다. 뜻으로 말하자면 신민회의 어느 간부들보다도 뒤지라면 서운해할 한말韓末의 애국지사다. 그러나 안창호는 생각하는 바가 있어 윤치호를 신민회에 가담시키지 않았다.

"윤치호 같은 지사를 우리 신민회는 두 손 모아 받들고 싶소. 그러나 만일, 만일의 경우, 이 신민회가 저들에게 결딴나는 경우 이 나라엔 누가 남겠소. 뒷일을 봐줄 제 2선 제 3선의 지도자가 있어야 하오. 그러자면 윤치호 같은 사람은 멀찌감치 있게 하는 편이 진실로 후일을 내다보는 애국하는 길이라고 생각하오. 동지들 내 생각이 잘못되었을까?"

그를 신민회 회원으로 가입시키자고 떠들 때, 안창호는 다른 사람들을 타일렀다. 그러면서도 안창호는 윤치호를 평양 대성학교의 교장으로 앉혀 놓고는 틈이 있을 때마다 그에게 모란봉 기슭이나 기자릉箕子陵 언덕, 아니면 공자묘孔子廟, 명륜당明倫堂 등에서 구름처럼 모여드는 우국 청년들에게 구국 강연을 하도록 했다.

일헌日憲은 윤치호가 신민회의 회원이든 아니든 가릴 것 없이 체포해 버렸다.

"반일분자는 모조리 체포하라! 이름 있는 지사志士라는 자들을 일망타진하라!"

구니도모의 명령은 폭이 넓고 준열했던 것이다.

⎯⎯•◆•⎯⎯

해는 바뀌어 1912년.

수많은 지사들이 죄 없이 갇혀 신음하는 일본 헌병대 쇠창살에 매몰스럽게 불어닥치던 눈보라도, 악형惡刑에 못 이겨 쓰러진 상처 위에 사정없이 몰아오던 냉랭한 추위도, 해가 바뀌자 서서히 그 날개를 접고

238

물러갔다.

호곡號哭 소리가 진동하는 강산에 그래도 봄은 예대로 찾아왔다. 봄이 오면 누구나 뭣인가 털어 버리고 싶어진다. 허파 깊숙이 큰 숨을 쉬고 싶다. 두 팔을 번쩍 쳐들고 활개를 쳐 보고 싶어진다.

겨우내 계속된 모진 고문 취조가 해가 바뀌면서 일단락을 지었으니 총독부 경무국의 취조관들도 긴장이 탁 풀렸고, 무실하게 잡혀와 그것을 당해낸 지사들도 또한 한숨을 돌렸다. 새 국면을 기다리는 마음은 계절과 함께 저들이나 지사들이나 마찬가지였다.

새 국면이란 재판정裁判廷을 말함이다. 유사 이래 처음 보는 큰 재판이었다. 피고의 수효가 워낙 엄청나게 많고, 따라서 방청객도 그와 정비례로 많을 것을 예상해야 했다. 총독부에서는 새로운 건물을 재판정으로 물색했다.

봄은 훌쩍 가버리는 것, 6월 중순 제1대 조선 총독 데라우치 마사타케 대장 살해음모 사건의 대공판이 막을 올렸다.

말대가리 판사로 이름 높은 쓰카하라 판사가 길쭉한 얼굴에 쭉 찢어진 눈알을 부라리며 재판장석에 도사리고 앉았다. 전면 위쪽에는 이 사건의 총지휘자격인 아카시明石 경무국장이 그의 심복인 구니도모 고등과장과 우지마 경시를 좌우에 거느리고는 두 팔을 깍지 낀 채 몸을 뒤로 버티고 앉아 있었다.

변호사 자리에는 비록 일본 태생일망정 인도주의 사상에 젖어 있는 하나이, 우노사와, 오가와 등을 비롯한 20여 명의 변호사들이 열석했다.

피고석 앞줄 중앙에는 이 사건의 주모자로 간주된 윤치호, 양기탁, 이승훈, 안태국과 김일준 등 78명이 앉았고, 그 뒷줄에는 수백 명의 다른 피고들이 포승에 묶인 채 차마 볼 수 없으리만큼 초췌해진 얼굴로 줄지어 앉았다.

거의 1년이 걸렸다. 그 억울한 피고들의 얼굴이나마 확인해 보려고 모여든 친지들이 수백 명 빽빽이 들어찬 방청석에서 뿜어 나오는 열기로 해서 가뜩이나 비좁은 재판정은 한증막汗蒸幕 그대로였다. 재판정 안에서도 특히 눈에 띄는 것은 방청석 속에 드문드문 끼어 앉은 서양인 선교사들과, 이 사건을 직접 목도目睹해서 취재하려고 특파되어 온 영국과 미국의 신문기자들이었다. 그리고 배정자의 요염한 모습이 사람들의 이목을 끌었다.

쓰카하라 재판장의 공판개시 선언에 뒤이어 인정신문이 대충 끝난 다음 공소장이 낭독되고, 맨 처음 심문대에 오른 사람은 윤치호였다.

"피고 윤치호는 독립협회의 지도자요, 구한국정부의 고관이요, 〈황성신문〉의 주필을 지내다가 지금은 대성학교 교장 신분이므로 재판장의 신문에 거짓 없이 진술해줄 것으로 믿는다. 피고 윤치호는 방금 검사가 낭독한 공소장의 내용을 시인하는가?"

쓰카하라 재판장은 윤치호 피고를 은근히 치켜세웠다. 공소장 내용대로 순순히 시인시키려는 것이다.

그러나 윤치호는 단호히 고개를 내저었다.

"그것은 일방적으로 조작된 거짓말이오. 나는 총독을 암살할 마음을 품은 적이 없고 그런 음모가 이 땅 안에서 진행됐으리라 믿지도 않소!"

"그렇다면 피고는 어째서 검사국에서는 그랬노라고 진술하고 지장까지 찍었는가?"

"검사국에서도 사실을 부인했소. 그러니까 다시 경무국으로 돌려보

냅디다. 또 악형을 당하고 검사국에 넘어왔소. 같은 일을 세 차례나 거듭 당했소. 그런 고문을 되풀이 당하느니보다는 어서 신성한 재판정에 나와서 흑백을 가리는 편이 낫겠다고 생각한 끝에 검사국에서는 시인하는 척하였소!"

윤치호 피고의 말이 떨어지자 쓰카하라 재판장은 말상처럼 긴 얼굴을 번쩍 쳐들고는 책상을 탕 치며 윽박았다.

"피고는 일찍이 일본은 물론 미국 영국 독일 프랑스에까지 두루 여행하여 견문을 넓힌 이 땅의 대표적 명사인데, 피고 같은 사람이 고문을 당하고 또 그 고문이 두려워서 거짓 자백을 했다면 누가 곧이듣겠는가. 피고 윤치호는 본 재판장과 이 재판정을 조롱하는가? 본 재판장은 황공하옵게도 천왕 폐하의 성지를 받들어 이 재판을 진행하고 있다는 점을 명심하고 심문에 거짓 없이 대답하라!"

그러나 윤치호는 굽히지 않았다.

"그것은 재판장이 모르고 하는 소리요. 진실을 알고 싶으면 저기 앉아 있는 경무국의 장본인들을 먼저 심문하시오. 내게는 백날을 소비해서 천 번을 물어 보아도 같은 대답이 나갈 뿐이오. 이 사건은 완전히 조작이오!"

윤치호는 경무국장과 고등과장을 손으로 가리키며 고함을 질렀다. 윤치호는 간단히 끝내고 앉았다.

다음에는 양기탁이 심문대에 섰다.

그는 재판장이 묻는 말에 동문서답을 하며 숫제 재판장을 상대하지 않으려는 태도로 나왔다. 양기탁의 태도가 너무나 오만불손하다 해서 재판장은 노기가 등등했다. 그는 단정하게 서서 공손하게 진술하라고 양기탁에게 주의를 주었다.

그러자 양기탁은 얼굴을 돌려 재판장을 쏘아보며 소리쳤다.

"이놈아, 하필이면 보기 싫은 네놈들의 낯짝을 보란 말인가? 네놈들은 나에게 죄가 없다는 것을, 우리 모든 피고들에게 아무 죄가 없다는 것을 잘 알 거다. 네놈들의 얼굴에 어디 고운 데가 있어서 보라는 것이냐? 나에게 죄가 있다면 조선사람으로 태어났다는 죄밖에 없다. 그런데 우리들을 재판하겠다고? 너희들의 얼굴을 똑바로 쳐다보라고?"

양기탁은 그동안 감방에서 갖은 고역을 치르면서 참고 참아온 망국인亡國人의 울분을 활화산活火山처럼 터뜨렸다.

경무국장과 재판장의 얼굴이 붉으락푸르락하자 간수 한 놈이 달려들어 양기탁의 팔을 붙잡고 제지했다.

그러나 양기탁의 분노는 계속해 폭발했다.

"재판이 다 무슨 재판이냐? 차라리 우리를 모조리 죽여라. 그래야만 네놈들의 잠자리가 편할는지 모른다. 그렇지만 우리들 뒤에는 2천만 동포가 있다. 나라는 비록 멸망했지만 조선민족은 멸망하지 않는다! 이 고얀 놈들!"

재판정은 걷잡을 수 없이 술렁거렸다. 쓰카하라 재판장은 휴정을 선언하고는 비실비실 자리를 떴다.

반일구국反日救國의 필봉을 높이 들었던 〈대한매일신보〉 주필 양기탁은 붓이 아닌 입으로써 일인들의 가슴에 비수匕首를 꽂았던 것이다.

재판부는 밤을 새면서 구수회의를 열었다. 수많은 방청객이 주시하는 가운데서, 더욱이 미국 영국의 신문기자들이 입회한 자리에서, 그토록 계속 모욕을 당하다간 이 공판의 전도前途가 암담할 수밖에 없었다. 그들은 다음날 공판에 김일준을 본보기로 먼저 심문하기로 했다.

"김일준 피고는 경무국과 검사국에서 그동안의 불온음모를 모두 자백했다는데, 검사의 공소장 내용과 다른 점이 있는가?"

재판장의 물음에 김일준은 허리를 굽신하고는 남달리 긴 목을 쑥 뽑았다.

"틀림없는 사실이올시다."

"그대는 언제부터 총독각하와 요인들을 죽이려 했는가?"

"합병이 된 그때부터 죽이려고 마음먹었습니다."

"단독으로 하였는가, 아니면 동지들을 모아서 함께하였는가?"

"여기 앉아 있는 동지들과 함께 일을 꾸며 왔습니다."

김일준의 진술에 신경을 집중시키던 모든 피고들이 일제히 고개를 들어 그를 쏘아본다.

방청석에서는 '저런 고얀 놈 봐라!'라는 소리와 함께,

"연극이다! 집어치워라!"

분노가 봇물처럼 터졌다.

쓰카하라 재판장은 그러나 만면에 미소를 지으며 장내의 정숙靜肅을 촉구했다.

"어느 때 어디서 모여 의논했는지 자세히 말해 보라!"

"총독과 요인들을 암살할 목적으로 평안북도 선천 석장동石墻洞에 있는 양준명의 집에서 여기 앉아 있는 여러 동지들과 모의했습니다."

"그중에서 특별히 누구의 지도를 받았는가?"

"평양에서 안태국, 이승훈 선생 등이 선천으로 내려오셔서 직접 지휘하셨습니다."

"권총들을 가지고 선천역까지 나갔는데 그 많은 권총의 출처는?"

김일준은 헛기침을 하려고 목을 빼다가 이마에 흐르는 식은땀을 손바닥으로 문댔다.

"그 권총들은 본인이 분배했는데 모두 43자루였습니다. 장춘長春의 어느 일본인 무기상에서 사 가지고 고리짝 속에 넣고 기차로 안동까지 와서 세관의 검사를 교묘히 빠져나와 선천으로 가지고 갔습니다."

재판장은 근엄한 표정으로 고개를 끄덕였다.

"검사국의 공소장과 다름이 없구만! 그러면 12월 27일과 28일 선천역에서 총독을 암살하려던 그때의 광경을 자세히 말해 보라!"

"우리들은 안태국, 이승훈 선생의 격려를 듣고 모두 죽음을 각오하고 역으로 나갔습니다. 전부 40여 명이었죠. 저마다 권총을 품에 숨기고 분산해서 환영군중들 속에 끼어들었는데 그만 ···."

김일준의 터무니없는 진술이 이에 이르자 피고석과 방청석에서는 일제히 고함 소리가 또 터져 나왔다.

"이놈, 김일준! 네 그게 무슨 개수작이냐!"

"저놈이 동전 몇 푼에 정신이 아주 돌아 버렸군!"

"허, 말세로다! 나라 팔아먹는 놈, 동지 팔아먹는 놈, 이 강산 이 민족은 멸망의 길을 가고 있구나!"

천장을 쳐다보며 자탄하는 사람도 있었다.

"김일준은 정신병자이니 재판장은 그를 곧 퇴정시키시오!"

그러나 재판장은 떠드는 피고들과 방청객은 모조리 끌어내라고 간수에게 명령하고는 김일준의 진술을 계속시켰다. 연극의 각본이란 끝까지 외워야 되기 때문이다.

그날 밤 경무국장과 구니도모 과장은 축배를 높이 들었다.

"구니도모 과장, 그동안 수고가 많았소, 허허허."

"하하하, 김일준의 진술은 정말 아슬아슬했습니다. 저는 그자가 또 섣부른 짓을 할까봐 간이 콩알만 했었습니다."

"아닌 게 아니라 나 역시 진땀이 나더군. 나도 예전엔 무대에 서 본 일이 있어. 일단 대사가 생각 안 나면 아주 캄캄이야. 또 한마디만 잘못 나가면 수습할 수가 없도록 자꾸 잘못되게 마련이지, 김일준은 잘하더군! 하하하."

"각하, 그런 의미에서 김일준은 명우名優였습니다."

"내일은 총독각하께 연락해도 괜찮겠지? 각하께서는 관악산 근방으로 민정시찰을 떠나셨네."

"총독께서는 앞으로 며칠 동안 지방에 더 머무르시는 게 좋을 것입니다. 외국 신문기자들도 이 사건을 취재하려고 신경을 곤두세운 채 싸다니는 판국이니 중앙에 계시면 귀찮으십니다."

그들은 자기들의 최고 상전인 데라우치 총독을 이 음모 사건의 권외圈外에다 '모셔 둠'으로써 만일의 돌발사태에 대비했다.

재판은 이틀을 걸러 다시 시작됐다. 아침부터 비가 내렸다.

북악산 허리 아래에까지 검은 구름이 휘감겨 있었다. 비는 바람을 타고 세차게 쏟아졌다. 종로에 있는 재판정으로 가는 길은 질척거렸다. 그러나 방청석에는 언제나 다름없이 사람들이 꽉 찼다.

안태국이 심문대에 섰다.

몇 마디의 판에 박은 인정심문이 오고 갔다. 재판장은 어제 김일준 피고에게서 톡톡히 단맛을 보았기 때문인지 제법 의젓했다. 그런데 갑자기 안태국이 심문대에서 내려서더니 피고 자리로 뚜벅뚜벅 돌아간다. 재판장이 당황해서 그 이유를 물었다. 그는 태연히 대답했다.

"어째서 피고의 하는 말을 적당히 가감해서 통역하는가. 나의 진술은 여기 앉은 모든 피고들에게 중대한 영향을 미치는 것인데도 통역이 내 말을 제대로 전달하지 않으니 나는 차라리 입을 다물겠다."

재판장은 달랬다.

"그대가 그렇게 일본말을 잘 알아듣는다면 직접 일본말을 쓰면 되지 않겠는가?"

안태국은 오연히 소리쳤다.

"나는 일본사람이 아니다! 여기 앉은 모든 피고가 조선사람인데 어째서 일본말을 한단 말인가?"

그는 며칠 전 윤치호가 답답한 나머지 몇 마디의 유창한 일본말로 재판장의 심문에 응답한 것을 은근히 나무란 것이다.

안태국은 재판장과 통역관으로부터 그의 진술을 한 구절 한마디도 빼놓지 않고 들어준다는 약속을 받고서야 다시 심문대로 돌아왔다. 긴장된 일순이 흘렀다. 재판장은 물론 모든 피고와 수백을 헤아리는 방청객의 시선이 그의 입으로 집중되었다. 그는 평양 출신이다. 헌칠한 키였다. 부리부리한 눈을 가졌다. 그는 손을 휘저으며 말문을 열었다.

"재판장, 모든 방청인, 그리고 2천만 동포 여러분! 어제 김일준의 진술은 모두가 거짓이외다! 검사국의 공소장도 경무국의 조서도 모두가 터무니없는 허위조작이외다! 내 그 반증을 대겠수다. 재판장, 그리고 변호사 여러분, 내 이제부터 하는 말을 귀담아 들어주시오. 그리고 양심이 있으면 연극의 막을 내리시오!"

안태국은 이렇게 서두를 끊고는 열화熱火 같은 웅변으로 그의 주장을 도도히 펴 나갔다.

"김일준의 진술이나 경무국 조서에, 내가 메이지 43년 12월 26일 평양에서 일박하고 27일에는 동지 16명을 인솔하고 정주定州를 거쳐 아침 6시 열차로 선천역에 내렸다고 되어 있는데, 이 안태국은 그 해 그날 그 시각에 서울에 있었수다. 그때 유동열 씨가 치안유지법에 걸려 서대문 감옥에서 복역하다가 12월 26일 만기 출옥되었으므로 나는 그날 저녁 양기탁, 이승훈 등 7, 8명과 함께 명월관 지점에서 유동열 씨 위로회를 열고, 그 요리대로 27원을 지불한 다음 내 이름으로 영수증을 받은 일이 있수다. 그러니 말이외다. 그날 그 시간에 평양이나 선천에 있었다는 이승훈이나 안태국은 도깨비가 나타났다는 것이 된단 말이외다. 뿐이겠소! 다음날 27일에는 이승훈이 평양 마산동馬山洞 자기磁器 회사로 내려간다기에 대동문大同門 안에 있는 윤성운에게 〈남강하거출영태국〉南崗下去出迎泰國 (남강: 이승훈의 아호) 이라는 전보를 광화문 우체국에서 내 손으로 직접 쳤수다. 당신들은 내가 수백 명의 동지들을 직접 지휘해서 총독을 암살하려 했다 하오만 그렇다면 어드레 내가 그날 그때에 선천에 있지 않고 한성漢城에 있었단 말이외까! 나는 비록 보잘 것 없는 몸이외다만 총독 같은 자 한 사람을 죽이기 위해 수백 명을 동원하여 경거망동할 성싶소이까! 그리고 저기 앉은 경무국장, 당신이 무인武人이라면 상식으로 생각해 보시구레! 그날 백여 명이 총독이나 요인들을 죽이기 위해서 권총을 가지고 이틀 동안이나 요소요소에서 득실거렸다면 어드레 딱총소리 한 방도 울리지 않았갔소? 아무리 너희들이 조선의 애국지사들을 한 묶음에 때려잡으려 해도 앞뒤 손발이 이치에 닿도록 맞아야지 않겠소!"

안태국은 그들을 통매痛罵하고 나서 이 사건에 대한 증거신립證據申立을 요청했다. 20여 명의 변호사들은 물론 신문기자들의 붓끝이 바들바들 떨리는 순간이었다.

첫째, 메이지 43년1910년 12월 27일 광화문 우체국에서 평양 대동문의 윤성운에게 타전된 '南崗下去出迎泰國'이란 전문을 두 곳에서 조사해 가져올 것.

둘째, 정주에서 12월 27일 아침 6시 차로 60여 명이 승차하여 선천에 내렸다 하니, 과연 그 시각에 그만한 인원이 일시에 승차 하차했나를 확인키 위해 철도국 서기를 불러 승차권을 조사해 볼 것.

셋째, 메이지 43년 12월 26일 명월관 지점에서 7인 요릿값으로 27원을 안태국 이름으로 영수한 일이 있는가 없는가를 조사할 것.

지사志士 안태국의 비상한 기억력과 굽힐 줄 모르는 패기와 수많은 동지들을 구해야겠다는 일념에서 토로한 이날의 성토는 며칠 뒤 마침내 빛을 보았다. 5일 후에 열린 공판정에서 변호인단에 의해 제출된 증거물 보고에 의하면,

1. 광화문 우체국에서 타전된 전보 원문과 윤성운 집에서 찾아낸 전문이 동일한 것이며, 그 날짜가 1910년 12월 27일이다.
2. 철도국 서기를 호출해서 장부를 조사하니 그날 6시 차에 선천역에 내린 승차권이 5매밖에 없었고, 하루 종일 내린 승객은 겨우 11명뿐이었다.

3. 명월관 지점에서 발행한 안태국 앞으로의 영수증 부본副本이 나왔
   는바 그 액면이 27원이고 날짜가 12월 26일이었다.

깊숙한 별실

　장충단獎忠壇. 녹음이 물결인 양 출렁이고 있었다. 바람이 휘익 불어올 때마다 떡갈나무 이파리들이 우수수 소리를 냈다. 해는 벌써 불암산 삿갓봉 위에 높이 솟아 있었다. 그러나 검은 구름에 가리고 무성한 녹음에 차단되어 숲속은 아직 어둑했다.

　밤새 짙게 내린 이슬은 슬쩍하기가 무섭게 싸리가지에서, 억새 잎에서, 후루루 후루루 빗방울처럼 떨어졌다. 길은 좁고, 흙은 습하고, 경사는 이따금 꽤 가팔랐다. 그리고 길섶 두드러진 바위 위에는 아직 마르지 않은 토끼똥이 쌓여 있었다.

　"토끼가 있는가 보군!"

　"밤마다 여우란 놈이 울어댄다 합니다."

　"여우가 울면 불길한 징조라지?"

　"속물들의 미신이겠습죠."

　살찐 엉덩이가 퍽이나 탐스러웠다. 두 필의 흑갈색 말 엉덩이가 숲속을 가고 있었다. 꼬리가 위로 치켜지면 비탈을 올라가는 것이었다.

길이 좁아 나란히 가지는 못했다. 그러나 이따금씩 넓은 곳에 이르면, 뒤따르던 놈이 왼쪽으로 또는 오른켠으로 붙어 서면서 등에 탄 두 사나이가 간단한 대화들을 주고받았다.

"조선늙은이들이 벌써 와 있나봅니다."

"버러지 같은 인간들도 늙으면 오래 살 궁리를 하는 게니까."

"저런 늙은이들이 다 죽고, 지금 30대가 다 늙어 병들 무렵이면 조선도 제국에 동화되겠습죠. 아무래도 시일이 꽤 걸릴 것 같습니다."

"그때는 나도 없고 자네도 없겠지!"

"이름은 남습니다."

"그러나 저들은 동화는 안 돼! 동화정책은 안 돼! 독종들이니까."

승마꾼들 둘이 불쑥 나타나 말 엉덩이를 턱 밑으로 느닷없이 들이대는 바람에 기겁한 서너 명의 노인들은 뒤로 슬금슬금 물러섰다.

"위장병에 좋답니다. 각하."

"나도 전에 두어 번 마셔 봤어. 물맛이 몹시 차더군."

그들은 말에서 내렸다. 고다마는 말안장에 매달았던 알루미늄 컵을 꺼내어 바위틈에서 흐르는 약수를 받아 상전이자 장인인 데라우치 총독에게 바쳤다. 그는 컵을 받아 물을 입 안 가득히 물더니 와그르르 입 속 청소를 하고는 찍찍 뱉어 버렸다. 고다마는 다시 물을 떠 바치고, 데라우치는 오만한 자세로 서서, 물 한 모금 마시고 노인네들을 보고, 또 한 모금 물고는 노인들을 흘겼다.

"저 늙은 놈들 눈초리엔 적의가 있구나!"

데라우치는 들고 있던 말채찍으로 물감나무의 싱그러운 이파리들을 사정없이 후려졌다.

"각하, 조선놈들 눈초리는 원래가 불순하게 생겨먹었습니다. 사실 길들이기가 어렵게 돼먹은 종족들입죠, 각하!"

"그래? 무슨 소리! 배정자의 어글한 눈매는 일본 천지에서도 일찍이 본 일이 없는 일품이더라, 왓하하."

"각하! 도쿄에서 편지가 왔습니다."

"도쿄? 누구한테서?"

"장모님한테서 왔습니다. 각하를 잘 감시해 모시라는 부탁이십니다. 외도 안 하시도록."

"속물 할매!"

"각하, 각하께선 너무 점잖으셔서…."

"그래서 외도는 못한단 말이냐?"

"각하께서 원하시기만 하면야 배정자야 언제든지."

"야, 이눔아! 너 장인한테 계집 붙여 주련? 핫핫하."

고다마는 웃으면서 뒤통수를 긁었다.

데라우치는 정색을 하면서 화제를 바꾼다.

"참 동척東拓 본사에서 누가 왔다고 그랬지?"

"네 어젯밤에 도착했습니다. 요시하라吉原 부총재가 왔습니다."

"혼자 왔던가?"

"네 각하. 기가 막힌 미인을 하나 데리고 왔습니다. 아직 정체는 알 수 없습니다만, 가미에 지요코라는 이름이더군요. 아마 오늘쯤 요시하라 부총재와 함께 인사드리러 올지도 모릅니다."

"고다마 군. 요시하라 군을 극진히 대접해 줘야 해. 자네, 정치의 궁극적인 생명은 뭐가 좌우하는지 아나?"

"치밀한 계획성과 앞을 내다보는 안목과 ….."

"바보! 황금이야. 돈이야. 정치자금이야! 무기 없는 군인과 정치자금 없는 정치인은 생명을 적에게 맡긴 거나 같다는 말이야. 동척은 거대한 재력을 가졌어. 기브 앤드 테이크! 최대한 협조해 주면 오는 게 있을 게다. 알아듣겠지? 내 말."

총독 데라우치의 말투는 지극히 은근했다. 그는 가슴 펴기 운동을 두어 번 하고는 시가에 불을 붙였다. 장인과 사위이고, 총독과 총무국장의 사이지만, 단둘이 만나면 꽤 파격적인 말을 주고받는 그들이었다.

두 사나이는 말 위에 올랐다. 구보로 달리기 시작했다. 녹음과 찌푸린 하늘이 뒤로 흘렀다. 산을 내려와 진고개^{충무로}의 상가를 유유히 거닐면서 두 사나이는 지극히 오연했다. 주인의 행방을 잃고 혈안이 돼 찾아 헤매던 경호헌병들이 어느 틈에 앞뒤를 호위하고 있었다.

"각하, 오늘의 정례 국장회의는 직접 주재해야 하겠습니다."

고다마가 넌지시 말했다.

"뭐 긴급의제라도 있는가?"

"신민회 사건의 뒷수습을 위시해서 토지사업 계획안이 검토될 예정입니다."

총독이 순간 말고삐를 바짝 조인 모양이다. 말이 고개를 번쩍 쳐들면서 제자리걸음을 했다.

"이 바보들아! 신민회 사건을 이제 와서 나더러 수습하라는 게냐!"

데라우치가 버럭 소리를 지르는 바람에 고다마가 탄 말도 고개를 하늘로 치키면서 네댓 번 제자리걸음을 했다.

"그 사건이 끝내 말썽을 부리면 아카시가 책임져야 해! 뭐야, 큰소리

탕탕 치더니, 머저리 같은 자식들!"

"그렇잖아도 아카시 국장과 구니도모 고등과장은 제정신들이 아닙니다. 어떻게 수습해 놓겠습죠. 각하."

"변호인단에서 재판장 기피신립_{忌避申立}을 제출했다면서?"

"안태국이 내놓은 증거신립을 조사한 결과 공소사실이 180도로 전복됐습죠. 서양놈들 특파 기자와 선교사들 앞에서 창피가 이만저만이 아니지 뭡니까. 각하."

"난 도대체 그 사법제도가 맘에 안 든단 말이다! 뭐야, 3심제가 뭣에 필요 있어! 재판도 나하고 손발이 맞아야지. 내가 처벌하고 싶은 놈들은 내 맘대로 처치할 수 있어야 할 것 아냐!"

두 필의 말은 한 사람의 오만과 한 사람의 간지奸智를 태우고 진고개의 일본인 상가를 줄달음질치기 시작했다.

따까닥거리며 걷던 수많은 '게다'들이 말발굽 소리에 당황해서 양편 처마 밑으로 길을 피하고 일상日商에게 고용된 조선소녀 하나가 빗자루를 들고 멍청하니 그 위세를 보다가 흡사 습성인 양 침을 길바닥에 찍 뱉었다.

<hr />

조선총독부의 정례 국장회의는 한 나라의 각의閣議와 다름없다.

여기서 논의되는 모든 문제는 조선민족의 인권과 생활과 그리고 사회 심층에 직결된 채 결정적 영향을 준다. 말하자면, 조선민족의 운명이 그들 몇 사람의 의사로 좌우되는 것이다. 그런데 그런 권한을 가진

국장들은 조선인이 아니라 일본인들이었다. 조선인들을 위한 회의가 아니라 일본인들을 위한 회의였다.

그날의 정례 국장회의는 아침 9시 반에 열렸다.

조선 총독은 육군대장의 정장으로 가슴에는 수많은 훈장들을 달고, 당당한 걸음으로 회의실에 들어섰다. 정무총감을 비롯하여, 경무국장 이하 모든 열석 국장列席局長들은 일제히 기립하여 총독이 착석할 때까지 부동자세를 취했다.

"오늘의 의제는 뭐야?"

총독은 착석하기가 바쁘게, 묻는 것이 아니라 따지듯이 정무총감에게 한마디 던져본다. 그는 이런 공식좌석에서일수록 야마가다를 의식적으로 비하해서 기를 죽이곤 한다.

'나약하고 말썽만 일으키는 문관놈들!'

총독의 머릿속에는 언제나 그런 오만이 자리 잡고 있었다. 야마가다 총감은 불쾌한 듯 이맛살을 잠깐 찌푸려 보이고는, 그러나 흥분하지 않고 대답한다.

"소위 신민회 사건에 대해서 세론世論이 분분합니다. 아무래도 이 사건은 한두 사람 역할에다만 위임해 둘 게 아니라 이 자리에서 밝힐 것은 밝히고, 수습해야 할 일은 수습해야 할 중대한 단계에 이른 것 같습니다."

야마가다 정무총감의 발언이 끝나기가 무섭게 바로 아랫자리에 앉아 있던 아카시 중장이 주먹을 불끈 쥐었다. 그는 눈망울이 두드러지면서 야마가다를 노려본다.

"나는 일개 무부武夫라 언어의 선택을 잘못하오만, 총감의 그 발언은

온당치 못한 듯하오! 왜 신민회 사건 위에서 '소위'所謂라는 소리를 붙이느냐 말이외다. 마치 내가 조작이라도 한 것처럼 말입니다!"

그러나 야마가다 정무는 조용하고 침착했다.

"아카시 국장의 그동안 노고가 큰 줄 압니다. 그러나 유감스럽게도 우리는 실수도 있다는 것을 인정하지 않을 수 없습니다. 그런 크고 중대한 사건이었다면, 진작 국장회의에서 신중히 검토되고 여러 사람의 의견이 종합되어 다루어야 했습니다. 정무총감인 나를 비롯해서 대부분의 총독부 간부들은 오늘날까지 이 사건의 진상을 정확히 파악하지 못한 실정입니다. 물론 경무국장인 아카시 중장의 전담사항인 줄은 모르는 바 아닙니다만 사태가 이처럼 악화되고 대일본제국의 위신이 국제적으로 여지없이 실추됐으니 이것은 총독각하를 위시해서 우리 조선총독부 전체에 중대하고 결정적인 수치가 되고 말았습니다. 이제 와서 이 책임을 아카시 중장에게만 돌릴 수는 없습니다. 정치인의 최소한의 모럴이기 때문입니다."

부드러우면서 시기가 섞인 웅변이었다.

아카시 중장은 개구리처럼 눈망울이 울렁불렁하면서 주먹으로 테이블을 가볍게 친다.

"모르는 소리 마시오!"

그는 자기 상사한테 소리를 버럭 질렀다.

"우리는 맡은 바 책임이 다 다릅니다. 전담사항이 제각기 그 성질을 달리하고 있소이다. 신민회 사건은 처음부터 1급 기밀에 속하는 사안이었습니다. 나는 불철주야 이 사건에 매달렸습니다. 지금도 내 소신과 이 사건에 대한 나대로의 해결책엔 추호의 의구를 갖지 않소이다.

문제는 재판이 공개적이었다는 점입니다. 외국기자 놈들에게까지 방청을 허락한 것도 실책이외다. 아직도 제멋대로 아가리들을 놀릴 수 있을 만큼 범인들을 인도주의적 방법으로 다루어 온 점을 후회할 뿐이외다. 총독각하를 총으로 저격하려던 놈들이니만큼, 총으로 즉결했어야 마땅한 것을 재판이라는 형식을 밟은 게 또 하나의 실책이었을 따름이외다. 그러나 이 사건은 끝내 내가 책임지겠소. 나는 군인이오. 지금은 전략상 후퇴해야 할지 모르지만, 나는 내 앞에 있는 유형무형의 적한테 굴복하지는 않을 것이외다. 내게 시간을 주시오. 재판은 아직 끝나지 않았고, 그놈들은 무죄로 석방되진 않소. 일진일퇴는 병가兵家의 상사외다. 비록 지방법원에선 불리했다 하더라도 복심원覆審院이 있고 고등법원이 있지 않소이까."

아카시는 흥분한 나머지 어깨로 숨을 쉬고 있었다.

총독은 시가에 불을 붙이다 말고 픽 웃었다. 그는 두령답게 고개를 끄덕이며, 그러나 다소 비꼬는 듯한 투로 아카시에게 말했다.

"아카시 국장! 자넨 머리가 너무 단순해! 복심원이니 고등법원을 쳐들지만 그것은 오히려 저놈들이 이용하려고 들 걸. 난 도대체 그 3심제라는 게 싫어. 무슨 놈의 재판을 3번씩 해야 하노. 구라도미 군! 그 3심제란 것 뜯어고칠 수 없나?"

법무국장 구라도미는 졸지에 답변을 못하고 정무총감의 눈치를 훔쳐본다. 총독은 야마가다 정무에게 화살을 슬쩍 던져본다.

"정무총감하고 구라도미 군이 우겼지? 3심제를 말야. 어때? 우리가 그 올가미에 걸려든 셈이 아냐? 여긴 하나의 전선戰線이야. 전방에서 3심제를 채택하는 대가리들 하고 일을 해야 하니, 이 데라우치도 이젠 늙었다! 여봐, 구라도미 군!"

구라도미 법무가 바짝 긴장을 한다. 야마가다 정무가 구라도미를 지켜본다.

"그 재판제도를 뜯어 고쳐! 4월 1일부로 공포됐던가? 공포된 지 얼마 안 됐으니 지금이라도 뜯어고치란 말이다, 알았나?"

총독은 직책상의 권위와 인간적인 위신을 가지고 명령했다. 야마가다 정무는 계속 법무국장을 지켜보고 있다. 구라도미 법무는 침착하게 그러나 다소 떨리는 음성으로, 그러나 오연하게 입을 열었다.

"각하, 그것은 좀 무리일 것 같습니다."

"무리? 왜? 뭐가 무리야?"

총독의 안면 근육이 파르르 경련했다.

야마가다 정무는 계속 법무국장을 지켜보고 있다. 구라도미는 입언저리를 씰룩거렸다.

"각하, 법령 중에서도 사법에 관한 법령은 가장 신성하고 존엄해야 합니다. 조령모개朝令暮改는 법의 존엄을 스스로 유린하는 것입니다."

"자넨 전직이 법률학 교수였나? 나한테 법의 존엄성을 강의할 작정이냐? 조선놈들을 다스리는 사람은 네가 아니라 나야! 내가 편리하도록 만들란 말이다. 알았나! 허 참, 군인이 앉을 자리에 문관을 앉혀 놓고 내가 속을 썩이는구나!"

이 말에 야마가다 정무가 결연히 나섰다.

"각하, 3심제 재판제도를 공포한 지 불과 몇 달도 안 돼서, 저 소위 신민회 사건 하나 때문에 단심제로 바꾼다면, 여론이 너무 악화될 우려가 있습니다. 특히 고등법원장 와타나베 씨로 말하면 본국 법조계에서도 명망 높고 권위 있는 법관인데 그 사람의 반대와 본국에서 일으킬 수 있는 여론을 예상해야 합니다. 그렇잖아도 본국에서는 각하를 중상하는 무리들이 많지 않습니까."

데라우치는 시가에 또 불을 붙였다. 그는 신경질이 나면 불 붙어 있는 시가에다 연신 또 불을 붙이는 습성이 있다. 그는 그러나 고개를 끄덕였다.

"참, 정무총감도 군인이 아니었겠다!"

비꼬는 말에 야마가다는 발끈 대들어 본다.

"각하, 각하께선 왜 자꾸 군인과 문관을 비교하시는지 모르겠습니다. 군인이고 문관이고 우리는 최선을 다해서 각하를 보좌할 뿐입니다."

비로소 고다마 총무국장이 발언을 시도한다.

"각하! 소관의 생각으로는 지금 재판제도를 가지고 왈가왈부할 때가 아닌 줄로 압니다. 핵심은 신민회 사건의 뒷수습입니다. 소관의 의견으로는 재판 자체를 무기 연기해 놓고 시일을 얻어서 좋은 방안을 강구함이 옳을 줄로 압니다."

아카시가 선뜻 고다마의 의견에 동조했다.

"각하, 제 의견도 그렇습니다. 재판을 무기 연기해 놓고 그동안 방법을 연구하기로 하겠습니다."

회의가 아니라 총독에 대한 탄원들이다. 총독은 타고 있는 시가에 또 불을 붙인다.

"좋아! 법무국장은 신민회 사건 공판을 무기 연기하도록 지방법원에 지시하라. 다음 문제는 아카시 군이 책임지고 해결해라. 고다마 군, 자네는 외국기자들을 조속한 시일 안에 쫓아버려라, 아카시 경무에게 말한다. 수사는 비밀이었다. 공판은 공개였다. 공개적 공판은 자네 임의로 되지 않겠지만, 비밀로 진행된 사건수사는 자네 역량에 달렸네. 실책이 있었다고 인정하라! 군복의 위신을 바로 세우라! 자아, 다음 의제는 뭣이라?"

총독은 입에서 시가를 쑥 뽑아 재떨이에 놓았다. 모두들 찻잔을 들면서 긴장을 풀고 있다.

"토지조사 사업의 계획안을 검토해야 합니다."

고다마 총무국장이 의제를 소개했다. 데라우치가 물었다.

"요시하라 군을 참석시키고 검토하는 것이 좋지 않겠나? 우리끼리는 벌써 여러 차례 검토한 것이니까. 그는 지금 어디 있나?"

"민영기 남작 댁에 머무르고 있습니다."

"참, 민영기도 동척의 부총재였겠다!"

이때 아카시 경무국장이 볼멘소리로 제의했다.

"각하, 오늘은 이것으로 끝내는 게 좋겠습니다. 요시하라 씨를 지금 불러오지 못할 바엔."

아카시의 심정은 이해돼야 한다. 폐회를 선언한 총독은 눈알을 굴리며 아카시를 쏘아보고는 자리를 차고 일어섰다.

밖에는 비가 내리고 있었다. 은행나무 가지가 남풍에 흔들리고 있는 게 창밖으로 보였다.

비는 장마였다. 다음날도 그 다음날도 줄기차게 내렸다.

조선총독부의 간부들은 요시하라 동척東拓 부총재 일행과 연일 빈번한 접촉을 가졌다.

동양척식주식회사는 경제침략의 총본영으로 이 땅에 등장한 지 벌써 여러 해였다. 을사조약이 체결된 뒤 당시의 조선통감 이토 히로부미와 일본의 가쓰라 총리대신이 서로 의견을 모아 총자본금 1천만 원으로 설립한 대회사였다. 영국은 인도에다 동인도회사라는 것을 만들었다. 인도에 대한 영국의 식민정책을 대행하는 전위적 존재였다. 동척은 그것을 본딴 것이다. 일본의 대표적인 재벌 미쓰이三井가 자본금의 일부를 대고 일본정부가 절반을 부담하되 나머지는 공모주公募株로써 충당하도록 되어 있었다.

총재에는 우사가와宇佐川 중장을 앉혔다. 부총재에는 요시하라, 또 한 사람의 부총재는 왜 조선사람을 앉혔을까. 민영기가 그 의자를 차지했다. 이사로는 하야시, 이노우에, 이와사 등 일인들과 더불어 젊은 한상룡이 한몫 끼었다.

동양척식회사가 설립된 지 근 5년. 그동안 이 땅에서 사업깨나 한다는 개인은 물론 공장이나 광산 수산회사 치고 동척의 융자를 받지 않은 곳이 없었다. 어찌 광공수산업뿐이랴. 동척은 막대한 자본금을 물 뿌리듯 뿌려서 조선의 농지를 헐값으로 마구 사들였다. 흥정이 순조롭지 않을 때는 관헌을 동원해서 강제매수도 했다.

이렇게 해서 사들인 농지는 한 해라도 놀릴 수가 없었다. 그들은 그 땅을 현해탄을 건너오는 일본 농민들에게 나눠 주기로 했다. 오랫동안 비좁은 섬나라에 갇힌 채 시달리며 살아온 일본의 농군들도 바다 건너

이역 땅으로 이주하기를 망설일 까닭이 없었다. 동척은 조선으로 이주하는 일본농민들에게는 가옥은 물론, 매호마다 3백 원씩의 영농자금까지를 미끼로 붙였다.

정치적으로 지배한 땅이다. 무력으로 짓밟은 대륙의 발판이다. 조선반도에 본격적인 식민植民이 시작된 것이다.

그러나 동척이 사들인 농지는 너무나 넓었다. 일본 이주민만 가지고는 그 넓은 농지를 주체하기가 어려웠다. 그들은 조선사람에게도 소작권小作權을 주기로 했다.

— 소작료는 현물로 바쳐야 한다. 반드시 현물, 특히 쌀이라야 한다.

동척이 조선농민들로부터 소작료로 받아들인 쌀은 부산으로 인천으로 혹은 목포, 군산으로 모였다. 화물선에 가득가득 실려 현해탄을 건너갔다. 화물선이 닿는 곳은 두말할 것 없이 일본의 시모노세키 항구였다. 일본 전국으로 수송됐다. 나날이 늘어가는 일본인구에 비해서 그네들 본토 내의 쌀 생산량은 엄청나게 모자랐다. 초창기의 동척은 대륙으로 뻗어가는 일본인들의 식민을 안내하는 구실과 함께 본국에서 모자라는 쌀을 한국 내에서 충당해 가는 역할을 했다.

그러나 이제는 한국을 집어삼켜 조선이라고 불렀다. 총독정치도 어즈버 두 해를 넘기려 하고 있다.

동척에 대한 비판이 머리를 들기 시작했다.

'동척은 제구실을 다하고 있는가?'

'동척에는 사람이 없는가?'

'오늘날의 동척은 5년 전의 동척이어선 안 된다.'

일본의 재벌들과 산업계에서는 대륙을 침식侵蝕할 야심에 부풀어 동척을 비판하고 그 간부들을 몰아세우기 시작했다. 총독의 독선적인 폐쇄 무단정치에 반감을 품은 정치인들도 맞장구를 쳤다.

때마침 중국 본토에서 벌어지는 정치적 대혁명은, 대륙침략에 조바심하고 있는 일본의 정치인과 자본가들을 더욱 초조하게 했다.

지난 해 10월, 무창武昌에서 일어선 혁명군은 청조淸朝의 썩은 군대를 도처에서 무찌른 다음 그 해 12월에는 남경을 점령했다.

혁명군의 지도자인 손문孫文을 임시 대통령으로 선출했다. 새로운 역사를 창조하는 거센 혁명의 물결이 한 해를 넘겼다. 1912년 손문은 드디어 대총통이 되고, 중국 대륙에는 공화제共和制가 선포되었다. 2월, 선통제宣統帝가 초라한 퇴위식에 나와 고개를 떨어뜨림으로써 2백 년 동안 중국 대륙을 지배한 청조淸朝는 멸망했다.

이것은 5천 년 중국 역사에 매듭을 지어 내려온 역성혁명易姓革命과는 성격이 달랐다. 하나의 왕조 대신 다른 왕조가 자리를 바뀌어 들어선 게 아니라 5천 년 이어 내린 역사를 뒤집고 근대 공화국으로 천지개벽한 거나 마찬가지다. 오래오래 잠자던 사자가 기지개를 켜며 눈을 뜨고 첫발을 움직거리기 시작한 셈이라 했다.

이 역사의 고비에서 외몽골은 재빨리 독립을 선언했다.

— 저 깨어난 사자가 발톱을 기르기 전에 발등에다 말뚝을 박아 놓아야 한다.

일본의 정치인과 자본가들은 저들의 언론인들을 나팔수로 내세웠다.

조선 총독 데라우치의 폐쇄정책은 더더구나 사면초가에 직면하게 됐다. 총독은 동척 간부들을 대하는 데 몹시 신경을 써야 했다. 스스로의 간을 뽑아 버려야 했다.

"허어! 그거 좋은 의견 같소. 우리도 벌써부터 준비하고 있었지, 허허. 변천하는 현실에 적응할 줄 알아야 하니까. 허허!"

동척 간부들을 총독 관저로 초치해서 이런 식으로 얼버무렸다.

데라우치는 동척 간부들이 늘어놓은 '선만경제鮮滿經濟 진출안'에 대해서도 그저 허허, 허허 소리만 연발했다.

군복을 걸친 육군대장이다. 조선 총독이라는 속방屬邦의 왕자였다. 그러나 그는 현실을 직시하고 역사를 창조하는 큰 정치가다운 제스처를 쓰기 위해서 웬만한 자존심을 버려야 했다. 시답잖은 남의 의견에도 시가 연기와 함께 곧잘 허허허 소리로 얼버무리는 도량을 익히려고 애썼다.

파성관巴城館은 진고개에 있는 일본식 요정이었다. 고급 요정이어서 총독부의 고관들이 자주 드나들었다. 전에는 이토의 단골집이었고, 일진회의 주 멤버들이 자주 진을 치는 곳이었다. 5조약이라는 것도 파성관 깊숙한 별실에서 다듬어졌다.

여주인 가스코는 흔히 '오카쓰'お勝로 불리는 보기 드문 미녀였다. 함경도 아전의 아들이었지만 송병준宋秉畯은 당대의 호남으로서 엽색獵色에도 대단했다. 파성관의 여주인 오카쓰는, 이미 공개된 송병준의 첩이었다. 이완용과 하야시와 더불어 5조약을 마지막으로 손질한 날 밤에도 송병준은 오카쓰와 거기서 그대로 동침했다고 해서 빈축을 샀다.

그 파성관에, 데라우치 총독이 나타난 그날도 며칠째 계속되는 폭우는 기세를 꺾지 않았다.

총독부의 간부들과 동척의 간부들이 한자리에 모였다. 동척 측 멤버 중에는 아름다운 여자가 하나 끼어 있었다. 화려한 일본 옷, 북청색의

메이센銘仙으로 된 기모노를 입고 금실로 수놓은 넓은 띠, 나고야 오비
名古屋帶를 맵시 있게 허리에 감은 20대의 일녀였다.

"각하, 소개 올리겠습니다."

동척의 요시하라 부총재가 총독에게 그 일녀를 소개했다.

"가미에 지요코千代子라고 부릅니다."

무릎을 단정하게 꿇고 허리를 90도로 꺾어 든 손바닥을 다다미畳자리
위에 가지런히 짚은 채 공손히 인사를 했다.

데라우치는 이 미녀에 대해서 이미 예비지식이 있었다. 장충단 아침
산책 때 고다마에게 들은 바 있었다. 요시하라가 본국에서 동반한, 어
딘가 게이샤일본 기생 티가 나는 정체불명의 여자라고 알고 있었다.

"진작부터 총독각하를 한번 뵙기가 소원이었사와요."

가미에 지요코는 지나칠 정도의 아양을 떨었다.

미인계美人計로구나! 총독부의 고관들이나, 동척 간부들은 그녀의
정체를 쉽게 눈치 챘다. 요시하라가 도쿄에서 가져와 데라우치에게 주
는 선물임을 직감했다.

여주인 오카쓰가 직접 나와 접대했다. 단순한 유흥만이 아니라서 다
른 잡기雜妓들은 자리에 들 수 없게 했다.

"송 군은 자주 오나?"

송병준이 자주 들르느냐고 데라우치가 오카쓰에게 물었다.

"요새는 바쁘신지 여러 날 뵙지 못했사와요."

오카쓰는 얼굴을 붉히면서 낯선 미녀에게 자주 눈총을 쏘았다.

좌흥座興이 제법 무르익었을 무렵, 요시하라가 데라우치에게 색다른
화제를 꺼냈다.

"각하, 듣자오니 조선의 철도망 확장을 추진 중이신 듯한데 매우 반갑습니다. 사실 가장 시급한 문제가 철도사업입니다."

데라우치는 언뜻 말뜻을 못 알아들었으나 능청을 떨었다.

"허허허, 미국도 서부의 개척은 철도부설로부터 시작했으니까요. 경부선, 경의선이 완성되었으니 조선의 혈맥이지요."

그러나 요시하라는 달리 할 말이 있었다.

"각하, 경부선·경의선만으론 부족합니다. 그 철도에 붙어 있는 항구란 부산밖에 더 있습니까? 항구가 중요합니다. 우리 일본은 섬나라가 아닙니까? 본국과의 연락과 수송은 항구에 의존할 수밖에 없는데 부산 하나만 가지고는 성에 차지 않습니다."

지요코가 총독에게 술잔을 권했다.

"허허허, 나 자신도 그 점을 통절히 느끼고 있소이다."

"각하! 원산, 목포, 군산 같은 항구를 활용해야 합니다. 그러자면 경성에서 원산으로 또 군산, 목포로 이어 닿는 철도를 빨리 부설해야 합니다. 조선의 곡창지대는 호남평야가 아닙니까. 호남에서 수집한 쌀을 본국으로 직송하자면….."

"알겠어, 알겠어. 호남평야에서 나오는 무더기 쌀을 목포나 군산항으로 실어 나르자면 철도가 있어야 쓰겠단 말이지? 이미 기본조사는 진행되고 있으니까 완공을 서두르도록 합시다."

"지당하신 말씀이십니다. 철도의 부설은 우리 동척 사업에도 크나큰 이익을 가져옵니다. 뿐이겠습니까. 전라도로 함경도로 기적 소리가 요란하게 울리면 그 지방 주민들이 또 얼마나 좋아들 할라구요. 곳곳에 총독각하의 송덕비가 세워질 판이죠."

요시하라는 사업가로서의 계산이 빨랐다. 사교술로도 손꼽히는 사나이였다. 거기다가 아첨 또한 능수능란했다.

무골武骨 데라우치는 저도 모르게 흥흥거렸다.

"허허허, 난 활동사진 중에선 서부극을 가장 좋아한단 말야. 서부에 철도가 새로 부설됐을 때, 몰려드는 인디언들이 연상되는군. 조선놈들도 좋아들 할 거야. 좋아하고말고!"

데라우치는 한껏 기분이 좋아졌다.

"오늘은 실로 유쾌한 날이로다. 여자가 아름답고 술맛이 일품이고 원래遠來의 친구와 더불어 논하는 포부가 대붕大鵬의 뜻이니, 이 아니 좋은가! 허허허."

데라우치는 지요코에게 술잔을 던져준다.

"자네도 한 잔 하게나!"

그는 지요코의 아름다운 모습에 취하는 모양이다.

"그럼 전라도로 달리는 철도는 뭣이라고 명명하시렵니까?"

데라우치와 요시하라가 주고받는 대화를 듣고만 있는 정무총감이 총독에게 술잔을 넘기면서 물었다.

"원산으로 가는 철도야 경원선이라 하면 되겠고, 목포로 가는 놈은 경목선이라 할까?"

요시하라가 그 말을 받는다.

"각하, 경목이라기보다는 저 황금의 벌판인 호남평야를 달린다는 뜻을 풍겼으면 어떨까요?"

요시하라의 말에 총독은 술잔을 번쩍 들며 소리쳤다.

"그것 또한 좋은 의견. 그렇다면 호남선이라고 결정하지. 호남선,

호남선, 거 부르기도 좋구만!"

총독은 지요코의 손을 덥석 잡으면서 흥겹다.

"어때? 호남선이? 호남선, 좋은 이름이지?"

조선에 부임한 지 2년 남짓, 야마가다 정무총감은 그의 상관인 총독이 오늘처럼 흥겹게 술을 마시는 것을 처음 보았다.

이날 밤 데라우치는 잠자리가 외롭지 않았다. 요시하라의 선물인 미녀 예기藝妓가 데라우치의 늙어가는 정열에 불을 붙여 주었다.

총독은 그의 부인을 본국에 남겨둔 채 홀로 건너와 홀아비 신세를 자랑스러운 절개인 양 고수하다가 그날 밤 파성관에서 도쿄의 요화妖花한테 '파계'破戒됐다. 그날 이후 파성관 여주인 오카쓰는 거의 밤마다 검은 망토 차림으로 변장한 채 찾아오는 총독을 접대해야 했다. 요시하라가 도쿄에서 데려온 지요코를 파성관 밀실 깊숙이 숨겨두고 아쉽지 않게 찾아오는 총독을 소리 소문 안 나게 융숭히 접대해 주는 것이 오카쓰의 보람 있는 일이었다.

데라우치는 매일 총독부 청사에 등청해서도 전에 없이 기분이 좋았다.

날씨조차도 개었다. 10여 일을 계속한 장맛비도 한강 둑을 건드리지 않고 물러갔다. 여름이면 후조候鳥처럼 찾아드는 낙동강 연안의 홍수 소식도, 계절만 되면 전국 방방곡곡에서 날아드는 전염병 만연설도 올해 따라 대단한 게 없는 모양이었다. 치병 치수가 잘 되는 것은 치자治者의 덕이 아니겠느냐는 것이다. 그는 저질러 놓은 인재人災는 생각하지 않았다. 염두에 둘 필요도 없었다. 그는 정말 마음이 흐뭇했다.

본국 정계 및 재계와 밀접한 선을 대고 있는 요시하라 일행에게 조선 인삼이며 녹용이며 하는 푸짐한 선물 보따리를 안겨서 돌려보냈으니

반응이야 두고 볼 일이지만 우선 마음은 후련했다.

  그러나 엄청나게 꺼림칙한 일이 한 가지 있긴 있었다. 오직 한 가지였다. 저 윤치호, 양기탁, 안태국, 이승훈 등 신민회 검속자들을 말썽 없이 후다닥 처리해 버려야 한다. 그것 한 가지만 마음에 걸릴 뿐이었다.

살아남는 자와 죽는 자

7월 초순, 변호인단으로부터 기피신청을 받았던 쓰카하라 재판장은 이 사건의 공판을 무기연기한다고 공포해 버렸다. 아카시와 구라도미가 여러 번 그의 관사와 지방법원에 드나든 뒤였다.

재판은 무기연기됐다. 서울에 모여들었던 외국 신문기자나 서양인 선교사들은 제각기 제 고장으로 돌아갔다. 경무국장은 가슴을 쓸어내렸다. 총독도 앓던 이를 뽑아버린 듯 후련한 기분이 됐다.

그러나 공판의 무기연기가 선포되고 외국인 기자와 선교사들이 제 고장으로 모두 흩어져 돌아간 지 며칠 뒤, 도쿄 외무성으로부터 요란한 책망의 소리가 날아들었다. 총독부는 무슨 일을 그렇게 하기에 해외의 여론이 이토록 나쁘냐는 것이었다. 외무성은 해외의 수많은 비난의 소리를 직접 총독에게 보내왔다.

비난의 소리는 해외에서만이 아니었다. 국내 선교사 대표자들이 들이댄 항의각서는 데라우치의 가슴팍에 못을 박아 버렸다.

— 각하는 인민을 통치함에 있어, 평화로운 발전에 깊은 노력을 경주하고 있을 줄로 안다. 그러나 현재 강행중인 사건은 우리들이 신용하는 많은 인사들을 체포하여 진행되고 있다. 기독교가 반란선동反亂煽動의 소굴이라고 단정한 감을 주는 이번의 조치는 우리 선교사들에게 중대한 영향을 미친다. 우리는 교회의 역원과 교사들에게 권세에 순종하라고 타일렀고 교회는 정치운동에 간여하지 말라고 지시했다. 우리들이 탐문한 바로는 입옥자入獄者가 사실이라고 자백한 것은 고문에 의하여 허위자백한 것뿐이요, 사실이 아니라고 한다. 그중 석방된 자의 신체에는 고문의 흔적이 심한 바, 이는 우리가 듣던 바와 같이 공포와 불안을 자아내게 하였다. 정온靜穩, 안고安固, 평화에서 벗어나 조선은 지금 불온, 불안, 불평, 공포, 실망 속에 빠져 있다.

우리는 극심한 고문이 각하의 허락 없이 된 줄 안다. 이러한 짓은 각하의 진의를 모르는 하급관리들이 권세 있는 지위를 악용한 것으로 본다. 각하는, 현 기독교의 실정을 조사하고 피고인 각 개인의 진정한 내막과, 또한 심문집행의 방법에 관한 조사를 분명히 하시도록 각하의 주의를 환기시키는 바이다.

이러한 항의각서와 비난의 신문보도는 날마다 총독부로 날아들었다. 데라우치의 특유한 신경질은 하루에도 몇 번씩 폭발했다. 타고 있는 그의 시가에는 수없이 성냥불이 붙여졌다.

'아카시란 놈, 일을 다 망쳐 버렸구나!'

그렇다고 이제 와서 저 선교단체나 조선놈들에게 머리를 숙일 수도 없지 않은가. 데라우치는 번민하기 시작했다. 그러나 그에게는 천만뜻밖의 구원의 복음 소리가 들려왔다. '메이지 천왕 서거逝去'라는 소식이 날아들었다. 그 소식이 전해진 7월 30일, 데라우치 총독은 혼자서 무릎을 쳤다.

대일본제국 천왕의 죽음은 사건치고는 대단한 사건이다. 메이지 유신을 이룩했고, 청일 전쟁, 러일 전쟁을 승리로 이끌어 섬나라 일본을 세계열강의 대열에까지 끌어 올린 이른바 명군名君중의 명군이었던 메이지 천왕이 죽었다는 것은 세계적 뉴스가 아니 될 수 없다. 그렇다. 이런 사태가 벌어지면, 이제까지의 군소群小사건들은 이 빅뉴스의 그늘 속으로 묻혀 버리게 마련이었다.

데라우치가 무릎을 친 또 하나의 이유가 있다. 메이지의 죽음은 데라우치 자신의 장래에 서광이 비칠 가능성이 있는 것이다. 실상 일본 국내에서의 데라우치의 비중은 그리 대단한 것이 못됐다. 군인으로 말한다면 그의 선배격이 수두룩했다. 오야마大山巖 원수를 비롯해서 오쿠奧, 노쓰野津, 노기乃木, 가쓰라桂 등은 군의 서열상 데라우치의 앞줄에 선다. 데라우치는 장주벌長州閥의 우두머리인 이토와 야마가다 원수의 뒷받침으로 분에 넘치는 영달을 누렸던 셈이다.

그러한 저간의 사정을 메이지 천왕은 소상히 알고 있었다. 메이지는 데라우치를 대단히 여기지 않았다. 메이지 앞에서 데라우치는 머리를 들지를 못했다. 그런데 그 메이지 천왕이 숨진 것이다. 머리 위를 짓누르던 큰 보이지 않는 힘이 홀연히 사라진 셈이다.

데라우치에게는 재상宰相의 자리로 내달리는 길이 열렸는지도 모른다. 앞길이 환히 보이는 것 같았다. 데라우치 총독은 고다마 총무국장과 구와바라 비서과장을 대동하고 재빨리 도쿄로 달려갔다. 메이지의 국장國葬에 직접 참례하기 위해서다. 국장은 국장이되, 일본 역사상 가장 성대하고 엄숙한 장례식이 치러졌다.

　데라우치 총독은 도쿄에 머무는 동안 너무나 분망한 나날을 보내야했다. 동척東拓 간부들과의 밀모密謀, 크고 작은 정치인들과의 흥정, 본국 언론계를 구워삶는 일, 신민회 사건에 대한 변명, 그리고 오랜만에 대하는 그의 아내와의 노염老炎 등, 그는 정말 바삐 돌아갔다.

　데라우치가 도쿄를 떠나 관부연락선 이키마루壹岐丸을 타고 대마도를 지나 다시 부산 부둣가의 불빛을 바라볼 때, 그의 가방 속에는 무단 총독정치가 제2단계로 들어서는 음흉한 계획안이 묵직했다.

━━━◆◆◆━━━

　1912년 8월 13일.

　조선의 토지조사령土地調査令이 공포됐다. 총독부에는 임시 토지조사국土地調査局이 설치됐다.

　땅 위에 나서 땅을 파먹다가 땅으로 돌아감이 하늘의 뜻이며, 그것만이 인생의 전부라고 굳게 믿는 농민의 나라, 그렇게 이어내린 역사 4천 년. 이 4천 년 조선역사에 부삽질을 하고, 흐르는 지맥地脈에 곡괭이질을 하는 일대 개혁안이 조선 총독 데라우치의 이름으로 발표되었다.

　그러나 우매한 농군들은 이 토지조사령이 무엇을 뜻하는지 누구를 위한 것인지 알 까닭이 없었다. 관가에서 나오는 관리만 보면 또 무슨 수탈인가, 무슨 악형인가 싶어 비실비실 피하며 눈치만 살펴온 농군들이었다. 그들은 듣도 보지도 못한 측량기를 가지고 마을로 들어서는 일인 관리들을 보면 겁부터 앞세웠다.

다음과 같은 대화들을 흔히 들을 수 있었다.

"김 서방, 수고가 많소다네. 우리 이 마을의 토지를 조사하러 왔손데."

"네에 네 그렇습니까?"

"저 앞의 논은 김 서방네 땅인가네?"

"원 천만의 말씀입죠? 저건 나랏님의 땅입죠. 어찌 저희 같은 농사꾼이 땅을 가질라굽쇼."

"김 서방, 그럼 저 논은 김 서방이 부쳐 온 게 아니란 말이지?"

"봄 가을 우리가 부쳐 먹기는 했습죠만, 땅 임자는 나랏님이 아닙니까?"

"허어 그거 무슨 말인가. 김 서방이 부쳐 먹는다면서 제 땅이 아니라니?"

"천만의 말씀입죠. 옛날엔 저희 조상님의 땅이었다고 합니다만, 몇 대 전에 이 고을 원님에게로 넘어갔다는 겁죠. 이제는 나랏님의 땅이라고 합니다만."

"호오 그렇게 됐군. 그럼 알겠소다네. 김 서방 오늘부턴 저 논이 조선총독부의 땅이 됐으니 잘 기억해 둬요!"

"네에? 총독부의 땅이 됐어요? 그래두⋯."

"무슨 잔말이 또 있소까? 제 땅이 아니라고 자기 입으로 말해 놓고."

농민은 겁이 나서 그런 말을 했을지도 모른다. 그러나 소유주가 분명치 않는다는 이유로 그런 농지들을 말 한마디로 총독부의 소유가 됐다. 그리고 다시 동척으로 넘어갔다.

그 다음엔 또 다음과 같은 대화들을 나누어야 했다.

"김 서방네 땅은 누구 소유가 됐수?"

"관가의 말이 총독부 땅이 됐다더군. 박 서방네 개울 건너 보리밭은 어떻게 됐지?"

"여부가 있나, 마찬가지지. 옛날엔 궁장토宮庄土였지만, 이젠 총독부 땅이 됐다 하지 않나."

"총독부 땅이 되면 우린 새해 농사를 못 부쳐 먹나?"

"그렇지는 않은가봐. 소작료를 총독부에 바치면 된다니까. 땅 임자가 누구면 어때? 소작 부쳐 먹기는 매일반인 걸."

농군들은 이렇게 철이 없고 우매하고 순직純直했다.

또 다음과 같은 광경을 볼 수 있었다. 관가에서 다시 관졸이 나온다. 헌병보조원이라는 부일 관리附日官吏를 대동하는 경우가 많았다.

"김 서방, 저 앞의 논 총독부 땅이 된 걸 아시겠지?"

"네 알고 있습니다. 조사해 갔으니까요."

"그런데 말이오 김 서방, 올 봄부턴 댁에서 그 땅은 부치지 못하게 됐소."

"네에? 그 땅을 못 부친다구요? 그건 대대로 우리가 부쳐 먹어 온 땅인데요."

"허지만 땅 임자가 안 된다면 못 부치는 거 아니오. 총독부에서 다른 사람에게 소작을 주기로 했소!"

"다른 사람이라니, 다른 사람이라니, 누가 우리 땅을 빼앗아 부친다는 겁니까. 그럴 수가 어디 있어요?"

"일본에서 농사꾼들이 이주해 오는데 그 사람들에게 그 땅을 내줘야 하겠어. 법으로 그렇게 만든 것이니까 누굴 원망하지 마시오."

"아이고 그럼 우린 뭘 먹고 사노!"

약하고 착하기만 한 농군네 집에서는 곡성들이 터진다.

토지조사 사업이란 지번地番, 지목地目, 면적面積, 지가地價, 등급等級 등을 기재한 토지대장과 지적도를 만든 다음, 토지의 소유주를 가린다는 구실 밑에 우매한 농군들을 이리저리 유도 심문한 끝에 궁원전宮院田이니, 역둔전驛屯田이니 하는 실마리만 잡으면 영락없이 총독부의 땅으로 소유권을 확정시키고, 끝내는 소작권까지 일본사람에게 넘겨주게 해서 불쌍한 농군들을 이 땅에서 추방해 버리는 것이었다.

총독부가 빼앗아 동척에게 넘겨준 땅에 3백 원씩의 영농자금까지 받아들고 이주한 일본 이민들의 극성은 날이 갈수록 더해 갔다. 그들은 농사도 농사지만 고리대금에 더 재미를 붙였다.

"최 서방넨 양식이 없어 굶는다고요? 그거 안됐소. 내 도와드릴까. 우선 10원쯤 갖다 쓰시오. 양식을 사 먹어야지. 농사꾼이야 먹어야 힘이 나니까. 걱정 마시오. 우리 전답을 부치면 돼요. 소작료하고 이 10원에 대한 이자만 가을에 갚아주시구려. 최 서방, 힘을 내시오."

동척의 땅을 소작하는 일본인 이민들은, 그 소작 땅을 다시 조선농민들에게 하청 소작을 시키고 저희들은 하오리 하카마에 게다짝이나 끌면서 마을마다에 군림하기 시작했다. 웬만한 상권은 모조리 그들이 독점을 하고 게다가 고리대금까지 곁들이니 가난한 농민들의 주머니는 더욱 가난해져만 갔다.

히로세 게이지로廣瀨慶次郞도 일본에서 흘러 들어온 이민이었다. 경기도 양주군楊州郡 구리면九里面 토평리土坪里에 자리 잡고 역시 고리대금과 하청 소작으로 재미를 톡톡히 보고 있는 사람이다.

돈은 마술단지에서 쏟아져 나오듯 그의 품에 굴러들었다. 그는 마을의 땅을 닥치는 대로 헐값에 사들였다. 그의 취미는 나날이 늘어가는 자기의 땅을 아침마다 한 바퀴 돌아보는 것이었다. 어느 날 아침 그는, 새로 사들인 자기 소유의 땅을 대견스레 돌아보다가 마침 장터로 나가는 농군과 우마차가 자기 땅에 난 길로 통과하는 것을 보고,

"이놈아! 왜 거기를 내 허락도 없이 지나가는 거냐?"

히로세는 소리를 빽 질렀다. 농군은 어리둥절 영문을 몰랐다.

"여긴 옛날부터 우리 마을 사람들이 다니던 길이 아닙니까?"

히로세는 그러나 할 말이 당당했다.

"뭣이? 어제부터 이 땅은 내가 주인이 됐어. 내가 이 땅을 샀단 말야. 오늘부터 여기를 느들 마음대로 못 댕겨!"

농군은 이해가 안 갔다.

"길은 사람이 다니라고 나 있는 거 아닙니까. 길까지 개인이 산단 말입니까?"

"조선놈들은 참 잔말이 많구나! 그런 내 너희들이 알아듣도록 해 주마!"

히로세는 쏜살같이 저희 집으로 달려가서, 마누라며 아들딸을 데리고 나와서 그 통행로를 차단해 버렸다. 긴 통나무로 길을 가로질러 막은 다음 그래도 안심이 안 되었던지 걸쳐놓은 통나무 앞뒤에다 널찍한 구덩이까지를 파고는 오줌똥을 그득히 부었다. 지저분한 함정을 파놓은 것이다.

하루아침에 수백 년을 밟아 오던 한길을 잃어버린 마을 사람들은 술렁대기 시작했다. 마을 청년 한순천韓順天이 참다못해서 히로세한테 달려가 분통을 터뜨렸다.

"동네 행길에 장목을 질러놓고 그래도 부족해서 구덩이까지 파놓았으니 이 동네사람들은 모두 날개가 있어 하늘로 날아다니란 말이오?"

시비는 번져 나갔다. 히로세는 끝내 제 잘못을 인정하지 않았다. 그는 몇 마디 시비 끝에 한순천한테 엽총을 들이대고 주저 없이 방아쇠에 손가락을 걸었다.

"이 자식, 조센징이 건방지다! 너 일본사람에게 반항할 텐가! 한 대 맛을 봐라!"

탄환은 거침없이 한순천의 왼쪽 무르팍을 꿰뚫었다.

토평리 마을은 발칵 뒤집혔다. 형의 참변을 목격한 동생 한덕복韓德福은 망우리 파출소에 이 사실을 고발했다. 그러나 일인 순사부장은 이 고발을 접수하려 하지도 않았다. 온 마을은 분노했으나 히로세는 처벌되지 않았다. 그는 30년을 이 마을에서 살았다.

농군들은 땅을 빼앗기고 학대를 받았다. 일본 이민들은 하늘 높은 줄 모르게 콧대가 높았다. 그러나 이 토지조사 사업을 통해 재미를 본 사람은 동척이나 일본 이주민만은 아니다. 다음과 같은 수작들이 곳곳에서 성행됐다.

"이 첨지, 저 원두막 뒤의 논은 임자가 누구디요?"

"글쎄요, 들리기엔 역토驛土라고 합데다만."

"분명히 역토랍데까?"

"낸들 아오. 역토란 말도 있긴 합데다."

"그럼 말이오다. 저 원두막 뒤 논을 역토라 하디 말고 내 땅이라고 말해 주구레. 누가 물으면 그렇게 한마디 하기만 하문 됩네다."

"에헤 송 대감, 그러다가 곤장은 누가 맞을라고요?"

"그건 염려 말라고! 자 몇 푼 안 되지만 쌀이나 팔아 자시구례. 뒤탈은 없도록 내가 책임지디."

"이렇게 많은 돈을 어드칼라고!"

"넣어두라니까. 이 첨지도 알다시피 우리 조카놈이 헌병보조원 아니갔소. 그애가 다 잘할 테니까 염려는 마오!"

"참 그 조카님이 헌병보조원입죠? 조카 한 분 잘 두셨수다."

"허허 그러니까 아무 걱정 없다는 것 아니갔소. 자 이거 나 서울 갔다올 증명선데 이 첨지 도장 하나 찍어 주오다. 도장 없으면 지장도 괜찮다드만. 무슨 놈의 세상이 출입에도 동네사람 증명이 필요한 건디?"

이런 식으로 소유자가 흐리멍텅한 역토驛土, 둔토屯土, 궁전宮田 등을 가로채서 졸지에 대지주가 된 이악한 조선의 백성들도 적지 않았다.

이름은 좋았다. 토지조사 사업은 저들 마음대로 급속하게 착착 진행돼 갔다. 그러나 비난이 대단했다. 조선의 농민들은 하루아침에 농토를 잃고 울부짖었다. 세세연년 대를 물려 살아오던 정든 고향을 등져야 하는 신세들이 되고 보니 총독부와 동척에 대한 원성과 악담은 삼천리 강토에 충만했다.

총독 데라우치도 그런 기미를 충분히 알고 있었다. 간혹 만나게 되는 조선의 저명 인사들의 입에서까지 노골적인 공박을 받아야 했다. 그럴 때마다 그는 토지조사 사업에 대한 그럴싸한 구실을 내세우지 못했다. 무식한 까닭이라고 스스로 민망해했다.

데라우치는 착안했다. 정치가는 어느 정도의 학문적 식견을 가지고 있어야 한다는 것을 뼈저리게 느끼고 하나의 슬기로운 착안을 했다. 그는 열심히 조선의 사회경제사 같은 서적을 읽었다. 때로는 어용학자나 언론인들을 관저로 불러들여 강론을 들었다.

그는 자기 나름의 일가견을 얻자 그해 어느 날 총독부와 동척의 간부들까지 총독부 회의실에 모아 놓고 이례적인 훈화를 한 일이 있다. 그는 일반행정에 대한 간단한 훈화 끝에 별안간 밑도 끝도 없이,

"고려조를 쓰러뜨리고 이 씨 조선을 창건한 이성계를 나는 숭배한다."

하는 바람에 모두들 허를 찔린 것처럼 어리둥절했다.

총독은 의자에 앉더니 무슨 야담野談이라도 꺼내는 것처럼 다음 말을 줄줄이 이어갔다.

"이성계는 민심의 기미를 알고 있던 사람이야. 고려 말기의 고사를 보면 조준趙浚이라는 대사헌大司憲이 있었지. 그때 왕실은 극도로 쇠진해서 천하의 토지는 양반 호족들이 모두 차지하고 사병私兵을 양성했거든. 이때 조준은 전제개혁론田制改革論을 주장하고 호족들의 행패를 근절하라고 주장했으나 왕실이 무력하고 호족들의 압력이 극심해서 그 주장은 관철되지 못했어. 그런데 이성계가 정권을 잡자 그는 호족들의 땅을 모두 몰수해서 농민들에게 돌려주었더군. 사병을 금하고 전제개혁을 한 거야. 조준의 주장을 과감히 실천한 거지. 농민들은 환성을 올렸겠다. 왕업의 기초를 거기에서 닦은 것이지. 무력으로 권력을 잡은 다음 농지개혁으로 민심을 사로잡은 이성계는 쓸 만한 인물이었어. 그런데 단종과 세조 때에 와서 역둔토驛屯土가 다시 부활됐어. 부패의 온상이 마련됐지. 왕실은 간신배들의 음모처가 되고 정부는 권세 부귀에 눈이 어두운 작자들의 싸움터가 되니 쓸 만한 농토는 다시 권신權臣들의 가렴주구苛斂誅求로 모두 빼앗기고 말았어. 농민이 어디 제 땅을 가질 수가 있나. 이조 말기의 농촌은 저 고려 말기의 재판이 돼 버렸지.

자아, 여기서 우리 총독부가 할 일은 무엇인가? 이 데라우치가 할 일은 이성계가 단행한 전제개혁과 흡사한 대업이야. 토지조사 사업의 진의는 바로 여기에 있어. 이것을 조선의 농민들에게 잘 인식시켜야 돼!"

데라우치의 이 훈화내용이 실제로 있었던 사실이거나 아니거나, 그가 그런 말을 꺼낸 진의는 모두들 알아들었다.

그러나 총독부는 멋대로 몰수한 역둔토를 농민에게 돌려주었던가? 아니다. 이 나라 농토의 20분의 1인, 73만 3천 정보의 미전옥야美田沃野와, 이 나라 임야의 4할 이상을 몰수해서는 조선의 농민이 아닌 저들의 동척이나 후지흥업不二興業, 가다구라片倉 등의 착취회사와 이주해 온 일본 농민들에게 헐값으로 불하하거나 무상으로 대여한 것이다.

조선의 농민들은 소유주만 바뀐 땅을 예대로 소작해야 했고 현물로 바치는 소작미는 일본으로 유출되어 간 것이다.

이렇게 땅을 빼앗긴 조선의 양반 호족들은 하루아침에 몰락했다. 그리고 일본 관헌에 빌붙어 지주가 된 일부 조선의 졸부들은 신흥 호족으로 고개를 들었다. 새로운 계급분화가 일어난 것이다.

어찌 그뿐인가. 일본 농민들이 이주해 온 마을에선 소작땅마저 송두리째 빼앗겨 버린 가난한 농군들이 쪽박을 차고 정든 고향마을을 떠나 정처 없는 유랑길을 떠나야 했다.

남부여대男負女戴, 수십 명 수백 명씩 대열을 진 조선의 거러지들이 북으로, 북으로 떠나가야 했다.

1912년의 가을은 이 나라 농촌에 회오리바람을 몰고 왔다.

양반도 호족도 관리도 농군도, 심지어는 행랑방 머슴들도 자고 깨면 총독부의 토지조사 사업에 휘말려 제정신들을 차릴 수 없게끔 됐다.

그런데 어느 날 총독의 머리엔 번개처럼 스쳐가는 착상이 있었다.
그는 지체 없이 경무국장을 관저로 불러 느닷없이 말했다.

"아카시 국장! 이제 때가 된 것 같잖소? 꺼림칙한 숙제를 풀어버려야
할 텐데."

"숙제라니요? 각하!"

아카시는 뒤통수를 어루만지며 의아해했다.

"국장은 자신의 숙제를 잊어버리고 있었나? 자신의 숙제를!"

아카시는 더욱 당황해하면서 얼버무린다.

"요즈음 토지사업 때문에 지방엘 다니느라고… 그동안 무슨 일이 있
었습니까? 각하."

"경무국이 토지조사 사업을 뒷받침하느라고 애쓴다는 건 나도 잘 알
고 있소. 그러나 위정자는 자기가 저지른 일을 잊어선 안 돼. 참 아카
시 국장은 바둑을 즐기지 않던가? 바둑을 자꾸 두면 다른 면에서도 수
가 늘더군. 바둑을 배우시오! 요즘 나는 동척의 그 젊은 이사理事인 한
상룡韓相龍 군과 바둑을 즐기지만 그는 쓸 만한 일꾼이야. 국장도 그 한
상룡 군을 사귀어두시오. 그건 그렇고 숙제를 해결해야지. 신민회 사
건 말이야. 지금 때가 좋지 않소?"

경무국장은 그제야 총독의 말뜻을 알아차리고 빙그레 웃었다.

"각하, 명안名案이십니다."

"지금이 찬스일세. 조선 천지가 토지조사 사업으로 벌컥 뒤집힌 이
때에 그 사건을 게눈 감추듯 해결해 버리란 말야. 관심들이 딴 데로 쏠
려 있을 때 해치우게."

"알겠습니다. 각하! 곧 쓰카하라 재판장에게 연락해서 각하의 분부

를 전달하겠습니다."

총독 관저를 물러나온 경무국장은 그 길로 쓰카하라 재판장을 찾아가서 공판 재개를 종용했다. 명색만은 독립돼 있는 사법이지만 이 땅의 제 2인자나 다름없는 아카시의 말이고 보면 그로서도 거역할 수 없는 압력이다.

10월 18일 판결언도 공판이 벼락같이 열렸다.

안태국安泰國이 주장해서 변호인단이 증거로 신립한 반증쯤은 깨끗이 묵살됐다. 안태국의 주장이야 어떻든 간에, 총독 암살음모는 틀림없이 있었고, 그 관련자들이 신민회 회원이라는 점과, 신민회는 반일 독립을 꾀하는 비밀 지하조직 단체이니만큼, 경무국의 조서와 검사국의 공소사실에 조금도 틀림이 없다는 판결이유를 장황히 늘어놓은 재판장은 능청스런 목소리로 판결주문을 읽어 내렸다.

윤치호尹致昊 — 징역 10년, 이승훈李昇薰 — 징역 10년, 양기탁梁起鐸 — 징역 10년, 유동열柳東說 — 징역 10년, 안태국安泰國 — 징역 10년.

그 밖의 피고들에게는 7년에서 5년까지의 징역이 언도됐다.

경무국장이 꾸며낸 음모 조작극에 걸려들어 완전히 무고하게 유죄판결을 받을 이 땅의 애국지사는 105인이었다.

세칭 105인 사건은 그 오욕汚辱의 막을 내렸다.

해가 바뀌었다. 1913년 정월의 어느 날.

소한小寒추위를 몰고 오는 거센 겨울바람이 눈보라를 휘날리며 세차게 불어오던 어느 날. 경원가도京元街道 위를 북쪽으로 달려가는 3대의 검은 마차가 있었다. 서울을 벗어난 마차군馬車群은 의정부를 지나 또 북으로, 북으로 달리고 있었다.

길은 순탄치가 않았다. 가볍게 뛰고 있는 흑갈색 말들은 숨을 헐떡였다. 요소요소마다엔 경비가 삼엄했다. 헌병들이 차려 자세로 서서 마차들이 먼지를 일으키며 앞을 지나갈 때마다 거수경례를 붙였다. 그러나 마차 속의 사람들은 그들을 거들떠보지도 않았다. 그리고 가운데 마차에선 간간히 웃음소리가 터져 나올 뿐이었다.

"사슴을 잡으면 뿔은 누구한테 선사한다?"

"그야 물론 본국에 계시는 마나님께 보내 드려야죠."

"아냐. 맨 처음에 잡힌 놈은 그대 것이야. 그대는 더욱 젊어질 거야, 핫하하."

"각하두 참, 녹용은 아셨지만 어떤 녹용이 진품인지 모르시누만요? 각하, 겨울 사슴의 뿔은 치지 않는 것입니다요."

"호 그래? 그건 또 첨 듣는 소린 걸. 녹용도 여름 겨울이 있나?"

"각하, 겨울 사슴의 뿔은 약효가 없습니다요. 사슴은 말씀이죠, 여름 하지 때 뿔을 갑니다. 여름이라야 묵은 뿔이 뽑히고 새 뿔이 솟아오릅니다. 첨에는 피가 봉지 같은 껍질에 모여서 흡사 청포처럼 말랑거리다가 차차 밑에서부터 여물어 가는 겁니다. 그 야들야들한 핏덩어리가 점점 커져서 각질로 마악 굳어지려고 할 무렵, 바로 그 무렵의 뿔이라야 영약입니다. 요새 것도 쇠갈비보다야 낫겠지만요."

"호오 그래? 그래서 내 마누라에게나 보내라고 했구나. 나쁜놈 …."

데라우치는 옆에 앉은 배정자의 투실한 무릎 살을 우람한 손으로 움켜쥐면서 껄껄거리고 웃었다.

목적지는 철원 북방, 또는 삼방협三防峽일대. 그러나 도중 전곡全谷에서 꿩 사냥을 하루쯤 즐기기로 돼 있다.

앞마차에는 경무국장과 이완용이 탔고, 총독과 배정자를 태운 마차는 한가운데, 총무국장과 한상룡은 뒤마차로 그들을 따랐다.

강원도 철원 북방부터 삼방협에 이르는 지대에서는 사슴이 잡힌다. 길은 좀 멀지만, 전곡 연천에서 꿩이나 멧돼지를 뒤져 보며 5, 6일 걸려 가면 지루할 것도 없다. 수렵여행 코스로는 그만한 거리는 있어야 한다고 아카시가 주장했다.

덕정德亭을 지나 전곡으로 향하는 도중이었다. 산세는 점점 장엄해지고 길은 차츰 깊어지는데 백설을 입은 수석水石을 정신 잃고 내다보던 총독이 별안간 마차를 세웠다. 그는 길가에 두 무더기의 모닥불이 회색 연기를 뿜으며 타고 있는 것을 보았다. 남루를 걸친 남녀노소 20여 명의 행객들이 그 모닥불을 둘러싸고 있었다.

총독은 배정자에게 물었다.

"뭣 하는 사람들인가?"

"유랑민들인가 봅니다."

"유랑민? 겨울에 유랑민이야?"

총독은 마차에서 내렸다. 모두들 따라 내렸다. 그네들에게로 접근해 갔다. 뒤마차에 탔던 한상룡이 앞으로 나서면서 그네들한테 물었다.

"당신네들 뭣 하는 사람이오?"

아무도 대답이 없다. 아낙네 등에서 갓난아기가 울어댔다. 육십 늙은이 한 사람은 빈 담뱃대만 찌르륵 빨았다.

"당신들 왜 대답이 없소? 총독각하께서 친히 물으시는데."

동척의 유일한 조선인 이사 한상룡이 호통을 쳤다. 그 말에 육십 노
인은 입에서 담뱃대를 쑥 뽑았다. 돌 위에다 대통을 딱딱딱 두드린다.
머리에 무명 수건을 질끈 동인 젊은이 하나가 비로소 입을 열었다.

"우리는 말이지예, 이사를 가는 길입니더."

"이사? 이 추운 날씨에 이사를 가?"

"춥고 덥고가 어데 있습니꺼? 농군이 부쳐 묵을 논밭뙈기 뺏기고 사
는 재주 있능교? 북간도에나 갈라캅니더."

"어디서 떠나왔소?"

"경상도 안동입니더."

"언제 고향을 떠났나?"

"가실秋收해 놓고 안 떠났십니꺼, 여까지 오는데 두 달도 더 걸릿십
니더."

"아아 그래? 북간도에 가면 돈벌이가 좋지! 경상도에서 굶주릴 필요
가 있나. 거기엔 땅이 넓어서 조선농민들을 환영하지. 하루 속히 가야
봄 파종을 할 수 있겠네 그려."

한상룡은 데라우치에게 득의양양하게 보고를 한다.

"각하! 수상한 사람들이 아닙니다. 만주로 떠나는 유랑민들입니다."

3대의 수렵마차는 다시 떠났다. 총독은 혼자 중얼댔다.

"경원 철도를 빨리 준공해야겠군. 저 사람들이 먼 길을 고생 안 하고
가게."

"각하, 저 사람들 북간도까지 가려면 두 달도 더 걸리겠습지요?"

무슨 생각에선지 배정자가 연민 어린 말투로 총독에게 말했다.

"글쎄 나도 그 생각을 하는 중이야. 조속한 시일 안에 경원선을 준공해서 저네들을 열차편으로 집단수송을 해줘야겠어."

데라우치는 정력적인 사나이였다. 수렵여행을 가면서도 쉴 새 없이 새로운 일을 머릿속에서 꾸며대고 있었다.

"마차를 세워라!"

그는 별안간 또 무슨 생각에선지 마부에게 큰 소리로 명령했다.

배정자를 돌아보는 안광은 유난히도 빛나고 있었다. 그는 갑자기 흥분하기 시작했다. 배정자는 한껏 요염한 웃음을 머금으며 총독에게 물었다.

"무지공천에서 마차는 왜 세우시죠?"

실속 없는 집념

　총독 일행의 수렵 마차는 동두천을 거쳐 전곡을 향해 북상하고 있었다. 총독 데라우치는 배정자를 앞마차로 옮겨 타게 하고 대신 이완용을 자기 마차로 불러 자리를 함께했다.

　마차가 전곡까지 가는 동안 총독과 이완용 사이에 어떤 대화와 밀의密議가 진행되었는지 그들 두 사람 이외에는 알 길이 없었다. 단지 한 가지 확실한 것은 뭣인가 중대한 밀의가 있었다는 사실이다. 데라우치가 배정자의 풍요로운 육감肉感마저 멀리하고 이완용을 자기 마차 속으로 옮겨 타게 한 이상, 극히 중대한 모의가 달리는 수렵 마차 속에서 무르익어 간 것만은 틀림없었다.

　그들 일행이 전곡에 이르자, 도백道伯을 비롯한 군수, 서장 등 모든 기관원들이 총독 일행을 맞이했다. 일행은 전곡에서 일단 쉬기로 예정했던 것이다. 도착했을 때 해가 높으면 간단히 꿩 사냥 정도는 시도해 볼 스케줄이었다. 경찰서 뒤에 있는 서장 관사에 이르러 마차에서 내린 일행 중, 한상룡이 그곳 군수에게 반말로 물었다.

"꿩 사냥을 하려면 멀리 가야 하나?"

육십이 가까운 한국인 군수가 허리를 굽실거리면서 대답한다.

"미산면 마전리에 가면 꿩 사냥이 됩니다만."

"여기서 거리는?"

"10리가 넘습지요."

일행을 따라 마차를 타고 온 엽견獵犬 3마리가 그들의 대화를 알아듣는 듯이 서성거리고 있었다. 엽견은 시가 3백 원이 넘는 독일 포인터 종이었다. 독일 포인터는 새를 잡는 조렵견鳥獵犬으로서 으뜸일 뿐 아니라 맹수를 잡는 데도 세계적인 명성이 있었다.

수렵을 즐기는 데라우치는 우수한 엽견을 여러 마리 가지고 있었다. 일본 고베에 있는 다마루 엽견훈련소에서 구입한 것이다. 다마루는 일본의 재벌 스즈키鈴木의 후원으로 엽견의 연구와 훈련을 위해서 영국과 독일에 유학하고 돌아올 때, 독일 포인터 종 몇 마리와 크리폰 종 몇 마리를 가지고 와서 훈련과 번식을 시작했다. 지금 총독 일행을 따라온 놈들은 그런 명문의 후예인 만큼 우미優美한 체구며 섬세한 신경이며 예민한 센스와 날렵한 동작 등은 정평이 나있었다.

우미한 체구로 말한다면야 총독 옆에 서 있는 배정자의 수렵복 차림이 더욱 사람들의 눈을 끌었다.

"각하! 연천엘 가면 멧돼지 사냥을 할 수 있대요. 가시죠, 아직 해도 높으니깐."

배정자가 서녘 하늘에 아직 높은 태양을 쳐다보며 총독에게 아양을 떨자,

"맞습니다, 각하. 연천엘 가면 철원 땅 지장봉 줄기를 타고 내려오는

290

산돼지를 잡을 수 있습니다."

그곳 헌병대장이 부동자세로 서서 배정자의 말을 뒷받침했다. 배정자의 의견은 중요했다. 일행은 다시 북상하기 시작했다. 연천에 이르렀을 무렵에는 이미 해가 떨어져 있었다.

"총독 각하는 미인 수렵을 먼저 했어."

이튿날 아침 일행 속에서는 이런 귓속말이 오고 갔다. 그날 밤 총독은 삼엄한 경비를 세운 경찰서장 관사에서 하룻밤을 지냈다. 그런데 일행 중 누가 먼저 봤는지 새벽에 총독 방에서 배정자가 나오더라는 것이다.

"각하는 좋겠네, 미인 사냥, 산돼지 사냥, 각하는 좋겠네."

경무국장과 총무국장이 노랫조로 흥얼거리며 서로 아침 인사들을 나누었다. 이완용과 한상룡은 숙사宿舍를 전혀 달리했기 때문에 그런 내막을 깜깜 몰랐다.

그날 연천 부곡리에선 30여 명의 몰이꾼이 동원됐다. 그렇잖아도 지난 가을에는 멧돼지가 밭과 인가 근처까지 내려와 농작물에 적잖은 피해를 입혔는데, 서울에서 일인 고관들이 와서 멧돼지 사냥을 한다니 마을사람들은 다투어 몰이꾼으로 나섰다. 기괴한 암석과 가지만 앙상하게 떨고 있는 갖가지 교목喬木으로 밀집한 겨울 산에는 발등을 덮는 눈이 하얗게 깔려 있었다.

"우우 우, 와와 와! 산돼지 나오너라, 멧돼지 나오너라, 우 우, 와와 와!"

몰이꾼들은 이런 함성과 함께 막대기 하나씩을 휘두르면서 골짜기를 휘몰아 올라갔다. 뿔뿔이 헤어져서 골짜기를 더듬어 가던 3마리의 엽견들이 갑자기 한데로 몰리면서 인지認知 포인트의 자세를 취했다. 이

때 이미 데라우치를 비롯한 5명의 포수들은 그럴싸한 목을 하나씩 지키는 중이었다.

"우우 우, 와와 와, 야아 멧돼지가 튄다!"

누군가가 소리치자 정말 한 60관은 됨직한 큰 멧돼지 한 놈이 오른쪽 능선을 향해 치달리고 있었다. 그리고 3마리의 엽견이 이미 그놈을 협공하고 있었다. 멧돼지는 무서운 속도로 돌진하는 짐승이다. 워낙 속도가 빨라 급선회는 못하는 짐승이다. 개들은 그놈의 습성을 알고 덤볐다. 한 마리가 멧돼지의 앞을 나서며 길을 가로질렀다. 그러자 멧돼지는 20미터쯤 지나친 다음 다시 몸을 돌려 세워 반격했다. 그 순간 나머지 두 마리의 개들이 쏜살같이 달려들어 멧돼지의 뒷다리를 물고 늘어졌다. 그러나 어느 틈엔가 멧돼지의 세찬 발길은 오른쪽 포인터의 가슴을 찼던 모양이다. 포인터는 단박 피투성이가 되었으나 후퇴하지 않았다. 잠시 후 또 한 마리의 개가 바위에 부딪치며 팽개쳐졌다. 멧돼지의 발톱은 그 개의 면상에서 살점을 뭉텅 떼어갔다. 그러나 그 개는 번개같이 달려들어 멧돼지의 목덜미를 물고 늘어졌다.

개들과 멧돼지의 처절한 혈투를 사람들은 잠시 긴장 속에서 구경할 수밖에 없었다. 그러나 멧돼지는 너무 큰 놈이었고 개들은 점점 지쳐가는 눈치였다.

이때 총성이 산을 울렸다. 아카시가 오른쪽 목에서 무라카村田식 단발총에 장전했던 5호철五號鐵 탄환을 발사했다. 잔등에 명중했다. 멧돼지는 더욱 날뛰며 이번엔 아카시가 있는 쪽으로 돌진했다. 실로 위험한 저돌猪突의 순간이었다. 5호철 정도로는 60관짜리 멧돼지는 열 번 맞아 봤자 대단한 타격이 아니다.

이때 또 총성 2발이 산울림을 했다. 이완용의 미제 10번 2연발총이 불을 뿜은 것이다. 그러나 명중한 것 같지 않았다. 결국 멧돼지가 그 거구로 땅에서 길길이 뛰어오르며 도리질을 치게 한 것은 데라우치가 쏜 SG탄이 머리에 명중했을 때였다. 환성들이 오르고 5명의 포수들이 죽어 자빠진 멧돼지를 에워쌌다.

"역시 총독 각하가 명포수십니다."

이완용이 아낌없는 찬사를 보냈다.

"그야, 어느 누가 총질에 나를 따르겠소!"

데라우치는 달려온 배정자에게 총을 내주면서 너털웃음을 웃었다.

"자아, 피를 먹읍시다! 고다마 군, 칼을 가져오게!"

고다마가 칼을 내어주자 데라우치는 멧돼지의 배를 타고 앉으면서 칼끝으로 목을 꽉 찔렀다. 멧돼지의 목덜미에서는 붉은 피가 분수처럼 뻗쳤다. 데라우치는 뻗치는 핏줄기에다 입을 가져갔다. 그는 벌떡벌떡 멧돼지의 피를 정신없이 빨아먹었다.

"자아들 이 뜨거운 피를 빠시오!"

데라우치는 시뻘건 피가 묻은 입언저리를 손등으로 쓱 문대면서 충혈된 눈으로 이완용을, 한상룡을, 배정자를 그리고 부하들을 돌아보고는 히히히 하고 웃는다. 흡혈귀吸血鬼가 있다면 그런 모습일까.

"난 비위가 약해서."

이완용은 외면했다.

"전 비려서 못 먹겠습니다요. 각하!"

한상룡이 배정자를 돌아다보았다.

"맙시사, 보기만 해도 끔찍해요!"

배정자가 눈살을 찌푸리며 돌아섰다.

"생피의 맛들을 모르고서야 무슨 수렵을!"

아카시가 멧돼지의 목덜미를 물고 난 다음 떠벌렸다.

고다마가 입에 문은 피를 수건으로 씻으면서 총독에게 말했다.

"각하, 좀더 마시시죠. 아직 덥습니다."

그들의 수렵여행은 그럭저럭 1주일이 더 계속됐다. 철원에서 하룻밤을 자고, 평강, 이목을 거쳐, 검불랑, 백암산에서 사슴을 찾다가 표범한 마리를 놓치고, 세포를 지나 추가령의 산협을 지나 함경남도와 강원도의 경계가 되어 있는 삼방협을 뒤졌으나 목적한 사슴은 구경도 못한채 꿩, 노루, 토끼를 몇 마리씩 죽이고, 신고산에서 아이를 잡아먹었다는 말승냥이를 쏘아 개가凱歌를 올린 것을 마지막으로 일행은 일로 귀경길에 올랐다.

"이번 수렵여행엔 두 가지 목적이 있었다. 하나는 이완용 자작과 배정자와 좀더 기탄없이 친해지고 싶었고, 다른 하나는 경원선 철도부설 예정지를 내 눈으로 직접 답사해 보고 싶었던 게다. 이 두 가지 목적이 다 성취된 셈인가? 핫하하."

돌아오는 길 마차 속에서 총독은 배정자의 무릎을 손으로 다독거리며 몹시 기분이 좋았다.

"이완용 자작과는 좀 의논해 둔 일이 있는데 배정자, 그대도 필요시에는 적극 협력해 줘야 해! 간밤에 내게 협력하듯 말야, 하하하."

"각하도, 무슨 일인데요?"

"두고 보면 알아."

데라우치는 배정자를 흔들리는 마차 속에서 끌어안았다.

"저녁 때 삐리켄 각하가 돌아오신다!"

사냥여행에서 돌아오는 총독 일행을 맞이하기에 조선총독부 관리들은 긴장과 함께 수선들을 떨었다.

"삐리켄 각하(뾰족 대가리 총독)가 이번엔 또 무슨 벼락을 내릴까."

총독부의 관리들은 술렁거렸다. 지금까지의 관례로 봐서 총독이 여행길에서 돌아오는 날에는 으레 벼락같은 긴급지시가 내리기 마련이었다. 그 여행이 지방 민정을 시찰하기 위한 것이든 흥청거리며 노닥거리는 단순한 휴가여행이었든, 총독부 청사에 들어서기 무섭게 총독은 그동안에 구상한 새로운 착상을 부하관리들에게 불쑥 내밀어 볶아대는 버릇이 있었다.

그러나 그날 총독부 관리들의 긴장과 조바심은 의외로 한낱 기우에 지나지 않았다. 정무총감을 비롯한 국장, 과장들의 영접을 받으며 수렵마차에서 내려선 데라우치는 더할 나위 없이 기분이 좋아 보였다.

"수고들 했어. 수고했어. 별일들 없었겠지?"

수렵복 차림의 데라우치는 청사 뜰 앞에 늘어선 부하 간부들한테 손을 번쩍번쩍 들어 보이면서 웃음이 제법 헤펐다.

데라우치가 3마리의 포인터를 거느리고 그의 관저로 돌아간 뒤, 입빠른 관리들은 안도의 숨결을 내리쉬면서 수군거렸다.

"야아, 삐리켄 각하께서 대단한 고기압이다!"

"재미를 톡톡히 보신 게로군."

"사냥 성과가 좋았던 모양이야."

"잡아온 멧돼지 고기를 몇 근씩 나눠 준다면서?"

"저치는 밤낮 먹는 소리뿐이야. 보다는 이유가 딴 데 있을걸. 일행 속에 꽃이 있었잖아!"

"배?"

"됐어 됐어, 그만 해둬!"

그의 부하들이 이러한 뒷공론이야 하든 말든, 관저로 돌아가 목욕탕에 비둔한 몸을 담가 버렸던 데라우치는 백설에 검게 그을린 그의 얼굴에다 연신 비누거품을 문질러대며 흐뭇한 웃음을 흘리고 있었다. 그러나 그가 흘리는 웃음의 의미를 아는 사람은 그 자신밖에 없었다.

욕탕에서 나온 총독은 미처 숨을 돌릴 사이도 없이 이왕직 차관李王職次官인 고미야小宮三保松를 전화로 불러냈다. 그는 덕수궁의 고종과 창덕궁 순종이 요즈음 어떻게 소일하는가를 세세히 물었다.

고미야의 대충 설명을 듣고 난 데라우치는 "당신한테 긴히 의논할 일이 있소이다. 저녁에 관저로 좀 와 주시오!"하고는 수화기를 놓았다.

그날 밤, 고미야는 까만 실크 해트에 역시 까만 모닝코트를 걸치고 총독 관저의 문을 들어섰다. 그를 맞이하는 데라우치는 은근하기가 이를 데 없는 거동이다.

'각하가 고미야 씨한테 왜 저렇게 정중할까?'

관저의 접대계 직원들이 고개를 갸우뚱거릴 만큼 그는 고미야한테만큼은 거드럭대지를 않았다.

이왕직 차관이라고 하면 어디까지나 조선 총독의 지휘명령을 받는 직책이다. 비록 창덕궁과 경복궁을 비롯한 크고 작은 구 왕가舊王家의 권속을 모조리 관장하고, 고종과 순종의 일상을 돌보는 궁내부宮內府의 실질적 책임자라 하더라도, 그의 임명권은 데라우치 자신이 가진 휘하의 관리이다.

그러나 데라우치는 나름대로 이왕직 차관 고미야만은 달리 생각했다. 이 사나이는 조선땅에 나와 있는 수천수만의 일본 관리, 군인, 그리고 사회, 문화인들 중에서 단연코 첫손에 꼽히는 신사이고 인텔리였다. 일찍이 미국은 물론 유럽 각국에 유학하여 서양의 발달된 신문화와 물질문명의 콧김을 마시고 돌아와서는 메이지 시대 최대의 정치가인 이토 히로부미와 지우知友를 맺은 다음 그를 따라 한반도에 건너온 이후, 그동안의 절제 있는 몸가짐은 물론 그 원만한 인격과 해박한 식견으로 모든 재한일인在韓日人들에게 존경받는 인물인 것이다.

데라우치는 그것을 알고 있다. 그래서 그는 고미야만은 언제나 융숭하게 대접했다. 고미야도 데라우치의 그 뜻을 안다. 그래서 그도 자기 상사인 총독에 대한 예의를 결코 소홀히 하지는 않았다. 그런데 오늘 이례적으로 총독의 부름을 받고 달려와 보니 무엇인가 심상치 않은 일이 있는 듯싶어 그는 내심 조용하지 못한 심사를 애써 달래면서 총독과 마주 앉았다.

"고미야 차관, 이태왕, 이왕 두 분의 요즈음 생활은 어떠한가요?"

데라우치는 잠시 전 전화로 물은 말을 다시 되풀이해서 물었다.

"이태왕 전하께선 기력이 노익장老益壯하신데 이왕 전하께선 건강이 고르지 못한 줄로 압니다."

"허어, 그래요? 창덕궁이 덕수궁보다도 건강상의 환경은 더 좋은 것 같은데."

"이왕 전하께선 본시 건강하신 기질이 못 된 어른으로 알고 있습니다."

"이왕의 건강이 그렇게 고르지 못하다면 안 되겠는걸!"

데라우치는 무엇인가 실망하는 듯한 어투였다.

"프랑스제의 포도주가 좋은 놈이 있는데, 우리 한잔 하실까?"

잠시 후 그들만이 마주 앉은 술상엔 뜻 모를 정적이 흘렀다. 서로 눈치를 보면서 경계하는 두 사람, 데라우치가 입을 연다.

"그런데 고미야 차관, 내 총독으로 여기 온 지 벌써 4년이 됐습니다요. 그동안 메이지 천황께서 붕어하셨고, 국내외로 정정政情이 몹시 격동한 바 있고, 금상 폐하께서 즉위하셨는데, 폐하께 조선 총독으로서의 떳떳한 선물 하나 올린 바 없는 게 마음에 걸리는구려."

"각하, 그건 겸사의 말씀이십니다. 각하가 아니었던들 조선통치가 이만큼이나 순조로울 수 없었을 것입니다. 더욱이 일한 합방의 대임을 치르고 뒷수습을 원만히 끝맺은 것만으로도 폐하께 드리는 선물치고는 최상의 것이 아니겠습니까?"

"허허, 고미야 차관. 조선합방이야 이미 이토 공작께서 지반을 닦아 놓은 뒤에 내가 부임했는걸 뭐. 참 당신이야말로 이 조선땅에서는 내 선배격이 되시지?"

고미야는 오늘따라 데라우치가 무슨 속셈이 있어서 이처럼 은근한 술자리를 마련하고, 또 이야기를 이렇게 외곽으로만 빙빙 돌리는지 몹시 궁금한 눈치였다. 주고받는 술잔이 몇 순배 거듭되자 데라우치도 고미야도 얼근히 취기가 돌았다.

창문이 흔들린다. 남산의 솔숲을 흔들고 가는 늦겨울 밤바람이 유리창을 흔들었다. 그 유리창 너머로 보름 지나 이운 반달이 늙은 은행나무 가지에 차갑게 걸려 있었다.

데라우치가 드디어 속셈을 털어놓기 시작했다.

"고미야 차관, 실은 한 가지 부탁이 있소. 이건 아무래도 당신의 힘을 빌려야만 될 일이라서….."

고미야는 술잔을 놓고는 데라우치를 쏘아본다. 반백의 터럭마저 긴장하는 것 같다.

"내 고미야 차관에게만 의논해 보는 말인데 한번 신중하게 연구해 보시오!"

데라우치는 지그시 고미야를 노려보았다. 그는 위압적인 눈총으로 자기 속셈을 털어놓았다. 그는 덕수궁에서 유폐생활을 하는 고종을 일본 본국으로 건너가게 하여 새로 즉위한 다이쇼 천황大正天皇에게 소위 천기봉사天機奉伺라는 이름으로 무릎을 꿇도록 해 보자는 것이었다. 만일 고종이 말을 안 듣는다면 순종이라도 왕궁에서 끌어내어 도일渡日시키면 어떻겠느냐는 것이다.

"대일본제국의 국위선양을 위해서 진작 있어야 할 일이었소."

데라우치의 이 말은 고미야에게 떨어진 명령이나 다름이 없었다.

고미야 차관은 술기운이 휙 가셔 버리는 모양이었다. 그는 앉은 자세를 바로 하면서 타고난 근엄한 표정으로 총독 데라우치를 마주 보았다. 그의 훤한 이마에서는 고민의 잔주름이 여울처럼 흘렀다. 그러나 결연히 입을 열었다.

"각하! 어려운 일이 아니겠습니까? 이태왕 전하나 이왕 전하의 입장이 되어 보십시오. 한 나라의 제왕이었던 분들입니다. 통치권을 빼앗긴 것만 해도 그분들로서는 철천徹天의 통한痛恨일 텐데, 이제 다시 또 도쿄로 가서 무릎을 꿇고 큰절을 하라는 것은 약자에 대한 지나친 희롱

이 아니겠습니까?"

총독은 입에 물었던 시가를 쑥 뽑았다.

"그래요? 고미야 차관은 조선인이시오?"

데라우치는 버럭 역정을 내다가 억지로 참는다.

"고미야 차관! 이태왕이고 이왕이고 우리 속방의 이름뿐인 왕공족 이외다. 황공하옵게도 천황 폐하께오서 책봉한 왕족에 불과하단 말이외다."

고미야는 그러나 수그러지지 않았다.

"각하! 그것은 저네들이 무력해서 피동적으로 당한 수모가 아닙니까? 인간적 대접을 해주는 게 대국민의 도량입니다. 아무래도 그 두 분은, 5백 년을 이어오는 이 땅의 군주라는 생각이 골수에 맺혀 있습니다."

"그건 실속 없는 그네들의 집념일 뿐이오!"

"옳습니다. 실속 없는 집념이나마 그것이 그 두 분의 체면입니다. 대륙의 영향을 깊이 받아서 체면을 매우 중히 여기는 전통이 있습니다. 그 체면에다 침을 뱉는 것은 너무 가혹합니다."

고미야 차관의 대답은 예상보다도 훨씬 냉랭하고 강경했다.

총독은 배알이 뒤틀리는 모양이었다. 그는 불붙은 시가에 자꾸 성냥불을 그어댔다. 숨결이 고르지 못한 탓일까, 시가는 그의 입에서 자꾸 삐뚤어졌다. 일본인 고미야는 다시 말을 계속했다.

"각하, 병자호란 때 삼전도三田渡의 비극을 들으신 일이 있으시겠죠? 남한산성 밑 나루터에 조선의 군왕이 항서降書를 들고 나가 청 태종한테 무릎을 꿇었던 일 말이옵니다. 조선사람은 그 일을 씻을 수 없는 치

치적을 박람회로 집약해 보시는 것도 좋지 않겠습니까?"

고미야는 박람회 이야기를 장황하게 늘어놓음으로써 자기로 하여금 고종이나 순종을 설득시켜서 일본으로 건너가게 만들려는 데라우치 총독의 잔혹한 책략의 화살을 슬쩍 피하려 했다.

고미야의 설득은 주효했다. 총독은 군인기질답게 자기주장을 간단히 철회하고는 박람회 안에 대해서 결정적인 관심을 나타냈다.

"그거 퍽 재미있는 착상인 듯싶구만! 호오, 역시 구미문물歐美文物을 많이 견문하신 고미야 차관다운 말씀이오. 그러면 우리 이제까지의 이야기는 없었던 것으로 치고, 박람회 안이나 추진해 봅시다. 허허, 박람회라, 박람회! 기발한 아이디어인지도 몰라!"

밤이 깊어서야 데라우치와 헤어져 창덕궁으로 돌아가던 고미야는 인력거 속에서 중얼댔다.

'왕도王道를 모르는 사나이, 데라우치는 너무 무식하다. 원래 호반무인은 무식한 거지만, 그러나 데라우치는 지나치게 잔혹한 인간이야. 어서 본국으로 돌아가야겠구나, 저렇게 비정한 무인 밑에서 나의 인도주의적 만절晚節을 더럽히기보다는. 그래도 이토공은 큰 인물이었것다!'

그는 총독이 머지않아 자기를 그 직에서 면하리라는 것을 예감했다.

그날 밤, 총독은 고미야가 남기고 간 말을 되씹으면서 한편으론 괘씸하게 여기고, 또 한편으로는 박람회 개최안에 대해서 회심의 미소를 지었다.

'박람회는 서둘러 개최해야 되겠다.'

본국으로부터도 황족을 비롯한 고관대작들을 모조리 초치해서 조선총독으로서의 그동안의 치적을 마음껏 자랑해야 되겠다.

그러고 보니 그런 아이디어를 불쑥 던지고 간 고미야 차관이 여간 고맙지가 않다. 그러나 데라우치는 집념이 강한 사나이였다. 그는 생각할수록 고미야의 성자聖者인 체하는 태도가 비위에 거슬렸다.

'건방진 놈! 이 데라우치한테 정면으로 거역을 해!'

데라우치는 고미야에게 당한 수모를 돌려주리라고 작정했다.

'이왕을 도쿄로 보내고야 만다! 누가 뭐래도 천황 앞에 가서 무릎을 꿇게 한다. 이왕은 가라고 하면 갈 위인이다. 고미야 제가 뭐라고 그렇게 하기 좋은 말이나 하고 있느냐 말이다.'

데라우치는 결심했다. 박람회 안은 좋다. 조선에서의 잔치는 박람회다. 도쿄에서의 잔치는 또 그것대로 베풀어야겠다. 어리숙한 이왕을 도쿄로 끌고 가서 그럴싸하게 잔치를 베푸는 것이다.

'좋다! 박람회 관계는 아오야키青柳군에게 맡기자! 그놈은 언론계에 오래 관계한 놈이니까 그런 일 꾸미는 데는 적격일 거야. 이왕을 일본으로 끌고 가는 일은 누구한테 맡긴다? 시답잖으면 내가 직접 나서지!'

데라우치는 사냥여행의 피로도 잊은 채 그날 밤 궁리가 많았다.

창밖엔, 바람 소리가 한결 차갑게 울고 간다. 총독 데라우치는 갑자기 취기와 피로가 몰려와 자리에 들었다.

----◀●●▶----

이완용에게 밀령을 내려서 내부공작을 추진하고, 고미야 차관에게 지시해서 공식경로로 고종의 도일渡日을 종용하려던 계략이 차관의 완곡한 만류로 차질이 생기자, 오랜 연구 끝에 데라우치는 자신이 직접

고종을 찾아보기로 했다.

총독은 어느 날, 민병석 이왕직장관에게 직접 전갈하여 '덕수궁 이태왕 전하께 사후伺候할 것이니' 그리 알고 절차를 밟아두라고 일렀다.

이듬해 4월도 다 가는 어느 봄날, 새로 심어놓은 벚꽃나무에 꽃잎이 한창 이지러진 한낮을 타서 데라우치 총독은 덕수궁 함녕전으로 고종을 찾아갔다.

총독이 함녕전 층계돌을 올라서자, 고종은 반백의 수염을 쓰다듬으며 근엄하게 그를 침전으로 맞아들였다.

"전하의 일상과 건강이 궁금하기로…."

데라우치가 허리를 굽히자,

"아직 이렇게 살아 있소이다. 총독께서도 그동안…."

양 편에서 다 말끝을 흐리면서 형식적인 수인사를 나누고는 대좌했다.

민병석閔丙奭 장관이 배석하고 달리는 사람을 들이지 않았다.

잠시 긴장과 침묵이 흘렀다.

"오늘은 어떻게…."

고종은 총독의 반들거리는 대추씨 머리에 시선을 쏟고 있었다.

데라우치는 가슴을 펴고 민병석을 돌아봤다.

"전하께 문후 드린 지가 하도 오래된 듯싶어서…."

총독은 앉은 의자를 바로잡으며 벽에 걸려 있는 자수로 된 사군자四君子 족자를 눈여겨본다.

"그렇다면 날씨가 화창한 봄인데 여기 앉아 있을 것 있겠소. 마침 총독께 보여 드릴 게 있소이다. 뜰로 나갈까요?"

"전하, 뜰에 사쿠라가 이삼 일이면 만개할 것 같습니다."

"참 어린이들이란 귀여운 것이오. 어린애들이 천진난만하게 뛰노는 것을 보고 있으면 온갖 잡념을 잊게 되더군. 그래서 요즈음 덕수궁 안에 유치원을 하나 만들었소. 어린 자녀들을 모아 놓고 뛰노는 광경을 바라보며 소일하고 있소. 고놈들을 보고 있노라면 이 늙은 몸도 동심이 된단 말야."

대화가 자꾸 엇갈리기만 했다. 데라우치의 태도도 유들거렸다.

"지당하신 말씀이십니다. 아이들이란 순진무구할 뿐 아니라 꽃보다 아름답고 싱싱하니까요."

데라우치가 맞장구를 쳤을 때 고종은 서글프게 웃고 있었다.

"우리 유치원이나 구경하시겠소? 번거로운 정무에 시달린 머리를 잠시 쉬실 겸…."

그들은 함녕전을 나와 그 옆에 자리 잡은 즉조당即祚堂으로 걸음을 옮겼다. 즉조당에 마련된 유치원에는 20여 명의 인형 같은 어린이들이 뛰놀고 있었다. 모두 고귀한 집 자녀들이라 화려한 옷차림에 때깔들이 고왔다.

고종과 데라우치 총독이 미리 마련된 의자에 나란히 앉자, 유치원 보모의 손에 이끌린 아이들이 공손하게 인사를 올리고는 노래를 부르고 춤을 추기 시작했다. 데라우치는 짐짓 몹시 흥겨워 보였다. 그는 어린이들의 고사리 같은 손이라도 잡아 주려고 손을 내밀었다. 그러나 어린이들은 고종에게는 방실방실 웃음을 보였지만 총독에겐 두려움이 앞서는 듯 낯설어 했다.

"호호오, 고놈들이 나를 경원하는구먼!"

데라우치는 겸연쩍게 웃었다. 그때였다. 고종은 머리 위에 손을 얹

고 깡충깡충 뛰는 어린이들 가운데서 한 여자애를 특별히 불러내어 무릎에 앉혔다.

"총독! 요놈이 내 만년의 귀염둥이요. 이 애가 있어서 덕수궁은 항상 웃음이 끊이질 않지요. 내 노후의 쓸쓸한 마음을 위로해 주는 것은 오직 요것뿐이라오."

고종이 무릎 위에 올려놓고 데라우치에게 인사를 시킨 그 어린이는 여섯 살 난 덕혜옹주德惠翁主였다.

"허허 참으로 귀엽게 생겼습니다. 전하께 이런 공주가 계셨는 줄은 미처 몰랐사옵니다. 참으로 즐거우시겠습니다."

데라우치는 덕혜옹주의 머리를 몇 번이나 쓰다듬었다.

덕혜옹주는 고종이 만년에 복녕당福寧堂 양귀인梁貴人에게서 얻은 소생이다. 세자 은垠은 일본에 건너갔고, 엄비嚴妃 또한 세상에 없는 지금, 고종이 낙낙한 사랑을 쏟을 곳이라고는 덕혜옹주 이외에 또 있을 수 없었다.

그러나 왕실의 엄격한 전법典法은 고종의 그런 사랑마저 방해했다. 왕비나 계비의 소생이 아니라는 이유로 덕혜옹주는 왕가에 입적도 못했다. 더욱이 지금은 이왕가의 전법도 일본황실의 그것을 따르도록 되어 있는 처지이므로 고종으로선 여간 가슴 아프게 서운한 일이 아니었다. 고종은 총독의 갑작스런 사후伺候엔 반드시 까닭이 있을 줄로 알고 그의 입에서 다른 소리가 튀어나오지 못하게 덕혜옹주의 재롱을 보여 준 것이다. 미상불 고종의 그런 기지는 정통으로 들어맞았다. 기선을 제압한 것이다.

총독부로 돌아온 데라우치는 고다마 총무국장에서 덕수궁에서 일어

난 일을 설명한 다음 말했다.

"허허 그것 참, 그 어린것들 재롱 앞에서는 까다로운 이야기를 꺼낼 수 없더군. 오늘은 이태왕한테 보기 좋게 당한 셈이야. 그분의 사람 다루는 솜씨가 보통 아니더라….."

그러나 조선 총독은 하나의 선심 포석을 잊지 않았다. 민병석 이왕직 장관과 고미야 차관에게 긴급히 지시했다.

"덕혜옹주를 왕가에 입적시켜 이태왕의 왕녀로 책봉할 절차를 밟아라! 본국 궁내성에 그 뜻을 분명히 전달하도록 조치하라."

물산공진회物産共進會

고종 또는 순종의 도일안渡日案을 가지고 덕수궁을 찾아갔다가 미처 발설도 못해 보고 돌아온 데라우치는 아예 그 일은 당분간 덮어두는 것이 현명하리라 생각했다. 그는 이완용에게도 밀한密翰을 보내, 그 계획은 일단 포기하기로 했으니 고종에게나 순종에게나 섣불리 기맥을 대지 말라고 연락했다.

그러고 보면 이제 남은 큰 일은 박람회를 빨리 열도록 하는 사안이었다. 데라우치는 경성신문사 사장인 아오야키青柳南冥를 총독 관저로 불러들여 그의 의견을 들어보기로 했다.

총독의 부름을 받고 그의 관저로 찾아간 아오야키는 기대가 컸다. 그동안 신문발행에 가해졌던 가혹한 제한을 이제야 풀어 주려는가 싶어 내심 기대가 컸었다. 그런데 총독의 이야기는 전혀 엉뚱했다.

"아오야키 군! 자네에게 의논할 일이 생겼네. 자넨 잘 알겠지? 박람회라는 것 말야."

"박람회 말입니까? 그것 물산회라고 부르는 사람도 있습니다. 그런

데 각하, 박람회는 왜?"

"아오야키 군! 내 말을 들어보게, 총독정치도 이력저럭 4년이란 세월이 흘렀지. 그동안 이 조선과 조선민족에겐 많은 변화가 있었잖은가. 황은皇恩에 욕浴해서 눈부신 발전을 하기 시작했네. 안 그래? 내 생각으로는 이 기회에 그 박람회라는 것을 열어서 한번 떠들썩한 잔치를 베풀어 볼까 하는데 어떤가?"

데라우치의 눈총은 아오야키를 무섭게 쏘았다.

아오야키는 즉석에서 대답했다.

"각하, 얼마 전에 〈매일신문〉 사설에 대정박람회大正博覽會를 열어보도록 하라는 글이 실린 적이 있었는데 본국에서라면 모르지만 조선에서는 아직 이른 감이 있지 않겠습니까?"

"〈매일신문〉에 그런 사설이 실려 있었던가? 요즈음은 도무지 일이 바빠서 신문 같은 걸 유심히 안 봤더니만."

총독은 예나 지금이나 신문을 좋아하지 않았다. 그의 비서들이 중요한 뉴스 기사에 붉은 잉크칠을 해서 올리면 건성으로 훑어보는 정도였다. 그러나 오늘은 마주 앉은 상대가 신문인이다. 신문을 정면으로 짓씹을 수도 없어서 일을 핑계 삼아 어물어물 넘어가려고 한다.

"아오야키 군! 본국이라면 몰라도 조선에서는 아직 시기가 이르다니 무슨 뜻이지?"

데라우치는 약간 실망한 듯한 눈치였다.

"각하! 박람회를 열자면 3가지 요건이 구비되어야 하는 줄로 압니다. 첫째로, 박람회란 말하자면 물산전시회와 같은 것이므로 대회장을 풍성하게 장식할 만한 출품 품목이 있느냐 하는 것이고, 둘째로는, 물

건도 많이 동원되어야 하지만, 사람을 더 많이 동원해야 합니다. 그러고 또 물건들을 박람회장에 쉽사리 운반할 뿐만 아니라 박람회를 구경하는 사람들에게 교통과 숙소의 편의를 봐 줄 수 있을 만큼 철도는 물론 모든 운수기관과 호텔 숙소 같은 부차적인 조건이 구비될 수 있느냐 하는 점입니다."

"철도시설과 호텔이라? 으음 그럴듯한 말이야!"

"다음에는 박람회의 명분입니다. 많은 경비를 들여가며 개최한 그 박람회가 이렇다 할 명분이 없고, 끝난 다음에도 별 소득이 없다면 그 거야말로 꽹과리를 의미 없이 두드려댄 꼴이 아니겠습니까?"

"명분이야 있지, 있고말고. 그리고 첫 번째 요건도 그만하면 돼. 그런데 그 철도와 호텔 숙소 같은 게 문제로군. 호남선과 경원선만 빨리 개통되면 수송은 해결되지만!"

아오야키의 설명을 듣고 난 총독은 자신이 너무나 성급하게 흥분한 듯싶어 스스로 민망해졌다.

그는 다음날 아침, 정무총감에게 이 박람회에 대한 이야기를 장황히 늘어놓고는 호남선, 경원선의 철도부설을 예정 기일보다 당겨서 끝내라고 강력히 지시했다.

"근사한 호텔을 새로 짓도록 하게. 조선호텔이라고 이름 지을까?"

데라우치의 긴급명령은 또 여러 가지가 있었다. 경무국장에게는 철도부설에 동원될 인부들을 지방 헌병대로 하여금 채찍질하도록 엄명이 내려졌고, 앞으로 개최될 박람회에 대비해서 조선 대내적인 치안은 물론 해외에서 날뛰는 불온분자들의 동태를 세밀히 파악하고 동정을 철저히 감시하도록 못을 박았다. 박람회를 빙자해서 이 기회에 '지저분한

것들'을 말끔히 쓸어버리라는 명령이었다.

　경무국의 아카시 중장이 버티고 앉은 기밀실. 책상 위에는 총독정치에 반대하고 잃어버린 제 조국을 도로 찾으려고 지하에서 혹은 국외에서 활동하는 조선의 독립운동가들에 관한 정보기록이 날로 늘어났다.

　일본헌병대는 물론 소위 보조헌병이라는 허울 좋은 권력에 단맛을 들인 부일배附日輩들과, 멀리 미국이나 상해, 만주, 시베리아, 그리고 일본 도쿄에 비밀 파견된 밀정들로부터 시시각각으로 보고되는 정보로 경무국의 전신망은 난마亂麻처럼 뒤엉켰다.

　미국 로스앤젤레스에서는 안창호를 중심으로 흥사단興士團이 결성되었고, 하와이에서는 이승만을 중심으로 국민회가 조직되고 〈태평양잡지〉라는 기관지가 창간되었다는 정보가 들어왔다.

　중국 땅에 망명한 신규식申圭植은 동제사同濟社를 조직하여 활약하던 중, 손문孫文과 두터운 교분을 맺어 한 · 중 혁명 동지 연합체인 신아동제사新亞同濟社를 결성했다는 심상찮은 소식이 들려왔다. 그런데 다행스럽게도 원세개袁世凱 일파에게 몰린 손문이 그의 동지인 황흥黃興과 함께 일본으로 망명했으므로 신규식의 동제사는 유명무실해졌다는 소식이 있어 경무국장은 그런대로 기뻐했다.

　시베리아의 치따에서는 이강李剛이 중심이 되어 그리스 정교회의 기관지 〈정교보〉正敎報가 발행되었다. 그 기관지는 시베리아로 유랑하는 나라 잃은 조선인들의 울분과 독립을 위해 몸부림치는 투지가 충만하

312

다고 했다. 그러나 〈정교보〉는 국내에까지는 들어오지 않았다.

조선 안에서의 동정도 복잡했다. 한말의 명신名臣이고, 기독교 청년회 종교부장인 이상재李商在가 기독교에 관한 일을 핑계로 해서 일본 도쿄에 잠입한다는 정보를 포착하고 두 명의 밀정들을 딸려 보냈지만 이렇다 할 사건의 실마리를 잡질 못했다.

천도교 3세 교주 손병희孫秉熙에 대해서도 날카로운 감시망을 폈다. 그러나 종교계의 조직계통으로 내려가는 상부의 지령은 워낙 철통같이 밀봉되어 있으므로 불온한 첩보를 빼낼 수가 없었다.

1914년 봄 손병희는 전국 37개 대교구의 백만 교도들에게 만사를 무릅쓰고 한 몸을 의롭게 바칠 결사정신決死挺身의 근기根氣를 양성하라는 지시를 내리면서 '이신환천'以身換天을 수련하여 만일의 큰일에 대비하라고 강조했으나, 경무국에서는 손병희 교주의 진의를 알아채지 못하고 흘려버렸다.

그러나 한편으로는 소득도 있었다.

1913년 9월, 서울에 독립의군부獨立義軍府 중앙순무총장中央巡撫總將을 두고 각 도에는 도순무총장을, 각 군에는 군수를, 면에는 향장鄕長을 배치하여 흡사 총독부의 관제기구와도 맞서는 임시정부 형태의 조직을 갖추고는 일본의 총리대신은 물론 조선 총독을 비롯한 이 땅의 크고 작은 관헌들에게, 조선의 국권을 모두 내놓으라는 국권반환 요청서를 내는 한편, 해외의 여론도 크게 환기시키려고 '한국인은 일본의 통치를 결코 용납하지 않는다'는 연판장 성명서를 내돌리던 독립지사들이 경무국 고등경찰과에 걸려들어 일제히 검거됐다.

임병찬林炳瓚을 영수로 하는 이들 독립의군부 사건에 관련된 지사들

은 유림과 의병에 참여했던 사람들이 대부분이었다.

"여어, 축배를 들자! 구니도모 군! 이런 사건이 가끔 있어야 일할 맛도 있지. 저 안악 사건이나, 신민회 사건 같은 것은 우리가 꾸몄대도 할 말이 없지만 독립의군부 사건은 명명백백한 증거가 있지 않아. 칼에 녹이 슬지 않으려면 이런 사건이 심심찮게 있어야 하는 법이야. 이것으로 105인 사건에서 입은 상처는 아물게 된 셈인가?"

경무국장은, '독립의군부 사건'이 알맞은 때에 알맞은 곳에서 일어난 전화위복의 소지素地가 아니냐고 기뻐했다.

그러나 그들은 독립의군부 사건으로 경향 각지가 왁자지껄할 무렵, 경상북도의 풍기와 대구에서 죽음을 맹세한 애국지사들이 두 주먹을 불끈 쥐고 광복단光復團을 조직하여 지하운동에 나서고 있으리라곤 미처 깨닫지 못했다. 아카시도 구니도모도 독립의군부 사건으로 들떠 있었기 때문이다.

북간도北間島로 흘러가는 경상도의 유랑민들이 낙동강을 건너갈 뱃길을 기다리며 떼를 지어 모여드는 이른 봄철.

머리에 백설을 이고 푸른 하늘 아래 유연히 뻗어 내린 소백산맥은 충청북도와 경상북도 경계에 이르면 그 장엄한 산세가 낙동강을 몰면서 약세로 흐른다. 그리고 무주에 이어지면서 다시 고개를 든다.

3월인데도 발악하듯 휘몰아치는 삭풍朔風은 아직도 맵고 차가웠다.

풍기는 경북 영주와 충북 단양 땅에 접한 쓸쓸한 한읍寒邑이었다. 풍기에는 경상도에서 조상 전래의 농토를 빼앗기고 남부여대男負女戴 거지 떼가 되어 북상하는 북간도 이주민들로 연일 북적대고 있었다.

"유 동지, 저 동포들을 보시오! 무슨 죄가 있다고 정든 고향땅을 저렇

게 등져야 합니까. 빌어먹을! 한 천석꾼만 되어도 저 불쌍한 동포들을 이 고장에 정착시켜서 교육도 하고 훈련도 시켜 독립군을 만들겠는데!"

"채 선생, 갑부가 아니라도 장총 5백정만 있으문 좋갔구만, 그 총을 저들 장정 어깨에 메워서 당장 서울까지는 쳐들어갈 수 있지 않겠소!"

자그마한 고을이나마 이 고장의 유지, 채기중蔡基仲과 유장열柳璋烈이 어느 날 그런 말을 주고받았다.

"우리, 동지들을 규합해서 큰일을 해봅시다. 채 선생만 앞장 서 주신다문 내야 채 선생의 수족노릇을 눈 딱 감고 해드리겠소."

유장열 청년이 채기중의 결심을 종용하는 말이다.

며칠 후 채기중을 중심으로 유장열, 유창순庾昌淳, 한훈韓焄, 강병수姜炳洙, 김병열金炳烈, 정만교鄭萬敎, 김상옥金相玉, 장두환張斗煥, 황상규黃尙奎, 이각李覺 등이 비밀결사 '대한광복단'大韓光復團을 조직했는데, 이들은 그 활동범위를 전국으로 넓혀 갔다.

때마침 대구 지방에도 비밀결사가 생겨났다. 박상진朴尙鎭, 양제안梁濟安, 우재룡禹在龍, 권영만權寧萬, 김경태金敬泰, 엄정섭嚴正燮 등이 독립단을 만들었다.

풍기 지방의 독립단과 대구의 독립단은 서로 접선하여 '광복회'光復會라고 이름을 통일하고는 일본 침략세력을 이 나라 강토에서 몰아낼 때까지 죽음으로 싸울 것을 선서문에 기록하고는 동지마다 혈서血書로 굳은 뜻을 다졌다.

그들은 러시아의 블라디보스토크를 중심으로 활약하는 권업회勸業會와 부인회婦人會에도 사람을 보내 접선했고, 이상룡李相龍, 여준呂準, 윤기섭尹琦燮, 이탁李鐸 등의 부민단扶民團을 찾아서 동지를 남만주로

파견했다. 북만주 홍안령산맥 기슭에도 강력한 독립군이 서일徐一을 중심으로 뭉쳐졌다는 풍문을 듣고 광복회 간부들은 그들과의 접선을 꾀해 밀서를 보냈던 것이다.

그러나 이 광복단의 활약을 전혀 눈치 채지 못한 경무국의 아카시 중장이었지만 '독립의군부 사건'을 잘 아물린 공로라 해서 총독으로부터 큰 칭찬을 받았다. 그의 공로라는 것은 다시 도쿄 일본정부에까지 전해졌다. 그리고 그에게는 과분한 논공행상이 있었다.

1914년 4월, 진고개에 있는 일본식 요정 파성관 정문에는 흰 포장이 봄바람에 너울거렸다. 이렇게 쓰어져 있었다.

— 明石元二郎 각하 臺灣總督 榮轉 및 立花小一郎 각하 警務局長 就任 祝賀宴 會場

벌써 며칠째 계속된 연회였다. 데라우치 총독이 베푸는 연회를 필두로 해서 이완용, 조중응, 송병준 등이 마련한 연회가 차례로 있었는가 하면 재경 일본인거류민단이 성대하게 주선한 연회도 연일 흥청거렸다. 그러나 오늘은 경무국의 주요 간부들끼리만 모이는 연회였다.

마침 각 도 경찰부장이 신·구 경무국장에게 인사를 드리려고 상경했던 참이라 그들까지도 어울려서 오늘의 연회야말로 조선 팔도강산을 총칼로 주름잡는 최고 '실력자'들의 은밀한 집합이었다. 모두가 군복을 걸치고 군도를 절그럭거리는 험상궂은 사나이들뿐이다.

아카시와 다치바나立花가 번갈아가며 일장 연설로 인사했다. 그리고

는 연거푸 건배를 들었다. 아카시는 몹시도 홍겨운 모양이었다. 그는 후임자인 다치바나에게 구니도모 고등과장을 비롯한 부하 간부들을 소개하면서 과장된 칭찬을 서슴지 않고 했다.

"에에또, 저 경상북도 경찰부장으로 말하자면…."

아카시는 떠나는 이 마당에 부하들에게 대한 입에 발린 칭찬쯤 싸구려로 팔아버린들 아쉬울 것 없다고 생각해선지, 있는 일 없는 일 닥치는 대로 주워대면서 그들을 추켜올리기에 인색하지 않았다.

"에에또, 치안은 말이요, 이제는 완벽에 가까울 지경이오. 내 이런 말하긴 좀 그렇지만 다치바나 당신은 복이 많은 사람이외다. 내가 처음 조선에 부임했을 땐, 일본인들은 마음 놓고 거리에 나가지도 못할 지경이었소. 조선놈들이 어떻게나 극성스럽게 우리들을 적대시하는지. 당신은 기억하겠지. 이토 공작의 암살사건을. 이완용 백작도 대낮에 칼을 맞았잖소. 그때를 생각하면 이제는 조선도 지상낙원이오."

아카시는 합병 전후의 불안했던 치안상태를 장황히 늘어놓음으로써 그동안의 자기 업적을 은근히 과시하기를 잊지 않았다.

"이제는 말이외다. 조선놈들은 독립이니 배일이니 하는 생각보다는 그날, 그날 밥이나 세 끼씩 먹고 신파新派구경이나 하면서 눈물을 찔끔거리는 것으로 낙을 삼는다오. 다치바나 국장, 당신도 앞으로 시간 나는 대로 저 단성사나 연흥사 같은 델 한번 가보시오. 신파연극을 한다고 구경꾼들이 모여드는데 굉장한 인기를 끌고 있지요. 나도 한두 번 가봤소이다. 그 연극의 끝장이 언제나 값싼 눈물을 쥐어짜는 것이지요. 장내는 울음바다가 되고. 다치바나 국장, 내 생각 같아선 신파연극을 장려하면 좋겠소. 에에또, 언젠가 구니도모 군도 그런 말을 했지?"

아카시는 고등과장의 동의를 얻으려고 음성을 높였다.

아카시가 말하는 신파연극이란 '혁신단'이나 문수성文秀星이 전개한 조선인들의 연극운동이다. 임성구林星九가 이끄는 혁신단이나, 윤백남尹白南, 조일재趙一載가 만든 문수성 같은 극단은 이 나라 연극운동의 개척자임엔 틀림이 없다. 그러나 그들이 무대에 올리는 신파극이란 그 테마 자체가 지나치게 나약한 감상주의였고 정말 값싼 눈물의 강요였다. 때로는 권선징악을, 풍속개선을, 때로는 민지개발民智開發을, 진충경효盡忠敬孝를 테마로 삼은 작품들이 없었던 것은 아니지만, 언제나 비장悲壯 취미가 지나치게 곁들여진 싸구려 판이었다.

웃음보다는 눈물을, 만나는 기쁨보다는 헤어지는 슬픔을, 삶보다는 죽음을, 사랑보다는 배신을, 저항보다는 체념을 두드러지게 강조하는 그 신파연극들은 나라를 잃고 허탈상태에 있는 일반 민중이나 실없는 부녀자들한테는 다시없는 위안이 돼서, 비판 없는 민중의 공명을 불러일으킬 만했다.

경무국에서는 신파연극이 많은 관중을 동원한다고 해서 처음에는 날카로운 눈으로 감시했다. 그러나 그 결과를 깊이 분석해 보니 눈물과 체념을 테마로 하는 신파극은 불온하기는커녕 총독부가 강압정치를 밀고 나가는 동안 민중에게 다른 위안을 줄 수 있는 좋은 방법의 구실도 하고 있음을 알아냈다. 아카시가 떠나는 마당에 후임 경무국장에게 신파연극 이야기를 꺼낸 것도 우연한 화제는 아니었다.

"에에또, 다치바나 국장! 내 한 가지 서운한 일이 있소. 조선의 박람회를 못 보고 떠나는 일이오. 총독께서 무척 관심을 쏟는 일인데."

아카시는 정말 박람회를 못 보고 떠나는 것이 가장 서운한 모양이었

욕으로 알고 세월이 갈수록 호국解國에 대한 적개심을 불태웠습니다."

그러나 총독은 용케도 참아가며 대화를 중단하지 않았다.

"고미야 차관, 당신은 역사와 현실을 혼동하는 건 아니겠지? 어째서 지금의 형세를 병자호란 때에 비기려 하는 게요?"

"제 생각 같아선 무력으로 지배한 다음에는 덕으로 다스려야 하리라고 확신하옵니다. 언젠가 각하께서도 덕수궁과 창덕궁의 이왕가에 대해서는 지나친 간섭을 하지 말고, 궁중에서 안일한 여생이나 보낼 수 있도록 하는 편이 상책이라고 분부하신 적이 있지 않습니까. 그것은 무력을 뒷받침으로 한 각하의 훌륭한 덕치정책德治政策이라고 생각하여 소관은 감격하고 또 그렇게 노력했습니다."

고미야는 총독의 비위가 몹시 뒤틀린 것을 짐작하자 그의 다른 공적들을 한참 추어올려 주고는, 갑자기 화제를 엉뚱한 방향으로 돌렸다.

"각하! 가령 말이옵니다만, 그동안 각하의 지도 아래 조선 판도 내의 모든 문물이 새 세상을 만난 듯이 발전하였은즉 그동안의 치적을 단적으로 나타낼, 말하자면 박람회 같은 것을 열어 보면 어떨까 합니다."

"박람회라?"

총독은 박람회의 이미지가 언뜻 머리에 떠오르지 않는 모양이었다.

"각하! 박람회는 이 조선땅에서 생산되는 모든 농산물이나 광산물, 수산물, 공예품, 미술품, 공업 생산품 등은 물론, 발전하는 과학 문화까지를 모조리 한자리에 모아 놓고 국내는 물론 해외 사람들까지 널리 불러들여 보이고 선전하는 행사를 말합니다. 다시 말하면 조선의 경제적, 문화적 발전상과, 높아지는 민도를 일목요연하게 전시하는 것이지요. 이미 각하의 시정始政도 4년이란 세월이 흘렀사온즉 그동안 각하의

다. 아카시는 처음부터 혼자 독판을 쳤다. 신임 경무국장 다치바나는 좌석이 거의 흐트러질 무렵에서야 조용히 입을 열었다.

"아카시 대만총독 각하! 경무국의 선배님! 떠나시기 전에 후배로서 각하께 여쭤야 할 일이 있습니다. 첫째, 각하가 총독 각하를 모신 그 요령이 궁금하고, 둘째로는, 조선민중 앞에서 경무국장의 체통을 어떻게 세워야 하는가, 아카시 선배께서는 다년간 경험을 쌓으셨으니까 그 점을 이 후배에게 전수해 주시고 떠나셔야 합니다."

"에에또, 총독으로 말하자면, 에에또, 뭐라고 할까 …."

아카시는 이날따라 유난히 에에또(저어) 소리를 연발하면서 대답의 실마리를 찾느라고 이맛살을 찡그린다.

"에에또, 총독은 고집불통의 완고한 장군이랄까, 의욕과 자존심은 더할 수 없이 강하신 반면에 사무적인 면에는 작전참모처럼 꼼꼼하기 이를 데 없는 분이외다. 에에또, 솔직히 말해서 이토 공이나 오야마이와오大山巖 원수나 오쿠마 시게노부大隈重信만큼은 큰 그릇이 아니시지만 돌다리도 두드려 건너가는 침착성과 의욕적인 행동으로 봐서 언젠가는 재상 자리를 차지할 분입니다. 그분에게는 '적당히'라는 말이 통하지 않습니다. 무슨 일이든지 주도면밀한 분석표와 계획서를 가지고 달려들어야지. 그리고 에에또, 조선민중 앞에서는 경무국장의 태도로 말한다면 에에또…."

아카시는 상반신을 한번 흔들고 나서

"조선놈들이야 마구 짓눌러야지 별 수 없어요. 가만히 내버려 두거나 온정을 베풀면 우리를 얕잡아 보고 극성을 부립니다. 그들은 저들의 조상이 일본에 문화를 전파했다는 자존심이 골수에 박혀서 우리들을 왜놈 왜놈 하고 멸시하려 듭니다요. 그 주둥아리들을 칵 문질러 놓고 숨도 못 쉬도록 눌러야 해요. 언론 자유? 천만의 말씀이지. 깔봐서는 안 됩니다. 그놈들의 인내력은 여간 아니어서 목덜미를 잡히고도 노랫가락이나 수심가를 부를 수 있을 만큼 능청을 부리는 족속입니다. 그러니만큼 에에또, 당신도 교묘한 분열정책을 써야 해요. 서로 이간질을 시켜서 저희끼리 싸우고 아귀다툼하고 서로 잡아먹도록 말입니다. 우리는 팔짱 끼고 구경만 하면 됩니다. 떡은 저절로 우리 입에 굴러들기 마련이니까."

아카시의 요설饒舌은 좀체로 끝나지 않았다.

파성관의 불빛은 새벽토록 켜져 있었다. 일본기생이 뜯는 샤미센三味線의 음률이 목청을 쥐어짜는 니니와부시浪花節와 함께 잠들어 있는 거리에까지 은은히 새어나오고 있었다.

1914년 3월, 총독부에서는 새로운 관계를 포고하여 조선의 부·군·면을 폐합하고 97개의 군을 폐지해 버렸다.

같은 달 22일에는 호남선湖南線의 개통식이 있었다. 그 무렵 공교롭게도 아메리카 대륙의 허리를 잘라 잇는 파나마 운하가 곧 개통된다고 해서 온 세계가 떠들썩했지만, 조선 총독은 호남선의 개통이 더 큰 성사라서 기고만장했다.

7월에는 발칸 반도의 험악한 정세가 마침내는 유럽 전쟁으로 확대되어 일본도 한 달 뒤에 대독對獨 선전포고를 하기에 이르러 제 1차 세계

대전으로 확대됐다.

9월 16일에는 경원선京元線이 개통되어서 북으로 가는 유랑민의 한숨 소리로 뭉친 구슬픈 기적 소리가 원산항에 울려 퍼졌고, 10월 3일에는 화려한 조선호텔의 낙성을 보았다.

세상은 주마등走馬燈처럼 바뀌어 갔다.

이 무렵, 육당 최남선崔南善은 이 나라에선 처음으로 성인잡지 〈청춘〉靑春을 창간했고, 그는 또 오랜 방랑길에서 실의의 가슴을 안고 돌아온 춘원 이광수李光洙를 인촌 김성수金性洙에게 소개하여 그들 셋은 신문화 여명기의 횃불을 밝히려고 밤을 새우며 포부를 가다듬었다.

이 무렵 총독은 본국 정부에 조선과 만주를 하나의 정치권, 경제권 속에 묶어 넣으려는 자기의 구상을 강력하게 주장했다. 데라우치의 그런 구상은 상당히 치밀한 것이었다.

만주에는 이른바 삼두三頭정치가 행해졌다. 관동도독關東都督은 그곳의 내무장관 구실을 하려 했고, 남만주철도 총재가 재무경제 장관격으로 도사리고 있는가 하면, 일본 영사가 외무장관처럼 거드름을 피우고 있어, 서로 손발이 맞지를 않고 제멋대로였다. 거기에 압록강과 두만강 이남에는 조선 총독이란 것이 또한 도사리고 있으니 실질적으로 대륙 경영에는 사두四頭정치를 한 셈이었다.

이렇듯 중심이 없는 대륙 식민지 경영은 질서와 구심점을 잃게 마련이었다. 데라우치는 그래서는 안 된다는 것이다. 조선과 만주는 정치적으로나 경제적으로나 하나의 통일된 지배세력 밑에 묶어 놓아야 한다고 했다. 그 최고 지배자는 당연히 조선 총독이 돼야 한다는 것이다.

말하자면 '선만鮮滿총독부'를 새로 만들어야 한다는 것이다.

데라우치의 이러한 구상은 프랑스의 인도지나 식민정책에서 본을 따온 것이었다. 당시 인도지나 반도 중 프랑스의 식민지는 교지지나交趾支那=캄보디아밖에 없었다. 그 밖의 안남安南=월남, 노과라오스는 프랑스의 보호국으로서 각기 독립된 정치조직을 가졌고, 또한 광주만廣州灣은 조차지租借地에 지나지 않았다.

그러니까 일본으로 비기자면, 교지지나가 조선과 같고, 안남과 노과는 만주와 같고, 광주만은 관동주와도 같은 셈이었다. 그런데 프랑스는 교지지나에다 지사知事를, 그 밖의 보호국이나 조차지에는 민정장관을 두었고, 그 위에 다시 그들을 통괄할 인도지나 총독을 두어서 전체적인 통일성을 기했다.

데라우치 총독은 프랑스의 인도지나 총독인 포르즈메가 확립한 그런 경영정책을 극구 찬양하면서 일본의 대륙경영도 그렇게 해야 한다고 본국 정부에 강력히 건의했다. 그러나 일본정부에서는 데라우치의 건의를 일축해 버렸다. 욕심 많고 악착스러운 데라우치가 또 무슨 음흉한 꿈을 꾸는지 모른다는 것이었다.

조선 총독이면 과한 일이지 대륙을 통틀어 자기 손에 넣겠다는 것이냐고 핀잔했다. 말 타면 견마 잡히고 싶다더니 데라우치는 선만총독이 되어 대륙의 왕자 노릇을 하려고 한다는 빈축으로 정계가 술렁거렸다. 일본의 정치인은 물론이고, 남만주철도회사의 간부들이나 외무성의 관리들도 모두 데라우치에 반대기치를 높이 들었다.

그의 건의안이 일본정부에서 일축되고 비난하는 소리가 자자하다는 소리를 들은 데라우치는 얼굴이 붉으락푸르락하면서 주먹을 불끈 불끈 쥐었다. 그는 만나는 사람마다 그 일을 끄집어내며 자기의 소신을 피력

했다.

"메이지 천왕께서 돌아가신 것처럼 메이지 시대도 이젠 죽었단 말야. 그릇 큰 정치가는 모두 세상을 떠났고 조무래기 관료배들이 정치한답시고 판을 치니 메이지 대제의 이상은 땅에 떨어졌단 말이야. 참새가 어찌 대붕大鵬의 높은 뜻을 알랴, 이거지!"

데라우치의 불평과 울분에는 일리가 있어 보였다. 대륙으로 뻗으려는 일본의 침략 전초부대들을 하나의 지휘관 휘하에 두려는 것은 현명하고 합리적인 방편일는지도 몰랐다. 그러나 정치인들이란 권력에 맛을 들이면 눈이 뒤집힌다. 신흥국가 일본의 정치는 권력이 바탕이었다. 일본 본토의 정치가들이 데라우치의 그런 구상을 받아들일 까닭이 없었다. 데라우치는 투덜거렸다. 그는 떠들어댔다.

"나 데라우치는 개인적 욕심이 없다는 걸 알아라, 이 자식들아! 선만정경통일鮮滿政經統一이 싫으면 네놈들 맘대로 해라! 나는 내 소신대로 나갈 뿐이다. 나는 네놈들 좁쌀친구들처럼 옹졸하진 않단 말이다!"

데라우치는 새로 개통된 호남선이며 경원선까지를 합쳐서 조선반도의 모든 철도를 남만주철도주식회사 속에 집어넣어 경영위탁을 하도록 만들었다. 정치적으로 안 된다면 경제적으로나마 할 수 있는 데까지는 해 보자는 것이었다.

데라우치는 조선은행 총재인 이치하라市原盛弘를 불러서 조선은행의 만주 진출을 적극 독려했다. 당시 만주의 화폐제도는 3가지 분포도를 이루었다. 본시 중국은 은銀을 화폐 본위로 삼고 있었다. 따라서 일본이나 러시아의 세력이 아직 미치지 않은 만주의 서부지방은 은본위의 지역이었다. 하얼빈 북방은 러시아의 세력 아래서 금본위, 봉천奉天 이

남의 남만주는 일본 지배 아래서 역시 금본위였다.

"이치하라 총재! 조선은행의 지점을 남만주에 많이 개설하시오! 겨우 안동 한 곳에만 지점을 두었다니 그건 너무 초라하지 뭐요. 봉천에도 대련大連에도 또 장춘長春에도 그 밖에 몇 군데든지 조선은행의 지점을 설치해서 그곳의 금융통화를 쥐어 잡아야겠소. 먼저 경제적으로 선만통일을 기해 놓고 볼 일 아니냐 말야!"

조선은행도 동척東拓도 데라우치의 적극적인 독려를 받고 압록강을 건너 북으로, 북으로 뻗어나갔다.

1915년. 조선 총독 데라우치는 한껏 흥거웠다. 치안은 평온하다. 철도는 완공됐다. 조선호텔도 낙성을 봤다. 거기다가 만주 진출도 실질적으로는 성과를 얻었다. 대륙에 발을 붙인 일본의 식민세력은 조선 총독을 구심점으로 해서 날로 뻗고 있다. 흥겹지 않을 수 없었다.

드디어 조선 총독의 온갖 권력과 의욕과 즐거움을 하나로 집약시킨 듯한 큰 잔치가 베풀어졌다. 그해 9월. 서울, 경성의 장안은 일장기를 비롯한 만국기로 하늘이 가리어졌다. 오직 태극기만이 없었다. 날씨 아직 따사롭고 하늘 높푸른 가을이었다. 총독정치 만 5년이 되는 기념일이었다.

원근을 가리지 않고 모여든 귀빈들과 구경꾼의 인파로 경성의 거리는 붐볐다. 서울은 이미 경성, 유사 이래 처음으로 맞이하는 색다른 축제에 들떠 있었다. 조선총독부 '시정始政 5주년기념 물산공진회' 物産共

進會가 개최된 것이다.

처서處暑도 지나 백로白露를 바라보는 가을 하늘은 정말 드높고 푸르렀다. 밭에는 조이삭, 논에는 벼이삭이 황금빛 이랑이 되어 물결치기 시작하는 9월이 되면 농촌은 고양이 손발도 아쉬워할 만큼 눈코 뜰 새 없이 바빠지게 마련이다. 그러나 그해 조선의 농군들은 갈일추수을 하지 않고 괴나리봇짐을 쌌다. 서울 구경들을 간다고 남녀노소 떼를 지어 철길들을 걸었다. 새로 개통된 호남선과 경원선은 말할 나위 없고, 경의선京義線의 크고 작은 정거장에는 서울 가는 농군들로 저자처럼 흥성거렸다.

흰 무명 바지저고리에 괴나리봇짐을 허리에 댕그만이 차면 '서울 가는 나그네'의 행색으로 제격들이었다. 만나면 모두들 반가웠다. 남녀의 내외도 없고 노소의 구분도 없이 반갑고 즐겁기들만 했다.

"아아 김 생원 아니시라우. 서울 구경 가시나베?"

"암 내라고 못 갈 거 있간디, 살아 생전 이번이 첨이고 마지막이여!"

"난 마누라쟁이 하고 첨 먼 길을 떠나는디, 잘 갔다 올란지 모르겠다니께로."

"아따 이 사람이 걸어서 한양 간다냐? 기차 타면 남대문에 내려 준다는디."

남에서 북에서 서울을 향해 밤낮 없이 폭폭 거리는 기차는 매일 매시 홍수 같은 인파를 남대문역에다 쏟아 놓았다. 남대문역에 내린 시골 사람들은 각 기관에서 총동원된 관리들한테 인솔되어 지정된 여관으로 안내됐다. 그들은 말로만 들어온 낮도깨비불전등불이며 하늘을 향해 삿대질하듯 높이 솟아 있는 남대문의 웅혼한 추녀 끝을 넋 없이 쳐다보며 걷다가, 구지레한 여관방에 짐짝처럼 던져지는 것이다. 그러나 그들 순진한 농군들은 마냥 즐거워 잠도 못 잤다.

"자네 그 괴나리봇짐엔 뭣이 들어 있는가?"

"뭐 별 것 있간디. 갈아입을 옷 한 벌하고 마누라가 과준 엿 한 덩이뿐이야."

"어짜문 나와 똑같다냐. 나두 옷 한 벌하고 수수엿 한 잎인디."

난생 처음으로 한양 천릿길을 올라온 그들의 괴나리봇짐엔 예외 없이 온실한 알맹이라곤 없었다. 그래서 토박이 서울사람들은 시골에서 올라온 빈 보따리를 가리켜서 '공진회 보따리'라고 빈정거렸다.

그러나 그들의 보따리는 그토록 실속이 없었지만 공진회共進會 대회장은 휘황 현란한 호화판이었다. 광화문을 들어서면서부터 구경꾼들은 제 정신들을 빼앗겼다. 경복궁 안에 자리 잡은 물산공진회에서도 가장 규모가 크고 호화롭게 꾸며진 심세관審勢館이 우선 그들의 호기심을 사로잡는다.

총독이 유난히 큰 관심을 쏟고 정성을 기울인 전시장이었다. 심세관은 조선총독부 5년간의 시정업적을 한눈에 알아볼 수 있도록 마련한, 말하자면 총독정치 5년간의 축도판과도 같았다. 공진회 사무총장인 정무총감이 직접 진두지휘해서 마련한 이 전시장은 한일합방 이전의 조선의 사회 경제 상황과 합방 이후 5년이 지난 오늘의 현세를 도표로 그려서 대조시킴으로써, 자기들 총독부가 얼마나 좋은 일을 많이 해왔는가를 민중에게 과시하려는 곳이었다. 사람들은 이 심세관을 돌아보는 데 거의 반나절을 소비한다.

심세관을 돌아보고 주먹밥이나 엿 쪽으로 점심 요기를 마치면 다음엔 특설관들을 구경할 차례다. 철도국관, 영림창관, 동척관 등이 거기에 속한다. 다음에는 미술관이 있고, 기계관을 돌아서 아취를 나서면 이름도 해괴한 참고관参考館이 된다.

데라우치는 이 참고관에도 엄청난 힘을 기울였다. 거기에는 일본 본국은 물론 저네들의 속령인 대만에서까지 출품시켜 온갖 진기한 물건들을 늘어놓았는데, 그것은 일본의 문명과 문화가 얼마나 발달되어 있는가를 조선민중들에게 똑똑히 보여줌으로써 대일본제국이 조선과 조선사람들을 지배하는 것은 지극히 당연하다는 교활한 전시효과를 노린 곳이었다. 아닌 게 아니라 참고관에 들어선 구경꾼들은 감탄사를 연발했다. 그 진열품들이 서양의 과학 문명을 모방해서 만든 것이든 아니든 간에, 일본사람들의 손으로 만들어졌다는 그 사실만으로도 우선 경탄할 만한 가치가 있다는 것이었다. 농군들은 입을 딱딱 벌리며 정신을 잃었고, 일본의 침략세력을 몰아내기 위해서 항일투쟁의 칼날을 갈던 젊은이들은 시기와 통분을 참을 길 없었다.

9월 11일에 시작된 물산공진회는 10월 1일 조선총독부 시정始政 5주년 기념일을 기해서 개회식을 가졌다. 하늘은 쾌청, 바람은 알맞게 불었다. 누구를 위한 누구의 축제인지를 안다면 농군들은 물론 남산도 외면하고 인왕산은 한숨을 지었을 것이다. 진고개로부터 태평로 거리를 지나 경복궁으로 이르는 거리에는 일장기와 더불어 데라우치 총독의 선정을 찬양한다는 플래카드들이 누더기처럼 너울거렸다.

그날 아침 새로 단장한 조선호텔 정문을 나오는 신식 자동차 한 대가 사람들의 눈을 끌었다. 삼엄한 경계를 받으며 환호하는 군중의 물결을 헤치고 경복궁으로 서서히 미끄러져 가는 자동차 한 대.

일본 천왕 대정大正을 대리해서 이날을 치하하려고 현해탄을 건너온 황족 강인노미야閑院宮載仁親王와 그의 비 지에코였다. 그는 또한 일본 정부를 대표한 내무대신과 농림대신을 대동했다. 그날 그들을 안내하는 총독은 더할 수 없이 흡족했다.

데라우치는 용의주도했다. 이 공진회가 자기네들 일본인만의 잔치로 보이고 싶지 않았다. 데라우치는 민병석 이왕직 장관과 고미야 이왕직 차관에게 지시해서 고종과 순종을 함께 그 기념식장에 끌어내려고 손을 써 놓았었다.

그러나 막상 개회식을 하려고 보니 고종의 얼굴이 안 보였다. 고종은 시종을 보내 몸이 불편해서 참석 못하겠다고 전했다. 이 전갈을 받은 데라우치는 미간을 찡그렸다. 그러나 그는 표정을 가다듬고 대범한 듯 웃어 버렸다. 황족 강인노미야를 비롯한 본국의 농림대신이 배석한 자리에서 총독 자신과 고종과의 반목을 노출시키고 싶지 않았다.

본국 정부로부터 50만 원의 예산을 타 내고 20만 원의 기부금을 보태어 4천 5백 평이나 되는 경복궁 뜰에다 18개의 진열관을 짓고, 그래도 장소가 비좁아서 근정전을 위시한 여러 전실殿室까지 징발하다시피 해서 4만 8천여 점의 전시품을 벌여 놓았으니, 총독 데라우치로서는 일생일대의 큰 잔치를 베푸는 주인이었다. 그는 육군대장의 정장에다가 수십 개의 훈장을 가슴에 달고 거드럭거렸다.

개회식에 모여든 인파는 2만을 헤아렸다. 공진회도 공진회지만 사람 구경을 하려고 나온 군중이 절반은 되었다. 더욱이 오늘은 고종과 순종 황제가 임석한다는 소식이 파다하게 퍼졌기 때문이다.

총독은 공진회 회장을 이용해서 온갖 잔치를 그곳에서 베풀도록 했다. 10월 2일에는 일본 적십자사 조선본부의 제 2회 총회와 애국부인회 조선본부 제 3회 총회를 곁들이게 하고 그날은 순종과 운현궁의 이준李埈공을 참석시켰다. 3일에도 잔치는 크게 벌어졌다. 지난 8월에 준공한 함경선을 합해 보니 이 땅에 깔아놓은 철길은 1천 마일이 넘었다. 소위 조선철도 1천 마일 기념식이 남대문역 광장에서 벌어졌다.

연 사흘을 두고 낮에는 축하행렬, 밤에는 불꽃놀이가 꼬리를 이었다. 파성관, 가게쓰花月, 지요모토千代本, 명월관 등을 비롯한 이름 있는 요정은 불야성을 이루고 흥청거렸다.

데라우치 총독의 욕심은 여기서 그치지 않았다. 10월 17일, 서울에는 전혀 뜻밖의 진객珍客이 북쪽으로부터 찾아들었다. 봉천성奉天省 도독으로서 만주의 동삼성東三省을 쥐고 흔드는 당대의 풍운아風雲兒 장작림張作霖이 총독의 특별초청을 받고 압록강 철교를 건너서 서울에 들어온 것이다.

그날은 마침 공진회 출품자 5,965명에 대한 포상식이 열리는 날이었다. 데라우치는 그 포상식장에 만주의 걸물이 돌연히 나타나게 해서 조선민중들에게 장작림도 자기의 휘하세력임을 은근히 과시할 속셈이었다. 만주 벌판을 주름잡고 한때는 북경까지도 그 명성을 떨친 정한精悍한 호반 장작림은, 일본헌병들의 삼엄한 경호를 받으며 경복궁 공진회장을 샅샅이 둘러보고는 총독에게 정중한 치사를 했다. 며칠 동안 그가 투숙하는 조선호텔 앞, 중국인 거리는 아연 활기를 띠고 흥청댔다.

장작림이 북행열차를 타고 서울을 떠나는 날, 남대문역까지 전송을 나온 총독은 전송객들이 웅성대는 소란 속에서 장작림에게 한마디 못 박아야 할 말이 있었다.

"만주 땅에 득실대는 조선인 반일분자들을 철저히 다스려 주시오. 장 장군을 믿습니다!"

장작림은 말없이 고개를 끄덕거렸다. 데라우치의 말뜻을 알아들었다는 표시였다.

공진회는 10월 말까지 계속되었다. 도합 120만 명의 구경꾼이 동원됐다. 일찍이 이 땅의 역사상 이토록 많은 사람들이 동원된 구경거리는 달리 없었다. 왁자했던 공진회의 진열관들이 모두 허물어졌을 때 경복궁에는 겨울을 재촉하는 나뭇잎만이 쓸쓸히 뒹굴었다. 그러나 그 허물어지는 진열관들 속에서 유독 하나만은 소중히 보존하기로 했다. 미술관으로 지어놓았던 진열관에다 박물관博物館이라는 새로운 간판을 붙였던 것이다. 공진회가 경복궁에서 열렸던 탓으로 경복궁의 역사는 비극적인 소지를 마련했다.

다음해 1916년 이른 봄. 조선 총독 데라우치는 중대 결정을 내렸다.

— 경복궁은 천하의 명당자리다. 거기에 동양 최대의 웅장한 건물을 짓겠다. 조선총독부 청사를 말이다.

그는 결정하면 실천하는 사나이였다. 조선민중의 반대나 민족적 감정쯤은 문제도 되지 않았다.

5월, 조선총독부 신청사 부지 지진제地鎭祭가 떠들썩하게 거행되는 날은 하늘도 슬펐던지 아침부터 비가 내렸다.

그날 아침 그는 오만하게 선언했다.

"이 건물은 대륙으로 진출하는 대일본제국의 상징이어야 한다!"

그러나 그렇게 의욕적으로 5년간에 걸쳐서 극성을 부리던 제 1대 조선 총독 육군대장 데라우치 마사타케는 한 달 뒤 조선에서 물러났다. 그의 또 다른 야심은 다시 정점을 향해 비약해 갔던 것이다. 6월 25일 일본의 야마모토 내각이 총사직하는 바람에 데라우치가 총리로 임명되어 대정 천황으로부터 조각의 명을 받았던 것이다.

그는 조선을 떠나면서 마지막으로 짤막한 한마디 코멘트를 남겼다.

"조선은, 조선민족은, 데라우치 마사타케를 영원히 기억할 것이다!"

그는 떠나는 날 남대문역 플랫폼에서 이완용의 손을 잡고 이렇게 말했다.

"이완용 각하는 조선역사의 참으로 훌륭한 초석이 되셨습니다. 조선민족은 적어도 세 사람만은 영원히 기억하리라. 이토 공과 이완용 백작과 이 데라우치를 ….'

그는 송병준에게 말했다.

"파성관 오카쓰를 사랑해 주시오. 이민족끼리 동화되려면 우선 혼혈 정책이 가장 긴요하니까. 핫하하."

그는 배정자의 그 어글한 눈을 쏘아보면서 서먹한 말투로 지껄였다.

"도쿄에 오너라. 나하고 함께 이토 공의 묘소나 찾아보자. 왓하하, 이토 공도 지하에서 너를 반가워 할 거야."

그는 반사이萬歲 소리가 플랫폼을 뒤흔드는 가운데 남대문역을 떠나가면서 회심의 미소를 남겼다.

'내 뒤를 잇는 하세가와長谷川好道가 웬만큼 해낼까 모르지!'

국화문장의 금시계

사가史家들은 역대 조선 총독 중에서 제2대 하세가와長谷川好道가 가장 무능했다고 기록하고 있다. 그는 한일합방 당시 일본군사령관으로서 이토 히로부미伊藤博文를 보필해 악명을 떨친 바 있다. 원수, 육군대장, 어마한 직함을 가진 그도 10년 세월에는 시들어 나약무능해졌던 모양이다. 허나, 그도 그로서의 할 일이 있었다.

아름답던 기녀가 늙고 병들면 여염집 여자보다 더욱 초라해 보이기 쉽다. 초겨울의 어느 아침 퇴기 성춘희成春姬가 초라한 몰골이 되어 비실비실 진고개 거리를 더듬고 있었다. 일찍이 장안 한량들의 총애를 한 몸에 모았던 한성권번漢城卷番의 일패기一牌妓.

그러나 세월은 성춘희를 잊은 채 근 10년, 이제 그 몰골에는 옛날의 화태가 간 곳 없다. 생김새야 변할 건가. 조각같이 부드러운 콧날의 선은 옛과 다름이 없다. 허나 언저리에는 기미가 번져 검었다. 안정眼精은 흐트러져 초점을 잃었고, 하많던 눈웃음의 여화餘禍일까, 눈꼬리에는 잔주름이 깊게 자리를 잡았다. 도루묵살적에 밀기름 짙게 바른 것은 지난날의 솜씨다. 그러나 그 이들이들한 뒷머리 주먹만 한 쪽에는 쌍과판, 연뽕, 장푸잠, 그 어느 노리개 패물 하나도 꽂혀 있지 않았다.

계절은 초겨울 음력 동짓달 상순인데 퇴기 성춘희는 두루마기도 입지 않았다. 치마저고리는 검정 공단, 저고리 동정깃에는 기름때가 가무잡잡하고 오른쪽으로 여며 입은 치마폭에는 풀기가 없어 흐느적거렸다.

햇빛이 싫은 모양이다. 상가 처마 밑을 따라 걷는 걸음걸이는 이따금씩 비틀거렸다. 누가 보아도 병색이 뚜렷한 성치 않은 몸이다.

"계집아, 네 이름이 뭣이랬던고?"

"기생이옵니다."

"호오, 기생! 나를 좀 부축해 줘야지. 사람이 늙으면 젊은 여자의 체온이 아쉽단 말야. 하하, 체온뿐야. 젊은 여인의 체온은 늙음을 막는다면서?"

"각하, 기생은 체온이 없는 한낱 노리개일 뿐입니다."

그 옛날 이토의 음성을 퇴기 성춘희는 지금도 연상할 수가 있다. 남산 송옥정에서 통감 이토의 늙어 시든 정염情炎에 부채질하느라고 한밤을 꼬박 밝혔던 것은 조선기생으로서 흔치 않은 경험이다.

이토가 조선통감직을 내놓고 자기 나라로 가던 1909년 9월의 어느 밤이었으니까 벌써 세월은 까마득하게 흐른 것이다.

진고개 일인 상가는 오늘따라 깨끗이 청소가 되어 있었다. 점두에 진열된 일본상품은 전에 없이 풍성했고, 생기발랄해 보이는 종업원들은 새 옷으로 단장한 것 같았다.

성춘희는 길가 전신주에 잠깐 손을 짚으면서 현기증을 진정시킨다. 그 전신주에 붙어있는 함석 팻말에는 다음과 같이 써 있었다.

本町二丁目, '高級料亭 巴城館 入口'

잠시 후 성춘희는 파성관 뜰 자갈밭을 걷고 있었다.

현관에서 일녀 종업원에게 성춘희는 조심스럽게 유창한 일본말로 문고 있다.

"죄송하지만 좀 묻겠어요. 혹시 송병준 대감이 간밤에 여기 묵으셨는지요?"

아직 소녀티가 나는 일녀 종업원은 성춘희의 행색을 유심히 살피면서 꽁무니를 뺀다.

"저는 그런 거 잘 모릅니다."

"물어봐 주실 수는 없는지요? 안주인 오카쓰 여사한테."

"가쓰코勝子 마님과 잘 아시는 사인가요?"

"네, 저를 보면 아십니다요."

일녀 종업원은 의아한 눈초리로 성춘희의 행색을 훑어보면서,

"혹시 송병준 님의 부인은 아니시겠지요?"

"아뇨, 아뇨, 제가 어디 그런….."

"그럼 이름을 말해 주시면 전해 올리겠어요."

그날 송병준이 성춘희를 만나 준 것은 뭐 대단한 생색은 아니었다. 그는 관서, 서울, 영남 출신들의 집단인 한성권번의 일패기였던 성춘희를 아직 잊지 않았던 것이다.

긴 복도를 돌고 돌아 깊숙이 자리 잡은 안방에서 송병준과 마주 앉은 성춘희는, 지난날 그의 욕정도 한두 번 아니게 충족시켜 준 일을 아련히 기억해 내면서 찾아온 사연을 말했다.

"대감, 제가 세전가보世傳家寶로 지녀볼까 했던 보물이온데, 요새 와서 생각해 보니 병든 노기가 갖고 있기엔 너무나 송구할 뿐 아니라 늙은 말에다 황금편자를 붙여준 것 같아 어쭙잖고, 또 그런 소중한 것은 가지실 분이 따로 있을 것 같아서 대감을 찾아뵌 것이오."

언변은 아직 예대로의 성춘희, 눈을 고즈넉이 치뜨면서, 거만하게 도사리고 앉아 있는 송병준을 쏘아봤다.

"뭔가? 대관절 그 보배라는 게."

"대감, 이 성춘희를 생판 모르는 처지도 아니시고, 실토해 말씀 올리자면, 대감께는 꼭 필요할 듯싶은 그 물건을 이제 마지막 정표로 성춘희가 대감께 드릴 테니….."

"말이 복잡하구나. 나한테 거저 주겠다는 건가?"

"10년 전에 한두 번 건드린 일이 있는 계집한테 눈 딱 감으시고 1만 원만 주신다면….."

"1만 원에 날더러 사라는 게냐?"

"저는 그것을 선물로 드리고….."

"대신 나는 너에게 1만 대금을 주고….."

"보시면 제 소청을 마다 않으시리다."

"보여라, 뭔지."

"약조하신다면….."

"좋다. 사내대장부가 계집한테 속지 않으려고 버둥대는 건 밉상이렷다!"

송병준이 호탕하게 선언하면서 정좌를 했다. 마루 복도가 콩콩콩 울리면서 다가오는 여자의 조신스런 발소리가 장지 밖으로 지나가기를 기다린다.

"뭐냐? 어디 내봐 봐!"

송병준의 호기심은 바짝 돋워졌다.

"첨엔 이완용 대감을 찾아가 뵐까 하다가 ….."

"이완용한테? 그럼 그 사람한테 가지고 가지 왜 나를 찾아왔나?"

이완용이란 말만 듣고도 송병준은 불쾌해한다. 단순한 친일의 라이벌이 아니라 숙원이 많은 사이인 줄을 여자는 계산에 넣고 꺼낸 말 같다.

"그러나 제가 송 대감을 제쳐놓고 어찌 이 대감한테로 그런 진귀한 보물을 가져가겠습니까."

성춘희는 옷가슴을 비집더니 저고리 안섶에 달린 비밀 주머니에서 금붙이 하나를 꺼내 들었다.

"그건 시계가 아니냐?"

송병준이 실망의 빛을 보이면서 물었다.

"회중시계지요."

"월쌈 21석쯤 돼 보이는군. 18금 딱지에."

"대감두, 어지간히 알아맞히십니다요."

"그래 그까짓 게 뭐 대단한 보물이라고! 자네 어지간히 궁색한 생활인 게로군, 얼굴에는 병색이 완연하고."

"동정은 바라지 않습니다. 뚜껑을 열어 보시지요."

뚜껑이 덮인 큼직한 시계에는 역시 섬세하게 엮어진 18금 줄이 달려 있다. 송병준은 여자가 주는 시계를 대수롭지 않게 받아 들고 용두龍頭를 눌러 뚜껑을 열었다.

성춘희는 송병준의 변해가는 낯빛을 세심히 관찰하고 있었다.

"그만하면 대감께서 간직할 만한 진귀한 물건이 되겠사오니까?"

"흠, 누구의 속임수는 아니겠지?"

"속임수라뇨? 그런 어마어마한 이름을 언감생심 아무나 써 넣겠습니까."

"진품이라면 어떻게 그대 손에 들어왔는가?"

"이토 공이 저한테 선물로 주셨습지요. 통감을 내놓으시고 일본으로 떠나시던 전날 밤에 남산 송옥정에서 송별연이 있었잖습니까? 그날 밤 그 늙은이를 제가 모셨습지요."

"말조심하지! 참 그대였겠다? 이토 공을 마지막으로 모신 조선의 여자가."

"이튿날 아침에 하직하고 나오려니까 저를 부르더니 양복 조끼에서 이 시계를 떼어 불쑥 주면서 '넌 이거 하나만 가지고 있으면 늙어서 퇴기가 되더라도 밥걱정은 안 하렷다!'하고는 껄껄 웃더군요."

송병준은 이미 여자의 술회 따위는 듣고 있지도 않았다. 그저 좋아서 어쩔 줄을 모른다. 시계 뚜껑 속딱지에 새겨진 글자 셋에 홀려버린 것처럼 안색마저 술에 취한 사람처럼 불그레했다.

국화문장菊花紋章이 있었다. 일본황실의 상징인 것이다.

그 밑에 — 賜, 睦仁.

번쩍이는 금딱지에 새겨진 그 세 글자, 목인睦仁은 무쓰히토. 무쓰히토는 메이지 천왕의 이름, 송병준이 모를 리가 없었다. 이토에게라면 메이지 천황이 하사했음직한 것이다.

이토 히로부미라면 그런 존귀한 보물을 하룻밤 데리고 잔 계집한테 미련 없이 던져 줄 수도 있을 것이다. 이토를 자기 존속보다도 더 숭배하는 송병준은 그렇게 믿어 의심치 않았다.

그는 파성관 여주인 오카쓰를 불러 거금 1만 원(당시 백미 한 말에 50전 정도)을 급히 변통케 하여 퇴기 성춘희에게 쾌히 던져 줬다.

"내가 이 시계를 갖게 된 경위를 자네는 절대 비밀로 해야 하네!"

"대감, 이를 말씀이오니까."

송병준은 만족한 듯이 여송연 연기를 후우 내뿜었다.

'이완용이도 용빼는 재주 없지, 이 시계를 보여 주면 오늘 부임해 오는 하세가와 총독도 내 앞에서는 머리를 숙일 거야. 무쓰히토, 이토, 송병준 이렇게 연결된 직선을 보여 주면 어느 놈이 내 앞에서 감히 교만을 부리느냐 말이다!'

그날 오후에 남대문역에 도착하는 특별열차로 신임 제 2대 조선 총독 하세가와가 부임해 오는 것이었다.

───────

하세가와가 부임해 온 지 며칠 뒤였다. 여독도 풀렸으리라는 날짜를 짚어 어느 날 밤 소위 조선의 친일귀족들 몇몇이 신임총독의 환영회를 명월관에서 베풀었다. 종로 네거리 근처에 있는 조선 요정 명월관은 그날 밤 일반 손님을 받지 않았다.

저녁 6시 정각에 야마가다 정무총감과 엔도 류사쿠遠藤柳作 비서과장을 대동하고 명월관 현관에 들어서는 군복 정장의 총독 하세가와를 맞아들이는 사람들 중에서 주도적 역할은 역시 이완용, 송병준, 윤덕영, 조중응 등 몇 사람이었다.

그 밖엔 명색만의 중추원 참의들과 조선인 현직 도지사 몇몇의 얼굴이 보였다. 충북 지사 유혁로柳赫魯, 전북 지사 이진호李軫鎬, 황해 지사 조의문趙義聞, 강원 지사 이규완李圭完, 함남 지사 신응희申應熙 등이었다. 이들은 데라우치 총독 때부터 도지사로 있으면서 총독부의 녹을 즐겨 먹던 사람들로서 데라우치가 가고 하세가와가 부임할 무렵에도 별다른 변동 없이 그 자리를 지탱한 사람들이었다.

하세가와는 여섯 자 가까운 큰 키였다. 얼굴은 길고 가무잡잡한데, 아래턱이 약간 삐져나왔다. 눈은 작은 편이고 몹시 표독스러운 게 특징이다. 예순이 넘었다고는 하지만 군인으로서는 겉늙은 편이었다. 술이 심했든가, 과색過色의 탓인가, 술잔을 드는 손이 수전증으로 해서 몹시 떨리는 것을 사람들은 볼 수 있었다.

첫 술잔을 높이 쳐들자 이완용이 환영사를 했다.

"하세가와 각하가 제 2대 조선 총독으로 부임하신 것을 우리 조선의 지도층과 민중들은 진심으로 감축해 마지않습니다. 하세가와 각하는 여러분이 아시다시피 한일합방의 대임을 이토공과 더불어 훌륭히 완수해내신 분으로서, 이번에 총리대신이 되신 전 총독 데라우치 각하의 후임으로 천왕 폐하의 대명을 받자와 다시 이 땅에 오셨으니 오신 분이나 맞이하는 저희들이나 실로 감개무량한 바가 있습니다."

의례적인 인사 끝에 이완용이 말했다.

"전임 총독께서는 합방 후의 불가피했던 일시적 혼란을 훌륭히 수습하셨을 뿐 아니라 재임 불과 6년이라는 짧은 시일에도 괄목할 만한 그 업적을 꼽기엔 열 손가락이 모자랍니다. 반도는 이제 착착 그 후진성을 탈피하는 중입니다. 조선민중은 머지않은 장래에 역사적 운명에 거역하지 않은 것이 얼마나 다행스런 일이었던가를 깨닫게 될 것입니다. 역사는 시운時運이지 인위人爲가 아님을 나는 알고 있습니다. 정치는 신념 있는 자만이 할 것입니다. 중구난방衆口難防이라 해서 지나치게 귀가 여린 사람은 난국을 수습 못합니다. 자고로 역사적 전기는 백 사람의 수구적 논객에 의해서가 아니라, 한두 사람의 진보적인 신념인에 의해서 마련되어 왔음을 봅니다. 이완용은 내 조국 조선을 사랑했습니다. 불행히도 내 조국은 병들어 기지사경幾至死境에 이르렀던 것입니다. 병을 고치고 힘을 보태 줄 보호자가 필요했습니다. 일한합방은 그런 대전제하에 이루어진 것입니다. 대일본제국은 그 사명을 훌륭히 완수해야 할 것이며, 하세가와 총독께서는 대일본제국의 사명을 실천하기 위하여 이 땅에 오셨습니다. 덕치德治의 꽃이 삼천리강산에 만발하기를 우리 함께 빌어 마지않는 바입니다."

박수 소리가 요란하게 터졌다. 축배들이 높이 올라갔다.

엔도 비서과장이 하세가와에게 다가가 귓속말을 하고는 제자리로 돌아갔다. 총독 하세가와가 근엄하게 입을 열었다.

"고맙소이다. 자작 각하의 고견은 내가 일상 생각하던 바와 추호도 다른 바 없습니다. 일시동인一視同人은 황공하옵게도 천황 폐하의 성지聖旨입니다. 조선반도는 떠오르는 아침 해처럼 싱그럽게 발전하고 있습니다. 선임 데라우치 군의 공적은 나도 충분히 인정합니다. 데라우치 군은 나의 친구요, 여러분도 나의 친구요, 데라우치 군은 이제 총리대신이요, 나는 조선 총독이요, 여러분은 조선의 지도자요, 서로 합심 협력하면 모두 다 잘 될 것입니다. 나는 데라우치 군의 시정방침을 그대로 답습할 것이며 그가 마련해 놓은 기틀을 더욱 굳힐 뿐입니다. 데라우치 군은 육군대신을 지낸 바 있어서 행정능력이 훌륭합니다만 나는 야전군사령관으로 돌았기 때문에 정치적 경험은 부족한 사람입니다. 따라서 나는 과격하지 않을 것입니다. 정치는 일종의 기술이라니까 나는 여러분의 절대적 협조를 얻어 가면서 여기 있는 야마가다 정무

340

총감에게 모든 일을 일임해서 처리해 갈까 생각합니다. 나는 군인이라 눌변입니다. 앞으로 잘 부탁합니다. 고맙소이다."

그러나 하세가와의 답사엔 기백이 없고 주장이 없고 신념이 없음을 모두들 깨달았다. 음성조차도 트릿하고 야무지지가 못했다. 조선 총독으로서의 포부나 패기라고는 찾아볼 수 없다.

아무리 봐도 왕년의 그 하세가와 사령관과는 전혀 다른 인물 같았다. 이미 10년의 세월이 흘렀으니 늙었다는 것인가. 그 무기력은 어디서 온 것일까? 전임 총독은 그렇지 않았다. 나이로 보거나 군부 관록으로 보거나 그에 비해서 두드러지게 격차가 있는 인물은 아니었다. 그런데 다르다. 데라우치는 조선 총독 자리를 사임하고 떠나는 마당에서도 패기와 정열과 야심으로 가득 찬 카랑한 목소리로 환송 군중들을 압도했는데 그의 뒤를 이어받은 신임 총독은 그렇지가 않다.

하세가와의 뼈대 없는 답사가 끝나자 벌떡 일어서는 사람이 있었다. 송병준이었다.

"총독 각하, 각하의 너그러우시고 덕장다우신 인사말씀에 경의를 표하고 싶습니다만, 이제는 총독정치가 이 땅에 시행된 지 6년이나 지났고, 통감부 때부터 계산하자면 10년이 되었습니다. 우리 조선 속담에 10년이면 강산도 변한다는 말이 있는데 정말로 조선 천지는 많이 변했습니다. 그런데 말입니다."

송병준은 여기에서 잠시 숨을 돌리더니 좌중을 돌아보며 자기 말에 대한 반응을 살폈다. 모두들 죽은 듯이 조용했다. 그 장대한 사나이가 오만한 말투로 따지듯이 허두를 꺼내는 바람에 모두들 놀랐다. 누구 앞이냐 말이다. 신임 총독에게 하는 말투로는 너무나 불손했다.

그러나 아무도 그를 끌어 앉히지는 못했다. 한일합방의 일등공신이고 그리고, 일본의 귀족이니 말이다. 그는 말을 잇는다.

　"그런데 말씀이외다. 하세가와 각하! 각하는 바로 새로운 10년에 첫발을 내딛는 중대한 고비에 제 2대 총독으로 부임해 오셨소이다. 그러시다면 새로운 역사를 창조할 만한 참신한 포부나 경륜經綸이 있으셔야 마땅하지 않겠소이까. 데라우치 대장의 통치정책을 그대로 답습만 한대서야 신임 총독으로서의 위신도 안 설 뿐 아니라 각하에게 기대하는 조선민중의 실망을 어찌하시렵니까. 이 자리가 시정방침을 밝힐 자리는 아닙니다만 이 송병준은 각하의 말씀을 듣고 허를 찔린 감이 없지 않습니다."

　송병준은 단숨에 이렇게 쏘아붙이고는 제 앞에 놓인 술잔을 훌쩍 비운다. 그리고 뜻있는 미소를 흘리며 가슴에 걸린 시곗줄을 잡아 당겨 만지작거리다가 야마가다 정무총감에게 술잔을 건넸다.

　장내에는 갑자기 냉랭한 찬바람이 감돌았다. 본시 누구 앞에서나 하고 싶은 말이라면 아무런 거리낌 없이 불쑥 해대는 송병준임을 잘 알고는 있었으나, 그러나 오늘은 신임 총독 하세가와를 환영해서 베풀어진 즐거운 주연 자리가 아닌가.

　하세가와는 송병준의 말에 완연히 비위가 상한 눈치였지만 갑자기 대꾸할 만한 좋은 생각이 떠오르질 않는 모양이다. 그는 앞에 놓인 술잔을 천천히 비우며 이 곤혹스러운 순간을 얼버무리려고 하는데 이완용이 느닷없이 침착하게 입을 열었다.

　"송 남작께서 하신 말씀은 어디까지나 하세가와 각하와 조선반도의 앞날을 염려하신 충고로 새기고 싶소만, 오늘 이 자리는 총독 취임을 환영하는 축하연 자리이니 우리 정치 얘기를 떠나서 즐겁게 술잔을 나누는 게 좋을 듯싶습니다. 송 남작! 그렇지 않습니까?"

이완용은 완연히 송병준을 타이르는 어투였다. 어릿광대처럼 함부로 날뛰지 말라는 듯이 점잖게 한마디 한 것이다. 그러자 벌써 술기가 돌아 얼굴이 발개진 송병준은 물실호기勿失好機라는 듯, 이완용에게 화살을 들이댔다.

"대감! 나는 성미가 급한 사람이외다. 오늘 이 자리가 하세가와 각하의 총독 취임을 축하하는 자리라는 것쯤 누가 모르겠소. 그렇지만 여기 모이신 분들은 적어도 삼천리 조선땅을 다스리는 최고 지도급 인사들이 아닙니까? 그렇다면 그저 술타령이나 하며 흥청거려야 옳겠습니까? 나 송병준은 하세가와 각하의 경륜과 포부가 궁금하단 말입니다. 이 자리에서 공개할 수는 없지만 나는 메이지 천황 폐하의 밀지를 받드는 유일한 조선사람입니다. 옛날 우리나라 암행어사에게 임금이 내리시는 마패馬牌가 있듯이 내게는 황공하옵게도 천황 폐하께서 이토 공을 통해 내리신 밀패密牌가 있습니다. 다시 말하면 조선통치에 관해서 적극적으로 돌보라는 어의御意를 증빙하기 위해서, 천황 폐하께서 몸소 옥체에 지니시던 귀중한 물건을 이 송병준에게 보내셨습니다. 내가 만약 조선정국에 대해서 무관심하고 일신을 안일하게 지낸다면 그것은 천황 폐하의 고마우신 어의를 저버리는 게 되는 것입니다. 그런 사실을 아시고도 하세가와 총독 각하나 이완용 자작께서 이 송병준을 나무라신다면 더 이상 나는 할 말이 없습니다."

송병준은 앞가슴에 늘어뜨린 18금 시곗줄을 연신 손끝으로 비비적거리면서 오연히 좌중을 돌아보았다.

이완용과 하세가와에게 보기 좋은 일격을 가해 놓고 그 반향을 세심히 관찰하면서 그는 서서히 자리에 앉는다. 아무도 입을 열지 못했다. 메이지 천황의 밀지를 받들고 있으며 그것을 증명할 만한 그 무엇인가를 가지고 있다는 데에는 누구도 아연하지 않을 수 없었다.

실상 이완용이나 송병준에게 친일의 공로를 배경으로 한 권세에 대단한 차이가 있는 것도 아니고 뚜렷한 서열이 있는 것도 아니었다. 까닭에, 그 두 사람의 반목질시反目嫉視는 숙명적이었으나, 세상에서는 이완용에게 비중을 더 놓는 것을 송병준 자신도 잘 알고 있었다.

그것을, 그러한 상식을, 송병준은 하세가와 앞에서 뒤집어엎으려는 심산이었다. '賜 睦仁'이라고 새겨진 그 정체 모를 월쌈 회중시계 하나를 미끼로 말이다.

"이 대감께서 특히 원하신다면 언제든지 메이지 천황 폐하께서 본인에게 하사하신 거룩한 징표를 보여드리리다!"

송병준은 자리에 앉자 한마디 결정적인 쐐기를 박아 놓고는 술잔을 이완용에게 건넸다. 순간, 이완용의 안면 근육은 걷잡을 수 없이 경련을 일으켰다. 믿을 수도 안 믿을 수도 없다는 표정이었다.

야마가다 정무총감이 이완용의 술잔에다 청주를 그득히 부었다. 오랫동안 정무총감으로 있는 그도 처음 듣는 이야기였다.

'송병준이 무엇을 가지고 있다는 건가.'

야마가다는 이완용과 송병준의 반목을 잘 알고 있다. 그 둘은 그 출신성분으로 보거나 지식수준으로 보거나 세상을 헤어 나가는 지모로 보거나 너무도 대조적이었다. 송병준이 서민계급 출신인 데 반해 이완용은 양반계급에 속한다. 송병준이 저돌적인 정열가인 반면에 이완용은 주판알을 굴리듯 계산에 빠른 이지형이었다.

송병준이 즉흥적인 착상에 따라 물불을 가리지 않고 외곬으로 일진 회를 이끌고 부랑배와 함께 거리로 뛰어 나와 한일합방을 선동 주장한 이래 친일을 절대적인 신조로 삼아 온 데 비해서, 이완용은 시세와 바 뀌는 바람결을 따라 친미親美, 친로파親露派로 지조를 바꾸다가 러일 전 쟁을 전후해서 일본세력이 강대해지는 것을 보고는 재빠르게 친일로 전향하여 권세의 정상에서 부귀를 누리는 비상한 곡예사였다.

그들은 똑같이 일본인들의 앞잡이이면서도 송병준은 이완용을 '지조 없는 사기꾼'이라 비방했고, 이완용은 송병준을 '무식한 망나니'라고 헐뜯었다. 따라서 오늘 이 같은 자리에서 가시 돋친 실랑이가 벌어진 것도 실상 순간적이며 즉흥적인 우연은 아니었다.

이완용과 송병준이 실랑이가 표면화되자 윤덕영이 점잖게 나섰다.

"허허, 오늘같이 뜻깊은 자리에서는 한담농언閑談弄言이나 나누시며 가무나 즐기시지 대감들께서 왜들 이러시오, 송 남작이나 이 자작께서 하시는 말씀들은 모두 하세가와 총독 각하를 위해선데, 본의와 어긋나 게 화제가 좀 빗나간 것 같소이다. 자아 우리 신임 총독 각하를 위해서 즐겁고 유쾌하게 축배나 듭시다."

이번에는 정무총감이 금테 안경 속으로 실눈을 껌벅거리면서 맞장구 를 친다.

"옳은 말씀이십니다. 윤 남작의 말씀대로 오늘은…. 여봐, 기생들 아, 술잔이 비었구나. 잔마다 가득 가득히 부어라!"

명월관의 축연祝宴은 자정이 넘어서야 파했다.

불 꺼진 장안 거리는 무덤처럼 고요했다. 그 고요한 장안 거리에 첫

눈이 소리 없이 내리고 있었다.

총독 관저로 돌아가는 자동차 한 대. 어지간히 취기가 오른 총독 하세가와는 엔진 소리에 조용히 귀를 기울이다가 문득 생각난 것처럼 동승한 정무총감에게 묻는다.

"이완용과 송병준은 언제부터 그토록 사이가 나쁜가?"

"전부터 그 모양들입죠. 데라우치 총독께서 그 두 사람을 한자리에 함께 부르신 일이 없었습니다."

"이용가치로 보면 어느 쪽으로 저울대가 기울지?"

"일장일단이 있습니다. 관록과 지모로는 이완용이 낫지만, 패기와 실천력은 이 씨가 송병준을 따르지 못합니다."

"그런데 그 윤덕영이 쓸 만한 인물 같더군."

"잘 보셨습니다. 윤덕영은 이 씨와 송 씨의 장점들을 골고루 갖춘 인물입니다."

"합방조약을 맺을 때에도 공로가 컸다면서?"

"뒤에서 일은 그가 꾸민 셈이지요. 책략과 끈기가 비상한 사람이니까요. 이왕의 처백부妻伯父이므로 발언권도 어지간합니다."

그러자 총독은 혼자 무릎을 쳤다.

"됐어, 그렇다면 윤덕영에게 그 일을 맡겨야겠군!"

"각하, 무슨 일인데요?"

"그런 일이 하나 있지. 데라우치 군도 해내지 못한 중대한 일이 한 가지 있네. 데라우치 군을 도쿄에서 만났더니 못내 서운해하더군. 날더러 취임 첫 과업으로 해 보라는 거야."

"윤덕영의 솜씨가 필요한 일이시라면 아무래도 왕궁에 관계된 일이겠구만요?"

"참 고미야라는 자가 이왕직 차관으로 있다면서?"

"고미야 차관은 학식과 덕망이 높기로 손꼽히는 인물이옵죠. 다년간 이왕궁의 일을 잘 봐 왔습니다."

"그 고미야 차관이 그 일에는 방해되는 인물이야. 내 데라우치 군에게서도 들은 바가 있지만."

"데라우치 총독께선 고미야 차관을 신임하셨는데요?"

"모르는 소리. 앞으로 차차 알게 되겠지. 하여간 고미야가 사의를 표하고 있었다니 차제에 사표를 받아들이도록 하오!"

하세가와의 말은 수수께끼 같았다.

야마가다는 고개를 갸우뚱하고는 이마에 고랑을 지으며 그 수수께끼를 풀어보려고 했다. 잡히는 실마리가 없지도 않았다. 이왕직 차관 고미야의 사표는 두말없이 수리되었다. 1917년 1월이었다.

신임 총독은 정무총감 이하 총독부의 국장급은 물론, 도지사 경찰부장에 이르기까지 있을 법한 인사이동을 단행하지 않았다. 그는 자기의 부족한 역량을 잘 알고 있었다. 섣불리 인사문제 따위로 잡음을 일으키느니보다는 전임 총독이 수족처럼 부리던 총독부의 간부진을 고스란히 이어받아 이미 수립되고 추진되는 정책과 수법대로 계속 밀고 나가는 것이 훨씬 안전하고 미더운 것으로 생각했다. 그만큼 그는 독자적인 경륜이나 포부가 없었고 무사안일주의를 좋아하는 사나이였다.

그러므로 데라우치 체제하에서 빠져나간 인물이라곤 데라우치의 사위로서 총무국장직에 있던 고다마兒玉만이 본국의 총리가 된 장인을 따라 내각內閣서기관방장書記官房長으로 영전해 갔을 뿐이다.

그리고 단지 이례적으로 이왕직 차관 고미야의 후임으로 구니이다國
分象太郞를 임명한 것이 고작이었다. 구니이다는 교활한 지혜에다 그
성격이 영악하기 이를 데 없는 인물이다. 그는 먼저 고미야 밑에 있던
일본인 관리들을 싹 쓸어버리고 자기의 심복들을 앉혔고 단 한 사람 하
세가와 총독의 특명으로 앞으로 있을 어떤 계획을 짐작하고 있는 곤토
시로스케權藤四朗介만을 그대로 유임시켰을 뿐이었다.

정무, 행정에 백지와 다름없는 총독은 정무총감에게 모든 일을 도맡
기다시피 하고는 자기는 관저 깊숙이 들어앉아 마작과 골패나 만지작
거리면서 본국에 있는 가족한테 총독 앞으로 나오는 기밀비나 쪼개 보
내기에 온 신경을 쓸 정도였다.

그는 먼저 전임 데라우치가 총독부의 기밀비 가운데서 3백만 원이라
는 큰돈을 가로채서 총리대신이 되기 위한 정치자금으로 유용했다는
사실을 알아냈다.

'흠, 데라우치 군이 정치자금으로 유용한 돈, 나는 처자식한테나 보
내줘야겠구나.'

총독 하세가와의 이러한 좀스러운 기밀비 착복 습성은 총독부 고급
관리들 사이엔 공공연한 비밀로 되어 갔다. 그러나 그는 어쩌다가 부하
관리들이 그 문제를 언급하면 아무 거리끼는 기색도 없이,

"허, 모르는 소릴! 기밀비라는 그 세 글자의 풀이를 해 보게나. 나는
그 돈을 쓸 만한 곳에 요긴히 쓰고 있는 중이야. 쓸 만한 곳이란 기밀에
속하니까 자네들은 공연히 짓까불지 말고 모르는 척해 둬! 총독이 기밀
비를 쓰는 그 기밀의 내막까지를 공개해야 옳은가!"

이렇게 능청을 떠는 그였다. 그러나 하세가와의 말은 모두가 허언虛

言은 아니었다. 그가 소비하는 기밀비 중에서 일부는 어떤 음모와 공작 자금으로 쓰이고 있음이 분명했다. 구니이다 이왕직 차관이 그 공작금과 기맥을 대고 있었다. 이왕직 인사기구에 혁신적 개혁을 단행한 구니이다 차관은 총독 관저에 빈번히 드나들면서, 익어가고 있는 음모에 마지막 손질을 하고 있었다.

그러던 어느 날 그들로서는 뜻하지 않은 사건이 생겼다. 3월 23일, 운현궁의 이준李埈이 갑자기 세상을 버렸다. 뇌일혈로 쓰러진 것이다.

이준은 고종황제의 친형인 이희李熹의 적자로서 대원군의 손자이고 운현궁의 주인인 셈이었다. 생존한 고종과 순종을 제하고는 이 씨 왕족에서도 가장 윗사람이다. 따라서 그 장례식도 큰 일거리일 뿐 아니라, 이준에게는 사자嗣子가 없었으므로 장차 운현궁을 이어나갈 세습문제도 하나의 두통거리로 등장했다.

이준이 기세棄世했다는 전갈을 받은 하세가와 총독은 잠시 어리둥절했다. 총독으로 부임한 지 이제 겨우 4개월. 더욱이 구니이다 차관과 더불어 쥐도 새도 모르게 진행중인 일이 있으니 몹시 번거로운 훼방거리가 생긴 셈이다.

"하필이면 이런 때!"

그는 관저로 달려온 구니이다 차관에게 장례 일을 잘 마무리하도록 지시하면서 "자네만을 믿네!" 하고 고개를 끄덕였다.

"각하, 이런 일을 당하고 보니 이 기회에 한 가지 급히 해둘 일이 있을 것 같습니다. 그 공작과도 밀접한 관련이 있는 일입니다만."

"그래?"

하세가와는 골패쪽을 손아귀에 넣고 잘그락거리면서 또 무슨 골칫거리가 있느냐는 듯이 반문했다.

"실은 진작 마련해 두었어야 될 일입니다만, 전임자들이 워낙 게으른 놈들이어서 방치돼 온 일이온데."

구니이다 차관은 전임 차관인 고미야와 나아가서는 데라우치까지를 넌지시 헐뜯어 가며 장황한 설명을 늘어놓았다.

한일합방이 이룩되었을 때 이른바 메이지 천황의 대조大詔로서, 고종은 이태왕으로, 순종은 이왕으로 책봉하는 한편, 이강李堈, 이희李熹는 이왕의 의친懿親으로 황족의 예를 갖추어 공전하公殿下라 경칭하며 그 세손들이 영작榮爵을 세습한다고 규정하기는 했지만, 세가솔순世家率循의 규범은 아직도 미제정 상태로 내버려 두었을 뿐만 아니라 후사後嗣의 문제나 왕공가의 재산처분은 어떻게 하며, 왕공가의 신분과 일반 민중과의 법률관계는 어떻게 되는지 허다한 의문들을 방치해 둔 채로 있었다는 것이다.

이미 자기들의 힘으로 망국폐제亡國廢帝로 만든 이 씨 왕족이니만큼 실상 그런 일에 신경을 쓸 겨를이 없었다. 그러나 이제 막상 일을 당하고 보니 자기네들이 등한시했던 허점이 비로소 드러난 것이라고 했다.

구니이다 차관은 이렇게 늘어놓고는 그 결론으로 자기의 구상을 헌책했다.

"일이 그쯤 돼 있으니 이것을 계기로 해서 이왕가의 환심을 사 둘 만한 조처를 강구하도록 하시지요?"

"환심 살 조처라? 구체적으론?"

"소관의 의견으로는 본국의 황실전범皇室典範같이, 이왕공가의 궤범軌範을 차제에 마련하는 겁니다. 그러자면 본국의 제실제도심의회에

상신해서 그 방면에 조예가 깊은 학자들을 초빙해서 이왕가 대표나 조선의 학자들과 서로 협의해서 이왕가 백 년의 영작을 보존하도록 새로운 제도를 만들면 이태왕이나 이왕이 흡족해할 것입니다. 각하께서 먼저 그네들한테 뭣인가 선물해야 합니다. 좋은 선물이 될 것 같습니다."

"호오 그렇겠군 그래. 자네의 구상이 아주 기발하군. 선물을 받으면 답례를 내놓게 마련이렷다. 강요할 필요 없는 교환조건이겠구나?"

"각하, 바로 그런 뜻이옵니다. 그렇게만 되면 그 일은 아주 쉬워질 듯싶습니다."

"좋은 착상이니 자네 계획대로 추진하게나!"

하세가와와 구니이다는 흔쾌하게 웃었다.

비록 왕가 궤범은 아직 없을망정 이준의 장례는 엄숙하고 장엄하게 집행되어 영구靈柩는 공덕동으로 향했다.

그리고 사자 없는 운현궁에 세습 후사로는 이강의 둘째 공자公子를 책하도록 하여 그 이름을 우鍝라 명명했다(이우 씨는 제2차 대전 말에 일본 히로시마에 떨어진 원자탄에 희생됨).

덫에 걸린 짐승

　총독 하세가와가 부임 벽두에 치르게 된 이준의 장례식은 고종과 순종은 물론, 위의威儀와 범절을 까다롭게 여기는 노유老儒들 사이에서조차 별다른 불만이 없을 정도로 원만히 진행되었다.

　총독은 소문이 그러하다는 보고를 받고 입이 벌어졌다. 구니이다 이왕직 차관 역시 회심의 미소를 흘리며 총독 관저를 뻔질나게 드나들었다. 일이 그쯤 되고 보면 이 씨 왕족들에게는 슬픈 상사喪事였고, 하세가와와 구니이다에게는 쾌재의 경사가 아닐 수 없었다.

　구니이다의 계획은 예정대로 진행되었다.

　이준의 장례를 치른 지 한 달도 안 되어서 도쿄로부터는 제실제도심의회 부총재인 오카노岡野 박사가 바바馬場, 구리하라栗原 등의 학자를 거느리고 이왕가의 궤범을 마련하기 위해서 경성으로 들어왔다.

　그들은 민병석 이왕직 장관의 안내로 순종을 찾아 인사를 드렸다. 이 씨 왕족으로서는 우선은 반갑고 고마운 내객들이었다. 순종은 인정전에서 연회를 베풀어 그들의 노고를 치하했다.

구니이다 차관이 짜놓은 각본은 실수 없이 척척 맞아 떨어졌다. 그는 또 한 장의 각본을 넌지시 펼쳐놓고는 민병석 이왕직 장관에게 면밀하게 설명했다. 민병석으로서는 거리껴 할 수 없는 그럴듯한 내용이 거기 적혀있었다.

비록 이미 옥새를 잃은 망국의 이왕일망정, 그러나 그는 이 씨 왕조 27대의 어엿한 황제 순종이었다. 외세의 밀물 너무 거세고, 보필하는 신하 너무 유약해서, 이미 나라의 명운이 경각에 있던 불운한 때에 즉위한 순종, 따라서 자신의 힘으로서는 국운을 돌이키기가 너무나 힘겨웠다 할망정, 5백 년 왕업에 마지막 임금이 된 것은 아무래도 철천의 한이 아닐 수 없다.

따라서 그의 가슴은 왕업을 창시한 태조에 대한 불민한 죄책으로 멍들어 있었다. 순종은 여러 번 함흥대묘咸興大廟에 참알參謁할 뜻을 비쳐온 것이다. 함흥대묘는 조선의 발상지인 영흥본궁永興本宮으로 태조인 이성계를 모신 거룩한 묘궁廟宮이다.

순종의 그러한 소망을 익히 알던 구니이다 차관은 날씨 화창해지는 5월쯤 해서 순종의 오랜 소원을 풀어주자는 뜻을 민병석 장관에게 자진해서 청원했다. 구니이다 차관의 속셈을 알 까닭이 없는 민병석은 즉석에서 찬의를 표하고 마침내 순종에게 품의, 쾌히 승낙을 얻었다.

1917년 5월 10일, 경성역을 떠나는 특별 궁정열차에는 순종을 비롯한 조선의 고관대작들이 기라성같이 늘어앉아 있었다.

하늘은 쾌청하고 향훈은 알맞게 살랑거렸다. 경원선 연변에는 순종의 행차를 구경하려고 수많은 백성들이 주야로 진을 치고 있었다. 폐왕도 임금은 임금, 모두들 그의 함흥행차를 서글픈 감개感慨로 구경하려는 백성들의 마음이었다.

순종은 오랜만의 여행길이라 몹시 유쾌한 모양이었다. 가슴 깊숙이 간직한 망국한亡國恨이야 어찌 없겠는가만, 얼굴 표정은 근래에 보기 드물도록 밝고 싱싱했다. 민병석 장관, 윤덕영 장시사장掌侍司長이 위의를 갖추고 배석했다. 근친 대표로 해풍 부원군海豊府院君 윤택영尹澤榮 후작도 일행 속에 끼어 있었다. 구니이다 차관을 비롯한 수십 명의 총독부 관리들, 시종, 전사관들이 수행하는 특별열차는 그날 석양 무렵 원산역에 도착했다.

일행은 원산에서 1박 하고 이튿날 마차편으로 함흥평야를 줄줄이 이어달려 저녁녘에야 대묘에 닿았다. 망국 폐제廢帝의 창업 시왕創業始王의 묘당 참알參謁은 뜻있는 모든 사람들로 하여금 만감이 착잡한 아픔을 주었다. 그러나 순종은 대리석처럼 차가운 표정으로 제전祭典을 끝낸 다음 마련된 숙사에서 하루를 쉬고 다음날 무사히 환경還京했다.

순종 일행이 함흥대묘를 참알하고 돌아오는 여정을 전후해서 특히 순종의 건강을 극진히 염려한 사람은 구니이다였다. 그는 곤토 전의典醫에게 출발 이전과 돌아온 다음의 순종의 건강상태를 면밀히 검진하도록 특별지시를 내렸다. 장거리 여행에도 순종의 건강엔 이상이 없다는 곤토 전의의 진단보고를 받고 무릎을 치며 좋아한 사람도 역시 다른 사람이 아닌 이왕직 차관 구니이다였다.

어느 날 구니이다는 순종의 건강 보고서를 가슴 깊이 간직하고 총독 관저로 하세가와를 찾아왔다.

"이왕의 건강은 어떤가?"

"나무랄 데가 없습니다. 각하!"

"호오 그래? 곤토 전의는 믿을 만한 의사인가?"

"각하, 곤토 박사는 본국에서도 명성이 자자한 권위자입니다. 오진 誤診이 있을 수 없습니다. 각하, 이제 모든 시험은 끝난 셈입니다."

"수고했네! 내일 밤 이완용을 만날 수 있도록 수배하게."

"각하, 이완용 씨보단 윤덕영 씨가 여러 가지 점으로 더 나을 줄로 아는데요."

"그건 나도 알고 있어. 그렇지만 나대로의 복안이 있다. 우선 이완용을 만날 수 있도록 수배하란 말야!"

순종 일행이 함흥에서 돌아온 지 한 주일이 지난 어느 날 밤이었다. 달빛이 교교皎皎했다. 5월의 훈풍은 남산 솔바람을 타고 장안의 봄밤을 더욱 감미롭게 어루만졌다. 남산 조선총독부로 가는 밤길에는 아카시아 꽃향기가 바람을 타고 있었다. 10시쯤이나 되었을까. 총독 관저의 육중한 철문이 삐걱 열리더니 인력거 한 대가 조용히 굴러 나왔다.

철문이 다시 삐걱 소리를 내며 닫히자 인력거는 잽싸게 내리막길을 달리기 시작했다. 앞뒤에는 자전거를 탄 일경이 호위했다. 이완용, 그의 인력거였다. 남산 기슭을 예도는 후미진 길을 돌아나올 무렵, 이완용은 인력거를 세우고 여송연에 성냥불을 그어 붙였다.

담뱃불을 붙여 문 이완용은 방금 총독이 현관에까지 배웅하면서 하던 말을 생각한다.

"내 정치적 생명에 관계되는 일입니다. 하세가와가 이 일만 해내면 2

대 총독으로서의 첫 과업을 끝내는 거고, 이 자작께도 공로의 대가는 크게 돌아갈 것입니다. 비밀히 진행시키셔야 합니다. 나는 이 일을 정무총감한테도 아직 얘기 안 했습니다. 혹자는 송병준 남작이 그 박진력으로 봐서 적격이라고 합니다만 어디 믿고 일을 부탁할 수 있어야죠. 어떻게 눈치 챘는지 배정자가 오늘 나한테 와서 자기가 도움이 될 일이 없겠느냐고 아양을 떱디다만 시치미를 뗐습니다. 하긴 배정자가 전부터 궁중과는 무상출입이니까 의외로 설득력이 있을지도 모르지요. 허나 여자에게 부탁할 일은 아닙니다."

이완용은 달리는 인력거 속에서, 담배 연기를 뿜어대며 생각한다. 이 일이 결코 수월한 일은 아니라고…. 인사동 자택에 돌아온 그는 밤이 깊었는데도 전화로 이왕직 장관 민병석을 불러서 내일 한낮에 고종을 뵈러 덕수궁에 들 뜻을 전했다.

이튿날 한낮이 가까워 올 무렵, 이완용은 즐겨 입는 모닝코트로 위의를 갖추고서 덕수궁 함녕전으로 고종을 찾아갔다.

이완용의 목표는 본시 순종이었다. 하세가와의 소망도 순종을 일본 도쿄로 가게 해서 대정 천황 앞에 무릎을 꿇도록 하려는 것임을 알고 있다. 그것은 벌써 전임 총독 데라우치가 철원 수렵여행에서 밝힌 바 있는 묵은 계획이다.

이완용은, 순서상 고종의 내락內諾을 먼저 받고 그 뜻을 순종에게 전하면서 설복하는 게 가장 빠른 길임을 전부터 생각했다.

'먼저 대궐문을 열게 하고 궁궐 안에 들어가야 한다. 궁 안의 작은 문은 손쉽게 열릴 것이다. 고종이 아직은 대궐문이다. 순종은 작은 전각의 문에 지나지 않는다.'

이렇게 판단한 이완용은 고종 앞에 엎드려 단도직입單刀直入으로 찾아온 뜻을 부끄럼 없이 말했다.

"폐하, 조선과 일본이 합방한 후 어느덧 7년이 가까웠사오나 오늘토록 부근일가扶槿一家와 같은 황실끼리의 교환이 없었사옵니다. 이제 일본황실에서도 그것을 간절히 소망하오니 지금이 그때인 줄로 아옵니다. 신 이완용의 소견으로는 창덕궁 전하로 하여금 동상東上의 길에 오르시게 하시면 조선황실과 일본황실의 돈독한 정의를 더욱 굳게 다지게 되겠사옵고, 면학에 여념 없는 세자를 친히 뵈올 수 있는 반가운 자리도 마련될 수 있을 듯하옵니다. 폐하의 너그러우신 영단이 있으시옵기를 외람되오나 신 이완용이 아뢰옵니다."

이 말을 들은 고종은 교의에서 벌떡 일어나더니 두 손을 부들부들 떨었다. 소담하게 길러진 턱수염도 부들부들 떨고 있었다.

"허 고얀지고!"

그러나 이완용은 자기의 신하가 아니었음을 생각한다.

"허 괘씸한!"

고종은 맥이 탁 풀리는 모양이었다. 고종은 조용히 교의에 다시 앉으면서 침통한 어조로 이완용에게 묻는다.

"그것도 그럴 것이야. 그렇지만 경도 알다시피 창덕궁은 병약한 몸이 아닌가. 그렇게 먼 곳까지 여행할 건강이 안 되는 줄로 아는데."

고종은 순종의 병약한 건강을 핑계로 이완용의 후안무치厚顔無恥한 요청을 피하려 했다. 이완용은 다시 혀를 놀렸다.

"폐하, 창덕궁 전하의 건강을 염려하시는 것은 지당하실 줄로 아옵니다만, 이미 창덕궁 전하께오서는 원로 함흥대묘를 참예하시옵고도 성체 날로 건강하옵신 줄로 아옵니다."

고종은 당신이 내세운 방패가 허술했음을 깨닫는다. 고종은 고개를 끄덕였다. 순종의 함흥대묘 참알을 이례적으로 서둘렀던 저네들의 음흉한 속셈을 비로소 짐작해 냈다.

"알겠어. 경의 말뜻은 알겠군. 허나 짐은 이미 허수아비임을 이완용 그대가 잘 알고 있을 거야. 그만 물러가라! 어서 물러가라!"

고종의 노여움은 서서히 격양되어 갔다.

이완용이 엉뚱한 사명을 띠고 덕수궁에 들어갔다가 고종의 노여움만 크게 사고 아무런 소득도 얻지 못한 채 물러나왔다는 풍문은 궁부宮府의 고관들 귀에 곧 알려지고 말았다.

이 소식을 듣고 기뻐한 사람은 뜻밖에도 장시사장掌侍司長 윤덕영이었다. 그는 순종 황후 유비의 아버지인 윤택영의 친형이 되는 사람. 한일합방 때에도 오로지 뒤에서 암약하여 욕된 공로를 세운 탓으로 남작이 되었고 계속해서 왕궁에 머물러서 장시사장 자리를 누려온 골수 친일파였다.

그러한 윤덕영이 이완용의 고종 설복이 실패로 돌아갔다는 소식을 듣고 회심의 미소를 지은 데에는 이유가 있었다. 총독이 순종의 동상東上을 계책하고 있음은 미리부터 짐작했다. 그리고 그 계책의 하수인으로 이완용이 손꼽히리라는 것도 더욱 뻔히 짐작했다.

윤덕영은 이완용의 그 무딘 양심과 기회주의적인 교활성과 헛된 영작榮爵에 탐욕스러운 그 사람됨을 잘 알고 있었다. 그런데 총독의 총애가 이완용에게만 두드러지게 쏠리는 것은 참을 수 없는 노릇이었다.

총독 하세가와는 이완용이 고종을 설득하기에 실패했다는 소식을 듣고도 별로 놀라지 않았다. 그가 실패했다면 그를 대신해서 다시 내세울 인물들이 얼마든지 있다. 결국 그 누구에 의해서 반드시 성공되고야 말 것이다. 그러는 동안에 총독 주위에서 충성을 서로 다투는 친일정객들끼리 반목하고 갈등을 조장하면 그뿐이다.

일은 총독 자기가 짜놓은 각본 그대로 척척 맞아 들어간다. 이번 일에서도 만약 이완용의 공적이 두드러진다면 본국 정부에서의 이완용에 대한 신임도는 더욱 높아질 것이고, 그렇게 되면 조선 총독의 체면은 그의 앞에서 맥을 못 쓸 우려가 있다. 이완용은 본국의 총리대신인 데라우치와 막역한 사이니 말이다.

총독이 이완용의 실패를 미리 예견했고 또 고소하게 여기는 이유는 또 있었다. 그는, 이미 공개된 이번 일을 둘러싸고 조선의 거물급 친일정객들이 공로功勞다툼으로 서로 물고 뜯도록 이간책을 쓰려는 속셈이었다. 그래야만 조선반도는 조선 총독의 천하가 되리라는 간사스런 생각에서였다.

이완용, 그는 소용돌이치는 정계에 투신한 지 어언 30년의 관록을 가진 자다. 러시아에도 붙어보고 미국에도 추파를 던져보다가 끝내는 극동의 파락호破落戶와 같은 일본에 빌붙어서 나라를 팔아먹는 교활한 사나이다. 그러나 그 자신이나, 같은 친일 군상들은 이완용을 행운의 정치가라고 했다. 실상 정치가의 말로는 비참한 것이다. 김옥균의 최후가 어떠했으며, 김홍집金弘集의 말로가 어떠했으며, 대원군大院君의 만년은 어떠했던가. 그들에 비긴다면 이완용 자신이나 그 동류들로서는 그가 행운의 정치가라고 봄직도 하다.

그러한 이완용이 이번에 씻을 길 없는 모욕을 당했다. 다른 사람 아닌 고종으로부터 말이다. 세상에 비밀은 없다. 그런 소문은 삽시간에 장안 거리에 파다하게 퍼져나갔다.

"허, 죽일 놈! 진작 죽였어야 했을걸."

"총독도 노발대발했다니까 이완용 세상은 끝장난 것 아닐까."

"친일하는 놈들이야 뒤에 얼마든지 대기하고 있는걸."

"이완용이 거꾸러지면 어느 놈이 또 활개를 칠 판인가."

복덕방이나 탑골공원 양지쪽에 모여 앉은 실의失意의 군상들은 이런 화제로 긴긴 초여름날의 무료를 메꿨다.

그동안 이완용은 자택에 몸을 도사린 채 민민전측悶悶輾側 여름밤을 뒤챘다. 술렁거리는 욕된 화제가 식어가기를 기다렸다.

그러던 어느 날, 이완용은 멍든 가슴과 쑤셔대는 뼈마디를 풀어볼 양으로 새벽 동이 트기를 기다려서 조용히 대문을 나섰다. 인왕산을 향해 아침 산책을 나간 것이다. 그는 옥양목 고이적삼을 허술하게 걸치고 나섰다. 남의 눈에 띄지 않게 하기 위해서다. 그는 해묵은 장미뿌리를 다듬어 손잡이를 만든 영국제 스틱을 휘두르면서 사직공원을 왼쪽으로 끼고 올라가다가 누상동 골목으로 내려섰다. 큰 길을 찾을 필요는 없었다. 남이 안 다니는 골목을 더듬어 인왕산 기슭으로 들어서는 편이 마음 편했던 것이다. 약수터를 지나 오솔길로 들어서니까 밤새 내린 이슬이 고의 가랑이를 적셨다.

그는 펑퍼짐한 바위 위에 올라섰다 동편을 바라보니 희뿌연 안개 속에 떠오른 해가 유난히 붉었다. 그는 스틱을 뒤로 버팅기고 심호흡을 하면서 오밀조밀 인가가 다닥다닥 붙은 누상동 일대를 내려다본다. 산책꾼들은 차츰 늘어가기 시작했다. 어디선가 타잔의 외침처럼 질러대는 젊음의 고함도 들려왔다.

'집이 인왕산 기슭이라면 아침 산책엔 제격이겠는걸!'

그는 속으로 중얼거리며 왼켠으로 드러나는 효자동 일대를 부감俯瞰했다. 문득 저 효자동에다 새로 집이나 한 채 지어볼까 생각했다. 해볼 만한 장난 같아서 그는 잠시 공상의 날개를 펴는 그때였다.

"실례입니다만 일당一堂 선생이 아니십니까?"

난데없이 바리톤 목소리가 등 뒤에서 들려왔다.

일당이란 이완용의 아호였다. 이완용은 서서히 몸을 돌려 바리톤의 주인공을 쏘아봤다. 장대한 키에 부리부리한 눈망울을 가진 젊은이 하나가 바위 아래 우뚝 서 있다. 이완용은 약간 놀라긴 했으나 점잖은 동작으로 바위에서 내려섰다.

"어떻게 나를 알아보시오?"

이완용은 다소 경계하면서 손에 든 스틱에 힘을 주었다.

"아무리 뒷모습일망정 일당 선생을 몰라볼 리 있겠습니까. 저는 이 아래 효자동에 살고 있는 박충권朴忠權이란 사람입니다. 혹시 기억하실런지 모르겠습니다만, 박은식朴殷植 선생의 먼 친척뻘이 되지요."

번쩍 빛나는 젊은이의 안광을 이완용은 못 본 체 외면했다.

"박은식 씨라? 기억에 없소이다만."

그가 저명한 학자이며 지사인 박은식을 모를 리 없었다.

"모르실 겁니다. 선생님이 아실 만한 분이 아니니까요."

젊은이는 비꼬는 듯한 어투로 말하면서 이완용의 뒤를 따라섰다. 두 사람은 동반同伴이 될 이유가 없으면서 동반이 된 채 잠시 묵묵히 산길을 비집고 있었다.

한참 만에 이완용이 먼저 입을 열었다.

"젊은이는 효자동에 사신다 했는데 동리 인심이 괜찮은가요?"

"인심이라굽쇼? 모두 토박이들이니까 궂은 일, 어려운 일, 도와가며 살고 있습지요."

"그렇겠군. 효자동은 이름 그대로 효잣골일 테니까 인심들이 좋겠소이다."

"그렇지 않습니다. 효잣골도 이젠 그 이름을 갈아야 할 판국입니다."

"갈다니? 충의효도忠義孝道는 예로부터 인륜人倫의 기본인데 효잣골의 그 좋은 이름을 왜 갈아야 하오?"

"충의효도라굽쇼? 허, 요즘 세상에 충의하는 놈 어디 있고, 효도할 자식 어디 있습니까?"

청년 박충권이 퉁명스럽게 한마디 내뱉는 바람에 이완용은 가슴이 섬뜩했다. 그러나 새파란 젊은이 앞에서 당황하는 기색을 드러낼 수도 없어서 잠시 머뭇거리는데 젊은이는 또 한마디 따지듯이 물어온다.

"일당 선생께선 지금 조선땅에 충신 효자가 필요 있다고 생각하십니까?"

박충권은 이완용을 쏘아보면서 만만치 않은 태도로 나왔다.

"선생님! 저는 오늘 새벽에 가친家親의 심한 꾸중을 듣고 집을 뛰쳐나왔습니다. 아버님께선 후레자식은 차라리 집을 나가든지 죽어 없어지든지 하라고 호통이십니다."

"무슨 일을 그렇게 잘못했소?"

"대단한 일은 아닙니다만 폐인이 다 되신 가친의 마지막 자존심을 건드린 것 같습니다."

이완용은 젊은이의 말뜻을 알아들었다.

젊은이는 며칠 전에 있었던 소위 순종 동상東上건의를 야유하는 모양이라고 생각했다. 젊은이는 한마디 덧붙인다.

"나라에 충신이 없는데 부모에 효자가 어디 있겠습니까?"

이완용은 이 애송이 젊은 놈 앞에서 꿀 먹은 벙어리일 수는 없었다.

"왜 충신이 없고 효자가 없겠소. 그리고 충신이 따로 있고 효자가 따로 있는 건 아니오. 어버이 섬기는 마음 있고 임금을 위해서 도움될 진언을 하면 그게 충효이지 별것 있나요."

이완용의 이런 능청 앞에서 청년 박충권의 정열은 파열하고 말았다.

"선생님, 그러시다면 망국의 을사조약도 경술합방도 모두 임금을 위하고 나라를 위해서 하신 짓인가요?"

그러나 이완용은 당황하지 않는다.

"이봐, 젊은이. 너무 흥분하질 말고 내 말을 들어보시오. 나도 단군 선조의 아들이야. 난들 왜 조선의 독립을 바라지 않고, 조선민족의 번성을 싫어하겠소. 그리고 왜 황실의 번영을 기원하지 않겠소. 허나 나라는 이미 기울었어. 형세가 결딴나서 이미 무슨 약을 써도 소생할 가망이 없을 지경이었어. 어디 그뿐인가? 밖에서는 이 땅덩이를 제각기 집어 삼키려고 이리떼들이 으르렁댔지. 이봐요, 젊은이. 제 힘으로 걸을 수 없는 어린애는 어느 믿음직한 보호자에게 손목을 잡혀야 하는 법이야. 힘도 지각도 없는 어린애를 짐승들이 들끓는 산골짜기에 내버려 둔다면 팔은 범이 물어 가고 머리는 산돼지가 떼어 가고 발은 승냥이가 잘라 먹고 심장은 까마귀가 쪼아 먹을 게 아닌가? 우리 조선의 형세는

그런 어린애와 같았단 말이야. 제 힘으로 못 자랄 어린애는 보모에게
맡기는 것이 그 어린이를 살리는 하나의 방도가 아닐까? 일본은 우리
보모나 다름없는 걸세. 나를 나라 팔아먹는 역적이라고 모두들 욕하는
걸 잘 알고 있소만 나는 나대로 생각이 있었어. 유약한 2천만 동포를
일본이라는 보모에게 잠시 맡겨 보자는 게 내 의도였소. 잘못된 생각이
었을까? 그것이 죄라면 나는 별수 없이 죄인이지. 이봐요. 이완용이
없었다 해도 누군가가 그 일을 맡아야만 했을걸. 그러한 나를 욕하고
책망하기보다는 불운한 시대에 태어난 불우한 정치인이라고 동정해야
도리가 아니냔 말이야!"

　이완용은 그럴듯한 요설舌로 젊은이를 굴복시키려고 했다. 그러나
오산이었다. 그 말을 들은 박충권의 부리부리한 두 눈이 단박 벌겋게
충혈되었다.

　"그것도 말씀이라고 합니까. 왜 제 민족을 산골짜기에 버려진 어린
애에다 비유합니까. 이리떼들이 팔과 다리와 머리통을 제각기 찢어갈
듯싶어서 보모에게 맡겼다고요? 일본이 마음 착한 보모입니까? 그가
독부毒婦라면 어떡합니까. 여러 놈이 제각기 찢어 먹기 전에 통째로 삼
켜 버리는 식인종이었다면 어떡합니까? 더욱이 일본은 청국이나 러시
아와 마찬가지로 저 숲속의 흉악한 짐승처럼 우리 땅을 뜯어 먹으려고
으르렁대지 않았습니까? 청일 전쟁이 그랬고, 러일 전쟁이 안 그랬습
니까? 일본이 선량한 보모라는 생각은 선생이나 일진회 계열에서나 강
변하는 소리입니다. 나라꼴이 피폐해서 어차피 망할 판이라 선생이 아
니더라도 누구든지 제2의 이완용이 나왔을 게라고요? 선생 자신이,
그리고 우리 2천만 동포 하나하나가, 특히 높은 벼슬자리의 양반들이

가슴에 칼이 꽂혀 들어와 당장 쓰러져도 대의를 굽혀 변절할 수는 없다고 했다면, 우리 2천만 민중을, 삼천리강토를, 저놈들이 소총 탄자 몇 개로 집어 먹진 못했을 게 아닙니까. 대의를 지켜 죽을 각오는 하지 않고 적당히 살아서 영악한 소절小節에 만족하려는 생각이 결국 나라를 망하게 한 겁니다. 선생은 십자가를 걸머지고 민족의 명줄을 보호했다고 생각하실지 모르지만 뛰어든 강도놈들한테 고함 한 번 변변히 못 치고 목숨만이 아까워서 불가항력이라는 명목의 화간和姦을 해버린 미욱한 계집의 꼬라지가 아니냐 말입니다. 그렇지만 선생님, 분명히 말해둡니다. 활화산活火山이란 언젠가는 터지게 마련입니다. 조선은 활화산입니다. 저 총독부 청사가 백 년을 가겠습니까, 천 년을 가겠습니까. 민중을 위한다느니, 애국의 길은 여러 갈래라느니, 공연한 궤변詭辯은 그만 하시고 여생이나 온전히 보내도록 노력하세요!"

"그건 방관자의 명분론에 지나지 않소. 정치 실무자의 입장에 보면 명분만 찾고 있을 수 없는 절박한 경우가 있는 법이오. 어떻게든지 해결보아야 할 때가 있단 말이외다."

"선생, 정치는 명분名分을 앞세워야 합니다. 명분 없이 무슨 정치를 합니까?"

"남의 속방이 되어서도 실력을 길러서 다시 독립한 역사적인 예가 많소이다."

"궤변입니다. 매국賣國의 합리화를 꾀하는 궤변입니다."

"처음부터 두 가지의 이념이 평행하리라는 것을 각오하고 있었소. 사대事大와 국수國粹의 두 이념은 영원히 평행하게 마련이지요."

"누구의 나라인데 당신은 당신의 그릇된 매국적 이념에 충실한 것을 끝내 뉘우치지 못합니까!"

"내 나라요. 그리고 당신의 나라요."

"결국 선생은 매국과 2천만의 애국은 영원히 평행하는군요."

청년 논객 박충권은 이완용을 불쌍하다는 듯이 쏘아보고는 휘적휘적 옆길로 사라져 갔다.

이완용은 뒤통수를 호되게 얻어맞은 것처럼 잠시 동안 멍청히 서서 사라져 가는 젊은이의 뒷모습을 바라보았다.

────◆────

이완용이 고종에게 망신만 당하고 울적한 심정에서 집 안에 틀어박혀 있다는 기별을 들은 하세가와 총독은 지체 없이 윤덕영을 관저로 초치해서 이완용이 못한 일을 대신 해달라고 요청했다.

윤덕영은 그 배턴을 넘겨받으면서 자못 난처한 듯한 표정을 지었다. 그러나 하세가와는 구니이다 차관으로부터 윤덕영에 대한 소상한 정보를 들어온 터이므로 윤덕영이 이제 와서 난처한 표정을 지었다 해도, 그것은 진심이 아니라, 어떤 두드러진 대가를 노리는 일종의 제스처임을 알아차렸다.

"윤 남작, 나도 생각이 있소이다. 당신이 거둔 성과에 섭섭함이 없도록 보답할 것입니다. 대일본제국의 하세가와를 믿어 주세요."

능청을 부리는 총독의 뜻깊은 웃음을 보고서야 윤덕영은 관저에서 물러났다.

윤덕영은 이완용처럼 단순하고 직설적인 인물은 아니다. 그는 이 일을 성취하기 위해서 육도삼략六韜三略 같은 주도면밀한 술수를 부려야 되리라는 것을 잘 알고 있었다. 윤덕영 역시 서전序戰으로는 먼저 덕수궁의 고종을 찾아가서 그의 내락內諾을 받으리라 작정했다. 그리고 그는 이완용과는 달리 첫 번째의 화살을 고종 자신에게 겨냥하리라고 결심했다. 이완용은 순종을 움직이게 하기 위해서 고종의 엄호사격을 얻으려 했지만, 윤덕영은 고종 자신을 귀찮을 만큼 충돌질함으로써 어떤 부차적인 실효를 노렸다.

"황공하옵니다만 왕가 백 년의 안녕을 위해 폐하께서 친히 도일渡日하셔서 일왕과의 우의를 돈독히 하심이 당연한 줄로 아뢰나이다. 만약 이 의義를 채납치 아니하오면 왕가에 절두截頭 같은 화가 미칠는지 알 수 없사옵니다."

고종 앞에 부복한 윤덕영은 마치 충성스런 신하가 왕실의 안녕을 염려한 나머지 흘리는 눈물인 듯 눈시울을 적셨다.

그러나 고종의 대답은 냉랭했다.

"짐은 이미 늙어서 은거하는 몸이 아니오? 짐을 괴롭히지 마오."

그러나 그 정도로 물러설 윤덕영이 아니었다. 그는 고종을 진저리가 나도록 들볶아서 지쳐 자빠지도록 할 작정이었다. 그는 일언직하에 거절해 버리는 고종의 발밑에 엎드린 채, 좀체로 자리를 뜨려 하지 않았다. 고종은 눈살을 찌푸렸다. 옛날 같았으면 당장 끌어내라고 소리칠 수도 있었으련만, 고종에게 이미 남아 있는 권력도 권위도 없었다. 그리고 고종은 잘 알고 있었다. 덕수궁 안팎의 경호대원들은 모두가 윤덕영과 구니이다의 졸개들이라는 사실을 잘 알고 있었다.

날이 저물어도 윤덕영은 물러나지 않았다. 고종이 침상에 든 뒤에도 윤덕영은 함녕전에서 물러날 줄을 몰랐다. 밤이 깊어서 고종이 잠들고 난 다음에야 윤덕영은 제 1막이 끝났다는 듯 어슬렁어슬렁 걸어 나갔다.

윤덕영의 작전은 실로 집요했고 악착스러웠다. 다음날 아침엔 고종이 미처 기침起寢도 하기 전에 함녕전으로 달려와서 아직 잠들어 있는 고종의 머리맡에 부복하는 것이었다. 그날도 역시 진종일 그곳을 떠나지 않았다. 그러기를 1주일. 고종과 윤덕영의 지구전持久戰은 1주일이 계속됐다. 윤덕영은 고종의 마음을 지글지글 태워서 마침내는 제 풀이 꺾일 때까지 기다려 보자는 악착스런 작전을 집요하게 감행했다. 고종도 집요했다. 윤덕영의 그 치사스런 작전을 짐작한 이상 어디 누가 이기나 끝까지 해 보자는 심산이었다. 고종은 매일 태연한 표정으로 거머리처럼 붙어 있는 윤덕영 따위는 거들떠보지도 않았다. 그렇게 해서 한 주일이 지났다. 윤덕영은 제 1차 작전이 완전히 실패했음을 깨달았다. 그는 고종을 모시는 시종들의 빈축과 싸늘한 눈길을 등에 지고 일단 함녕전을 물러나왔다.

윤덕영은 곧 제 2의 작전을 전개했다. 그는 민병석 이왕직 장관을 설복하여 덕수궁의 집기실을 정리한다는 핑계로 고종 신변의 모든 문서함을 검색한 다음 아무도 손을 못 대도록 봉인했다. 그리고는 집기와 문서 가운데 분실된 것이 많다는 트집으로 그것을 오랫동안 보관해 온 홍 상궁을 매정스럽게 잘라 버렸다. 그 홍 상궁은, 엄비가 세상을 떠난 이후 외로운 고종의 만년을 따사롭게 감싸 드리던 한 떨기 기품 있는 꽃이었다. 그들은 고종의 허허로운 가슴에 꽂혀 있던 한 떨기 꽃송이마저 빼앗아 버리자는 잔인한 작전이었다. 고종은 눈시울을 붉히며 총애하던 홍 상궁마저 주변에서 떠나보내야 했다.

고종은 쓰라린 가슴을 달랠 길 없어 자리에 덜컥 누워 버렸다. 윤덕영은, 고종의 심신이 극도로 피로해졌음을 알아차리자 제3의 비수匕首를 그에게 들이대기를 서슴지 않았다. 병문안을 빙자하고 함녕전에 들어간 윤덕영은 고종의 침상 아래 부복하고는 마지막 일격을 가했다.

"황공하옵니다만 폐하께서는 옛날의 그 김 규수를 아직 기억하고 계시옵니까! 지금부터 30년 전의 일인 줄로 아옵니다만 명성황후明成皇后께오서 그런 참변을 당하신 직후, 후비 책봉을 서둘렀을 무렵인가 짐작되옵니다. 그 무렵 김 씨 문중의 규수가 가장 유력한 후보로 간택되어 예물까지 하사한 일이 있었사오나, 궁인들의 농간으로 기약도 없이 유보된 일이 있었다 하옵니다. 그 김 씨 규수는 그로부터 오늘토록 폐하의 고마우신 손길이 내리실까 하여 30 성상을 처녀로서 고집하고 있다고 듣자옵니다."

"그래, 그게 어찌 됐다는 말인가?"

"폐하, 한 번 맺어진 인륜은 젊어서보다도 노후에 더욱 소중한 것이온즉, 이제라도 성지聖旨를 내리시어 고마우신 조처가 있으셔야 할 줄로 아뢰옵니다."

고종은 명목瞑目했다. 전혀 뜻밖의 소리였다. 풍진세우風塵細雨 30년의 긴 세월 속에 묻혀 버린 일이라면 그럴 수도 있으려니와, 고종으로서는 전혀 기억에도 없고, 설혹 그런 일이 있었다 해도 칠순을 바라보는 이제 와서 그런 일을 들추어낼 필요가 어디 있는가 싶었다.

고종은 윤덕영의 새로운 계책의 하나인 줄을 알았지만 탄嘆하기가 귀찮아졌다.

"물러가오!"

윤덕영은 때를 놓치지 않고 또다시 넋두리를 늘어놓았다.

"폐하, 그 사실은 총독도 들어 알고 있는 듯싶사옵니다. 총독부의 관리들도 근자 그 문제를 입길에 올려, 폐하의 넓으신 성덕에 한 가닥 회의를 느끼고 있는 실정이오라, 왕직의 장차관이 서로 의논한 끝에 불우한 김 규수를 조만간 덕수궁에 듭시게 하도록 만반의 차비를 갖추고 있는 줄로 아뢰옵니다."

고종은 깜짝 놀랐다.

"뭣이? 이 늙은 몸에게 또 후비를 얻게 한다는 말인가? 안 될 말이로다!"

고종은 버럭 화를 내고는 실의와 체념이 뒤섞인 표정으로 독백했다.

"물러가오! 모든 일을 창덕궁에 일임하겠으니 제발 물러가오!"

고종은 눈을 감아버렸다. 윤덕영은 기다렸다는 듯이 벌떡 일어났다.

모든 일은 창덕궁 순종에게 일임한다는 그 한마디 말, 그것을 얻기 위해 반삭半朔을 두고 지루한 고행을 했던 게 아닌가. 이제 고종의 입으로부터 그 한마디를 뽑아냈으니 일은 성취된 것이다. 윤덕영은 그날 밤 구니이다 차관을 찾아가 밤이 깊도록 마지막 책략을 꾸며내기에 골몰했다.

다음날 아침, 덕수궁의 상궁 3명이 선발되었다. 윤덕영이 작성한 고종의 전지傳旨라는 것을 들려서 창덕궁 순종에게로 보냈다.

창덕궁으로 파견된 덕수궁의 지밀상궁至密尙宮은 정4품이었다. 법도에 의하면 어사와 다름이 없다. 순종 앞에 무릎을 꿇고 낭랑한 목소리로 고종의 뜻을 외워 바쳐야 하는 직책이다.

"덕수궁 태왕께오서는, 창덕궁 전하로 하여금 급히 동상東上하셔서 대정 천황께 천기봉사天機奉伺하시도록 만반 준비를 갖추시라는 전지이옵니다."

고종의 전지라는 바람에 순종은 묵묵히 고개를 떨어뜨렸다.

덕수궁의 궁녀가 순종에게 전갈을 외워 바칠 때 혹시나 다른 소리를 하지 않을까 해서 인정전 바깥 창가에 귀를 모으고 지켜 선 사나이 둘이 있었다. 윤덕영과 구니이다 이왕직 차관이었다.

대정실업친목회

낙동강 하상河床이 드러났다.

"하느님도 무심하지 않지예. 농사는 지어서 뭘 하능교. 땀 흘려 쌀농사해서 왜놈들 존일 할라카모."

"와 안 그렇습니껴. 쌀 주고 콩깻묵 빌어묵는 꼴 뵈기 싫어 하느님도 심통부리는 거 앙입니꺼."

1917년 봄여름이 다 가도록 전국적으로 혹심한 한발旱魃이 계속되고 있었다. 지난 가을, 겨울부터 비도 눈도 인색하더니 해가 바뀌어 봄여름이 다 가도록 가물었다.

7년 가뭄에 빗방울 안 듣는 날이 없었다던가. 영남은 가끔 흐리기도 했고, 후두둑거리며 비바람이 지나가는 날도 있었다. 중부 지방도 그랬다. 땅의 먼지도 적시기 전에 구름은 걷혔고 내려 쪼이는 폭양曝陽은 대지를 불사를 듯이 뜨겁고 보면, 메마른 전답처럼 민심도 메마를 수밖에 없었다.

"뚝섬 강을 잠뱅이 입고 건널 지경이라면서?"

"여주, 이천 자채벼도 이삭이 안 나온다더군."

"부평 벌에 메밀을 간다네."

"그거 다 공진회 닦달 아냐? 추수 뒤에 산신한테 고사는 안 지내고 온통 찧고 까붙었으니."

"하여튼 왜놈들 등살에 다 굶어 죽게 됐네. 아 그 녀석들 삼각산의 혈맥血脈을 자른다고 인수봉에다 무쇠를 끓여 부었다지 않나. 가물지, 가물어."

"불암산 삿갓봉 밑엔 어느 놈이 산소를 썼다더군. 그러니까 구름이 삿갓봉을 피해 가지 않나베."

기호畿湖의 농군들은 이제 벼농사를 체념했다. 밭농사는 이미 단념한 지 오래고, 겨울 양도糧道를 위해서 장릿벼를 미리 얻어 놓아야 한다고들 수군댔다.

"대동강에 나갔다가 봉이 김 선달을 만났수다."

"김 선달이 아직도 살았시요?"

"대동강 물이 말라서 장사가 안 된다고 합데다."

"능라도에서 선교리로 딩검다리가 생겠대니 정말입네까?"

"왜놈들이 게다짝으로 딩검다리를 놓은 걸 머사니 아즈바니가 딛고 건넸다두만요. 하하하."

찡그린 얼굴로 불볕 쏟아지는 하늘을 쳐다보는 관서의 농군들은 그래도 농담들을 할 줄 알았다.

총독부의 일본인 관리들도 가뭄을 걱정했다. 그들도 조선땅에 흉년이 드는 것을 진심으로 걱정했다. 일본 본토의 식량사정은 해마다 말할 수 없이 핍박해진다. 조선쌀에 대한 의존도는 날로 더해 가는데 본고장

에 흉년이 든다면 총독부의 업적이 반감된다.

"총독부놈들 수리水利조합은 서두르지 않고 공진회 따위로 나팔을 불었으니."

동척東拓 측의 비난에 대해서

"동척놈들 공진회 탓을 한다더군. 관개灌漑사업은 저희들 할 일이지 왜 우리한테 미는 거야!"

총독부 관리들은 이렇게 응수하고,

"좋은 일엔 높은 양반들이 생색을 내고, 안 되는 일엔 실무자들만 들볶으니, 그래 날 가문 게 우리 탓이야?"

"아 일장공성一將功成엔 만골고萬骨枯라 했잖나. 억울하거든 자네도 높은 자리에 앉게나. 출세하란 말야!"

하급관리들은 저들의 두령들을 빈정댔다.

총독부 양정과糧政課의 직원 중에는,

"이 가뭄은 조선농민에 대한 시련일세. 토지조사 사업으로 농토의 소유권이 확립됐겠다, 조선쌀의 주가가 올라갔겠다, 광작廣作하는 놈들 뱃가죽에 기름기가 끼니까 별수 없이 게을러졌거든. 그놈들 게으름에 대한 하늘의 징벌이야!"

이런 말을 서슴지 않고 지껄여대는 사람이 있었고,

"이번 가뭄은 전화위복轉禍爲福일세. 만약 비나 지분거려서 한강물이 뿌듯했다면 인도교 공사가 올해에 준공될 줄 아나? 농민들이야 몇만 명쯤 굶어 죽는다 해서 가려울 것도 없지만, 인도교는 금년 중에 준공되어야 우리 모가지가 붙어 있게 돼."

토목국 관리 중에는 이렇게 떠드는 사람도 있었다.

그네들은 저희들 공과 다툼을 위해서 가뭄을 근심하기도 좋아하기도 했다. 진심으로 조선농민들을 위해서 근심해 주는 일본인은 별로 없었다. 그 무렵 그런 가뭄으로 인해서 발생한 3가지의 불쾌한 사건이 총독부 경무국에 보고되었다.

전남 순천에서 하야가와 히데무川秀라는 일인이 조선농민과 물꼬 다툼을 하다가 쇠스랑으로 조선농부의 잔등을 찍어 즉사시킨 사건이 발생했다. 경기도 안성에서는 여러 날 굶주린 젊은 임부姙婦 한 사람이 일인 농장에 가서 품팔이를 하다가 백주에게 겁탈당하고 실성 끝에 그 일본인 집에 불을 질러 일가족이 몰살된 사건이 있었다. 함남 안변에서는 미마쓰 사부로三松三郎라는 사람이 자기 집 뜰 안에 있는 우물에 와서 식수를 긷는 조선소녀를 엽총으로 쏴서 죽인 다음 제 여편네와 힘을 합쳐서 암매장하려다가 주민들한테 들켜, 격분한 부락민들이 들고 일어난 피비린내 나는 사건이 발생했다.

모두들 피해자는 무고한 조선의 농민들이었다. 단순히 가뭄 때문에 발생한 용서받을 수 있는 사건들이었으나 가해자들의 폭거는 용서받을 길이 없는 잔인무도한 행패였다. 이 세 사건들은 신문에 보도되지 않은 채 그늘 속으로 숨어 버렸다. 이 땅에서 발행되는 신문들은 예외 없이 조선총독부의 어용지御用紙였기에 경무국 지시로 그런 기사는 깨끗이 묵살해 버린 것이다.

그러나 한 특이한 잡지인雜誌人이 있었다. 그는 자기 잡지에다 이 사건들을 신랄하게 비판했다. 일본인들의 야수野獸 못지않은 잔학성으로 말미암아 끝내는 조선을 잃게 될는지도 모른다는, 역시 저희들의 아전

인수격의 논조이긴 했으나, 그러나 당당한 비판을 게재했다. 샤쿠오
도호釋尾東邦라는 일인이었다.

"샤쿠오 군을 만난 일이 있으시오?"

"이름은 들었습니다만 만난 일은 없습니다."

"성질이 칼날이에요. 좀 괴팍한 사나이고. 허지만 알아두는 게 좋을
거외다."

"총독부에서도 맘대로 못하는 존재라면서요?"

"귀찮으니까 내버려두는 거겠지. 생사여탈권을 가진 조선 총독이 힘
이 모자라서 내버려두겠소?"

"허기야 그렇습죠만."

"이용가치가 있는 한, 더 칠 필요가 없을 뿐일 게요. 저기 보이는 붉
은 양철 지붕이 그의 집이라오."

마포나루 강둑에서 당인리 쪽을 향해 석양을 안고 걸어가는 두 사나
이가 있었다.

"기인奇人이라서 집마저 저런 곳에다 지었소이다 그려."

"산이나 물은 호연지기浩然之氣의 바탕이 되니까 주택 자리로는 산 아
니면 물가가 아니겠습니까?"

"하긴 그렇소만 이 근처야 별장 지을 만한 곳이 못 되지."

두 사나이는 소풍객인 양 어슬렁어슬렁 강둑을 내려갔다. 볕은 불볕
이더라도 강바람은 역시 시원했다. 수양버들이 가지를 늘어뜨린 채 둑
아래에 몇 그루 한가롭게 서 있었다. 버들 밑에서 성벽 있게 방망이질
을 해대는 아낙네 두 사람 뒷머리의 쪽댕기가 붉었다.

"조선의 표모漂母는 음악적이야. 리드미컬하거든."

"빨랫방망이 소리, 다듬이질 소리, 거 모두 다 조선의 특이한 풍류입죠!"

"힘든 빨래질이 풍류라? 하하하, 노동이 풍류라! 조선인의 숙명론 같군. 빨래질도 풍류라니 말이오, 하하하."

"먼 발치로 바라보는 광경이 풍류적이라 그 말씀입니다. 아오야키 선생!"

예병석芮丙錫은 겸연쩍었다. 그래 황급히 자기의 발언을 정정한다.

지금 조선잡지사 사장 샤쿠오의 별장을 찾는 주간지 경성신문사 사장 아오야키 난메이靑柳南冥는 그와 함께 조선 언론계의 쌍벽이라고 일컫는다. 조선에 와 있는 언론인들 중에서 극성스런 언론인으로는 그들 두 사람이 쌍벽이라는 것이다.

"아오야키 사장께서도 이런 데다 아담한 별장이나 한 채 가지시지?"

예병석이 팔에 걸치고 오던 흰 마직 윗저고리를 입으면서 말했다.

"어허, 사람 잠자는 집이야 하나만으로 족한 게 아닙니까. 나는 그런 덴 흥미가 없는 사람이외다."

그도 역시 팔에 걸쳤던 흰 윗도리를 챙겨 입으면서 세속적인 일엔 초연한 듯이 말했다.

주인 샤쿠오는 하오리 차림으로 예고 없이 찾아온 두 손客을 맞았다. 그는 아오야키를 보자 약간 경계하는 눈초리로 수인사를 치르고는 그들을 우선 정원 등나무 그늘 아래에 있는 벤치로 안내했다.

아오야키는 예병석을 주인에게 소개했다.

"예 선생, 참 인사하시지, 내가 존경하는 언론계의 선배 샤쿠오 도호 사장이십니다. 예 선생은 대정실업친목회大正實業親睦會를 주도하는 조선의 명사입니다. 두 분이 이제야 서로 만나시는 건 이 아오야키가 불민했던 소치올시다. 하하하."

그러나 주인 샤쿠오의 반응은 지극히 냉담했다. 오히려 이맛살을 찌푸리면서 "아아 그래요?" 하고는 고개를 두어 번 끄덕거리다가 발밑에 다가와 꼬리를 흔드는 발바리 종류의 애완용 강아지를 쓰다듬었다.

"예 선생은 우리 총독부 시책에 적극 협력하는, 조선민중에게 영향력 있는 분이올시다. 대정친목회를 이끌어 나가면서 말입니다."

아오야키가 좀 민망해져서 다시 한 번 예병석을 설명했다.

"그래, 대정친목회는 잘 돼 나갑니까? 일선日鮮민족의 동화사업이 잘 될 것 같습니까? 들리는 바에 의하면 일진회의 연장인 듯싶은데 일진회가 받은 조선민중의 증오도 함께 인수하셨다면 전도가 순탄치만은 않을 줄 압니다. 잘들 하시겠지만 단순히 총독부의 꼭두각시 노릇을 하다가는 오히려 민심을 이반시키는 본의 아닌 결과를 초래할 염려는 없으신지?"

장자다운 말투로 예병석을 쏘아보는 샤쿠오는 부채질을 활활 하다가 하늘을 쳐다본다.

"이거 날이 너무 가뭅니다. 자고로 백성이란 흉풍凶豊조차도 치자治者의 덕망의 소지로 돌리는 법인데, 이건 수십 년래의 한발이라니 하세가와 총독은 좀 불운한 것 같습니다 그려, 하하하."

"글쎄올시다. 내가 알기에도 이 가뭄으로 민심은 대단히 흉흉한 것 같습니다."

예병석도 하늘을 쳐다본다.

쏟아지는 불볕으로 해서 정원의 나뭇잎들도 후줄근하게 늘어졌다.

"사실 풍년이 들어 조선농민의 배를 불려 놓은 연후에야 총독정치도 동척사업도 순조로울 텐데…. 굶겨 놓고 착취해 갈 수는 없으니까, 핫하하, 하여간 대정실업친목회에서 잘들 해 보시구려!"

샤쿠오는 말을 막 하는 위인으로는 알고 있었지만 막상 그런 말을 조선사람 앞에서 함부로 해대는 그를 아오야키는 몹시 불안하고 불만스럽게 바라보았다.

대정실업친목회란 바로 1년 전에 생긴 새로운 친일단체이다. 일진회一進會가 한일합방을 추진하는 데 공로가 컸지만 총독정치가 시작되면서부터 해산되고 말았다. 총독정치와 일본의 침략세력을 반대하는 이 땅의 애국단체들을 죽이기 위해서 조선총독부는 모든 집회, 결사를 금지하는 명령을 내렸다. 따라서 이미 친일적 사명을 다한 일진회도 총독부의 정책상 이유로 그대로 둘 수 없었다. 결국 일진회가 미워서 해산시킨 게 아니라 반일단체 해산을 위해서 명목상이나마 일진회에도 해산령이 내렸다.

그로부터 7년, 그동안 조선의 반일 항쟁가들은 발붙일 데가 없어져서 대부분이 해외로 망명했으므로 이제는 서서히 친일단체 한두 개쯤 생겨나도 별로 말썽이 없을 듯싶은 단계라, 총독부의 꼭두각시로 만들어 놓은 것이 바로 대정실업친목회였다.

동척 부총재 민영기를 필두로 조진태趙鎭泰, 예병석 등 일본세력에 빌붙어 놀아나는 실업가 언론인들로 조직된 이 회의 주요 목적은 조선인을 일본인으로 급격히 동화시켜 보겠다는 총독부의 새로운 정책을 강력히 뒷받침한다는 것이다. 그런 괴뢰단체의 두목급인 예병석을 아오야키가 달고 온 데는 무슨 꿍꿍이속이 있는 듯해서 주인 샤쿠오는 아무래도 석연치 않은 표정으로 자꾸 튕겨본 것이다.

샤쿠오는 비록 잡지 〈朝鮮〉이라는 별로 크지 못한 무대를 가진 일개 언론인이지만 조선총독부에서는 그를 몹시 골치 아픈 존재로 치고 있었다. 말하자면 그가 발행하는 잡지는 철두철미한 야당적인 논조로 일관했다. 그는 언론인의 바른 자세란 언제나 비판적 입장을 고수해야 한다고 믿는 외고집인지, 아니면 어떤 야심이 숨겨진 행동인지 알쏭달쏭한 사나이였다.

그는 지금까지 데라우치 총독의 무단정치와 비입헌적 탄압횡포를 정면으로 공격해대는 짓궂고 날카로운 필봉筆鋒을 자랑 삼았다. 데라우치는 샤쿠오의 공격을 받고 몇 번이나 격분했고 경무국장에게 명령하여 그의 잡지를 판매금지로부터 발행정지에 이르는 탄압을 거듭했다. 사람을 내세워 막대한 금품으로 매수하려고도 했고, 판권을 아주 사서 폐간하려고 손을 써보기도 했지만 샤쿠오는 총독부의 계략에 굴복하지 않았다.

언젠가는 데라우치 총독 자신이 샤쿠오를 직접 총독 관저로 초치해서는 이리저리 구슬려 본 일이 있다. 그는 그때도 끝내 말을 듣지 않았다. 격노한 총독은 책상 위의 재떨이를 와락 잡고 부르르 떨면서,

"샤쿠오! 너는 일본사람인가, 조선놈인가? 총독부의 시정방침에 정면 도전하는 건 불순한 조선놈들밖에 없는데 너는 조선놈들에게 매수된 게 아닌가? 비국민으로 조선에서 추방해야 알겠나?"
라고 폭언을 터뜨린 일까지 있었다.

그러나 데라우치 총독 앞에서도 샤쿠오는 굴복하지 않았다.

"총독 각하가 일본인이듯이 나 역시 틀림없는 일본인입니다. 각하의

시정방침을 비판한다고 해서 모두가 후데이센징不逞鮮人이고 비국민이
란 너무 심한 말씀이외다. 나더러 조선놈들에게 매수되었다니 아무리
각하의 폭언이라도 심히 듣기 거북합니다. 각하, 정치만이 애국하는
길이 아닙니다. 정치를 올바르게 비판하는 것이 더욱 필요한 애국입니
다. 비판을 싫어하는 정치가는 자신의 독선이 자신의 정치생명을 파멸
로 이끄는 줄을 모르기 쉽습니다. 각하는 〈경성신문〉 아오야키 군을
사랑하십니다. 난 그를 개인적으로 비방하는 게 아니라, 언론인을 빙
자하여 권력에 휘말려 아양을 떨고 곡필을 일삼는 사이비似而非언론을
애국적 언론이라고 생각하는 것은 통치자가 범하기 쉬운 가장 손쉬운
과오입니다. 그러나 그 과오의 결과는 자칫 역사를 뒤집는 중대한 실마
리가 되기도 합니다. 각하, 저는 각하를 존경하고 싶습니다. 저로 하
여금 제 소신대로 쓰게 내버려두십시오."

샤쿠오는 이렇게 선언하고 총독 관저를 결연히 물러나온 일도 있었
다. 그때 총독은 너무나 흥분한 나머지 정신 나간 사람처럼 멍청하니
앉아 있더라는 것이다.

이러한 샤쿠오인 만큼 그는 경성신문사 사장 아오야키를 기생 같은
언론인이라고 멸시했고, 따라서 오늘 느닷없이 찾아온 그를 차가운 눈
초리로 맞이한 것이다.

통나무로 만든 노천 탁자 하나를 사이에 놓고 마주 앉은 그들 세 사
람은 잠시 동안 말이 끊어졌다. 그러나 아오야키는 한참 만에 화제를
슬쩍 바꿔 보려고 시도했다.

"좋은 소식이 있습니다. 샤쿠오 사장께서도 반가워하실 소식인데….'
"비구름이 몰려온다는 측후소의 예보라도 있습니까? 하하하."

"그런 뜻이 아니라 도쿄의 데라우치 총리로부터 반가운 편지가 도착했나봅니다."

"당신은 예전부터 삐리켄 대장과 친숙한 사이시지?"

"신문 잡지에 관한 일이외다. 보도제한 범위를 풀어 주라는 뜻을 하세가와 총독에게 비밀 사신으로 전해 온 모양입니다. 이제는 우리 언론인도 활개를 치게 됐지 뭡니까."

"자신이 총독으로 있을 땐 철저하게 통제해 놓고선 총리대신으로 본국에 돌아가서는 후임 총독에게 언론을 풀어 주라고 선심을 쓴다? 거참 데라우치다운 교활한 수법이군요!"

샤쿠오는 여전히 냉소적이었으나, 그래도 한 가닥 미련이 있음인지 은근히 떠본다.

"그래 총독이 그 말을 받아들인답니까?"

"누구의 분부인데 묵살할라고요. 하세가와 총독은 데라우치 총리의 말이라면 무엇이든지 금과옥조金科玉條로 삼고 있습니다."

"금과옥조라 … 언론 제한은 풀린단 말입니까? 그러나 반면엔 총독정치가 맥이 빠져가고 있습니다. 경륜 없는 하세가와가 총독으로 앉아 있다가는 몇 해를 안 가서 조선놈들에게 무슨 일을 당할 겝니다. 정치에서 무사안일無事安逸주의처럼 위험한 것은 없습니다. 선악, 강약 간에 개성이 있어야 합니다."

샤쿠오는 무슨 말을 계속할 듯하다가 아오야키 옆에 앉아 있는 예병석이 조선사람이라는 것을 새삼 깨닫고는 말을 끊어 버렸다.

오늘 아오야키가 샤쿠오를 찾아온 데는 그대로의 목적이 있었다.

그는 총독정치가 시작되자 재빨리 조선으로 건너와서는 이 땅의 언론계를 틀어잡으려고 암약했다. 본국에서 피워 보지 못한 언론 왕자의 꿈을 어수룩한 속방에 와서 이루어 보려는 야심이었다.

그러나 데라우치 총독의 언론전쟁은 예상외로 까다로웠다. 조선사람들의 언론활동만을 탄압하는 게 아니라 일인들의 언론까지도 재갈을 물려 놓았다. 비위에 거슬리는 신문 잡지는 그 경영자가 조선사람이든 일본 동족이든 가리지 않고 매수, 발매금지, 발행정지, 심지어는 폐간 명령을 밥 먹듯이 했다.

데라우치의 철권정책에 신문 잡지는 질식해 버렸다. 조선의 언론인들은 붓을 꺾고 지하로 숨거나 국외로 탈출하여 광복 전열에 총을 들고 나섰다. 그러나 일본언론인들은 총독에게 매수되거나 아니면 권력에 빌붙어서 총독정치를 화려하게 미화시키는 농필秀筆을 서슴지 않고 일삼아 왔다. 아오야키 역시 그런 사람이었다. 주간지인 〈조선실업신문〉을 사들여서 〈京城新聞〉이라 개제하고는 데라우치 총독을 빈번히 찾아다니며 추파를 보낸 대신 그만한 재미를 보았다.

공진회가 열렸을 때는 데라우치의 시정 치적을 침소봉대針小棒大로 과장, 미화한 지면을 꾸며 구경 온 국내외 인사들에게 삐라처럼 뿌려대기도 했다. 그러다가 데라우치 총독이 본국 총리대신으로 영전해 가리라는 기미를 알아차리곤 조석으로 찾아가서 〈경성신문〉만이라도 보도 제한을 해제해 달라고 간청했다.

당시 총독부의 신문정책은, 경제계 상공업계의 이야기와 일인 거류민단의 소식 정도를 다루되, 정치평론은 물론 사회전반의 시사문제 같은 것도 취급하지 못하게 제한했다. 아오야키는 〈경성신문〉만이라도 제한을 풀어 달라고 간청함으로써 〈경성신문〉을 중심으로 해서 자신이 언론계의 왕자로 군림해 보려는 야심이 있었다.

이제, 그러한 그의 야심이 실현될 듯싶은 가능성이 눈앞으로 다가왔다. 데라우치가 하세가와 총독에게 아오야키의 청을 들어주라는 간곡한 편지를 보냈으니 말이다. 경무국장 후루미古海로부터 소식을 전해들은 그는 '경성신문 기재사항 변경원'을 재빨리 제출하고는 앞으로의 설계를 꾸며 보았다.

먼저 떠오른 인물이 있었다. 샤쿠오다. 샤쿠오라면 그런 대로 명분이 서는 인물이었다. 대개의 신문인들이 꿀 먹은 벙어리가 되어 있을 때도 데라우치 총독에게 날카로운 필봉으로 대들던 그가 아닌가. 기사 제한조치는 곧 풀릴 게다. 〈경성신문〉의 깃발을 크게 뒤흔들 시기는 다가왔다. 그러자면 그럴 만한 인물을 등에 업어야 한다. 샤쿠오라면 그 콧대로 보아 적격이 아닐까.

조선사람 가운데서는 누구를 포섭할까. 장지연張志淵, 윤치호尹致昊, 유근柳瑾, 남궁억南宮檍 같은 굵직한 인물들을 생각했다. 그러나 그 사람들은 절대로 응할 것 같지가 않다. 예병석이 있다. 대정실업친목회의 실무적 앞잡이가 되어 있는 예병석. 그만하면 사회에 대해서 체면도 서고 총독부에서도 환영할 듯하다. 아오야키와 샤쿠오와 예병석. 이 세 사람이 트리오가 된다면 가위 조선 천지에서 언론의 왕궁을 구축할 수 있을 것 같았다.

예병석은 아오야키의 권유를 받고 즉석에서 쾌락했다. 이제 세상은 바뀌었다. 누가 더 조선총독부에 잘 보여 친일의 공로를 높이 쌓아 올림으로써 부귀영달을 누릴 수 있느냐, 그것이 매력적인 남아男兒의 사업이라고 생각했다. 예병석은 아오야키를 따라 샤쿠오를 설복할 작정으로 오늘 여기에 왔다. 그러나 듣던 말대로 너무나 까다롭다. 더구나 아오야키까지 경계하고 냉대하려는 눈치니 말을 붙일 수도 없다. 예병석은 실망했다. 이 무더운 날씨에 당인리 교외까지 일부러 찾아온 손님에게 술 한 잔 내놓지 않고 탈탈한 푸대접을 하는 것으로 봐도 샤쿠오의 심중을 역력히 읽을 수가 있는 것이다.

멋쩍은 표정으로 부채 바람만 날리던 아오야키가 결심한 듯 넌지시 찾아온 뜻을 털어 놓았다.

"샤쿠오 선생. 내가 오늘 선생을 찾아온 것은 선생을 우리 경성신문사의 사장으로 모시고 조선의 언론계에서 크게 한번 깃발을 올려 보고 싶어서입니다."

"나를 경성신문사의 사장으로? 나 같은 사람을 총독부의 어용지가 받아들일 수 있겠소?"

샤쿠오의 말투는 첫마디에 벌써 꼬이기 시작했다.

"어용지라뇨? 경성신문은 어용지가 아니외다. 이 아오야키를 그렇게 보시고 계시다면 오해이십니다."

"권력과 기미를 대고 있는 신문이 어용지가 아니고 뭐란 말이오. 나는 생리적으로 어용지가 싫소이다."

"그러면 선생은 일본사람이 아니란 말씀인가요. 잘잘못은 있을망정 총독부의 시책을 뒷받침해야 하는 게 우리 일본인의 임무가 아니겠소!"

아오야키가 비로소 핏대를 세워본다.

"허허, 당신도 점점 데라우치 같은 소리를 하시는군. 총독부를 조금이라도 비난하기만 하면, 한다는 소리가 당신은 일본인이 아니냐고, 비국민 비애국론을 끌어대는 게 나는 아주 질색이란 말이야."

"싸움터에서는 군사령관한테 복종해야 됩니다. 점령지구를 다스리는 데는 대국적 견지에서 가치판단의 차원을 높이고 소소한 불만은 불문에 부치고 하나의 목적을 향해 협심해야만 이적利敵행위가 안 되는 것입니다."

"이적행위? 당신은 나를 국적國賊으로 몰려는 거요?"

샤쿠오는 발칵 화를 내고는 불 꺼진 담배를 재떨이에 북북 문지르다가 벌떡 일어섰다가 다시 앉는다. 아무래도 일인끼리 싸우기엔 예병석의 존재가 신경에 걸리는 눈치였다.

"지금이 어째 전쟁상태란 말이오? 조선통치를 전쟁행위로 생각하고 이 땅을 점령지구로 보고 총독을 야전군사령관으로 아는 그런 사고방식이 틀렸단 말이오. 내가 데라우치 총독의 정책을 공격한 이유도 바로 그거요. 말로는 일시동인一視同人이니 내선상혼內鮮相婚이니 하면서도 실제로는 전쟁터에서 적군 다루듯이 조선민중을 다스리려는 그 무단정치. 칼을 휘두르며 구둣발로 원주민의 목통을 짓밟는 동안은 아래 깔린 놈들이 찍소릴 못하겠지만, 팔의 힘이 빠지고 구둣발을 좀 늦추기라도 하면 맹렬한 반발이 있게 마련이오. 내 며칠 전에 가슴 찔리는 소리를 들은 일이 있소. 아오야키 씨, 당신도 알 테지만 기독교청년회의 이상재李商在 씨 말야."

샤쿠오는 잠시 말을 멈추고는 다시 성냥불을 궐련에 그어대면서 예병석에게로 시선을 준다.

"예 선생이라고 하셨죠? 같은 조선사람끼리니까 이상재 씨를 잘 아실 테지만, 그분이 도쿄에서 이런 말을 했답니다. '성서에 말씀하시기를 칼로 일어서는 자 칼로써 망한다고 했으니, 그것이 걱정이오!'라고. 누구를 빗대어 한 말이겠소?"

예병석은 서슴지 않고 그 말을 받는다.

"이상재 씨는 독일 얘기를 잘합니다. 세계대전을 일으켜 놓고 동쪽으로 러시아와 서쪽으로 영국, 프랑스에 칼로써 대들고 요즘에는 미국까지도 적으로 돌렸으니 곧 패망할 것이라는 말을 자주 하고 있습니다."

예병석은 의식적으로 그런 의도 있는 역설을 둘러대는 모양이었다. 샤쿠오는 웃음을 참지 못했다.

월남月南 이상재가 기독교계를 대표해서 일본 각지를 시찰하던 길에 도쿄에서 가장 큰 병기창兵器廠 구경을 하고 나서 저네들이 마련한 환영연 석상에서 인사하게 되었을 때의 시찰 소감이다.

"오늘 나는 동양에서 제일간다는 도쿄 병기창을 흥미 있게 구경하니 그 무수한 총자루며 대포들이 과연 세계의 강국임을 증명하고 있습니다만, 한 가지 걱정되는 일이 있소. 그것은 다름 아니라 성서에 가로되 칼로 일어서는 자 칼로써 망하리라 하였으니, 다만 그것이 걱정이 된단 말이오!"

이렇게 일본의 군국주의軍國主義를 꼬집어 비판한 말을 샤쿠오가 의식적으로 들추어낸 것이다. 그는 일부러 알아듣지 못하는 척하는 예병석의 속셈을 잠깐 생각해 보다가 다시 말을 계속한다.

"정치는 칼로만 되는 것이 아니죠. 칼은 언젠가 부러지기 마련이지만 민중은 대대로 이어나가는 게 아니겠소. 전임 총독은 총칼로 누르면 안 되는 일이 없다고 생각하며 무단철권 정치를 강행했지만 거기에는 한도가 있는 법이거든. 다행히 그는 운이 좋아 총리대신으로 개인적 영달도 했지만, 앞으로 총독은 어려움이 많을 겝니다. 더욱이 저 하세가와 같은 맥 빠진 늙은이로선 눈이 돌도록 급변하는 대세의 본질을 파악하고 대응하기가 어려울 게고. 겨우 한다는 짓이 어리숙한 이왕을 꼬여 도쿄로 보내 천왕 폐하께 머리를 숙이게 하여 모든 조선민중에게 욕을 보이게 하고선 의기양양하니 가관이요. 그짓을 안 했다고 조선이 일본의 속령이 아니랍디까. 왜 사서 민중의 비위를 건드리느냐 말야. 아오야키 씨, 당신은 총독부의 높은 양반들과 잘 통하니까 충고해 둡니다만 총독정치를 이대로 하다가는 무슨 변이 일어날지 모른단 말이오. 차라리 하세가와보다 데라우치가 나은 편이였지. 나도 역시 대일본제국의 적자赤子로서 일본을 위해서 걱정하는 충정은 남 못지않소. 신문사에 대한 이야기는 일단 보류합시다. 나는 머지않아 일본으로 돌아갈 작정이니까."

샤쿠오는 그 이상 흥미가 없다는 듯이 자리에서 일어났다.

"아아 정말 불볕이군. 우리 강가에 나가 목욕이나 합시다!"

마포강 모래밭에선 서너 명의 어린애들이 뛰놀고 있다가 강물로 뛰어들고 있었다. 모래찜질을 하는 노인들이 한가롭게 모래를 뼈가 앙상한 육체에다 덮고 하늘을 보면서 누워 있는 게 먼 발치로 보였다.

샤쿠오 도호는 분명한 일본인이다. 조선에 온 이상 일본의 이익을 위해서 생각하고 행동하는 데엔 다른 일인들과 다를 리가 없다. 단지 정세를 꿰뚫어 보는 눈이 날카로울 뿐인 것이다.

두주斗酒를 사양치 않고, 목에 칼이 들어와도 저 하고픈 말을 마구 터뜨려 놓는 그는 걸핏하면 데라우치의 욕이며 하세가와를 멸시하는 큰 소리를 잘한다. 허나, 역시 그도 일본사람. 어떻게 하면 조선에 대한 총독정치를 더 요령 있게 실효적으로 할 것인가에 대한 방법과 수단상의 의견 차이가 있을 뿐이다.

'부임 이래 하세가와가 해놓은 것은 무엇이냐?'

그는 늘 그런 반문을 잘 던진다. 그리고 대답한다.

'순종의 동상東上과 천기봉사天機奉伺.'

하세가와나 윤덕영 따위의 인물들 생각엔 크나큰 과업을 성공시킨 것으로 알고 있지만, 그것은 조선민중의 마지막 남은 자존심에다 침을 뱉은 모욕 행위에 불과하다.

'토지조사 사업.'土地調査事業

땅 임자를 가려내서 토지의 소유권을 확립시키고 농촌경제 구조를 근대화한다는 것이었지만, 하루아침에 제 땅을 잃어버린 비렁뱅이들이 무더기로 북간도에 건너가 황무지나 파헤치는 일로 만족할 것인가. 아무 탈이 없을까.

'세계대전世界大戰의 여파로 밀려온 호경기.'

쌀값이 오르고 돈푼깨나 농촌에 나도는 듯했지만 얻어지는 지폐보다 빼앗기는 재물이 몇 갑절 많았다. 미곡검사령米穀檢査令을 처음으로 제정해서는 미곡의 품질을 몇 등급으로 나누어 우량미 생산을 독려하는

척하면서 실은 본국으로 실어갈 미곡 값을 제 값 이하로 깎아내리는 수
단으로 악용하여 어리석은 농군들을 속여먹기가 일쑤였다. 농민들은
과연 그렇게 우매할까.

'무역의 장려.'

미곡을 팔고 철광석을 파내고 목화를 수출해서 조선사람도 돈을 많
이 벌어야 한다고 얼러대며 증산운동을 크게 벌였지만, 광업세를 면제
하여 일본의 노다지꾼들을 불러다가 금, 은, 납, 철, 사금, 사철 따위
를 마구 캐내게 해서 일본 본토로 실어낸다. 관세를 철폐해서 헐값으로
몽땅 실어가게 만들었다. 나중에는 '조선 생산품 이입세 면세령免稅令'
이라는 법령을 내리고는 조선물건이라면 뭐든지 본국으로 가져가는 데
는 세금을 안 내도록 하여 수탈을 마음대로 했다.

'19사단과 20사단의 상설.'

서울 용산과 함경북도 나남羅南에 새로이 2개 사단을 상주케 해서 명
색은 러시아와 만주의 군벌軍閥세력을 견제한다고 하고는 실은 조선민
중을 군령군마軍令軍馬로 위압하고 대륙침략의 병참기지兵站基地로서
터전을 닦았다.

'대정실업친목회와 식산은행殖産銀行의 개설.'

조선민중의 지탄을 받는 이완용, 송병준, 조중응, 윤덕영 같은 소위
구한말의 정객들은 이미 이용가치가 다한 듯하니까 새로운 친일배들을
긁어모아 동화정책의 전위로 삼고, 조선땅에 발붙인 일본의 크고 작은
장사치들이나 농장주들에게 식민지 경영 금고를 마련해 주는 한편, 총
독정치에 고분고분 따르는 새로운 사업가들에게 돈줄을 대주어서 재래
의 완고한 배일 양반계급과 대립토록 했다.

이러한 일들은 전임 데라우치가 터전을 닦아놓은 것이지만 그 실행은 하세가와가 부임한 이래 야마가다 정무총감이 거의 전담해서 수행했다. 말하자면 조선땅 3천 리를 일본의 식민지 경제체제로 확립시키는 작업이었다. 그러나 늙어 시들어 가는 70객 총독의 흐린 눈이나, 10년 세도를 자랑으로 여기는 정무총감 이하의 총독부 고급관리들의 안목으로서는 그러한 시책들이 어떠한 부작용을 배태하는가를 미처 살피지 못했다.

그들은 날로 오만해지고, 자만해지고, 안일해지고, 나태해졌다. 남산과 진고개와 황금정 뒷골목에 수많이 들어찬 일본 요정과 술집에서는 밤과 낮을 이어 샤미센의 음곡이 울렸고, 태평성세라는 듯 게다짝을 딸깍대며 하오리, 하카마 바람으로 거리를 휩쓰는 일인들 입에선 나니와부시浪花節와 주싱구라忠臣藏와 구스노키마 사시케楠木正成와 노키乃木, 도코東鄉와 나미기마치竝木町 신마치新町의 유곽을 중심으로 한 음담패설까지 뒤범벅이 됐다.

요정에는 술이 모자랐고 방마다엔 계집이 모자랐다. 총독부 관리들과 현역군 장병들 간엔 계집 쟁탈전이 빈번히 벌어져서 서슬이 퍼런 일본도가 거리에서까지 난무했다.

총독 하세가와는 이러한 현상을 선정善政 태평太平세의 탓이라고 흐뭇해하면서 그 자신도 수전守錢과 주색에만 골몰했다. 식민지가 아니라 식관지殖官地라는 말까지 저네들 입에서 나돌았다.

샤쿠오는 그가 경영하는 잡지 〈조선〉에다가 날카로운 필치로 후려갈겨 그다운 독설을 퍼부었다.

"요즈음 총독부의 하는 짓을 보면 일본 본토에서 어중이떠중이를 마구 불러내 총독부의 요직은 물론, 지방 행정관서에 제멋대로 배치하고는 그것도 모자라서 행정의 기구마저 늘려놓기를 서슴지 않으니, 이것은 식민지 경영을 차분하게 펴나가려는 게 아니라 본국의 실업자, 낭인浪人들을 구제하기 위한 식관지로 전략시키려는 것이 아니냐."

그러나 총독과 총독부 관리들과 일본거류민들은 샤쿠오 따위가 잡지에 뭐라고 짓까분다 한들 눈썹 하나 까딱할 리가 없었다. 오히려 날이 갈수록 그네들의 자만심과 우쭐한 마음새를 더욱 뒷받침해 주고 부채질하는 약삭빠른 무리들이 점점 불어나기만 하는 판국이었다.

순종이 그 굴욕적인 도쿄여행에서 돌아온 지 몇 달 안 돼서 발생한 사건도 역시 그런 시세에서 파생된 것이었다.

그 혹심한 가뭄으로 농사가 전례 없는 흉작인데다가 '미곡·대두 검사 규칙'이 공포되어 조선농민들 피땀의 결정인 양곡가격이 실가 이하로 깎여 평가됨으로써 농가의 수입이 예년보다 형편없이 줄어든 늦가을, 엎친 데 덮친 격으로 순종이 기거하는 창덕궁 대조전大造殿이 불길 속에 휩싸여 버렸다. 1917년 11월 10일 저녁 7시경이다

대조전 서쪽에 있는 관리각은 윤비가 거처하는 전각이었는데, 그 전각 곁에 붙은 상궁의 방에서 까닭 모를 불길이 일었다. 불길은 삽시간에 관리각을 삼켜 버리고 때마침 불어오는 늦가을 바람결을 타고 순종이 거처하는 대조전으로 옮아 붙었다.

"창덕궁에 불이다! 이왕 전하의 내전이 불길에 싸였다!"

급보에 접한 경찰 헌병과, 소방대들은 떼를 지어 앞을 다투어 허둥지둥 현장으로 달려왔다. 그러나 본시가 목조건물인 데다 오랜 가뭄으로

마를 대로 말라버린 대조전과 그 주위의 경훈각景薰閣, 희정당熙政堂은
마치 솜더미에 불이 붙은 것처럼 차례로 삽시간에 앙상한 잿더미가 되
어 버렸다.

정무총감 야마가다가 자동차를 몰고 달려왔고, 우쓰노미야宇都宮 조
선군사령관은 육군 공병대를 이끌고 가서 진화작업에 땀을 흘렸다. 이
완용, 박영효, 윤덕영 등이 순종의 안위를 걱정해서 앞을 다투어 달려
왔을 때, 순종은 홍복헌興福軒으로 몸을 피한 뒤였다. 불길이 어찌나
다급하게 몰려왔는지 대조전을 나서던 순종은 의관조차 정제할 겨를이
없었고, 윤비는 손수건 하나도 몸에 지니지 못한 그런 판국이었다.

육군 공병대의 응원을 받은 소방대가 겨우 불길을 잡아 인정전仁政殿
만은 화마火魔에서 건져냈다.

잠시 홍복헌으로 피신했던 순종은 윤비가 무사했다는 소식에 안도의
한숨을 돌리고 시종들의 부축을 받아가며 비원 연경당演慶堂에 들었다.

"화인은?"

좀체로 명확하게 아무도 가려내지를 못했다.

연경당에서 머물기를 여러 날 밤, 그동안 밤낮을 가리지 않고 낙선재
樂善齋 개수 공사가 일단락되어 순종과 윤비는 다시 낙선재로 옮겨 그곳
을 임시 내전으로 삼았다.

그러나 대조전에 비해서 낙선재는 너무나 협소하고 시설이 미비했
다. 이미 겨울이니 난로를 피운다 해도 환기장치가 없는 낙선재에서 오
래도록 지내기란 그들의 신분으로서는 견디기 어려운 실정이었다.

이완용의 약빠른 머리가 바람개비처럼 돌아갔다. 그는 덕수궁으로
고종을 찾아갔다. 지난번 순종의 이른바 동상東上을 권유하러 덕수궁

을 찾았다가 고종에게 일갈을 당하고 쫓겨 나온 마음의 상처를 생각한다면 두 번 다시 고종을 만나기가 싫었지만, 타산에 빠르고 영달에 혹하기 쉬운 그로서는 그까짓 상처쯤이야 눈 한 번 딱 감으면 깨끗이 씻어버릴 수도 있는 정도였다.

그는 고종에게 문안을 드리고 넌지시 입을 열었다.

"창덕궁 전하께서는 대조전 화재 이래 낙선재에서 불편하신 나날을 보내고 계시다 하옵니다. 더욱이 옥체의 건강도 여의롭지 못한 형편인온즉 적이 근심되는 바 크옵니다."

이완용의 말이 끝나기가 무섭게 고종은 가벼운 웃음을 흘리면서 가시 돋친 화살을 던졌다.

"언제는 창덕궁의 건강이 아주 좋아서 수륙만리 일본에까지 다녀왔는가? 경이 새삼스러이 마음을 쓸 일이 못되는 것 같군."

이완용은 고종이 그 정도의 핀잔쯤은 하리라는 것은 짐작했다. 그는 굳이 변명하느니보다는 정에 약하고 핏줄을 그리워하는 고종의 인간적인 약점에 호소하리라 미리 계산하고 찾아간 까닭에 주저하는 기색도 없이 말을 이었다.

"그때 사정은 만부득이 그러했사오나 지금은 창덕궁 전하께오서 좀 더 옥체강령하신 줄로 아옵니다. 폐하, 황공한 말씀이오나 창덕궁 전하를 덕수궁에 듭시게 하셔서 부왕 곁에서 섭생하시도록 하심이 좋을 줄로 아뢰옵니다."

이완용의 말인즉 순종을 덕수궁으로 옮기게 하고 석조전을 개축, 내전으로 쓰게 하면 부왕인 고종과 조석으로 만나게도 되어 두 분의 외로움을 덜 수 있지 않겠느냐는 것이다.

고종은 탐스러운 수염을 왼손으로 쓸어 잡으며 차근하게 대답했다.

"같은 궐내에서 지낸다는 것, 과인도 바라는 바요. 그러나 그 결정은 과인이 할 수 있는 일이 아니오. 창덕궁이 그러기를 원한다면 내 기꺼이 받아들이겠소만."

이완용은 덕수궁을 물러 나왔다. 혈육의 정리에 호소해서 고종의 반승낙을 얻은 셈이니 일은 다 된 것이라고 기뻐했다. 그러나 이완용은 윤덕영의 존재를 깜빡 잊고 있었음을 뉘우쳐야 했다.

대조전 화재사건이 있는 지 얼마 후, 12월 중순께였다.

인정전仁政殿 동행각에서는 호화로운 다과회가 열렸다. 대조전 화재로 말미암아 순종을 받들고 낙선재를 개축하느라고 수고한 총독부 고급관리와 이왕직의 직원들을 순종이 위로한다는 명목의 다과회였다.

여기에는 근친 귀족들도 곁들여 초대되었다. 이재원李載元, 이재각李載覺, 이해승李海昇, 윤덕영尹德榮, 이완용을 비롯해서 송병준, 민영기, 이용직, 이윤용 등 소위 후작, 백작, 자작, 남작의 얼굴들이 보였다.

민병석 장관을 앞세운 순종은 윤덕영 장시장과 구니이다 차관을 대동하고 동행각에 들어섰다. 참석한 총독부 고관들을 비롯해서 근친 귀족들이 일일이 순종에게 인사를 드렸다. 서로의 수인사가 끝나고 모두들 제자리에 앉았을 무렵이었다.

순종의 시선이 한 곳에 못 박히듯 쏘아졌다. 이완용에게 싸늘한 눈길을 쏟던 순종은 전례 없이 부들부들 떨리는 음성으로 입을 열었다.

"이완용은 과인을 강제로 덕수궁으로 보내려고 한다지? 내 벌써 그대의 계획을 다 알고 있어. 경은 어찌하여 과인의 심사를 괴롭히기만 좋아하는가?"

너무나 감정이 격앙된 음성이었으므로 만좌는 쥐죽은 듯 조용했다. 이완용은 아무 대답을 안 하고 머리를 숙였다. 다과회 순서가 무르익어 갈 무렵, 그는 남의 이목을 피하면서 슬며시 자리를 떴다. 초췌한 걸음 걸이로 도둑고양이처럼 빠져 나가는 그의 모습을 야릇한 미소를 머금은 채 바라보는 사람, 그는 윤덕영이었다.

　　이완용이 덕수궁을 다녀왔다는 소식을 전해 들은 윤덕영은 미리 순종에게 손을 써서 덕수궁 이어移御를 거부하도록 충동질했다. 더욱이 순종의 노여움을 촉발시킨 것은, 이완용이 순종으로 하여금 덕수궁으로 옮기게 한 다음에는 창덕궁을 일본황실에 헌납해서 일본황실의 이궁離宮으로 만들고, 종묘를 개발해서 공원으로 하고 뭇사람들로 하여금 짓밟게 하려는 교활한 속셈이 있다는 말을 윤덕영으로부터 전해 들은 데서였다.

　　이완용이 동행각에서 순종으로부터 날벼락을 맞았다는 소문은 서울 거리를 웃음바다로 만들었다. 그러자, 이완용의 측근에서는 창덕궁을 헌납해서 일본황실의 이궁으로 만들려는 계획은 이완용이 꾸민 것이 아니라 대정실업친목회의 예병석이 창안한 것이라고 발뺌했다.

　　이완용은 단순히 순종의 건강을 근심하고 고종의 외로운 만년을 위로해 주려는 마음에서 그런 의견을 발설했는데 못된 소문과 오해는 모조리 이완용에게로만 돌아오니 "이완용은 찍 해도 죽일 놈이고 짹 해도 죽일 놈이냐"고 분개했으나 사람들은 또 그럴싸한 발뺌이라고 한마디 더 욕을 했다.

　　예병석은 이완용 측근이 퍼뜨리는 소문을 듣고 펄쩍 뛰었다. 아무리 대정실업친목회가 이른바 일선동화日鮮同化를 목적으로 할망정 뭐 할 짓이 없어서 순종이 살고 있는 인정전, 대조전을 일본황실에 넘겨주려는 맥 빠진 짓을 하겠느냐고 핏대를 세우면서 그것은 순전히 이완용 측의 책임전가이며 악질적인 모략이라고 응수했다.

이완용과 예병석이 이 문제로 옥신각신 싸움을 벌이고 있을 때 혼자서 웃음을 터뜨린 사람은 윤덕영이었다. 하세가와 총독 역시 자기로서는 해로울 것 없는 구경거리라고 흐뭇해했다.

어느 날 정무총감이 똑같은 친일파이고 이용가치가 비슷한 그들인데 저들끼리 너무 싸우면 우리에게도 손실이 있지 않겠느냐고 근심했을 때 총독은 서슴지 않고 대답했다.

"그놈들 서로 핥고 뜯고 찢고 하다 제 풀에 겨워서 쓰러지겠지. 우리는 불구경만 하고 있으면 돼!"

잡지 〈조선〉의 지상에는 삽화까지 곁들여서

"조선인! 아아. 너무나 파쟁을 좋아하는 조선인!"

이라는 샤쿠오의 논문을 실어 이완용과 대정실업친목회 모두를 꼬집고 비방하고 했다.

이전투구泥田鬪狗라던가. 친일의 깃발 아래 명목 없이 물고 뜯는 이른바 흙투성이의, 진흙 구덩이 속에서 추잡한 싸움들이었다.

중앙고 숙직실의 구상

운동장이 갑자기 조용해졌다. 터치 볼을 하면서 뛰놀던 학생들이 5월의 긴긴 해가 인왕산 영마루를 넘어가자 뿔뿔이 흩어져 버린 것이다.

썰렁하게 텅 빈 교실의 유리창엔 황혼의 엷은 장막이 서서히 드리워지기 시작했다. 그러자 교사 뒤편에 마련되어 있는 숙직실엔 촉수 낮은 전등불이 켜졌다.

계동 중앙고등보통학교의 음침한 숙직실이었다. 숙직실은 3면이 두꺼운 벽이었다. 남창이 있었으나 회색 광목 커튼이 드리워져 있어서 방 안의 동정을 바깥에서 살필 길이 없다.

사나이 하나가 그 숙직실로 접근하고 있었다. 발소리를 죽이며 되도록 의젓한 걸음으로 접근하면서도 어딘지 주위에 신경 쓰는 눈치였다. 사나이는 숙직실 앞에 이르자 에헴! 하고 가볍게 헛기침을 하고는 조용히 노크를 한다. 잠시 무거운 침묵이 흐르고 있다.

사나이는 다시 한 번 똑똑똑 노크를 했다.

"뉘시오?"

숙직실 안에서 우람하고 점잖은 음성이 새어 나왔다.

"우영입니다."

"오오, 우영 씨, 기다렸소, 들어오시오."

숙직실 문이 열리고 우영이라고 한 사나이가 그리로 흡수돼 버린다.

숙직실 안에는 두 젊은이가 마주 앉아서 바둑판을 사이에 두고 있다가 김우영金雨英을 반가이 맞아들였다. 아마도 은밀한 회합인 모양이다. 숙직실엔 숙직원 대신 뜻밖의 인물들이 앉아 있었던 것이다.

"저녁 식사는 드셨소?"

김성수金性洙가 큼직하게 빛나는 눈을 껌벅거리며 묻는다.

"우리는 지금 여기서 식사를 마쳤소."

송진우宋鎭禹가 바둑판 옆에서 〈매일신보〉를 집어 들면서 변명처럼 말했다. 바둑판은 남에게 보이기 위한 것일까. 흑백의 알은 멋대로 놓여 있었다.

"춘원의 〈무정〉이 점입가경漸入佳境이라 읽던 중이야."

인촌 김성수가 차분한 동작으로 방석을 김우영에게 권하면서 말했다.

"〈무정〉은 걸작이지만 양가의 규수들이 본을 따서 바람피울 염려가 있겠다고 얘기하던 중이지. 하하하."

고하 송진우가 김우영에게 담배를 권하면서 호쾌하게 웃어젖힌다.

"춘원은 그런 점까지 예상에 넣고 쓸걸!"

도쿄에서 갓 돌아온 김우영이 담배를 피워 물면서 그 어색스런 화제에 합류한다. 〈매일신보〉에 연재하는 이광수의 장편소설 〈무정〉의 스토리가 파격적인 자유연애를 구가하고 있어서 항간에서는 시시비비의 화제들이 많았던 것이다.

"참, 우영 씨는 잘 알겠구만. 춘원의 건강이 좀 좋아졌던가요?"

"인촌仁村 형께, 늘 걱정해 주는 덕분으로 요즘은 퍽 좋아졌다고 전해 달라더군요. 내가 도쿄를 떠날 때 역에까지 나와서 인촌과 고하古下에 게 안부 전해 달라고 부탁합디다."

김우영의 말을 받아 송진우가 환성을 올린다.

"됐어! 춘원의 건강이 좋아졌다면 아, 안심이야. 춘원은 대문호大文 豪가 될 사람이니까. 톨스토이나 괴테가 부럽지 않을걸! 이 〈무정〉만 봐도 싹수가 그럴듯하지. 인촌, 안 그래?"

인촌 김성수 역시 동감이라는 듯이 빙그레 웃었다. 그는 본시 어떠한 화제에서건 감정을 밖으로 드러내지 않고 빙그레 웃거나 고개를 끄덕 이는 정도로써 동의를 표시하는 중후한 성격이었다.

김성수에 비해서 나이가 한 살 위인 송진우는 좀 다르다. 그는 자기 의 의사와 감정의 기복을 솔직히 드러내는 활달한 성격이었다. 그는 중 앙고등보통학교의 교장이었다. 김성수는 자기가 교주校主이면서 송진 우를 학교장으로 내세우고 스스로는 뒤켠에 앉아서 그 뒷바라지만을 해주고 있다. 그것이 타고난 김성수의 성품이었다.

스물여덟 살의 교장 송진우와 스물일곱 살의 교주 겸 교사인 김성수 는 학교 일이 끝나면 곧잘 두 사람이 숙직실에 숨어 앉아 바둑판을 앞에 놓고 나라와 겨레의 앞길을 걱정하며 잃어버린 빛을 도로 찾기 위한 보 람 있는 구상을 가다듬기에 여념이 없었다.

그런데 오늘 교토제대京都帝大에서 수업한 동지 김우영이 일본유학에 서 돌아온 뒤 두 번째의 심방尋訪을 받은 것이다.

"우영이, 도쿄에서 얻은 지식을 좀 말해 보시지?"

김성수가 묵직하게 입을 열었다.

"미국이 참전하고 윌슨이 14개 조의 평화조약 원칙을 발표했으니 좀 복잡해진 게 아니여? 독일과 러시아의 혁명정부가 단독강화조약을 맺었기 때문에 독일군은 쉽사리 무너지지 않게 된 것이 아닌가? 그렇다면 전쟁은 오래 끌 가능성이 있는 게 아니야?"

김우영을 향해 진지하게 묻는 것이었다.

"도쿄의 식자들도 그걸 염려하더군요. 그렇지만 미국이 본격적으로 참전한다면 제아무리 독일군이라도 오래는 지탱하지 못할 것이라는 여론이지요."

김성수는 눈을 지그시 감으면서 고개만을 끄덕였다.

"전쟁은 연합국 측이 승리할 것이다. 허나 일본이 전승국 측에 들게 될 것이니 우리 조선의 형편은 아주 미묘하게 되겠는걸. 윌슨의 평화조약안에는 민족자결 원칙이 들어 있다지만 전승국 지배하에 있는 민족에게도 어떤 해결책이 나올 것인가?"

말하는 김성수는 팔짱을 낀 채 침통한 표정이었다.

"도쿄에서 들은 소식으로는 지난 9월에 뉴욕에서 약소민족회의가 열렸는데 하와이와 미주의 독립지사들이 대표를 파견했다 합니다."

"그 소식은 우리도 듣고 있어. 박용만朴容萬 선생이 조선민족을 대표해서 참가했다는 소식 말이지?"

"중국과 블라디보스토크에서 망명지사들이 적극적으로 움직이기 시작했다는 것이에요."

김우영의 말에 이제까지 묵묵히 듣고만 있던 송진우가 불현듯 입을 열었다.

"그게 사실이라면 우리 국내에서도 무슨 방도를 세워야 하지 않을까? 해외의 망명지사들이 조선독립을 호소하고 청원하며 다니는데, 나라 안에선 수수방관하다니 얘기가 안 되지. 외국사람들 눈에도 이상하게 비칠 게고. 가뜩이나 저네들은 총독정치가 잘돼서 조선의 백성들은 현재의 생활이 구한국 시대보다 훨씬 좋아졌다고 총독정치를 되레 찬양한다는 역선전을 벌이는 형편이 아닌가. 저 대정실업친목회의 못난 놈들 하는 꼬락서니를 봐도 우리는 뭣인가 시급히 해야 할 일이 있어. 안 그렇소? 인촌?"

"고하, 자네 말이 지당하다. 멀거니 앉아서 남이 갖다 주는 독립을 바라야 쓸 것이냐!"

김성수의 말을 김우영이 받는다.

"그런데 우리 백성들은 현실에 적응하길 잘해서 야단이에요. 일깨우면서 싸워야 해요. 독립이니 민족자결이니 하는 건 남이 마련해 주는 것도 아닌데. 우리 겨레 한 사람, 한 사람이 하루 속히 개명해서 힘을 길러야 합니다. 독립정신을 쉴 새 없이 고취해야 할 줄로 알아요."

송진우가 주먹을 불끈 쥔다.

"그러기에 우리가 이런 학교를 이룩해서 자주독립의 일꾼들을 길러 내는 게 아닌가! 인촌 저 친구의 높은 뜻을 잘 받들어야 되겠는데 나 같은 사람이 학교장이랍시고 앉았으니 그게 걱정이긴 해, 하하하."

김성수가 낯빛을 고치며 펄쩍 뛴다.

"고하! 자네 그게 쓸 말인가! 농담도 정도가 있지, 고하가 아니면 누가 이 학교를 이끌고 나가겠나? 고하나 우영 씨도 잘 알겠지만 요즘의 조선사회는 구심점이 없이 갈가리 찢겨진 형편이라 그것이 딱하단 말이야. 데라우치가 철권정책을 써놓아서 애국하는 사람들은 다 해외로 망명했고, 국내에 있다 해도 지하에 숨어 숨도 못 쉬고 있네 그려. 밖에 나와서 판치는 사람들은 나라를 팔아먹는 이완용, 송병준, 이용구, 윤덕영 같은 자들뿐이니 탈이란 말이지. 그자들은 본시 나라와 겨레를 배신한 왜성대의 끄나풀이니까 치지도외置之度外하더라도, 이젠 민중을 이끌 만한 지도층이 형성되고 단결할 단계가 아니겠나? 벌써 국내에선 그런 공백을 틈타서 새로운 친일파들이 고개를 들기 시작했잖나. 특히 저네들의 토지조사 사업으로 친일적인 신흥계급이 대두되어 그놈들에게 아첨에서 잘 살아보자는 철없는 사람들이 자꾸 늘어만 가고. 농민들의 형편은 또 어떠냐 말야. 전답을 빼앗기고 북간도로 흘러가거나, 다행히 제 고장에 남아서 품팔이하더라도 입에 풀칠들이나 할 수 있나? 거기다가 간상배들이 발호하기 시작했잖나. 먹고 살기 위한 짓들이겠지만 앞길이 암담해요. 이대로 가다가는 우리는 다 죽고 말 것이다. 힘을 길러야 해요. 시일이 좀 걸리더라도 투철한 의지로써 다소곳이 힘을 배양하면서 기회를 노려야 할 것이여."

송진우가 웃었다.

"아따, 두꺼비가 제법 입을 열 때가 다 있구나, 하하하."

김성수는 웃지도 않고 말을 잇는다.

"은둔하고 있는 국내의 뜻있는 분들을 찾아다니며 세계 대세를 알려주고 그분들이 움직이도록 하는 게 우리가 할 일이오. 지도세력은 아무래도 명망 있는 분들을 앞세워서 중추원이나 대정친목회에 맞서야 될 것이오. 고하는 얼굴도 넓고 언변도 꽤 좋으니까 적극 나서야 할 것이야. 최남선, 최린 같은 이들과 먼저 손잡아야 하지 않을까?"

과묵하기로 이름 있는 김성수는 이날따라 몹시 할 말이 많았다.

"그렇지요. 이번 전쟁만 하더라도 처음엔 독일이 승리했으면 했겠지만 이젠 형세가 아주 달라졌어요. 연합국 측에 미국이 가담했으니까 우리의 전략은 바뀌어야 해요. 독일 정부에 독립청원 연판장 보내는 공작을 포기하고 윌슨 대통령의 민족자결주의에 기대를 걸면서 새로운 운동을 벌여야 될 것이오. 국내의 인사들이 적극 호응하게 될지도 모르지만, 아마 손병희 선생이 이끄는 천도교는 우선 문제없겠지요?"

김우영의 말에 송진우가 대답한다.

"손병희 씨야 믿어도 좋겠지!"

희미한 전등불 아래서 세 젊은이는 오손도손 이야기하다가 때로는 감정이 격해져서 저도 모르게 언성을 높이기도 했다. 짧은 여름밤은 이내 깊어갔다. 그믐달이 그들의 대화를 지켜보고 있었다.

"그러나 조급해서는 안 될걸. 기회는 쉽게 아무 때나 오는 게 아닌 것이니까. 나는 당분간 육영사업育英事業에 힘쓸 것이오. 육영사업을 제대로 하려면 막대한 자본이 들 테니까 민족재벌이 될 수 있는 사업을 일으켜야 할 것이고, 그 다음엔 언론기관을 만들어서 민족의 입을 대신해서 저들과 싸워야 하겠는데 어떻게 될 것인가 …."

김성수의 결심 어린 말이다.

1918년의 조선사회는 체념된 실의와 속성화된 무기력과 정체를 감춘 폭발성을 지닌 채 일각일각 그 시간을 흘려가면서 뭣인가 보이지 않는 자세로 대결하고 있었다.

조선총독부가 이해 가을에 끝내기로 한 토지조사 사업은 이 땅의 농촌구조와 계급질서를 해체해 버리고 새로운 체제로 변모시키는 구실을 했다. 그것은 첫째로 양반계급을 두 갈래로 분리시켜 친일계에는 부귀의 터전을 약속해 주고, 총독부에 외면하는 사람들에게는 예고 없는 파산과 몰락을 가져다주었다. 따라서 새로운 친일세력은 급속히 고개를 들었다. 대대손손 양반계급의 전제와 횡포 밑에서 설움을 참아가며 살아온 평민들 가운데 시리時利에 밝고 사교술에 능란한 사람들은 지방의 헌병대나 군청, 도청에 무시로 드나들면서 일인들의 비위를 맞춰 욕된 관직을 차지하거나, 아니면 그들과 결탁하여 치부致富하는 데에 수단을 돌보지 않았다.

그러한 계급분화와 낡은 질서의 해체는 이 땅의 산업기구에도 변화를 가져왔다. 1918년 5월에는 수원의 농림전문학교가 설치되어 농산물 개량을 꾀했고, 6월에는 겸이포兼二浦에 제련소가 조업을 시작하면서 농지 수탈에서 광산 수탈로 번져 나가기 시작했다. 6월에는 임야조사령을 내려서 산림을 송두리째 집어삼켰고, 10월에는 인천항을 갑문식閘門式 독으로 준공시켰다. 그들은 토지에서 광산으로, 다시 임야에서 항만시설까지를 식민지 경제체제로 확립시키는 기초정비 사업을 거의 완성하자, 또 경제유통에 심장과 같은 은행에도 손을 댔다. 식산은행의 설립이 바로 그런 목적에서다.

세계의 정세는 어떠했는가. 윌슨 미국 대통령의 14개조 평화조약안이 발표된 뒤, 레닌, 트로츠키가 영도하는 러시아 혁명정부는 연합국과의 조약을 배신하고 독일과 단독강화조약을 전격적으로 맺어버렸다. 러시아가 연합국과의 신의를 어기고 적국과 휴전을 맺자 러시아에 억류되었던 체코군 포로부대를 대량으로 빼내서 대독 전선에 투입시키려는 전략 아래 연합국 측은 시베리아에 출병했다. 일본군도 거기에 가담하게 되자 제19사단이 주둔한 함경북도 지방은 흡사 전투지역처럼 술렁거렸다.

그러나 독일은 내부로부터 이미 멍들어 비록 러시아와 휴전을 맺어 동부전선의 힘이 떨어졌다 해도 연합국을 당해낼 만큼의 힘이 없었다. 11월 4일 키룽항의 수병 반란을 신호로 독일제국은 순식간에 와해되기 시작함으로써 일본은 당당한 전승국으로 기세를 올리게 된 것이다.

그러나 일본국 본토 내의 정세는 반드시 평탄하지만은 않았다. 전쟁 경기를 틈타서 일본의 자본주의가 급격한 팽창을 했다. 근대 공업의 확장과 무역의 융성은 도시의 면모를 일신했고, 자본가 상인들은 발언권이 날로 강해졌다. 미국, 영국, 프랑스와 손을 잡게 되어 서구식 민주주의와 자유주의 사상이 팽배했고, 러시아와 공산주의 혁명에 자극을 받은 급진적 좌익세력마저 고개를 들기 시작했다.

이런 사태는 일본정계의 지도적 세력에도 큰 변화를 가져왔다. 메이지유신 이래 이토伊藤博文, 야마가다山縣有朋로 대표되는 정벌政閥과 군벌軍閥들이 50년 동안이나 일본정계를 주름잡았으나, 이제 메이지유신의 중신이나 청일 전쟁, 러일 전쟁에 공을 세운 군부 지도자들이 거의 세상을 떠났고, 겨우 데라우치로 대표되는 군벌 내각이 마지막 안간힘을 쓰면서 사양斜陽의 권력을 틀어잡고 있었다.

이 무렵에 시베리아 출병이라는 시끄러운 문제가 터져서 일본정계에서는 찬반양론이 불꽃을 튕겼는데, 엎친 데 겹친다고 이번엔 전국에서 식량폭동 사태가 일어나 일본 국내는 벌집 쑤신 듯 발칵 뒤집혔다.

자본주의의 급격한 팽창은 물가의 앙등을 가져왔다. 농촌의 일꾼들이 공장지대로 급속히 흡수됨으로써 농촌인구의 감소는 불가피했다. 그것은 필연적으로 쌀값의 급등과 농산물의 감소라는 현상을 초래했다.

8월이었다. 일본 오사카와 고베를 비롯한 주요 도시에서 쌀을 구하지 못한 백성들이 흉기를 들고 미곡상의 점포를 습격하기 시작하자 경찰이 출동하게 되었고, 마침내는 전국적인 폭동사태로 번져 나갔다.

데라우치 총리는 조선에서 6년 동안 익혀 온 무단정책을 일본인 자신들에게도 써먹으려고 군·경을 동원해서, 피를 흘려도 좋으니 총칼로 진압하라고 명령했으나 사태가 심각하지 않을 수 없었다.

이러한 본국의 쌀 소동과 유혈적인 탄압소식을 전해 들은 조선 총독은 겉으로는 근심스러운 표정을 지었지만 마음속으로는 웃고 있었다.

'쌀이 모자라고 쌀값이 올랐다면 그 해결책은 무엇인가. 본국에 쌀을 대줄 수 있는 곳은 조선밖에 없다. 미곡 산지로서의 조선의 비중이 커진다면 그만큼 조선 총독의 비중도 커지는 게 아닌가. 본국 정부에선 나에게 구원을 요청하겠지. 쌀을 더 많이 생산해서 더 많이 보내달라고 말야. 그런데 조선의 사정은 어떠하지.'

하세가와는 총독실 푹신한 소파에 파묻힌 채 눈을 지그시 감았다.

'항간에서는 나를 가리켜서 무능하고 안일에 빠져 있는 늙은이라고 비난한다던가. 하지만 이제야말로 나의 진가가 평가될 날이 왔구나!'

총독 하세가와는 마음이 흠쾌欽快했다.

'나는 데라우치처럼 마음이 모질지가 않다. 그 사람처럼 극성을 부리지도 않았다. 성급하지도 않다. 권력을 남용하진 않는다. 나는 되도록 원만주의를 택했다. 때문에 도리어 본국보다도 조선땅이 더 평온하지 않은가. 지난해는 그 무서운 한발旱魃이 있었는데도 조선에선 쌀 소동 같은 난동이 일지 않았다. 조선은 지금 태평성세를 구가하지 않은가.'

총독은 소리 내어 중얼거렸다.

"정치는 덕이야. 데라우치의 수법은 일시적으로는 화려한 듯하지만 언제 어느 때 된서리를 맞을지 모르는 날치기 정치렷다!"

하세가와는 소파에서 일어섰다. 그는 창문 가까이로 천천히 걸어갔다. 경성의 시가와 거리를 흐뭇한 기분으로 내려다본다.

마침 그때였다. 문이 열리며 후루미古海 경무국장이 불쑥 들어섰다. 약간 심각한 표정이다.

"왜 무슨 일이 있는가? 그런 심각한 얼굴 집어치고 여기 와서 저 거리를 내려다보게나!"

총독은 경무국장을 자기가 서 있는 창문 가까이로 불렀다.

"얼마나 조용한 거리인가. 피안일본에선 쌀 소동이라지? 군대가 출동해서 피를 흘렸다지? 데라우치 군은 언제나 성급해서 탈이야. 정치가의 그릇이 못돼. 조선에서 해먹던 짓을 본국에서도 하면 쓰나. 자, 보게나, 경성은, 조선은, 지금 태평성세가 아닌가. 아마 이 조선이, 경성의 거리가 이처럼 평화스럽긴 몇백 년 만에 처음일걸. 안 그런가?"

그러나 경무국장은 그따위 소리는 귀에 들리지 않는 모양이다.

"각하, 그보다도….."

경무국장은 답답한 듯이 멍청한 총독의 뒤통수를 쏘아본다. 작달막한 키에 딱 바라진 가슴을 유난히 내밀고 배척배척 오리걸음을 걷는 그는 총독이 제자리에 앉기를 기다렸다가 말을 꺼낸다.

"각하, 본국 정부에 불원 큰 변동이 있을 모양입니다."

"변동? 무슨 정보라도 있는가?"

"각하 아무래도 데라우치 총리께서 자리를 내놓아야 할 모양입니다."

"흠, 예상한 일일세. 데라우치는 너무 꺼떡거려. 정치에 군인기질이 노출되면 길지가 못해. 안 그런가?"

총독은 허리가 아픈지 주먹으로 허리를 툭툭 치면서 뭣인가 곰곰이 생각하는 눈치를 보였다.

"앉게나!"

후루미는 송구한 듯 총독과 대좌한다.

"각하, 총리께서 물러나신다면….."

"조각의 대명大命은 누구한테 내린다던가? 구체적인 정보가 있나?"

총독은 자기가 그 물망에 오른 게 아닌가 하고 생각한 눈치였다. 후루미도 그런 눈치를 알아차리고 잠깐 망설였으나, 고소苦笑와 함께 묵살해 버린다.

"각하, 만일 데라우치 내각이 물러나면 우리 총독부에도 즉각적인 영향이 있기 쉽습니다. 대책을 세워두셔야 되지 않을까요?"

그러나 총독은 일언지하에 핀잔을 준다.

"후루미 군! 여기는 조선이야. 본국은 본국이고 조선은 조선이란 말이야. 데라우치 군으로 말하자면 이미 정치가로서의 운명이 다한 사람 아닌가. 의당 물러가야 할 차례가 된 걸세. 그래, 데라우치 군과 조선 총독 하세가와가 무슨 상관이 있다는 겐가?"

총독은 후루미의 말에 비위가 역해진 것 같다.

그러나 경무국장 후루미는 굽히지 않는다.

"각하, 일반적으로 전단적專斷的 인 정권이 무너지면 일시적이나마 사회질서가 문란해질 가능성이 있습니다. 권력에 의해 부자연스럽게 억압되었던 어떤 잠재적인 힘이 별안간 폭발해 버리는 수가 왕왕 있습니다."

"자네는 전직이 교수인가? 자네는 지금 사회철학을 나한테 강의하고 있는 건 아니지."

"각하 드문 예이긴 하지만 만일에 그런 현상이 엉뚱하게도 이 조선에서…."

"어떤 현상? 확실히 말하게. 데라우치 내각이 와해된다고 해서 이 조선에서 어떤 현상이 나타날 수 있다는 것인가?"

"확실하고 정확한 예견은 어렵습니다만…."

"원래 예견이란 확실하거나 정확한 게 못 돼!"

"조선은 지금 너무나 조용합니다. 이렇게 조용할 수가 없습니다. 그래서 소관은 오히려 불안합니다. 폭풍 전야처럼 불쾌한 정적이 계속되고 있습니다. 이것이 필연적인 추세라고 보십니까, 각하!"

"무슨 불온한 움직임의 기백이라도 보인다는 말인가?"

"그런 건 없습니다만 사찰을 강화해야겠습니다."

"아하, 자네도 어지간히 소심하군. 지금 조선놈들은 요순堯舜시대로 착각할 지경일세. 치안책임자로서 자네는 걱정해 볼 만한 일이겠지만 생각해 보게. 조선백성은 오랫동안 압제에 시달리며 굶주림과 혼란과 공포 속에서 살아온 민족일세. 그들로선 지금이 요순시대야. 흉년이 들었어도 굶어 뒈진 놈들 별로 없겠다, 쌀값이 올라서 쌀 가진 놈들은 멋대로 홍청거리겠다, 학교가 불어나서 너도나도 신교육 받게 되겠다, 벼슬자리 없고 과거제도도 없으니 매관매직하느라고 눈에 핏발 세울 필요 없겠다, 그저 먹고 싸고 하면 되는데 뭐가 답답해서 위험한 짓을 저지르려고 하겠나. 이봐, 그네들 머리에서 이제 조선독립이란 말은 녹이 슬었을 거야. 더구나 불온분자들은 봉두난발蓬頭亂髮하고 해외로 떠돌아다니다가 굶어 죽고 얼어 뒈지고 하는 판인데 뭐가 어떻게 됐다고 자네는 불안하다는 겐가?"

총독은 회전의자를 한 바퀴 빙그르르 돌렸다. 경무국장은 답답하다는 듯이 두 눈만 껌벅거렸다.

"각하, 그러나 그자들의 암약은 아직도 계속된다고 봐야 합니다. 작년 가을엔 뉴욕에서 열린 약소민족회의에 박용만이 참석했고, 상해에서는 신규식, 여운형, 김규식들이 '독립청원운동'을 일으키고 있다는 정보가 있습니다. 만주 동삼성東三省에서도 〈독립선언서〉라는 걸 발표했고, 블라디보스토크 일대도 심상치가 않습니다. 거기다가 본국의 정정이 시끄러우니 조선 내외에서 무슨 불온한 음모가 진행될지 모르니까 만심慢心해서는 안 됩니다. 각하, '특별경비명령'을 내려두는 게 좋지 않겠습니까?"

경무국장은 치안책임을 지고 있는 만큼 국내외의 크고 작은 정보들을 소상히 듣고 있어서 불안해졌던 것 같다.

"그럴 필요 없어. 괜히, 잠자는 놈들한테다 냉수를 끼얹을 까닭이 뭐냐 말야!"

총독은 제법 거드름을 피우며 몇 가지 이론을 뒷받침해서 경무국장의 의견을 일축해 버렸다.

"첫째로 말야, 우리 일본은 이번 전쟁에서 승전국이 된다네. 따라서 그 어느 나라도 우리 대일본제국의 조선통치에 새삼스런 이의를 제기할 놈은 없지 않겠나. 내 언젠가 이런 말을 들었네. 초대 경무국장이 한 말이라던가. '조선을 지배하려면 먼저 상해와 블라디보스토크와 하와이를 지배해야만 된다'고 말야. 말하자면 그곳에 득실거리는 불온분자들을 말끔히 소탕해야만 비로소 조선통치는 안전하다는 거겠지. 그런데 어떤가. 그 상해, 그 블라디보스토크, 그 하와이는 이미 우리가 지배한 거나 다름없지 뭔가. 상해와 블라디보스토크는 우리 군대가 가서 위세를 떨치고 있고, 하와이, 즉 미국은 우리 일본과 같이 연합국의 일원이 되었지. 그러니 그런 말도 이젠 낡은 소리가 됐지 뭔가!"

경무국장은 총독이 지금 상해, 블라디보스토크, 하와이 등지를 일본이 지배한 거나 같다고 장담하고 있지만 실은 그렇지 않다고 이의를 달려고 하는데, 총독이 또 말을 이었다.

"둘째로 말일세, 국외는 그렇다 치고 국내 사정은 어떠한가. 지금 조선땅에는 일본에 반대할 지도세력이 없단 말이야. 일본에 반대하던 완고한 양반세력은 완전히 몰락했네. 그리고 새로 형성된 저들의 지도층은 우리 총독정치를 절대적으로 환영하는 축들이야. 농민들도 장사치들도 불만은 있을 수 없어. 저희 임금 밑에서 살던 시대와 비교해서 말야. 단지 주목할 계층은 도쿄 유학생들이지. 그놈들은 대개가 몰락한 상류계급의 자식들일 거야. 유학을 끝내고 돌아와서 어쭙잖은 말썽을 부릴 가능성은 있지만 그래도 걱정할 건 못 돼. 우선 그 수효가 보잘 것 없는 데다 모두들 나약한 햇병아리 아닌가. 그러니 국내에서도 별 문젯거리가 없을 걸세. 그러니 앞으로 반일세력은 제대로 형성되질 못한단

말야. 그렇게 열성적이고 조직적이고 끈덕진 놈들이라면 왜 제 나라를
총 한 방 못 쏴 보고 송두리째 뺏겼겠나?"

총독은 자기 이론에 꽤 신바람이 나는 모양이었다. 그는 침묵해 버린
경무국장을 지그시 노려보면서 화제를 전혀 새롭게 바꾼다.

"이봐! 그보다는 말야. 시급한 일이 따로 있어. 총독부 청사를 서둘
러 지어야겠네. 지진제地鎭祭만 지내 놓고 기공을 안 하고 있으니 지신
地神이 노할 게 아닌가. 동양에서 가장 웅장한 건물을 지어서 대일본제
국의 위엄을 보여야지. 조선반도뿐이 아냐. 중국 대륙에까지 대일본
제국의 웅도를 상징할 수 있도록 조선총독부의 청사는 위풍이 있는 건
물이라야 해. 대륙 진출의 상징적 존재로 말일세. 후루미 군, 자네나
나나 청사靑史에 남길 가장 뜻있는 사업 아닌가. 이런 평화시대엔 건설
이야. 전쟁이 나면 파괴하는 거고. 파괴와 건설, 그것의 반복이 인류
역사거든!"

총독은 조선의 사회정세가 완전히 안정된 것을 의심 없이 믿으면서
1918년 여름에 드디어 조선총독부 청사가 기공식을 성대히 거행했다.
그러나 조선 총독 하세가와는 물론, 저들 일본은 휴화산休火山처럼 숨
을 죽인 채, 이 땅의 깊숙한 사회 심층을 소리 없이 흐르고 있는 도도한
물결을 미처 감지하지 못했다.

어혼약御婚約

1918년도 저물어 가는 12월 초순이었다.

어느 아침, 서울 시가는 간밤에 내린 눈으로 온통 은세계가 돼 있었다. 서울의 시가뿐이겠는가. 중부 지방엔 온통 내린 눈이다.

"내년에는 풍년이 들겠습니다, 각하. 올해의 한재寒災는 내년 풍년으로 보충이 되고도 남을 겁니다, 각하."

군복 차림으로 위의威儀를 갖춘 조선 총독 하세가와의 뒤를 따르면서 비서과장 엔도 류사쿠는 찡그린 얼굴로 하늘을 쳐다보았다. 눈은 아직도 내리고 있었다. 탐스런 눈송이가 바람을 타고 어지러이 휘날렸다.

"그래? 서설瑞雪이란 말인가? 보리는 눈 속에 묻혀서 겨울을 나야 풍작이 되는 거겠다!"

"보리 풍년이 드는 해라야 수도水稻도 풍년이 드는 겁니다, 각하. 풍년이 들면 조선민중은 각하의 덕치를 더욱 칭송할 것입니다."

"그래? 하하하. 조선놈들이야 배나 불려 주면 천하태평이겠지. 원래 대대로 굶주려온 백성이니까 뭐니 뭐니 해도 창자 채워 주는 통치자가 성군이렷다!"

"옳습니다. 각하, 그러잖아도 저들 임금이 다스릴 땐 해마다 흉년이 들었는데, 근래엔 올해를 빼놓곤 번번이 시화연풍이라고, 조선농민이고 지도자이고 모두들 각하의 덕치를 칭송한답니다."

"그래? 음 참 그랬던가? 한두 해 설혹 흉년이 든들 어떻겠나. 콩깻묵이고 강냉이고 저들은 배나 채워 주면 되니까. 원체 굶주려 오던 창자니까."

총독은 유쾌한 듯 지껄이다가 비탈에서 발을 미끄러뜨렸고, 볼품사납게 엉덩방아를 찧었다.

"각하, 조심하셔야겠습니다. 이놈들, 눈을 쓸 테면 미끄럽지 않게 쓸어놓을 게지!"

비서과장은 재빨리 총독의 겨드랑을 부축해 일으키면서 그의 엉덩이에 묻은 눈을 손바닥으로 털어 준다.

"괜찮아, 괜찮아. 본시 눈이란 쌓이면 발이 빠지고, 쓸면 미끄럽게 마련이니까. 하하."

총독은 오늘따라 너그러움을 보였다. 그들의 등청시간은 예외로 일렀던 모양이다. 총독부 청사는 아직 텅텅 비어 있었고, 일찍 출근한 관리들도 난롯가에 모여선 채 총독의 등청 따위는 아랑곳하지 않았다.

"정무총감 나왔나 보게. 좀 오라고 그러지."

총독실을 나가는 비서과장에게 총독은 또 한마디 명령을 덧붙인다.

"도쿄와 긴급통화 준비를 해 놓게!"

"수상 각하한텝니까? 각하."

"아니, 하다노波多野 궁내대신한테! 그리고 구니이다를 불러 주게.

이왕직 차관 말야!"

"알았습니다, 각하. 달리 또 누굴 ···."

"그 이외의 사람은 명령 있을 때까지 내 방엔 금족禁足. 자네는 들어오고!"

잠시 후, 야마가다 정무총감이 급한 걸음으로 나타나 총독에게 아침 인사를 했다.

"눈이 자알 내렸습니다, 각하."

두 사나이가 난로 근처에 둘러앉고 비서과장은 그 옆에 섰다.

"도쿄에선 간밤에도 소식이 없었소?"

"그러잖아도 지금 나와서 통화신청을 해뒀습니다, 각하."

"송병준 남작은 오늘 도쿄로 출발한다던가?"

"오늘 밤차로 떠난답니다, 각하."

"각하! 어제 저녁에 배정자를 만났습니다."

비서과장이 새삼스런 말투로 총독을 바라본다.

"배? 배와 밤에 만나? 이놈, 너 재밀 봤구나?"

"각하, 농담의 말씀을."

"그럼 그 여자도 이번 일의 내막을 알고 있나?"

"진상은 모릅니다. 그보다도 배정자가 이상한 소리를 하더군요."

총독이 찻잔을 쟁반 위에다 탕! 하고 놓았다.

"송병준 남작이 가지고 있는 그 문제의 시계 말입니다."

"메이지 천왕 폐하의 하사품이라던 그 시계?"

"예. 그게 아무래도 의심스럽다는 것입니다. 송 남작 말대로 이토 공을 통해서 그런 진품을 받았다면 벌써 몇 해가 되도록 비밀이었을 수가 없다는 것입니다. 송병준이 자랑 삼아 즉시 발설 안 했을 리가 없다는 것입니다. 그리고 이토 공은 마지막 조선을 떠나실 때 경성역 플랫폼에서 환송을 받으실 때에도 가슴에 시곗줄을 늘이고 계셨다는 겁니다."

"음… 그래?"

"배정자 이야기로는 누구보다 이완용 자작이 그것을 의심한다 합니다. 이완용 씨는 이토 공과 교분이 두텁던 여러 사람에게 이토 공이 그런 그런 보물을 가진 것을 봤는지를 확인한 모양이지만 아무런 방증도 얻지 못한 듯싶다는 게 배정자의 이야기입니다."

"이완용과 송병준의 싸움이 벌어지겠군. 어지간히 헐뜯기 좋아하는 족속이야."

"그럴 수밖에 없잖습니까, 각하. 일한합방의 공로다툼으로 그 두 사람은 서로 옹치雍齒니까요. 조선놈들은 다 마찬가집니다. 그들은 저 사색파쟁四色派爭의 후예들이니까요. 거기다 대면 이용구李容九는 좀 엉뚱한 배짱을 가졌습죠. 그는 데라우치 총독한테 막대한 돈을 요구했다는 일설이 있습니다. 훈장이나 작위 같은 것은 필요 없고 돈 백만 원을 요구했습죠. 북만주로 가서 옛날에 잃어버린 고구려의 판도나 되찾아서 그곳에다 왕국 하나를 건설하겠다고 배짱을 부렸다는군요."

"그래? 그거 엉뚱하구나. 그 사람은 작위도 못 받았을걸?"

"각하, 하여간 기회 있으면 송병준의 시계 건은 규명해 볼 만한 일입니다."

"나더러 규명하라는 겐가?"

"조심스럽게 방증을 수집중에 있습니다, 각하."

이때 도쿄와의 직통전화가 통했다는 전갈이 왔다. 총독은 기밀실로 들어가 직접 본국 정부의 궁내대신과 은밀한 통화를 10여 분 이상이나 한 다음 흥분된 얼굴로 되돌아와 제자리에 털썩 주저앉았다.

"각하, 어떻게 됐습니까?"

정무총감이 궁금한 듯이 물었다.

"구니이다 차관은 뭘해? 아직 안 왔나?"

총독은 비서과장에게 힐책하듯 물었다.

"네, 아직….."

비서과장은 송구한 듯 벌떡 일어나더니 밖으로 나갔다. 전화로 독촉하려는 눈치였다. 그러나 마침 구니이다 차관은 그때 총독실 문을 노크하려던 순간이었다.

"늦어서 죄송합니다, 각하."

구니이다 이왕직 차관이 총독 앞에 와서 사과 겸 인사를 하자,

"잘들 상의해서 긴급히 발표문을 초안에 올려주시오!"

총독은 호기 있게 명령했다.

그날 저녁 무렵 조선총독부가 발표한 폭탄적 공표는 조선 전역을 발끈 뒤집히게 했다.

"어허! 일본계집을 붙여 줬군. 아주 피까지 섞어버릴 작정이구나."

"일본황실의 일등 미녀라더군."

"있을 만한 간계奸計야. 그분을 저들 군대의 육군소위로 만들어서 근위사단 제2연대에다 배속시켰다더니 드디어 정략혼인이라?"

"지난여름 순종을 모셔가서 미리 내통을 시켰던 게 아닐까?"

"이미 간택됐던 민 규수는 어떻게 된다?"

"송병준, 조중응과 대정실업친목회 놈들이 꾸민 설계라던데!"

"또 작위가 한 계급씩 올라가겠군. 찢어죽일 놈들!"

꼬리를 물고 파동치는 여론의 물결을 타고 너울대는 조선 총독의 특별 공표문은 다음과 같았다.

— 왕세자 이은李垠 전하께오서는 이본궁방자梨本宮方子 여왕 전하와의 어혼약御婚約이 성립되었다. 이는 제국 황실과 조선왕가의 부근일가扶槿一家임을 다짐하는 국가적 경사로서 천왕 폐하께오서도 기꺼이 칙허하신 바이다.

친일 군상들은 때를 놓칠세라 암약을 개시했다. 제각기 자기의 힘이 이번 일에 작용했다는 것을 부끄러움 없이 공인했다.

그들은 해가 바뀐 1월 25일 도쿄에서 있을 성례 식전에 조선명사의 대표로 참례하겠다고 치열한 공작들을 전개했다. 그 인선의 관장은 구니이다 이왕직 차관이었다.

총독은 어느 날 이왕직 차관의 그런 보고를 듣고 다음과 같이 일러둔 바 있었다.

"자넨 모른 체하고 속아두게나. 우리가 왕세자의 정략혼인을 강요했다는 것보다 저들이 자진 청원했다면야 국제적 명분도 좋지 않겠느냐 말이야. 인색할 것 없어. 가겠다는 사람들을 다 보내주게나. 조선의 귀족 명사라는 작자들은 모조리 보내게. 하여간 조선은 내 계획대로 제국과 잘 동화되어 가네 그려. 지식층에서부터 농민에까지 늙은이들로부터 젊은 놈들까지 척척 돼 가고 있어. 하하하."

그들은 12월 8일에 납채納采의식을 끝냈고, 13일에는 고기告期의식을 거행했다. 1919년 1월 25일 도쿄에서 올리게 될 왕세자 이은李垠의 결혼식 스케줄은 빈틈없이 짜여갔다.

하세가와 총독은 몹시 기분이 좋았다. 그로서는 두 번째의 큰 공을 세운 셈이 된다. 하나는 순종으로 하여금 일본황실을 방문케 한 일이고, 둘째는 왕세자 이은을 일본의 황족과 결연시킨 이번 일이다. 데라우치도 감히 해내지 못한 큰일인 만큼 그는 어깨가 으쓱해졌다.

그는 그런 큰일을 성취시켰다고 생각하니까 갑자기 긴장이 풀려서 고질이던 신경통이 도지기 시작했다. 하라原敬 수상에게 청가원請暇願을 냈다. 한 달 후에 닥쳐올 이은 전하 혼례식의 준비상황도 살필 겸, 신경통도 치료할 요량으로 본국에 돌아가고 싶다는 것이었다.

일본정부에서는 하세가와의 청가원을 비토할 계제가 못 되었다. 그는 12월 하순경 야마가다 정무총감한테 일체의 권한을 맡긴 채 본국으로 돌아갔다. 서울의 찬바람을 한겨울이라도 면할 수 있다는 게 다행한 일이라고 생각하면서 돌아갔다.

총독이 자리를 비운 동안 정무총감 이하 총독부의 고관들은 도쿄 결혼 식전에 떠나보낼 하객들의 인선을 이왕직 장차관에게 일임하고는 지방시찰이란 명목으로 대거 사냥들을 떠났다. 그리고 서울에 남은 축들은 대낮부터 진고개의 고급요정으로 찾아들어 주기가무酒妓歌舞로 밤새는 줄을 모르고 흥청거리기도 했다.

'왕가만 틀어잡으면 조선놈들은 새끼에 맨 돌멩이다.'

친일파가 불어대는 나팔 소리를 조선민중의 일치된 민성民聲인 줄 아는 그들이다.

총독은 그런 어수룩한 착각을 했다. 토지조사 사업은 끝났다, 총독부 청사도 짓기 시작했다, 13도 강산은 총독정치에 일사불란 순응하고, 그리고 평온하기만 하다. 이제는 반도 정치의 황금시대가 왔다. 주지육림酒池肉林 그 어떠냐, 넌지시 갖다 바치는 뇌물쯤 받아둔들 또한 어떠냐. 어차피 모두가 조선의 것이니 말이다.

정무총감 이하 실무고관들도 그런 생각에는 별 차이가 없었다.

조선의 겨울은 차다. 뱀과 개구리는 땅속에서, 사람은 뜨뜻한 온돌 안에서, 조선의 겨울은 동면冬眠하는 계절이다. 그들은 그렇게 믿어 의심치 않았다. 조선백성들은 이제 족낭때죽나무 열매로 마취제 성분을 함유을 먹은 물고기들처럼 어릿어릿 뜨스한 온돌방에서 혼미상태에 빠져들고 있다. 불온분자들도 이제는 앞날의 희망을 잃고 지쳐 자빠졌을 것이다. 그 알량한 나라 생각보다도 저들 살아갈 궁리에 골몰할 시기가 되었다. 일인 관리들은 그렇게 믿어 의심치 않았으니 한껏 만심慢心한 것은 당연했다.

그해가 가고 1919년이 밝았다.

해만 바뀌면 신춘이라지만 계절적으로는 소한小寒 추위를 앞두고 있다. 바람은 매몰지게 차가웠다. 거리는 내려쌓인 눈이 녹고 얼고 해서 온통 빙판이었다. 정말 사람들은 별로 나다니지 않았다. 북촌의 저자는 한산했고 남바위를 쓴 늙은 남정네나 장옷이나 처네를 머리에서부터 내려쓴 여인들은 한산한 거리를 종종걸음 쳤다.

광교 근처에서는 연날리기가 한창이었다. 청치마 홍치마의 수많은 연이 하늘 높이 솟아 재주를 부렸다. 내리박히고 솟구치고 하다가 남의 연줄을 맵시 있게 끊어 먹으면 환성을 울리고 자기 연줄의 독특한 갬치질을 자랑 삼으며 희희낙락하는 철없는 소년들의 얼굴은 그래도 밝고 건강했다.

모든 학교는 아직 겨울방학이 계속되고 있었다. 중앙고등보통학교 넓은 운동장엔 쌓인 눈이 녹지 않고 그대로였다. 숙직실인지 숙소인지 분간이 없는, 그러나 숙직실로 연결된 길에는 그래도 사람의 발자국으로 쌓인 눈이 다져져 있었다.

땅거미가 지고 있었다. 한 젊은이가 숙직실에서 나오더니 본능처럼 사면을 두리번거렸다. 그 젊은이는 교장 송진우에게 작별인사를 하고 총총걸음으로 교문을 나섰다. 그 젊은이가 교문을 나섰을 때였다. 이번엔 교문 밖에 서 있던 대학생 차림의 다른 또 한 젊은이가 불쑥 그의 앞으로 나서며 나직이 말을 걸었다.

"상윤 형님 아니십니까?"

학교에서 나온 젊은이 현상윤玄相允은 우뚝 걸음을 멈춘다. 그리고 그는 상대방 사나이를 뚫어지게 쏘아보고는 그제야,

"아니 계백이가 아닌가. 언제 돌아왔어?"

어지간히도 반가운 기색이었다.

"오늘 아침 서울에 도착했죠. 그동안 형님 안녕하셨어요? 진우, 성수 씨들도 모두 편안하신가요?"

그의 말투는 몹시 잽싸다.

"다들 잘 있지. 방금 송진우 씨하고 헤어진 참이지. 김성수 씨도 역시 그렇고."

현상윤을 붙잡은 사나이는 보성고보의 후배이고, 지금은 일본 도쿄에 유학중에 있는 송계백宋繼白이었다.

"오늘 아침 차에 내렸다고? 이거 참 반갑군. 학교로 도로 들어갈까? 모두들 반가워할 거야."

"아뇨, 실은 상윤 형님께 먼저 의논드릴 일이 있어서… 어디 조용한 자리가 없겠습니까?"

현상윤은 송계백의 심각한 표정을 읽으면서 뭔가 심상치 않은 일이 있음을 직감했다. 그는 말없이 뚜벅뚜벅 걷기 시작했다. 현상윤은 송계백을 자기 집으로 안내했다. 단칸방 서재는 수많은 사서류史書類로 사면 벽이 메워져 있어서 은밀한 대화를 나누기엔 안성맞춤이었다.

"그래 얘기해 보게나. 무슨 일이야?"

주인은 원래遠來의 친구한테 식사 대접도 잊고 먼저 궁금증을 풀려고 덤볐다.

"일이라면 큰일이지요. 상윤 형, 도쿄 소식을 들으셨습니까?"

"왕세자 결혼 이야기 말이냐?"

현상윤은 초롱한 눈으로 그 '도쿄 유학생'을 노려보았다.

"형님 그게 아니라 도쿄의 우리 유학생이랑 상해나 미국의 독립지사들 소식 말입니다."

송계백은 현상윤이 일부러 딴전을 피우는 것을 미처 눈치 채지 못했다. 그는 좀 답답한 모양이다.

"이 사람아, 말엔 순서가 있어야지. 자넨 예나 이제나 단도직입이군!"

현상윤은 학교 후배인 송계백이 자기를 찾아온 진의를 이내 파악했다. 현상윤이 씽긋 웃었다.

　　"자네가 하려는 얘기 대충 짐작이 가네. 우리야 조선땅에 있으니까 정보를 잘은 모르지만, 얼핏 들리는 소식으로, 미주와 상해에 있는 선배들이 파리 강화회의에 참석해서 우리나라의 독립을 호소하고 있다면서?"

　　송계백은 노리던 참새라도 잡은 것처럼 팔짝 뛰었다.

　　"바로 그것 말입니다. 상해에서는 여운형呂運亨, 장덕수張德秀 선배들이 신한청년당新韓靑年黨을 만들었죠. 김규식金奎植 씨를 파리로 파견했다 합니다. 미주에서도 이승만李承晩, 안창호安昌浩 씨가 주동이 돼서 대표를 파견하기로 했고, 또 독립운동 자금도 대대적으로 모으는 중이라는 소식이죠."

　　"그래? 내가 여기서 듣기엔 이승만 씨가 조선을 국제연맹의 '신탁위임통치'로 만들어 달라고 주장했다면서? 그게 사실이냐?"

　　현상윤을 비롯한 국내의 청년들은 그렇게 듣고 있었다.

　　이번 대전에서 독일이 항복하고 파리에서 평화회의가 열리는 마당에 하와이에서 활동하는 이승만이 조선의 독립은 아직 자체의 힘으로 보나, 시기적으로 보나, 설사 독립이 된다 해도 그것을 지탱할 만한 자체 준비가 막연한 형편이니까 우선 일본의 굴레에서 벗어나기 위해선 국제연맹의 위임통치의 형식을 빌려야만 한다는 해괴한 주장을 했다는 소식이었다.

　　홍사단興士團의 안창호 역시 그런 신탁통치론을 구체적으로는 지적하지 않았지만 현실론을 주장했다. 국내외의 모든 실정으로 봐서 독립

쟁취가 아직 불가능하다면 차라리 2천만 동포의 자력갱생 운동을 적극 추진해서 앞날에 대비할 실력을 배양해 두는 편이 유리하리라는 지론을 가졌었다.

그러나 미국의 망명객들이 그렇게 소극적으로 현실적이고 온건한 방법을 주장하는 데에 반해서, 상해, 북경, 만주 등 중국 대륙에 흩어져 있는 망명객들은 좀더 과격했다. 그들은 지금이야말로 잃어버린 국토를 되찾고 국권을 회복하여 독립의 기치를 높이 올릴 만한 천재일우千載─遇의 기회라고 주장했다.

지난여름 8월에는 신한청년당이 조직되었다. 여운형, 장덕수, 조동호趙東祜, 선우혁鮮于爀 등 모두가 20대, 30대 안팎의 젊은이들이었다. 그들은 자기네의 젊음을 믿었다. 젊음은 곧 의욕이고 정의이고 행동이라고 믿는 패기만만한 축들이었다.

그들은 영문으로 된 독립청원서를 만들어서 마침 파리로 떠나는 중국 대표에게 기탁했다. 그들은 다시 북경의 김규식을 설득해서 강화회의에 조선민족대표로서 참가하도록 종용했다. 그들은 국제적으로 손을 뻗치는 한편 스스로가 할 수 있는 행동에 나섰다.

여운형은 만주와 시베리아를 향해서 떠났다. 그곳에 흩어져 있는 지사들을 만나서 강력한 독립운동의 단일전선을 펴본다는 것이다.

장덕수는 일본으로 건너갔다. 도쿄를 중심으로 조선의 유학생들을 궐기시키는 사명을 띠었다. 선우혁은 만주 안동을 거쳐 국내로 잠입했다. 서북지방의 기독교 지도자와 접선하기 위해서였다.

조동호는 상해에 남았다. 이미 김규식의 밀령을 받고 일본에 잠입한 조소앙趙素昻이 일본과 조선에서 독립 소요騷擾가 벌어지면 그 정보를 조동호에게 급히 연락하도록 밀약이 돼 있었다. 조동호는 중국 신문인 〈중화신문〉의 기자로 있으므로 조소앙의 비밀통신만 받으면 그것을 신문에 크게 보도해서 국제적인 여론을 환기시키자는 것이었다.

현상윤, 송계백이 서로 주고받은 해외의 소식이란 대개 이런 것이었는데, 이야기가 한창 무르익어 갈 무렵 송계백은 갑자기 얼굴빛을 고치며 앉은 자세를 바로 했다. 그는 옆에다 소중하게 벗어놓은 자기의 사각모를 주워들어 속을 뒤집었다.

"형님, 실은 중대한 일을 의논해야겠어요. 우선 이걸 읽어 보시고…."

송계백은 자기의 학생모를 뒤집어 들고는 채양 밑에 꿰매 달린 가죽 테두리를 부드득 뜯어냈다. 그 안에서 꼬깃꼬깃 접힌 미농지 쪽지를 끄집어내더니 현상윤 앞에 내놓는다.

현상윤은 그 미농지 쪽지를 받아 들고는 희미한 전등불에 더듬어 읽어갔다. 그의 낯빛은 단박 붉으락푸르락하다가 이내 창백해졌다.

"야아, 이건 독립선언문獨立宣言文이 아닌가?"

"우리들 도쿄 유학생들이 작성한 것입니다. 실은 지난 12월 28일에 조선유학생들의 웅변대회가 있었죠. 그 웅변대회 뒤에 말입니다. 우리는 조선청년독립단을 만들어서 왜적과 싸우기로 결심했습니다. 최팔용崔八鏞, 서춘徐椿, 백관수白寬洙, 김도연金度演, 김철수金喆洙 그 밖의 몇몇 학생들이 한 데 뭉친 거죠. 그런데 말입니다. 도쿄 경시청警視廳에선 재빨리 우리들의 비밀을 냄새 맡았어요."

"그래?"

"그래서 우린 위계僞計를 쓰기로 했죠. 백관수, 최팔용 그리고 저는 독립단 조직에 반기를 들고 배반하는 척했거든요. 모든 동지들이 다 붙들려 가면 거사도 못해 보고 전멸하는 게 아닙니까. 왜놈들은 우리의 위계를 모르고 가짜 반대파 학생들을 방면하는 한편 분열공작을 해오지 뭡니까. 왜경의 이 허점을 이용해서 우리는 독립선언서를 만들었습니다. 처음엔 주요한, 김동인 같은 젊은 문사에게 선언문을 기초하도록 위임했지만 결국은 이광수李光洙가 썼어요."

"알겠소. 우리 젊은 동지들의 그 기백氣魄이 고맙군. 정말 고마워. 할 만한 일이오. 해야 할 일이오. 장차의 계획은?"

현상윤은 진심으로 머리를 숙였다. 눈을 껌벅거리는 것은 감격의 눈물이 흐를 듯싶어서였다. 송계백은 아직 할 말이 더 있었다.

"우린 아직 20대의 젊은 놈들입니다. 흥분하기 쉬운 반면에 실수하기도 쉽습니다. 그러나 우리는 알고 있어요. 도쿄에서 섣불리 소란을 피웠다간 희생만 크고 큰일의 기회마저 빼앗기는 결과가 되기 쉽습니다. 그래서 우리는 본국에 계시는 선배들과 힘을 합해 궐기하기로 했습니다. 본국과의 연락책임을 제가 맡았어요. 관부연락선을 타고 오는 동안에도 여러 번 수색을 당했지만, 다행히 이 학생모 속에 숨기고 온 독립선언서만은 발각되지 않았죠. 형님, 기회는 무르익고 있습니다. 우리 2천만의 여망은 오직 독립입니다. 늙은이들이 빼앗긴 나라를 우리 젊은이들은 되찾아야 합니다. 팔아먹은 것은 몇몇 놈이지만 그것을 되찾으려면 동포 전체의 단결된 힘이 강력하게 작용해야 합니다. 내 칼도 남의 칼집에 들면 되찾기 힘든 것인 만큼, 이번 일이 쉬운 일이라고 생각지 않지만 그러나 우리는 궐기해야 합니다. 그러자면 선배들의 뒷받침을 얻어야 합니다."

송계백은 이를 깨물면서 자기네들의 비전을 강력하게 토로했다.

"젊음의 특권이 뭡니까. 망설이지 않는 겁니다. 젊음의 약점이 뭡니까. 치밀하지 못하고 소잡素雜한 점입니다. 그러나 젊음은 힘이며 추진력입니다. 선배들이 보살펴 주셔야 할 일이 많습니다."

현상윤은 고개를 푹 숙였다. 그는 손수건으로 눈시울을 닦았다. 동생과 같은 어린 대학생들이 그런 담대한 결의와 계획을 세웠다는 데 감격한 것이다. 그는 송계백의 손을 덥석 잡으면서 울먹였다.

"고마워, 정말 장해! 동생들이 이렇게 앞장을 선다는데 어찌 우리들이 가만 앉아만 있겠나. 내일 아침 성수를 만남세. 진우하고도 의논하지. 정말 장한 일이야. 우리들이 부끄럽구먼. 그렇잖아도 우린 우리대로 일을 꾸미려던 참일세. 목적은 같아. 하나야. 김성수, 송진우, 신익희申翼熙 동지들과 계획하는 일이 있지. 마침 최린崔麟 선생이 우리 젊은 층 의도에 공명해 주셔서 요즈음 매일같이 만나는걸."

겨울밤은 길었다. 그러나 젊은이들 사이에 무르익어 가는 모사謀事는 겨울밤의 허리를 잇고 이어도 모자랄 지경이었다.

송계백은 아침에 자기 집으로 돌아갔다. 현상윤은 중앙학교 교장 숙소로 송진우를 만나러 갔다. 현상윤으로부터 간밤의 이야기를 전해 들은 송진우는 단박 흥분해 버렸다.

"김성수와 의논해 보자!"

결단과 재기와 발랄한 이론으로야 송진우가 으뜸이다. 그러나 그는 김성수의 중후하고 심원한 인격 앞에는 스스로 고개를 숙인다. 큰일은 김성수와 의논해야 한다는 게 송진우의 신조였다. 답답할 때는 욕설을 퍼붓고 심지어는 주먹까지 휘두르며 다시는 안 볼 것처럼 싸우는 일도 있지만, 그러나 큰일은 그에게 의논하고 싶어진다.

김성수, 송진우, 김우영은 모두가 30세 미만인 젊은이였다. 그러나 그들은 이미 중앙에서는 물론 지방의 뜻있는 사람에게 신임을 받고 있었다. 지각 있는 청년들로서 그들의 이름은 벌써 널리 알려져 있었다.

다행한 일은 총독부가 그들의 존재는 알고 있지만 아직 그다지 대수롭게는 생각지 않는 점이다.

총독은 창덕궁과 덕수궁의 왕족한테만 관심을 쏟았다. 정무총감은 이완용, 송병준, 조중응 따위의 친일거두들의 거취와 이상재, 박영효, 손병희 등 노장들의 움직임만을 눈독 들여 살피고 있었다.

헌병과 경무국의 경찰은 해외에서 활동하는 독립투사들의 정보를 수집하기에 여념이 없었다. 조선을 지배하려면 상해와 블라디보스토크와 하와이를 지배해야 한다는 선임 아카시 경무국장의 말은 그들의 골수에 박힌 좌우명이었다.

———◆———

계동의 김성수 집에 모인 현상윤과 송진우는 송계백이 도쿄로부터 가지고 온 독립선언문과 유학생들의 거사계획을 조상俎上에 놓고 밤새워 검토했다. 김성수의 가족들은 대문간에서 겨울밤을 샜다. 총독부의 염탐꾼이라도 어른거리지 않나 살피기 위해서였다.

"호응해야 한다. 합류해야 쓸 것이다. 당장 독립이 성취되리라고 믿어서는 안 될 것이야. 허나 뒷날을 위해 한번 일어서 보는 것이지. 우리 민족은 결코 멸하지 않는다는 것을 세계만방에 과시해야 할 것이야.

430

최소한도의 희생은 각오하고."

김성수의 결론이었다.

도쿄의 유학생들이 독립청년단을 조직했다니 국내에서도 역시 독립청년단을 만들어 힘을 합하자는 의견이었다. 그렇다고 지금의 급박한 정세로 보아서 지하 독립단체를 만들어 본댔자 아마도 큰 성과는 거두기 어렵다는 결론이었다. 그렇다면 국내의 저명인사들을 충동해서 독립청원서에 서명하도록 하여 중국 땅에서 보낸 김규식이나 미국 지역에서 보내기로 한 이승만과 함께 국내 대표를 파리로 보내서 윌슨 대통령이 주장한 민족자결주의 원칙에 입각, 조선독립을 호소하는 것이 어떻겠느냐는 의견도 나왔다.

그렇지만 국내 2천만 동포의 전체 민의民意를 어떤 조직체가 대표하며, 과연 국제연맹에서는 이들 대표를 어떤 자격으로 맞아줄 것인가도 의심스러운 일이 아닐 수 없었다. 고종이 밀파했던 이준李儁이 결국은 헤이그 만국평화회의장에 정식으로 참석하지 못했던 쓰라린 전력이 있었지 않았던가?

결국 이 계획도 크게 기대할 수는 없다는 단정이 내려졌다.

"문제는 우리의 애국적인 단결력을 일인들에게 보여줘야 할 것이야. 조선민족은 다 죽음을 내걸고 독립을 원하는 것을 세계에 알려야 해."

김성수가 큰 눈을 껌벅거리며 말했다.

"그러자면 먼저 민중이 신뢰할 수 있는 명망 높은 지도층을 모셔야 되지 않을까."

송진우의 제의에,

"나이 많은 어른들이 응해 줄는지 몰라. 국내외적으로 영향력을 주고 왜놈들도 가위 무시 못할 비중 높은 그런 명사들을 업고 나가야지. "

현상윤이 동조했다.

"거참 좋은 말이야. 업고 나서야지. 그분들은 나이도 있고 사회적 지위도 있고 하니까 직접 앞장서기가 망설여지겠지만 그렇다고 안 나서서야 쓸 것이야. "

김성수의 말에 송진우가 주먹에 힘을 주고 두 눈을 굴린다.

"일은 어디까지나 우리 젊은 축들이 추진해야 될 걸. 그분들에게 모든 걸 맡기고 젊은 축이 단순한 바지저고리나 수족노릇만 하려다간 시일만 잡아먹고 그놈의 파벌관계로 해서 언제 옆구리가 터질지 모르니까. "

현상윤이 말했다.

"그렇다면 우리 젊은 동지들을 손꼽아 봅시다. 우선 육당 최남선崔南善은 어떨까?"

"육당六堂이야 기맥이 통할 걸세. 허지만 육당은 본시 학자가 돼 놔서 적극 행동파로 가담할는지 몰라. 상윤, 자네도 역시 교직자니까 육당의 사정을 잘 알겠구나?"

"최남선은 내가 책임지고 설득하겠네. 도쿄의 유학생 소식을 들으면 그도 가만은 못 있을걸. "

최남선은 현상윤이 만나서 동지로 규합하기로 했다.

"이갑성李甲成은 어떨까, 박희도朴熙道는?"

"이갑성은 내가 맡지. 마침 몸도 불편하고, 내 세브란스 병원에 입원해서 이갑성과 접촉하기로 하겠어. "

이갑성과 박희도는 김성수가 맡았다.

송진우는 포섭 대상자의 명단을 하나하나 적어 갔다.

"30안팎의 동지들로 핵심세력을 만들어야겠어. 김도태도 있지. 연전延專의 김원벽, 보전普專은 강기덕, 그리고 정로식 어때. 신익희, 한병익도 뜻이 맞을 만하고."

송진우는 물망에 오른 동지들의 이름을 희미한 연필로 적어 나갔다. 이름을 적어놓고 보니 모두가 24~25세로부터 34~35세까지의 젊은이들뿐이다. 그중에서는 이갑성의 나이가 제일 맏이다.

송진우가 적어 낸 명단을 하나하나 확인하며 점검하고 난 김성수는 무겁게 입을 열었다.

"이만하면 일기당천一騎當千할 젊은 호랑이들이오. 그렇지만 무슨 일에든지 구심점이 있어야 하는 법이오. 참모장參謀長이 없어서야 쓸 것인가. 실제 행동무대를 실무적으로 관장할 그런 참모장이 한 사람 꼭 있어야 한다."

그들은 궁리했다.

"최린 씨가 어떨까?"

송진우가 제의하자 현상윤도 최린의 이름을 댔다.

"최린 선생이 적격일 줄 아네. 천도교의 중추인물인 데다가 보성학교 교장으로 계시니까 누구도 최 선생만은 가볍게 보지 않을 거야. 지금 그 양반이 쉰셋이든가. 50대면 실제로 활동할 수 있는 건강이고."

세 사람은 이 운동체의 핵심 지도자로 최린을 추대하기로 의견을 모았다. 다음날 새벽, 송진우와 현상윤은 계동에 있는 최린의 자택을 찾아갔다. 현상윤이라면 보성학교의 제자이고, 송진우는 최린이 촉망을 걸고 있는 젊은 지사이다.

도쿄 유학생들의 소식이며, 송계백이 가지고 온 독립선언문이며, 어제 저녁 김성수와 밤새워 짜놓은 계획 내용을 묵묵히 듣고 있던 50객 최린의 얼굴은 점점 상기하기 시작했다.

"하아, 이건 젊은이들한테 순서를 뺏겼는걸. 좋군, 찬성이야. 절대 가만히 앉아 있을 순 없지. 비록 덕망은 없는 사람이지만 지명해준다면 내 발 벗고 나서겠네. 나더러 앞장서라면 내 가슴을 저놈들 탄환의 과녁으로 삼지. 젊은 의욕이란 정말 장하군. 나라의 기둥은 자네들 같은 젊은이란 말이야. 내 먼저 오세창吳世昌, 권동진權東鎭 두 선배에게 의논하겠네. 두 분이 적극 찬동한다면 의암義庵 선생도 나설 거야. 이쪽은 나한테 맡기고 자네들은 먼저 젊은 층들을 꽉 묶어 보게나."

최린의 쾌락을 얻은 그들은 반 성사라도 된 듯이 기뻐 어쩔 줄을 몰랐다. 김성수는 세브란스 병원에 입원을 빙자하고 이갑성을 만났다. 이갑성에게 뜻을 전하고 보니 그는 의외로 놀라운 사실을 발견했다. 이갑성은 이갑성대로 이미 오래 전부터 박희도를 비롯한 기독교계 청년들과 독립운동 서클을 만들고 비밀히 활약중이었던 것이다.

현상윤의 교섭을 받은 최남선 역시 선뜻 응낙했다.

이렇게 해서 최린을 중심으로 한 김성수, 송진우, 현상윤, 최남선, 이갑성, 박희도 등 청년 지사들은 총독부 수사관들의 눈을 피해가며 구체적인 거사계획을 무르익혀 갔다.

도쿄에서 건너온 송계백은 지체 않고 현지로 다시 보냈다. 도쿄 유학생 독립단에 국내의 움직임을 전하고 긴밀한 연락을 서로 취하며 때를 맞춰 거사할 준비를 서두르도록 했다. 파도 드높은 현해탄을 건너가는 연락선 갑판 위에서, 송계백은 그 파도보다도 더 높이 뛰는 가슴의 동계動悸를 진정시키려 무진 애를 썼다.

도쿄와 서울 간에는 수없는 전보가 오고 갔다. 전보문은 대개 학비를 부쳐 달라는 것이다. 또 상품 가격을 알리는 숫자의 나열도 있었다. 물론 암호였다. 그것은 송계백, 현상윤이 미리 짜놓은 암호문이었다.

마지막 황제

도쿄의 경시청은 감쪽같이 속고 있었다.

조선유학생들은 독립청년단인가를 만든다는 구실로 매일 서로 할퀴고 물어뜯고 한다고 만심慢心했다. 조선놈들은 내버려둬도 망해 버릴 족속이라고 비웃었다. 슬슬 싸움질이나 꼬드겨 주면 된다는 것이다. 벌써 주먹다짐의 난투극이 여러 차례 벌어졌다는 것이다.

도쿄 경시청은 그토록 조선학생들의 위장전술에 감쪽같이 속아 넘어갔다. 독립청년단은 와해된 것으로 알았다.

그들은 1월 25일에 거행될 왕세자 이은李垠의 결혼식을 무사히 치르기 위한 경비문제에만 광분하기 시작했다. 이은은 저들의 황족이 되어 있었다. 그의 혼례는 국가적인 큰 경사라고 떠들썩했다. 조선 총독 하세가와도 본국으로 건너가 동분서주했다.

이 무렵, 총독이 없는 조선총독부의 관리들은 마음껏 놀아났다. 민병석, 구니이다 이왕직 장차관을 비롯한 결혼식 하객들이 무더기로 경성을 떠나자 그들은 제 세상을 만난 줄로 알았다.

그런데 뜻하지 않은 큰일이 돌발했다. 빈 책상만 지키며 하품만 하고 있던 조선총독부의 하급관리들은 눈이 휘둥그레져 가지고 어쩔 줄을 몰랐다. 조선총독부가 발끈 뒤집혔다. 현해탄을 건너 기차를 타고 도쿄로 향하던 이왕직 장관 민병석은 미야지마宮島역에 닿았을 때, 총독부에서 타전해 온 '덕수궁 이태왕 전하 1월 21일 위독 중태'라는 급전을 받고 소스라치게 놀랐다.

이은李垠의 결혼식전을 4일 앞두고 일본 천지와 조선총독부는 온통 축제기분으로 들떠 있었다. 조선의 왕족, 귀족, 명사급들은 도쿄로, 도쿄로 몰려가고 있는 판국이었다. 그런 때 그런 일이 돌발했다. 일본 전국민도 왕세자 이은의 부왕인 고종이 갑자기 위독하다는 소식으로 놀랐거니와 조선 천지는 더욱 발칵 뒤집힐밖에 없었다. 지급전보는 일본 궁내성에 계속 타전되었고 이은한테도 그 사실이 알려졌다.

그날 서울은 대한大寒추위였다. 눈보라가 하늘과 땅에 울부짖는 1919년 1월 20일 밤이다.

고종은 여느 때와 다름없이 덕수궁 함녕전咸寧殿에서 측근 궁녀들과 긴긴 겨울밤의 환담을 나누고는 밤이 이슥해지자 항시 즐기던 식혜 한 대접을 마셨다 했다. 그리고는 측근들을 물러나게 한 다음 외롭게 취침했다는 것이다. 고종이 자리에 든 지 한 시간쯤 되어서일까. 갑자기 복통을 일으키고 음식을 토하기 시작했다. 협실夾室에서 잠이 들려던 시녀들이 황망히 달려가서 고종을 부축해 바로 뉘었다.

"내가 뭣을 먹었기에 복통과 구토가 이리도 심하단 말이냐?"

고종은 어깨를 들먹이고 가슴을 헐떡였다.

급히 전갈을 받은 전의가 달려와서 맥을 짚었다. 그러나 그때는 이미 고종은 눈을 감았고 심장의 고동이 멎어 있었다는 것이다.

고종의 위독 소식을 듣고 창덕궁의 순종이 밤길을 도와 덕수궁 함녕전으로 교가를 몰았다. 순종은 울부짖는 궁녀들 사이를 비집고 이미 유해가 된 부왕 앞에 엎드리며 고개를 떨어뜨렸다.

국내에 남았던 민영휘, 조중응 등이 차례로 대한문을 들어섰다.

이미 날이 밝아가는 1월 21일 덕수궁은 삽시간에 슬픔의 장막으로 뒤덮였다. 궁녀들의 애끓는 통곡 소리는 이 비운의 왕궁을 더욱 침통하게 했다. 그러나 별실에서는 총독부 관리들이 눈알을 굴리면서 민영휘, 조중응 등과 더불어 구수회의를 하고 있었다.

"민병석 장관에게는 소식을 알렸소?"

조중응의 말이었다.

"전하께서 위독하시다는 전보를 쳤습니다."

왕궁 사무실 사무관 곤토權藤四朗介의 대답이었다.

"아니 폐하께선 벌써 승하하셨는데 위독하다는 거짓 전보를 쳤단 말인가?"

민영휘 자작이 약간 노기를 띠고 소리쳤다.

"이태왕 전하의 서거소식을 한낱 사무관의 직책으로 누설할 수 없는 일 아닙니까?"

곤토가 대답하자 조중응이 나서서 엉뚱한 소리를 했다.

"곤토 사무관의 처사가 옳았다고 생각해요. 그런데 왕세자 전하의 결혼성전이 겨우 나흘 앞이니 이 일을 어쩌면 좋겠소? 경전慶典과 상전喪典을 함께 치를 수는 없는 일이고."

"왕세자 전하의 결혼식전을 치르려면 이태왕 전하의 상전은 내년으

438

로 미룰 수밖에 없을 겝니다. 그러자면 자연 이태왕 전하의 서거소식은
극비에 부친 채 절대 발표해서는 안 됩니다."

"곤토 사무관의 말에 나도 동의하는 바요. 천왕 폐하께서 칙허勅許하
신 왕세자 전하의 혼례식인데 연기한다는 건 너무 황공스런 일인 줄 아
오. 나 조중응의 생각으로는 옛날에도 이런 경우에는 상전을 비밀에 부
쳤다가 다음 해에 거행하고 경전을 먼저 치른 사례가 얼마든지 있어요.
태왕 전하께서 돌아가신 사실은 비밀로 부쳐두는 게 당연하오."

그는 매국 대신이었던가. 5적의 하나라고 일컫는가. 양심의 거리낌
도 없는 듯 천연덕스럽게 지껄이고 있었다.

일개 일본인 사무관과의 갑론을박이었다. 그러나 결론은 얻지 못했
다. 그들은 정무총감의 의견을 타진하기로 했다. 남산 밑 정무총감 관
저로 사무관이 자동차를 몰고 갔을 때, 그는 술이 얼근히 취해서 혀 꼬
부라진 소리를 했다.

"내 평시부터 뭐라고 했나. 이왕직의 장, 차관은 한꺼번에 자리를 비
우는 게 아니라고 했지 않았나. 장, 차관이 뭣 때문에 붙어 댕기는 거
냐 말이다! 이런 소린 할 말이 아니네만 이태왕 전하는 죽어서도 끝내
말썽이야. 총독 각하한테서 무슨 지시가 오겠지. 우선 궁내성宮內省에
사후 처리책을 알아보도록 하자!"

정무총감은 술이 깨는 모양이었다. 그는 기세루일본식 담뱃대에다 잘
게 썰어진 기사미엽초 담배를 꾸겨 박고 불을 붙였다. 흡사 솜뭉치에 붙
은 불똥처럼 호록호록 타고 있다.

"곤토 군은 빨리 덕수궁으로 돌아가게. 돌아가거든 즉각 엄중한 함
구령을 내려 버려. 일단 덕수궁에 들어온 사람은 내 명령이 있을 때까

지 절대로 대한문 밖에 내보내선 안 돼. 이태왕의 서거소식이 거리로 퍼져 나갔다간 네 책임이야! 무슨 뜻인지 알아듣겠나?"

곤토는 야마가다가 호령하는 그 뜻을 곧 알아차렸다. 만일, 고종의 죽음을 비밀에 부쳐두고 왕세자의 결혼식을 예정대로 진행한 다음 올 가을이나 아니면 해가 바뀐 다음에 이태왕의 장례를 치르기로 방침을 세운다고 가정한다면, 절대로 비밀이 유지되어야 하는 것이다.

곤토는 다시 덕수궁으로 돌아갔다.

야마가다는 본국 궁내성에 이 문제를 의논했다. 그는 경무국장을 불러서 믿을 만한 염탐꾼들을 50여 명쯤 골라 서울 거리에다 뿌리라고 했다. 덕수궁의 이번 소식이 벌써 거리로 새어나가지나 않았나를 탐지하도록 한 것이다. 그러나 때는 이미 늦었다. 고종이 세상을 떠났다는 소문은 삽시간에 장안 거리에 퍼져 나갔다.

"왜놈들이 독살했다오."

"이준 공처럼 뇌일혈로 쓰러졌대기도 하고."

"얼빠진 소리. 왜놈들이 한상학이라는 전의를 매수해서 식혜에다 독약을 섞어 자시게 했다던데."

"죽일 놈들이로고. 설마 하니 그럴 수가 있을라고."

"그놈들 못하는 것이 있다던가. 현장을 목도한 상궁이 둘이었다누만. 그 두 상궁은 벌써 쥐도 새도 모르게 없앴다네. 능히 그런 짓 해치울 놈들이지!"

"유폐시킨 폐왕을 죽일 것까지야 없잖아. 그놈들 천벌을 받으리!"

"들리는 말로는 제 2의 헤이그 밀사사건 같은 것을 꾸미고 계셨답니다. 프랑스 파리에서 무슨 회의가 있대지 않소? 거기에 우리 조선민족의 대표가 비밀리에 참석했대요."

풍문은 꼬리에 꼬리를 물고 번져 나갔다. 그런 거리의 풍문은 일본염탐꾼들의 귀에도 들어갔다. 정무총감에게 즉각 보고되었음은 물론이다. 사태는 예측할 수 없이 혼돈돼 나갔다.

왕세자 이은은 아버지인 고종이 위독하다는 소식을 듣고 1월 21일 급거 도쿄로 출발했다. 민병석 장관은 가던 길을 돌려서 그보다 앞서 서울로 돌아왔다.

일본정부도 당황했다. 하라原敬 수상, 하다노波多野 궁내대신, 하세가와 조선 총독은 이마를 맞대고 숙의를 거듭했다. 정무총감과 현지 연락을 빈번히 취한 다음 결정을 내리고, 전문을 보냈다.

"이왕 은垠 전하와 방자 여왕 전하의 혼례식을 무기연기한다. 이태왕 전하의 서거를 공표하는 국장國葬준비를 서두르라!"

조선총독부는 민병석 이왕직 장관으로 하여금 '이태왕 전하께선 1월 22일 오전 6시 20분 홍서薨逝하셨다'고 공표토록 했다.

고종이 임종한 시일은 1월 21일 새벽 1시 45분이었지만 총독부는 저네들의 무의미한 주저와 음모로 시일만 소비했기 때문에 실제의 날짜와 임종시간을 제멋대로 조작한 것이다.

조선조 26대왕. 그는 너무나 복잡한 시대에 국왕 자리에 앉아 40여년간 왕좌를 지키며 갖은 영욕과 신산을 겪다가 재세시在世時가 그러했듯이 승하한 뒤에도 수많은 풍문과 파란의 여운을 남겼다.

일본 궁내성의 결정이 내려졌다. 의식은 국장國葬으로, 날짜는 3월 3일로, 30일장이라 했다.

국장의 의식규범이 결정되자 이번에는 장지葬地를 어디로 잡느냐는 문제가 여러 갈래로 논의되었다. 고종은 생존시에 서울 교외 금곡리에 자신이 돌아가 묻힐 곳을 축조해서 봉릉을 해 두었다. 그는 이 씨 왕조의 위엄을 보전하고 제왕으로서의 위의를 백 세, 천 세까지 길이 남기고 싶었다. 그는 고영희高永喜로 하여금 중국에 건너가 명조시대明朝時代의 왕릉을 조사토록 해서 이미 10여 년 전에 누만累萬의 경비를 들여 봉릉을 해놓았다. 그는 그 봉릉의 도면까지 장만해서 함녕전 문고 깊숙이 간직해두고는 심심파적 무시로 꺼내 보면서 장차 자기가 거처할 저 세상의 궁전을 즐거운 마음으로 돌아보곤 했던 것이다.

따라서 고종의 장지는 으레 금곡릉이 될 줄로 알았다. 그런데 정면으로 반대하는 사람이 나타났다. 장시장 윤덕영이 금곡 장지를 반대하고 나섰다. 금곡은 거리가 너무 멀기 때문에 경비가 너무 많이 든다는 것이다. 청량리 밖 홍릉에다 명성황후와 함께 합장하자고 했다. 이 소문이 퍼지자 왕족들은 물론 구한말의 유신들은 펄펄 뛰며 윤덕영을 욕했다.

'이완용은 나라를 팔아먹고, 윤덕영은 능갓을 팔아먹는 매국노'라고 격분했다. 그러나 윤덕영은 귀를 틀어막다시피 하고는 홍릉 합장을 계속 주장했다.

"나도 생각이 있어서 그런다. 속물들은 내 원대한 뜻을 알 까닭이 없어."

윤덕영은 자기의 속셈을 내색하지 않았다.

금곡과 홍릉의 두 묏자리를 놓고 격렬한 의견대립이 생기자 총독부에서는 현지답사를 해 보자고 했다. 국장 비용으로는 10만 원이 이미 계정되어 있었다. 과연 금곡은 그 10만 원의 예산으로 감당하기 어려운 곳인가를 실제 답사해 보자는 것이다.

덕수궁 장시장인 김춘희와 왕가의 근친인 민영달, 그리고 고영근高永根이 지관 두 명을 데리고 나섰다. 일인으로는 곤토와 무토라는 두 사무관이 따라 붙었다. 현지를 답사한 일행은 금곡으로 장지를 정하는 것이 합당하다는 결론을 얻었다.

윤덕영은 보기 좋게 창피를 당했다. 그러나 그는 조금도 뉘우치거나 부끄러워하는 기색이 없었다.

"이제 두고 보면 안다. 세월이 흐르면 이 윤덕영을 알아줄 것이다."

윤덕영은 혼자서 콧방귀를 뀌었다.

사람은 주검을 앞에 놓고는 선해진다. 그는 고종을 너무나 여러 번 괴롭혔기 때문에 마지막으로 한 번 의리를 지켜 볼 속셈이었는지도 모른다. 홍릉은 고종이 대한제국의 황제 자리에 있을 무렵 그의 황후인 명성황후가 죽어서 묻힌 곳이기 때문에 능陵이라는 이름이 붙어 있는 곳이다. 그러나 지금은 어떠한가? 고종은 황제도 국왕도 아니다. 일본 제국이 제수한 한낱 '태왕 전하', 정확히 말하자면 명색이 좋아 이태왕 전하다. 따라서 일본의 황실 전범을 들추어 볼 필요가 있다. 아마도 고종이 묻힐 금곡에는 능자를 붙일 수가 없을지도 모른다.

'고종 묘가 능도 못 된다니!'

윤덕영은 이미 홍릉으로 추존을 받은 명성황후 묘소 곁에 고종을 합장한 다음 적당한 시기를 봐서 금곡 봉릉으로 이장한다면 그 무덤과 그 비문에 새겨질 비명碑銘은 왕릉으로서의 위의를 갖출 것이라는 치밀한 구상을 했다. 윤덕영의 예측은 옳았다. 고종이 금곡에 묻힌다면 황제 능으로서의 공식 명칭이 주어지기 어려운 실정이었다.

흰 눈송이가 푸득푸득 흩날리는 1월 하순 아침이었다.

고종의 승하昇遐소식과 함께 연일 눈발이 흩날리는 서울의 거리는 너무나 조용했다. 온 백성들은 저들의 임금이 승하했으니 상투 풀어헤치고 옷깃 여미며 기구했던 폐왕의 명복을 빌고들 있는 것일까.

조선총독부의 경무당국도 장안 거리의 숨결과 호흡을 맞추는 양 조용하기만 했다. 특히 고등과 형사실도 한가롭게 기지개를 켜고 있었다.

정오경이었다. 별안간 전화벨 소리가 요란스럽게 울려왔다. 일직 형사가 선하품 끝에 수화기를 들었다. 거리에 나가 있는 어느 형사로부터 숨 가쁜 목소리가 들려왔다. 수화기를 든 형사는 단박 긴장을 했다.

"뭣이? 천도교 본부에? 별것 아닐 거야. 저들도 이태왕 전하 장례 때문에 무슨 의논들을 하는 거 아닐까. 알았어, 일단 상부에 보고는 함세. 자네 너무 흥분하지 말게. 별것 아닐 거야."

안경을 코에다 건 일직 형사는 대수롭지 않은 전화라는 듯이 수화기를 왈카닥 던져 버렸다. 외근 형사도 본부 직원이 태연하니까 더 이상 신경을 곤두세우지 않아도 되었다.

최린이 천도교 본부로 들어간 그 사실 말이다. 그날 이례적으로 천도교 본부에 모인 사람들은 최린을 비롯한 권동진, 오세창, 정광조였다. 천도교 3대 교주인 의암 손병희를 중심으로 5명의 주목할 만한 인물들이 정문을 굳게 잠근 채로 엄숙히 대좌했다.

"진객들이 한자리에 모였소 그려. 나에게 할 말씀이 있는 모양인데 무슨 일인지 말해 보시오."

교의에 위엄 있게 앉은 손병희는 근엄하게 입을 열었다.

그러자 권동진이 먼저 말문을 연다.

"의암 선생님께 품의드릴 말씀이란 다름 아닙니다. 지금 밖으로는 민족자결 원칙에 따라 파리회담이 열리고 있고, 국내에서는 고종 황제의 갑작스러운 승하 소식을 맞이해서 민심의 동요가 극도에 달해 있습니다."

"그건 나도 잘 알고 있소. 그러니 어쩌자는 것이오?"

손병희는 대리석처럼 차가운 표정으로 되묻는다. 그는 그들의 뱃속을 환히 들여다보면서도 거죽으로는 차가웠다.

"정세가 그러한즉 이제 우리 민족도 사생결단을 하고 한번 일어서야 될 때가 도래한 게 아닌가 생각됩니다."

이것은 오세창의 말.

"우리 천도교는 이미 이신환천以身換天의 사상으로 오래 전부터 교인들을 수련해 온 터인데, 지금 일어선다면 어떻게 일어서자는 건지 그게 궁금하외다. 구체적인 계획이라도 마련돼 있소?"

"교주님, 이 서장書狀을 읽어 보십시오. 이것은 도쿄의 우리 유학생들이 만든 것입니다. 그들은 청년독립단을 만들어 가지고 조선의 독립을 선언한 후, 일본정부는 물론 미국 윌슨 대통령과 파리 강화회의에 이 선언서를 발송할 예정이랍니다. 이번에 도쿄에서 연락원이 와서 국내에서도 함께 호응해 달라고 간곡하게 요청했습니다. 그에게 저는 독단으로 승낙했습니다. 이미 우리 천도교는 교주님의 영도로 구국의 투지를 벼려온 터이므로 저는 그 학생 연락원에게 대답했습니다. 국내의 일은 의암 선생을 중심으로 책임질 것이라고 맹약해 보냈습니다. 선생님, 이 최린이 너무 경솔하게 그런 중대한 약속을 했다고 꾸지람하신다면 응분의 벌을 받겠습니다…."

최린은 깊이 머리를 숙였다.

순간, 손병희는 교의에서 벌떡 일어섰다. 그의 안면에는 경련이 일기 시작했다. 그는 한참 동안 묵묵히 서 있다가 온화한 음성으로 서서히 입을 열었다.

"잘했소이다. 내 오늘토록 그때를 기다려 왔소. 최린 동지에게 벌 대신 상을 드리리다. 나 어린 젊은이들이 그 정신 죽지 않고 불길처럼 일어서겠다는데 어찌 우리 늙은이들이 수수방관하겠소이까. 일찍이 최수운, 전봉준 선대 교조의 가르치심이 바로 파사현정破邪顯正이신환천以身換天이 아니던가요!"

권동진, 오세창, 정광조, 최린 등은 교주 손병희가 예상을 뒤엎고 즉석에서 쾌락, 적극 찬동하는 바람에 어리벙벙할 수밖에 없었다. 손병희는 다시 교의에 몸을 앉히며 최린에게 묻는다.

"무슨 일이든 핵심이 될 주동인물이 있어야 하는 법이오. 최린 교우는 그동안 어떤 사람들과 이 일을 의논했습니까?"

"도쿄서 온 연락원은 와세다대학의 송계백이란 학생이었고, 국내의 동지로는 중앙학교의 김성수, 현상윤, 송진우 그리고 최남선 등이었습니다."

"그 사람들 이름은 대략 듣고 있었소만 믿을 만한 인물들이지요?"

"그들은 모두 서른 안팎의 청년 지도자입니다. 그리고 그 학식과 지혜와 덕망으로 미루어 감히 이번 거사에 핵심이 될 만한 인재들이라고 생각합니다."

"최린 교우의 판단에 잘못이 없을 거라고 나는 믿습니다. 그런데 이번 일을 생사결단하고 크게 벌이려면 이 나라 사회의 각계각층이 총망라되어서 대하大河와 같은 흐름과 백두산 같은 응어리를 이루어야 될 것인데 방법이 서겠습니까?"

이 자리에서 몇 가지의 원칙이 즉각 결정됐다.

귀족 대표로는 박영효를, 구한국의 유신 노관으로는 한규설, 김윤식, 윤용구를, 그리고 기독교 대표에는 이상재, 윤치호를 각각 시급히 접촉하여 독립선언서에 서명을 받도록 원칙을 결정했다.

최린은 이제 일은 다 된 거나 마찬가지라고 기뻐했다. 그날 밤 계동 최린의 집에서는 송진우와 현상윤이 모여 앉아 자축연을 벌였다.

"손병희 선생이 저렇게 적극적이시니 이제 반半성사는 된 셈이오. 앞으로 우리 젊은 층들의 활동이 남았을 뿐이야. 자아 우리, 목숨을 걸고 역사의 흐름을 거꾸로 바꿔 봅시다. 실패하면 물론 죽지만 성공해도 죽기 쉽습니다. 죽음을 거는 용기는 우리 젊음의 특권이 아니겠소!"

그들은 흠쾌한 기분으로 축배를 높이 들었다.

도쿄의 기독교학생 청년회관은 간다쿠神田區 사루가쿠초猿樂町에 있다. 그곳에는 매일 수많은 조선유학생들이 모여들어 소란을 피웠다. 그들은 술에 취했고 무질서했다. 파락호같이 굴었다. 친구의 사생활을 헐뜯고, 여자 이야기를 하고, 학비로 방탕할 궁리들을 했다. 목청을 돋워 마구 떠들었다.

형사들은, 밀정들은, 그러한 조선학생들의 동향을 샅샅이 탐지하고 감시하고 보고했다.

"개犬들이 꺼져버렸다!"

경시청 형사들이 그들 주변에서 사라지면 학생들은 그렇게 외친다.

"냄새도 못 맡은 모양이야, 하하하!"

농담은 잠깐이다. 그들은 이내 태도를 돌변시켜서 엄숙해지는 것이다. 그들은 벌써 여러 날째 숙직실에 모였다. 으슥한 숙직실로 자리를 옮겨서 본국과 상해, 블라디보스토크, 하와이 등지에서 들려오는 정보들을 서로 교환하고 면밀히 검토한 다음 장차의 일을 숙의했다.

최팔용은 자금을 구하기로 했다. 이광수가 기초한 독립선언서는 백관수가 인쇄하기로 했다. 이광수는 몸이 약한 사람이다. 앞으로 일경한테 체포되면 건강을 지탱하기 어려울 뿐만 아니라 그는 해외의 독립투사들과 지면도 많으니 도쿄의 소용돌이에서 빠져 나가게 했다. 해외투사들과의 연락을 위해서 상해로 보내기로 했다. 이광수는 눈물을 머금고 동지들과 헤어졌다.

그럴 무렵에 조선에 잠입했던 송계백이 도쿄로 돌아왔다. 최팔용, 백관수, 서준, 김도연, 최근우崔謹愚, 김상덕 등 학생단체의 핵심분자들이 초조한 낯빛으로 그를 맞이했다.

"야, 수고했다! 계백아. 일은 잘됐냐?"

"아주 잘될 것 같다. 본국의 선배들도 절대 환영이더라."

"누구누구냐? 본국의 선배는?"

성급한 서춘은 송계백의 잔등을 주먹으로 철썩 때렸다.

"먼저 현상윤 씨를 찾았지. 다음에는 송진우와 김성수 씨. 모두 대찬성이야. 그들도 벌써부터 무슨 일을 해야겠다고 모의하던 참이었어."

"현상윤, 송진우, 김성수 씨라면 중앙학교 패들이구나. 그렇지만 그들만으로는 너무 젊고 미약하다, 야!"

백관수의 말에 김도연 역시 동조했다.

"일은 젊은이들이 모두 꾸민다 하지만 이번 운동을 대대적으로 벌일라믄 좀더 듬직한 지도층의 호응이 있어야 할 것인데."

"내 생각도 같다. 김성수 씨의 생각도 역시 그렇더라! 저 김옥균의 개화당이나 서재필, 윤치호, 이승만 씨가 이끌어 온 독립협회나 모두가 서른 안팎 젊은이들이 주동이 된 게 사실이거든. 그러나 그이들은 당시의 무게 있는 선배나 스승들을 앞에 내세우지 않고 젊은 혈기로만 나갔기 때문에 반대파는 물론 사회의 지도층으로부터도 큰 지지를 못 받았다는 거야. 그러니까 이번 거사에는 그 주류는 우리 같은 20, 30대의 젊은이들이지만 각계각층의 명성 있는 인사들을 지도세력으로 앞세워야 되겠다는 거야."

"계백 군의 말이 옳다. 그럼 그들도 구체적으로 그 일을 추진하고 있다는 거냐?"

최근우의 물음에 송계백 다시 대답한다.

"그건 염려 말라는 거야. 벌써 최린 선생을 잡아 놨어. 보성학교 교장 말일세. 천도교에서도 비중이 큰 분 아닌가, 최린 선생을 중심으로 국내에선 송진우, 현상윤, 김성수, 이갑성, 정로식 같은 쟁쟁한 선배들이 꽉 뭉쳤거든. 국내 일은 걱정 말고 도쿄 유학생들만 우선 잘 뭉쳐서 거사준비를 하라대."

"됐어, 네가 수고했다. 정말 수고했구나. 그런데 본국과의 연락은 어떻게 하지? 비밀이 보장돼야 할 텐데!"

최팔용이 묻자 송계백은 자신만만하게 대답한다.

"암호를 만들어뒀지. 서로 암호 전보를 치기로 했어."

"됐다! 그만하면 만점이야. 계백이 너도 꽤 쓸 만하구나. 자 그럼 이
제부턴 일사천리다. 나라를 빼앗긴 지 10년, 정말 10년이면 강산도 변
한다는데 조선 천지는 너무도 초라하게 변했다. 저놈들도 이제 10년이
나 해먹었으니 한번 반격을 당해야 하지 않겠니. 천지개벽을 일으켜야
한단 말야!"

학생들은 두 주먹을 불끈 쥐고는 투쟁과 궐기를 다짐했다. 그날부터
그들은 왜경의 눈을 교묘히 피해가며 저마다 분담한 공작에 발 벗고 나
섰다.

이태왕의 부보訃報로 해서 왕세자 은垠의 혼례식전이 무기 연기됐다
는 일본 궁내성의 발표를 듣고 저들 일본시민들은 허탈한 기분에 빠져
있었다. 그들은, 비록 속방으로 편입됐을망정 4천 년의 역사를 가진
조선의 왕자와 저네들 황실의 근친 왕녀와의 색다른 결혼에 비상한 관
심을 갖고 있었다. 일본왕실로서도 몇천 년 역사를 통해서 외국 왕실과
의 국제결혼은 일찍이 있어 본 일이 없었다. 따라서 그들의 관심과 기
대는 컸고, 그 때문에 혼례식의 무기연기라는 발표엔 아연 실망했음을
짐작할 수 있다.

도쿄 경시청의 고등과 직원들도 맥이 풀어졌다. 그들은 그들대로의
이유로 해서 다 잠시 마음을 놓았다. 조선유학생들의 동태가 수상쩍기
는 했지만 학생들끼리 서로 분열이 생겨 치고받는다는 정보이고 보면
안심해도 무방한 것이다. 더구나 저네들의 국왕이었던 고종이 서거하

여 지금은 엄숙하게 근신해야 할 상기喪期인 만큼 모두가 자중할 것이라고 판단했다. 조선은 동양의 예의지국을 자처하는 곳이다. 자기들의 국왕 상기에 감히 예의에 벗어날 일은 못할 것이 아닌가. 그러나 그것은 그들의 큰 오산이었다.

날씨 차가운 1월도 지나가고 입춘을 앞둔 2월 초순이었다.

송계백의 너절한 하숙집 대문을 흔드는 사람이 있었다. 하녀가 빗장을 열고 나갔을 때, 우편배달부가 전보 한 장을 던져주고 간다.

"송 씨! 전보 왔어요! 기쁘시겠네, 학비가 왔나보죠?"

송계백은 아직 잠자리에 누워 있다가 벌떡 일어났다. 그는 미닫이를 열고 손을 내밀었다.

예상대로 서울에서 온 전보였다. 전문 내용은 다음과 같았다.

"그 물건은 거기대로 28원에 사도록 하라. 김도태."

송계백은 두 다리가 후들후들 떨렸다. 그는 아침 식사도 하지 않고 하숙집을 뛰쳐나왔다. 그는 길을 걸어가다 말고 다시 확인해 보려고 전보문을 꺼내 본다. 틀림이 없다.

"28원에 사도록 하라."

그는 두 주먹을 불끈 쥔다.

'28원! 28원!'

그는 입속으로 혼자 중얼거렸다.

그가 찾아간 곳은 최팔용의 하숙집이다. 백관수, 김도연이 먼저 와 있었다.

"서울서 전보가 왔다. 28원에 사 버리라는 거야!"

"28원에 사 버리라고? 무슨 소리냐?"

백관수가 영문을 몰라 물었다. 당연하다. 암호문의 해독은 송계백 자신만이 알고 있는 것이다. 다른 친구들이 어안이 벙벙해한 것은 당연한 일이었다. 송계백은 자기의 이마를 손바닥으로 철썩 때렸다.

"자네들은 참 암호를 모르고 있구나. 서울 선배들의 지령인데 말야. 2월 8일 도쿄 유학생들끼리 먼저 거사하라는 거다. 본국에서도 무슨 방침이 선 모양이다!"

모두들 잠시 동안 머리를 숙이고 있었다.

이렇게 해서 2월 8일 아침을 맞이했다. 1919년이었다.

간다쿠 사루가쿠초 골목에 어스름 땅거미가 깃들기 시작하자 여기저기서 모여드는 학생들의 그림자가 술렁거렸다. 기독교 청년회관 정문에는 '조선유학생 학우회 예산총회'라는 푯말이 나붙었다. 회장 입구에는 혈기왕성한 학생 몇몇이 안내역 완장을 팔에 두르고 지켜 섰다.

정각 오전 7시가 되자 6백여 명의 조선학생들로 회관은 빽빽이 찼다. 그중에는 치마저고리를 입은 김마리아, 나혜석羅蕙錫, 정자영, 유영준, 황애덕 등 여학생들의 상기한 모습도 드문드문 보였다. 경시청에서 나온 고등계 형사들도 학생들 사이로 비집고 들어가 감시의 눈초리를 번득이고 있었다.

오전 7시 개회선언이 있자 곧 예산총회의 순서로 들어갔다.

고등계 형사들은 별게 아니라는 듯이 안도의 숨을 내리쉬며 하품을 했다. 그들은 어서 회의가 끝나기만 기다릴 뿐이었다.

그 무렵이다. 별안간 어떤 학생이 벌떡 일어서더니 "긴급동의요!"라고 우람하게 소리쳤다. 일순 장내는 뜻 모를 긴장으로 물을 끼얹은 듯이 조용해졌다. 누군가가 말없이 박수를 쳤다. 연쇄반응을 일으켜 박수 소리는 장내를 뒤흔들었다. 긴급동의를 외친 학생은 곧바로 단상에 뛰어 올라가더니 지체 않고 통렬한 열변을 토하기 시작했다.

"여러분! 우리 조선민족은 4천 년의 빛나는 역사와 단일민족으로서의 긍지를 가지고 대대 연면히 살아왔습니다. 그러나 우리는 우리들 대에 와서 나라를 빼앗겼습니다. 우리는 살았으면서도 죽어지낼 수는 없습니다. 이 치욕의 역사적 현실을 더 이상 도저히 감내할 길이 없는 것입니다. 그래서….."

서춘徐春이었다. 그는 주먹을 높이 쳐들었다가 테이블을 탕! 치면서 불을 토한다.

"정말입니다. 우리는 더 이상 죽어서 살 수는 없습니다. 미국 대통령 윌슨 씨는 민족자결주의를 세계평화의 주요 원칙으로 내세우고 지금 파리에서 강화회담을 진행시키고 있습니다… 그만큼 …."

장내는 또다시 떠나갈 듯한 박수와 환호성으로 뒤집히는 듯했다.

옳소! 옳소! 소리가 폭풍처럼 장내를 석권했다.

고등계 형사들은 당황한 나머지 삐리리 삐리리 호각만 불어댔다. 단상의 서춘더러 내려오라고 소리소리 질렀다.

그러나 사회자인 윤창석은 태연하게 서춘의 연설을 계속시켰다.

"여러분, 방금 서춘 동지가 제안한 대로 오늘의 이 회의를 재일본 조선유학생 독립선언식으로 개의 연장합니다."

사회가 선언했다. 박수와 '옳소!' 소리가 또 터졌다.

백관수가 독립선언서를 낭독하기 시작했다.

우레와 같은 박수가 진동하는 회장에서 독립선언 삐라가 폭설暴雪처럼 쏟아졌다. 선언서 낭독이 끝나자 김도연이 재빨리, 단상으로 뛰어 올라 '조선독립 만세!'를 선창한다. 6백여 명의 조선학생들은 통곡과 아우성이 뒤섞인 소리로 만세를 불렀다.

학생들은 이 독립선언서를 일본정부에 전달하겠다고 결의했다. 그들은 스크럼을 짜고 거리로 봇물 터지듯 쏟아져 나왔다. 그러나 거리에는 이미 급보를 받고 출동한 경시청의 기마경찰대와 왜경들이 포위하고 있었다. 삽시간에 간다 거리는 아수라장이 되고 말았다. 맨주먹의 학생들과 총칼을 휘두르는 경찰대 사이에 격투가 벌어진 것이다.

거리에서 구경하는 일인들은 한마디씩 씹어 뱉었다.

"아이츠라 민나 코로시테 시마에!"(새끼들 다 죽여 버려라!)

"조선독립, 개한테나 던져 주라고 해라!"

그러나 몇몇 지식인으로 보이는 일본인들은 알쏭달쏭하다는 듯 고개를 갸우뚱거리기도 했다.

함경도 학생들은 주먹으로 쳤다. 평안도 학생들은 이마로 박치기를 했다. 서울 학생들은 돌질을 했다. 경상도 패는 몽둥이를 휘둘렀다. 한 시간이 더 계속되었다.

피를 흘리는 60여 명의 학생들이 간다 경찰서로 끌려가자 거리는 비로소 조용해졌다. 그날로 최팔용, 백관수, 김상덕, 김도연, 윤창석, 서춘, 이종근, 김철수, 송계백 등 9명은 독립선언서 서명자로서 정식 구속되고 말았다.

- 2권에 계속

묵사(默史) 류주현(柳周鉉) 연보

1921.6.3　　경기도 여주군 능서면 번도마을에서 문화 류씨 류기하(柳基夏)
　　　　　　공(公)과 능성 구씨 구리곡(具理谷) 여사 사이의 3남2녀 중
　　　　　　차남으로 출생

1935　　　　양주공립보통학교 졸업하고 원산, 청진 등지를 여행

1939~43　　일본 도쿄에 체류하며 와세다대 전문부 문과 수학(修學)

1944.3.　　조점봉(趙點鳳)과 혼인

1945.12.17　장녀 호진(浩珍) 출생

1947.10.24　차녀 호정(浩貞) 출생

1948.8.　　단편 〈번요(煩擾)의 거리〉를 잡지 〈백민〉(白民)에 발표하면서 등단

1948.10.21　3녀 호영(浩英) 출생

1949　　　　중앙문화협회의 〈백민〉지 편집동인이 됨

1950　　　　국방부 편집실 편집관으로 근무

　　　　　　단편 〈군상〉, 〈퇴근시간〉 등을 발표

1951　　　　6·25전쟁 피란지 대구에서 마해송, 조지훈, 박목월, 최정희,
　　　　　　최인욱, 박두진, 방기환 등과 함께 공군문인단에 참가하면서
　　　　　　공군잡지 〈창공〉(蒼空) 편집간사 맡음

　　　　　　단편 〈피와 눈물〉, 〈여인의 노래〉, 〈새로운 결심〉, 〈신기루〉,
　　　　　　〈부부서정〉, 〈슬픈 인연〉, 〈불량소년〉 등을 발표

1952　　　　대구에서 월간지 〈신태양〉 편집에 참여

　　　　　　단편 〈절정〉, 〈영〉(嶺), 〈그는 살아있다〉, 〈호심〉(湖心),
　　　　　　〈엉터리 순찰행장기〉, 〈골목길〉, 〈학대 받은 사람들〉, 〈자매계보〉,
　　　　　　〈만가〉(輓歌), 〈심화〉(心火) 등을 발표

1953　　　　단편 〈패배자〉, 〈역설〉(逆說), 〈애원〉(愛怨), 〈포로와 산 시체〉,
　　　　　　〈여정여환〉(餘情餘歡), 〈기상도〉, 〈젊은 사람들〉, 〈시계와 달밤〉,
　　　　　　〈어떤 어머니의 이야기〉, 〈현대인〉, 〈광상(狂想)의 장(章)〉,
　　　　　　〈명함 한 장〉 등을 발표

　　　　　　〈포로와 산 시체〉가 일본 문예지 〈신조〉(新潮)에 전재됨

　　　　　　첫 창작집 〈자매계보〉 간행

1954.3.6	장남 호창(浩昌) 출생
	장편 〈바람 옥문(獄門)을 열라〉를 〈신태양〉지에 연재
	단편 〈폐허의 독백〉, 〈잃어버린 눈동자〉, 〈유랑〉 등을 발표
1955	단편 〈산성의 거화(炬火)〉, 〈노염(老焰)〉, 〈유전(流轉) 24시〉,
	〈인간 낙수(落穗)〉, 〈소설가 K씨의 행장(行狀)〉,
	〈하일원정〉(夏日怨情) 등을 발표
	단편 〈기상도〉 영역(英譯)됨
1956	단편 〈인생은 서러워〉, 〈온천장 야화〉, 〈암흑의 풍속〉,
	〈찢어진 여인상〉, 〈인생을 불사르는 사람들〉, 〈요화(妖花)의 시〉,
	〈패륜아〉, 〈권태〉 등을 발표
1957	단편 〈태양의 유산〉, 〈망각의 기도〉, 〈허구의 종말〉, 〈투정〉,
	〈하나의 생명〉, 〈일람선생〉, 〈첩자〉, 〈오늘과 내일〉 등을 발표
1958	단편 〈오디 하나〉, 〈언덕을 향하여〉, 〈한일원정〉(閑日怨情),
	〈비정〉(非情) 등을 발표
	중편 〈아버지의 연인〉을 서울신문에 연재
	단편 〈언덕을 향하여〉로 제6회 아시아 자유문학상 수상
	제2창작집 〈태양의 유산〉과 장편 〈바람 옥문(獄門)을 열라〉를 간행
1959	단편 〈노처녀〉, 〈장씨 일가〉, 〈과거에 사는 사나이〉,
	〈풍선과 여심〉, 〈희화(戱畵) 4제〉 등을 발표
·1960	중편 〈잃어버린 여정(旅情)〉 발표
	장편 〈분노의 강(江)〉을 부산일보에 연재
1961	단편 〈밀고자〉, 〈곤비(困憊)〉 등을 발표
	장편 〈언덕은 폭풍설〉을 서울일일신문에 연재
1962	단편 〈백야〉, 〈녹색의 회의(懷疑)〉, 〈임진강〉, 〈갈대꽃 필 무렵〉
	등을 발표
	장편 〈너와 나의 시〉를 부산일보에 연재
	장편 〈희극 인간〉을 매일신문에 연재
1963	단편 〈허〉(虛)를 발표. 장편 〈장미부인〉을 한국일보에 연재
	부산일보에 연재한 장편 〈분노의 강〉을 〈강 건너 정인(情人)들〉로
	개제(改題)하여 간행
1964	단편 〈6인 공화국〉, 〈이 엄청난 집념〉 등과 중편 〈남한산성〉을 발표
	장편 〈부계가족〉을 국제신보에 연재
	실록 대하소설 〈조선총독부〉를 월간지 〈신동아〉에 연재
1965	장편 〈대원군〉을 조선일보에 연재

1966	단편 〈삐에로〉, 〈연기된 재판〉, 〈우울한 여로(旅路)〉, 〈이 엄청난 정(情)〉 등을 발표
	장편 〈녹수는 님의 정〉을 서울신문에 연재
1967	장편 〈장미부인〉 간행
	〈신부들〉을 부산일보에 발표
	실록 대하소설 〈조선총독부〉 전 5권과 장편 〈대원군〉 전 3권을 간행
1968	장편 〈백조 산으로〉를 조선일보에 연재
	장편 〈너와 나의 시〉 간행
	실록 대하소설 〈대한제국〉을 〈신동아〉에 연재
	〈조선총독부〉로 제 8회 한국출판문화상 저작부문 본상 수상
	〈조선총독부〉일본어판을 일본 고단샤(講談社)에서 간행
	장편 〈전하(殿下)들〉 발표
	장편 〈대원군〉 전 3권을 전 5권으로 보필 간행
1969	장편 〈통곡〉(痛哭)을 동아일보에 연재
	장편 〈군학도〉를 서울신문에 연재
	실록 대하소설 〈대한제국〉 전 5권을 간행
	〈류주현 선집〉 전 6권을 간행
1970	단편 〈경자의 집〉을 〈월간 중앙〉에 발표
	장녀 호진, 유선호(劉善鎬)와 혼인
	장편 〈상아의 문〉을 중앙일보에 연재
	〈류주현 선집〉 전 6권을 전 10권으로 보완 간행
1971	장편 〈욕망의 저택〉을 〈여성중앙〉에 발표
	장편 〈신부들〉과 〈백조 산으로〉를 간행
1972	2녀 호정, 오인문(吳仁文)과 혼인
	장편 〈우수(憂愁)의 성(城)〉을 중앙일보에 연재
	단편 〈잠보다 긴 꿈〉을 발표하고 장편 〈황녀〉를 〈문학사상〉에 연재
1973	장편 〈파천무〉(破天舞)를 중앙일보에 연재
	20여 년 근무한 신태양사 퇴사
	〈류주현 역사소설군(群)대전집〉 전 10권 간행
	장편 〈대치(大痴) 선생〉을 서울신문에 연재

1974	중앙대학교 예술대학 문예창작과 출강
	3녀 호영, 서정겸(徐正謙)과 혼인
	한국소설가협회 회장 취임
	장편 〈모계가족〉을 〈주부생활〉에 연재
	단편 〈파괴〉, 〈축생기〉, 〈배덕의 대(臺)〉 등을 발표
1975	3월 중앙대 문예창작과 교수 취임
	장편 〈인간 군도〉를 〈한국문학〉에 연재
	장편 〈황녀〉와 단편집 〈남한산성〉을 출간
	단편 〈독고선생〉을 발표
	장편 〈배덕시대〉를 매일신문에 연재
1976	장편 〈금환식〉(金環蝕)을 중앙일보에 연재
	장편 〈우수(憂愁)의 성(城)〉과 단편집 〈장씨 일가〉 간행
	단편 〈신의 눈초리〉, 〈연극연습〉 등을 발표
	장편 〈파천무〉를 포함한 〈류주현 역사소설군(群)대전집〉
	전 15권을 간행
	대한민국 문화예술상 대통령상 수상
1977	단편 〈어느 하오의 혼돈〉과 중편 〈죽음이 보이는 안경〉을 발표
	제 3 창작집 〈신의 눈초리〉와 장편 〈고요한 종말〉을 간행
1978	수필집 《정(情) 그리고 지(知)》 간행
	단편 〈슬픈 유희〉, 〈환상의 현상〉 등을 발표
1979	류주현 창작선집 〈죽음이 보이는 안경〉과
	〈류주현 문학선 대전집〉 전 15권 간행
1980	〈조선총독부〉, 〈대원군〉 개판(改版) 간행
1982.5.26	오후 4시 40분 자택에서 별세
	여주군 가남면 태평리 선영(先塋)에 묘소

조선총독부 연표

1904년
2. 8 일본군, 러시아 함대 공격하면서 러일전쟁 개전
2.23 일본군에 협조하도록 하는 한일의정서 강제 체결
3.18 이토 히로부미(伊藤博文), 특파 대사로 고종 알현
11.10 경부선 철도 완공 시운전

1905년
2.22 일본, 독도를 강점해 다케시마(竹島)로 명명
7.29 일본과 미국이 가쓰라 – 태프트 밀약 체결
8.12 제2차 영일동맹 체결
9. 5 포츠머스조약으로 일본은 랴오둥반도 조차권을 얻음
11.10 이토 히로부미, 고종에게 일왕 친서 봉정
11.17 일본의 무력시위 속에 을사늑약 강제 체결
11.29 민영환, 을사늑약에 반대하며 자결

1906년
2. 1 임시통감 하세가와 요시미치(長谷川好道) 취임
       (조선통감부 개청식)
3. 2 초대통감 이토 히로부미(伊藤博文) 취임
9. 1 통감부 기관지 〈경성일보〉(京城日報) 창간

1907년
4.20 고종, 이상설과 이준을 헤이그 만국평화회의에 특사로 파견
7.20 헤이그 밀사 사건으로 고종이 압력 받아 순종에게 양위(讓位)
7.24 한일신협약(韓日新協約) 체결
7.27 언론탄압을 위한 신문지법 공포
7.29 집회결사를 금지하는 보안법 공포
7.31 군대 해산 명령
8.27 경운궁에서 순종 황제 즉위식
9. 1 서울에서 최초의 박람회 개최(11월 15일까지)

1908년

3.23 　전명운 장인환, 친일 미국인 스티븐스 저격

8.27 　동양척식주식회사법 공포, 12월 28일 본사 설립

11. 1 　최남선, 최초의 월간지 〈소년〉 창간

1909년

1. 7 　순종, 이토 히로부미와 함께 지방 순시(2월 3일까지)

7. 6 　일본 각의, 한국병합 방침 결정

8. 1 　이토 히로부미, 한국 황태자와 함께 일본 유람

10.26 　안중근, 하얼빈에서 이토 히로부미 저격

1910년

3.26 　안중근 사형 당함

5.30 　데라우치 마사타케, 3대 조선통감 취임

8.22 　이완용과 데라우치, 합병조약 조인

8.29 　합병조약을 공포한 경술국치(庚戌國恥)

9.30 　조선총독부 관제 공포

10. 1 　데라우치 마사타케, 조선총독부 초대 총독으로 부임

12. 　안명근이 서간도 무관학교 설립자금을 모으다 적발된 안악사건

12.29 　회사령(會社令) 공포

1911년

1. 　데라우치 암살을 모의했다며 반일인사를 체포한 '105인 사건' 발생

9. 　신민회 간부 등을 총독 암살 미수사건으로 몰아 600여 명을 체포

11. 1 　압록강 철교 완공돼 부산 ~ 창춘(長春) 열차 운행

1912년

1. 1 　한국 표준시, 일본 표준시를 따름

7.30 　일본 메이지(明治)왕 사망

8.13 　토지조사령 공포, 토지조사사업 본격 개시

1913년

5.   안창호, 샌프란시스코에서 흥사단 조직

10.   105인 사건 피고인 6명, 징역 5~6년 선고됨

12.   경북 풍기에서 독립운동단체 대한광복단 조직

1914년

1.11   호남선 철도 개통

3. 1   지방행정조직을 12부, 218군, 2517면으로 개편

7.28   제1차 세계대전 발발

9.16   경원선(京元線) 개통식

10. 1   최남선, 〈청춘〉(靑春) 창간

10.10   근대식 호텔 조선호텔 설립

1915년

2.12   105인 사건 수감자 6명, 다이쇼 일왕 즉위식을 기념해 특별 사면됨

9.11   경복궁에서 총독부 시정 5주년 기념 조선물산공진회 개최

10.15   풍수해 사상 및 실종 1092명, 주택 2만 2088채 침수

1916년

4.25   세브란스 의학전문학교 개교

6.25   경복궁 터에서 지진제를 열고 조선총독부 신청사 기공식

10.14   제2대 조선 총독으로 하세가와 요시미치(長谷川 好道) 부임

11.   친일단체 대정실업친목회(大正實業親睦會) 결성

1917년

1. 1   이광수, 〈매일신보〉에 최초의 근대 장편 소설 〈무정〉 연재

10.17   한강교 준공

1918년

8.   김구 여운형, 상하이에서 항일 독립운동 단체 신한청년당 조직

10.   조선식산은행(朝鮮殖産銀行) 설립

10.27   인천항 갑문식 선거(船渠) 준공

1919년

1.	파리 강화회의에서 미국 대통령 윌슨, 민족자결주의 제창
1.21	고종 승하, 3·3국장
2. 8	도쿄 유학생 600여 명, 2·8독립선언
3. 1	3·1독립운동 발발
4.13	상하이에서 대한민국 임시정부 수립
4.15	제암리 학살 사건
8.12	3대 총독 사이토 마코토 취임
9. 2	노인동맹단의 강우규, 사이토 총독에게 폭탄 투척
10. 5	김성수 등 경성방직 설립
11.	여운형 일본 방문, 제국호텔 연설
	김원봉 등 만주 지린성에서 의열단 조직

1920년

1.16	〈동아일보〉, 〈조선일보〉, 〈시사신보〉 발행 허가
3. 5	〈조선일보〉 창간
4. 1	〈동아일보〉 창간
4.28	영친왕, 나시모토노미야 마사코(梨本宮方子, 한국 이름 이방자)와 혼인
6. 7	홍범도의 대한독립군, 봉오동 전투 승리
6.25	월간 종합지 〈개벽〉 창간
7.13	고원훈과 김성수, 조선체육회 창립
8.	안경신, 평양 경찰부 폭파
9.14	박재혁, 부산경찰서 폭탄 투척
10.20	유관순, 감옥에서 순국
10.21	김좌진 이범석의 북로군정서, 청산리 대첩
12.27	산미증식 계획 수립

1921년

2.16	친일파 민원식, 도쿄 제국호텔에서 양근환에게 피살
12.	이승만 서재필, 워싱턴군축회의에 독립청원서 제출
	김윤경 등, 조선어학회 조직

1922년

5.   천도교 소년회, 어린이날 제정
6.16   경성~원산 간 전화 개통
11.12   부산~시모노세키 부관(釜關) 연락선 취항

1923년

9. 1   일본 관동대지진, 한국인 6,000여 명 피살됨
9. 2   박열(朴烈), 일왕 암살 미수 혐의로 체포됨

1924년

1. 3   김지섭, 일본 천황 살해하려 일본 궁성 니주바시(二重橋) 투탄 의거
5. 2   경성제국대학 예과 개교

1925년

4.   조선공산당 창립
7. 8   집중호우 쏟아진 을축 대홍수
10.15   서울운동장 개장

1926년

4.26   융희황제 순종 붕어
6.10   순종 국장, 만세사건 발생
9.   나운규, 영화 〈아리랑〉 개봉
10. 1   조선총독부 신청사 낙성식
12.25   다이쇼(大正) 일본국왕 사망
12.28   의열단원 나석주, 식산은행과 동양척식회사에 폭탄 투척

1927년

2.15   좌우익 합작하여 항일단체 신간회(新幹會) 결성
2.16   경성방송국, 라디오 방송 시작
10.18   조선은행 대구지점 폭탄사건
12.19   야마나시 한조, 조선 총독 부임

1928년

9. 1 철도 함경선 개통

11.10 쇼와(昭和) 왕 즉위 대례 거행

1929년

8.17 야마나시 총독, 독직 관련 파면

9. 8 사이토 마코토, 조선 총독으로 다시 부임

11. 3 광주학생운동 발발, 전국으로 확대

12.13 신간회 44명, 근우회 간부 47명 체포됨

1930년

1.24 김좌진 장군 , 북만주에서 공산주의자에 피살

7. 이청천 등 지린에서 한국독립당과 한국독립군 조직

1931년

7. 2 창춘에서 조선 농민과 중국인 지주 무력충돌하는 '만보산 사건' 발생

9.18 일본 관동군, 만주철도 폭파사건을 빌미로 만주사변 일으킴

1932년

1. 8 이봉창, 일왕 히로히토에게 폭탄 투척 의거

3. 1 일본, 만주국 건국 선언

4.29 윤봉길, 홍커우공원에서 폭탄 투척해 시라가와 대장 등 10명 살상

1933년

1.16 조선~일본 전화 개통

9. 9 정부 알선 첫 만주 이민열차 출발

11. 4 조선어학회, 한글맞춤법 통일안 발표

1934년

5. 7 이병도, 김윤경, 이병기 등 진단학회 창립

7.21 호우로 경부선 여러 날 불통

1935년

9.   총독부, 각 학교에 신사참배 강요

10.   최초의 발성영화 〈춘향전〉, 단성사에서 개봉

11.25   장진강 수력발전소 12만 ㎾ 발전공사 완공

1936년

2.26   도쿄 대규모 쿠데타 2·26 사건 발발

8. 9   손기정, 베를린올림픽 마라톤 우승

8.26   제7대 조선총독으로 미나미 지로 육군대장 부임

8.27   동아일보, 손기정 우승 일장기 말소 사건으로 무기 정간

12.   조선사상범보호관찰령 발동

1937년

6. 6   흥사단 국내조직인 수양동우회 회원 150여명 투옥

7. 7   일본군, 루거오차오(蘆溝橋) 사건을 일으켜 중일전쟁 시작

10.10   미나미 총독, '황국신민의 서사' 암송 강력 시달

1938년

4. 1   조선교육령 개정, 조선어 수업을 사실상 폐지

7. 7   국민정신총동원 조선연맹 발기

1939년

2.20   〈매일신보〉에 이광수의 '창씨(創氏)와 나' 친일 수필 게재

9.30   국민징용령 발동

1940년

2.11   일본식 이름으로 바꾸는 창씨개명 시행

8.10   동아일보, 조선일보 폐간

3.   왕조명(汪兆銘), 난징정부 수립하여 주석에 취임

8.10   〈동아일보〉, 〈조선일보〉 폐간

8.20   쌀 배급제 실시

1941년

3.　　 대한민국 임시정부 건국강령 발표
　　　　 조선사상범 예비구금령
5.　　 한국독립당 창건

1941년

2.12　 조선사상범 예방구금령 공포
9.17　 중경에서 광복군 총사령부 설립식
12. 7　 일본군, 미국 하와이 진주만 공습으로 태평양전쟁 발발

1942년

6.15　 제8대 총독 고이소 구니아키 부임
10. 1　 최현배 등 33명, 조선어학회 사건으로 체포됨
10.14　 조선청년 특별연성령(鍊成令) 공포
11. 1　 대동아성(大東亞省) 설치, 조선총독부가 내무성 관할로 이관

1943년

6.20　 학병제 실시
8. 1　 조선인 징병제 시행
11.27　 적절한 시기에 한국을 독립시킨다는 카이로 선언 발표

1944년

2. 8　 총동원법에 따라 징용 전면 확대
8. 8　 제9대 조선 총독 아베 노부유키, 부임
8.23　 여자정신대 근로령 공포, 독신여성들을 종군위안부로 강제징용

1945년

3.10　 도쿄 대공습
4. 1　 미군, 오키나와 상륙
5. 6　 독일군, 연합국 측에 무조건 항복
8. 9　 소련, 일본에 정식 선전포고
　　　　 미국, 히로시마와 나가사키에 원폭 투하
8.15　 해방